王言彬

／著

山西出版传媒集团◎三晋出版社

地厚·天高

王言彬三农问题教师作品选

图书在版编目（CIP）数据

地厚天高——王言彬"三农问题"新闻作品选 / 王言彬著.—太原：
三晋出版社,2018.11（2019.4 重印）
ISBN 978-7-5457-1772-3

Ⅰ.①地… Ⅱ.①王… Ⅲ.①新闻作品–三农–汇编 Ⅳ.①G720

中国版本图书馆 CIP 数据核字（2018）第 146721 号

地厚天高——王言彬"三农问题"新闻作品选

著　　者：王言彬
责任编辑：落馥香
出 版 者：山西出版传媒集团·三晋出版社（原山西古籍出版社）
地　　址：太原市建设南路 21 号
邮　　编：030012
电　　话：0351-4922268 （发行中心）
　　　　　0351-4956036 （总编室）
　　　　　0351-4922203 （印制部）
网　　址：http://www.sjcbs.cn
经 销 者：新华书店
承 印 者：山西基因包装印刷科技股份有限公司
开　　本：787mm×960mm 1/16
印　　张：17.75
字　　数：300 千字
版　　次：2018 年 11 月　第 1 版
印　　次：2019 年 5 月　第 2 次印刷
书　　号：ISBN 978-7-5457-1772-3
定　　价：48.00 元

旧闻新读见寸心(代序)

王一娟

1988 年暑假,男朋友写信邀约我到新华园见面。千里迢迢地坐火车汽车,当心情激动又有些羞涩地来到新华社 7 号楼时,我被告知,男友出差了。

一天之后,他回来了。这一趟,他收获了一篇重量级的稿件:《卫星上看不见的城市》。这篇内参报道引起了不小的动静。辽宁本溪因此得到了一大笔国家拨款,用于治理环境污染。我不知道那是不是中国较早关心空气质量的报道。

后来,男朋友成了娃他爹。

1991 年,他送我们母子回山东老家休产假。短短几天,他和村子里的人聊天,和走乡串村的小贩小贩拉家常,向当村妇女主任的婆婆问这问那,写出了一组反映基层诸多问题的内参报道《鲁东南见闻》。报道发出后,引起山东省一些领导的不满,他们派人到地方搞反调查并正式向新华社、向中央领导告状。好在总社领导明察是非,对地方政府的做法心知肚明,并未对他有一言的责备。相反,还对他的报道赞赏有加。事情过后,他对我说,超人(时任社长)找他的时候,他正在和同事打乒乓球,到了社长办公室,一脸的汗也没顾上擦。

他刚分到国内部农村组当记者的年头, 正是中国农村第一步改革风起云涌、波澜壮阔、风景如画的时候。每年,中共中央的一号文件,必定是谈农业问题,新闻里最抢眼的报道,也离不了农村故事。报道农村,自然不能老待在城市,而他又认准了趁年轻多跑跑的理儿,一有机会,就要出差,要到农村去。婚前是这样,婚后,也是这样。

那时候,小分队是最时髦的区域块组合。一个调研题目确定后,三两个分社各派一名精锐记者,和总社记者共同组成一个小分队,分赴不同的区域,发挥各自特长,对某个专题进行深度解剖,提出可能的解决方案。每当此时,他总是非常兴奋,急于动身的心情,溢于言表。每次参加小分队归来,除了丰富的稿件收获,许多记者的名字,也从陌生到熟悉。就农村组而言,组长马成广生动的胶东话,他学得惟妙惟肖,常常令人捧腹;组里的几员干将如姬斌、焦然、崔莉莎、王满、蒲立业、张建军、张银曙……也各有其生动的故事。分社同仁如张百新、马集琦、沈祖润、刘星泽、于磊焰、沈锡权、刘健、江佐中等,经他的描述,有的虽然缘悭一面,但其形象却已十分鲜明。有的见过面后,便有一见如故之感。每次回京,他都会讲一些采访中遇到的生动有趣的故事,同行记者的性格、轶事等等。这些当然是不会出现在稿子中的。

每次调研采访,他都写过哪些稿子,我并不十分清楚。有一阵子,兴起瞧不上通稿之风,认为新华社通稿有"八股"气,有才俊更是放言"我不会写通稿",并以此为荣。多少受此影响,对他的通稿,我缺乏认真研读的热诚。如今他将过去采访中发表的作品结集,近水楼台,得以仔细梳理他的旧作,赫然发现,这些作品中,蕴藏着一幅全方位的数十年农村发展与进步的丰富画卷。即便是有些貌似程式化的通稿中,也包含着重要的历史发展的脉络与走向,有心人可从中窥见中国农村改革的波澜壮阔与风起云涌。关于农民负担，关于粮食产量，关于乡镇企业，关于农民工进城，关于三夏大忙，这些话题今天看来似乎已成遥远的过去，但这都是历史发展过程中的重要组成部分，是构成今日中国不可或缺的重要基石。

采访、写稿对他来说是件十分愉快的事情，并乐此不疲。无论是坐出租车，还是逛菜市场，他都能和人聊上一会儿，有时几句话就把人逗得哈哈大笑。阳光、开朗和乐观的性格使他能够迅速和被采访者建立良好的关系，这毫无疑问是做一名优秀记者的基本功。胸中有大局，眼里有新闻，笔下自然就会有文章。记得1998年春节探亲回老家，故乡改革开放后发生的巨大变化让他兴奋不已，心中的激情促使他拿起了笔。总共七天假期他写下了十多篇描写家乡变化的见闻，如《"摇钱树"下话科技》《农家的年变短了》《沂蒙山区的"女儿节"越过越大》等稿件，篇幅不长但却十分生动，有故事有情节，清新耐读。乡下天寒地冻，所有的稿件都是手写，每天写完稿后，还要步行两公里找到镇上有传真机的单位把稿件发到总社编辑部。踩着积雪在乡村小路上行走的情景至今仍历历在目。

就表达方式而言，这些当年的通稿大多生动鲜活，对农民收割季节田间忙碌的记述让我想起唐诗中的新乐府。尽管时代不同，内容各异，但都是表达了农民为幸福生活而努力奋争的心声与愿望。

今年恰逢改革开放40周年，40年间中国取得的成就举世瞩目，这其中有亿万农民辛勤的付出与汗水，农村和农民的贡献不应被遗忘。从一定意义上而言，这本书是对养育了中华民族的大地母亲的礼赞，也是对中国农民的礼赞。

实际上，他所关注的领域并非只有本书收录的"三农"问题作品，他的兴趣十分广泛，对新事物有强烈的好奇心，对国际国内诸多问题也都有自己的观察与思考，这个作品集子收录的只是其中的一部分而已。有些打动人心的稿件无法归入"三农"而不得不割舍了。而他最得意的也是用力最勤的那些内部报道稿件，因为保密的原因也无法展示。

作为旁观者，有幸看着他一步一步在广袤的原野披荆斩棘不断行进，八千里路，从容淡泊；作为他的另一半，有缘陪他一起共同走过山河岁月，三十年征途，相惜相携。幸甚至哉！

结婚三十周年之际，他的"三农"报道选集付梓，喜上加喜也。

2018 年 5 月 13 日于新华园

凡　例

一、本书所收新闻作品,采编于作者任职新华社期间的 1984 年至 2003 年间,每一篇末括注的时间为当时发表日期。

二、大部分作品为独立采编,少数合作采编者,合作者的姓名列于后记。

三、为方便阅读,编排时按类别划分为十七部分。分别为:宏观与决策、起起落落看发展、米袋子·菜篮子、农民负担与民工潮、攻坚克难 告别贫困、人大代表看"三农"、中国的农机化之路、聚焦三峡工程、皇天后土、江南行记、岭南时空、白山黑水之间、黄淮海原野、沂蒙山新曲、"老少边穷"地区见闻、乡村工业化大潮、走过天山南北。

四、由于时代所限,加之时间跨度大,在数字的使用方面未作统一,以保持原有风貌。

五、所涉及的机构为当时设置,人员为当时现任,统计报表为当时数据。

目 录

农民负担与民工潮

人大代表看"三农"

皇天后土

江南行记

岭南时空

白山黑水之间

黄淮海原野

"老少边穷"地区见闻

走过天山南北

起起落落看发展

农民在兴办城市第三产业中大显身手

"农民酒家正在包围广州城""安徽八万农民进合肥,夺得五枚金牌""河南省第一家由农民创办的商品住宅开发公司在郑州诞生""青海省一批世世代代以放牧牛羊为生的少数民族牧民开始进入城镇从事第三产业"……这是近来从各地传出的消息。

这几年,农民在实行承包责任制、夺得粮棉丰收之后,在兴办乡镇企业方面显示出很大的胆识,而今他们又在发展城市第三产业中大显身手:河北省农民在省城石家庄市投资创办了儿童游乐园、精神病医院、影剧院、可供国际比赛用的游泳池和大型旱冰场;农民兴建的三十二座旅馆,拥有五千八百多个床位,占全市旅馆床位的三分之一。江苏省无锡市在短短一年内有三百八十多家乡村企业和个人进城开店,二百二十多户农民进城设摊;琳琅满目的乡镇企业产品和农副土特产品,吸引了川流不息的顾客,使冷清的街道热闹了起来。陕西农民经营的从大西北开往北京的第一趟长途客运汽车驶向了北京。农民在广州市内为兴建各种综合性服务设施所投入的资金超过亿元。前不久,全国各地的五十位农民在北京兴建第三产业城的请求得到了有关部门的批准,他们要在北京建起一处可以为人们提供衣、食、住、行、玩、乐等诸种方便的场所,其中包括主体建筑高达五十米左右的全国乡镇企业综合性服务大厦、经营旅游业的腾龙大厦、经营各地特产和风味食品的博览大街。

农民能够在城市第三产业的发展中崭露头角,原因就在于:一是城市建设需要,二是农民具备了这种能力。

长期以来,许多城市存在着衣、食、住、行难的问题,群众抱怨,领导叫苦。由于种种原因,一些城市发展第三产业的步子还比较缓慢,一时满足不了人们日益增长的对于物质文化生活的需要。面对这种情况,富裕起来的农民为了寻求新的发展领域,便把目光落在了发展城市第三产业上。他们认准了,这是一个大的"用武之地"。于是一批农民打入了城市。"扬长避短"是进城农民得以在第三产业领域中立足的诀窍。他们以热情、周到的服务和低廉的价格来弥补自己的不足,哪里需要服务他们就出现在哪里,把服务的"触角"伸到了城市生活的各个角落,给城市居民提供了很大的方便。他们经营的项目繁多,大到宾馆,小到修理器具;既可出租汽车,又能修建大楼;既有豪华餐厅,又有风味小吃;鲜活产品任主妇随意挑选,裁缝做活让顾客立等可取。

农民进城办厂开店,繁荣了市场,方便了群众,自己也增加了收入。过去农民进城经商受到种种阻拦,如今在不少城市,一盏盏"绿灯"使进城农民畅行无阻,放开手脚兴办第三产业。合肥市长张大为就这样说过:"农民进城是农村经济兴旺的必然产物,我们要敞开城门,举双手迎接,鼓励他们开厂办店,和城里人开展经营竞争。"石家庄市各区专门成立了农民进城接待委员会,为兴办第三产业的农民疏通渠道,提供服务。

农民进城兴办第三产业的势头不小,看来真要大干一场了。而城市也在迎接农民的这场挑战,准备比个高低。(1985 年 2 月 9 日)

水利建设和农业开发大见功效
山东大旱之年粮棉不减产

山东省尽管今年夏秋遭受到历史上罕见的大旱, 但全省粮食总产预计仍可超过 320 亿公斤,棉花也达到 2200 多万担,与去年基本持平。正在北京参加全国农业综合开发经验交流会的山东省副省长王乐泉告诉记者:"除了几十年的水利工程发挥了作用外,很重要的一条就是农业开发见了功效。"

近十几年山东省年年都有旱情,而今年的旱情尤为严重,7 月中旬到 9 月下旬全省平均降雨只有 49 毫米,是山东自 1916 年有水文记载以来最严重的伏旱。胶东、鲁中有 500 多万亩农作物因灾绝收,大宗农产品严重减产;而鲁西南、鲁西北地区在夏粮增产的基础上,秋季又战胜大旱夺得丰收。秋收过后,胶东、鲁中各地市纷纷上报减产,鲁西北、鲁西南各地市则纷纷传来捷报,全省各地减产增产相抵,总产仍与去年持平。棉花虽遇大旱,总产也与去年平产。

一边是大旱大减产,一边却是大旱大增产。王乐泉副省长分析说,这充分显示出了农田水利建设的威力。黄河沿岸几个地市几十年来修建了一大批引黄灌溉工程,大旱之年为夺取农业丰收发挥了重要作用。同时,农业综合开发也收到了明显成效。仅聊城陶城铺灌区和惠民簸箕李灌区两个综合开发治理项目,就扩大水浇地96万亩,改善灌溉面积128万亩,预计今年可增产粮食1亿多公斤,棉花10万多担。

今年的事实使全省人民对水利的重要作用有了重新认识。秋收结束以后,全省又掀起了更大规模的农田水利基本建设高潮。到11月21日,全省共出动1280万人搞农田水利基本建设,共出动机械7.2万台,比去年同期多5.5万台,累计开工项目15.4万项,比去年多10.2万项,已完工8.9万项。王乐泉副省长就此说,农业要有个稳固的基础,关键是水利问题,农业综合开发首先也是水利开发。只有改善了水利条件,在旱涝等自然灾害面前才能有主动权。我们认为应该横下一条心,把农业基础条件搞上去,使农业真正能稳产高产。(1989年12月2日)

发挥投入和技术配套整体功效
农业目标工程在我国迅速兴起

以加速农产品增产为目的的农业目标工程,近几年在我国迅速兴起,成为发展农业的一条重要途径。

农业目标工程,是一种有明确具体的增产目标,将物质投入与各单项技术措施科学组合配套,以工程管理的形式组织实施的一种生产方式,旨在较好地发挥农业综合投入的整体增产功效。

近几年,不少地方应用这种方式发展生产,已取得了成功的经验。山西省从1988年起,实施为期三年的高产示范和农作物栽培综合技术组装配套推广使用的"111"和"666"等农业目标工程,去年总实施面积达1000万亩,产粮60多亿斤,用占全省五分之一的粮田面积生产了占全省总产三分之一的粮食。由农业部组织实施的黄淮海亿亩玉米丰收计划,原定3年目标每亩增产100斤,去年实施一年,亩产即增加了50斤。

据了解,为争取九十年代第一年农业丰收,今年由中央和地方组织实施的农业目标工程项目进一步增多。农业部除在全国各地继续组织开展"丰收计划"工作外,有重点地具体组织开展"五个一"活动和"三个一"开发工程。"五个一"活动是:在黄淮海去年开展亿亩玉米丰收计划的基础上,再实施亿亩小麦丰收计划,目标是 3 年累计增产小麦 110 亿斤;在南方开展亿亩水稻丰收计划,争取 3 年之内累计增产稻谷 100 亿斤;在黄淮海棉区实施 1000 万亩麦棉两熟丰收计划,3 年间实现一亩棉田生产霜前皮棉 100 斤、小麦 400斤的目标;在主产棉区实施 1000 万亩棉花亩产 150 斤丰收计划。"三个一"开发工程是:在全国新开发 1000 万亩吨粮田、1000 万亩再生稻、1000 万亩温饱工程。河北省从今年起实施"450.15 工程",目标是在去年全省产粮 413 亿斤的基础上,到 1992 年全省粮食达到 450 亿斤,棉花达到 15 亿斤,油料达到17 亿斤。湖北省开展吨粮田、"双百棉"等工程建设,今年计划新建吨粮田和亩产皮棉 200 斤的"双百棉田"各 200 万亩。

各地在组织安排农业目标工程时,十分注重从当地实际出发,制定切实可行的项目。粮食调入省福建,以提高粮食自给水平为目标,从今年起实施为期 6 年的粮食工程,包括综合治理中低产田、围垦垦荒、吨粮田、再生稻、冬季粮食、旱地粮食、种子等 7 项主体工程,以及肥料、水利农机、农技服务体系建设和病虫害综合防治 4 项配套工程。天津市今年实施的吨粮田技术工程,计划开发吨粮田 10 万亩,以探索大城市郊区县粮田高产再高产的技术模式。

在实施近期目标工程的同时,一些地方还注意组织实施中长期目标工程项目,力争做到近期、中期、远期项目相结合,保证农业持续、稳定发展。吉林省在实施短期目标项目的同时,还实施了"531"长远目标工程,即在九十年代进行 5 个大的水利和农业开发工程,重点抓好粮、油、糖三种农作物,增产 100 亿斤粮食。湖南省的吨粮田开发工程目标是到 2000 年全省实现 2000万亩双季稻田产粮过吨,仅此一项,年产粮食即可达到 400 亿斤。(1990 年 2月 13 日)

各地政府今年多方增加农业投入　扎扎实实促农业"升温"

90年代第一春,我国开始出现上上下下协力向农业倾斜的好势头。汇总各地情况表明,今年,大多数省、市、自治区安排用于农业的资金、物资投入明显增加,农资生产所需要的原料、能源、电力供应也好于往年。去年,我国粮食生产创造了年产4079亿公斤的历史最高纪录。但是,各地各级政府清醒地意识到,去年我国整个种植业形势并未摆脱徘徊局面,农业的综合生产能力尚无明显增强,全国人均粮食占有量还低于1984年水平。只有尽可能地增加农业投入,改善农业生产条件,才能实现农业的持续稳定增长。

各地在财政比较困难的情况下,今年安排用于农业的资金比上年有明显增加。山东省决定,今年全省农业基建投资占基建总投资的比重,要由上年的百分之二恢复到1980年的百分之六点五的水平,财政预算内支农资金所占比重,由上年不足百分之十恢复到1980年占百分之十二点八的水平。山西省省级财政新增农业基本建设投资3000万元,比上年增加百分之二十三点六。黑龙江、四川、西藏今年的农业投入分别比上年增加1亿元、2000万元、1200万元。各地金融部门今年也调整信贷结构,重点支持农业,如广西今年新增加农业贷款2.85亿元,黑龙江增加农业贷款1亿元。

粮食生产是农业生产的基础,科技应用又是保证粮食增产的关键措施。因此,各地今年在增加农业投入时,突出向粮食生产和科技推广倾斜。广西今年共安排粮食生产技术投入专项资金3250万元,比上年增加500万元,加上地市配套资金可望超过6000万元。四川、新疆今年分别增加农业科技推广资金200万元。

各地政府还尽力向农业增加物资投入。据悉,今年各地的化肥、农药、农膜生产企业普遍得到资金、能源、原材料、运力等方面的优先照顾。江苏省今年对农资生产企业所需能源和部分原材料实行专供,并计划投资2.71亿元,用于37个支农工业改造、扩建项目,以增强农用生产资料的自给能力。湖南省今年准备采取保煤、保水、保电、保原料的"四保"措施,对省内3家大型氮肥厂进行改建和扩建,争取全省近年内新增55万吨尿素、50万吨复配肥的生产能力,从根本上解决本省大化肥不足问题。此外,大多数省、市、自治区

今年用于农业的柴油、钢材、木材等，也有较大幅度增加。（1990 年 2 月 15 日）

全国畜牧工作会议提出
稳定畜牧业基本政策 保证畜牧业稳定发展

日前在长春结束的全国畜牧工作会议提出，90 年代我国畜牧业生产将进入调整结构、提高效益、平缓发展时期，为此必须继续稳定畜牧业基本经济政策，力争保证人们对畜禽产品的需求，为稳定市场、稳定人心做出贡献。

参加这次会议的代表们认为，为改变人们膳食结构，实现本世纪末我国人民达到小康水平的目标，必须有更多的肉、蛋、奶。经有关专家研究确定，到 2000 年，畜牧业主要产品发展目标是：肉类产量 3300 至 3400 万吨，禽蛋产量 1400 至 1500 万吨，奶类产量 1000 至 1200 万吨。

会议认为实现畜牧业持续稳定发展，必须保持有关畜牧业的基本经济政策的稳定性和连续性，坚持六个不变：

第一，坚持在计划经济指导下，畜产品放开经营政策不变。坚持多渠道，少环节经营，支持农民直接参与流通，并推进产供销一体化经营和一体化管理的改革；

第二，牧区坚持户养为主和草场分户承包责任制。发展社会化服务体系，完善户养为主的经营方式，有条件的地方可以实行规模经营；

第三，坚持在共同富裕目标下，允许农牧区一部分人先富起来的政策不变。提倡农牧民合法经营，照章纳税，勤劳致富；

第四，稳定调整优化畜牧业结构的政策不变；

第五，允许鼓励基层畜牧兽医部门开展有偿服务、综合服务的政策不变；

第六，中央和地方鼓励和扶持畜禽生产的优惠政策不变。如"以工补牧"，畜产品与饲料粮、饲料地、化肥挂钩，按合理的猪粮比价确定收购指导价，实行风险基金和畜牧业发展基金等政策，都要继续执行。

会议强调指出，稳定政策就是稳定人心。治理整顿中一些地方调整畜产品购销政策要十分慎重和稳妥，必须体现中央更加改革开放的精神，决不能走过去统购派购的老路。只有政策稳定了，才有可能避免大起大落。（1990 年 1 月 11 日）

有关部门强调:发展国民经济离不开农业
各行各业必须大力支援农业生产

纺织工业部、经贸部、轻工业部、国家气象局、中国科协的负责同志,今天应邀出席全国农业工作会议,并在会上发言。

他们强调指出,发展国民经济离不开农业这个基础,各行各业有责任、有义务大力支援农业生产。这些部门表示,在新的一年里,要采取切实有效措施,支持农业生产攀登新的台阶。

纺织工业部副部长王曾敬说,目前,纺织工业纤维原料年加工量中百分之七十是天然纤维,而天然纤维基本上都是依靠农业战线提供的。10年来,我国棉花、黄洋麻、苎麻、亚麻、羊毛、蚕茧等纤维原料都有新的发展,有力地支持了纺织工业的发展。王曾敬说,近两年来,我国棉花生产一直未能突破徘徊,农业纺织原料供求矛盾日趋突出,为此,建议有关部门把棉花等纺织原料列入农业产业序列中重点支持的位置,建设若干个大型稳产、高产纺织原料生产基地。王曾敬表示,希望今后与农业部门共同努力和合作,推动纺织原料品种改良工作,逐步实现科学育种、科学种植、科学饲养、科学管理,既提高单产又提高质量。

经贸部部长助理谷永江说,农产品及其加工品,是对外贸易出口创汇的重要力量,也是各项经贸事业发展的重要条件。他表示,今后经贸部要在以下几个方面努力工作,支持农业发展。第一,要采取各种有效措施,尤其要及时向农民发布准确的市场信息,引导农民有计划地发展创汇农业。第二,要做好农业生产物资的进口工作,属于国家计划安排进口的农用物资,要组织督促有关外贸公司抓紧订货,保质保量按时到货,不误农时,同时还要积极热情地做好小批量急需农用物资的进口代理服务工作。第三,要继续把发展农业作为利用外资的重点之一,提高农业项目在利用外资中的比重。

轻工业部生产协调司司长王祥兴说,农业生产对轻工业至关重要,到1988年,轻工产品的产值中,有一半是靠农副原料加工生产出来的。本着这一认识,我们对农业的发展一直非常关注并尽力给予支持。王祥兴说,今年,为了继续搞好农膜的生产和供应,国务院有关部门已作出安排,农膜生产计划安排50万吨,国产计划内原料仍维持去年供应数量,并采取直供农膜定点企业的办法,以减少原材料供应环节,降低原料费用,为农民生产出价格合理的农膜制品。王祥兴还表示,今后要在农产品品种优化和建立轻工用原料基地方面,与农业部门共同努力,加强协作。(1990 年 1 月 15 日)

我国粮食生产摆脱多年徘徊局面
今年总产可望增加 150 亿公斤

今年我国粮食生产可望在去年大丰收的基础上再创新纪录,总产预测可超过 4200 亿公斤,比去年增产 150 亿公斤左右。这是自 1984 年以来增产幅度最大的一年,也是 1984 年以后第一次实现了双超:超计划产量、超历史纪录,标志着我国粮食生产已突破了八十年代后半期的多年徘徊局面,为我国农业登上新台阶又迈出了坚实的一步。

这一预测是农业部汇总全国各地农业生产部门上报的粮产数字得出的。全国 30 个省份除 5 个报减外,其他均为增产或持平,有 20 个省份上报比去年增产。农业部官员还向记者透露,今年每亩产量可望比去年增加约 10 公斤,这也是自 1984 年以后单产增幅最大的一年。

今年的大面积均衡增产,超过了农业部今年年初的预想。农业部制定的全年粮食生产"策略"全部得到了实现:"夏粮稳北增南",首次突破总产 1000 亿公斤的大关;"秋粮稳南增北",结果北方秋粮主产区增产幅度大大高于南方,南方秋粮也实现了稳产;"东北一年受灾一年恢复",结果不仅得到了恢复,而且达到了创纪录的历史最好水平,东北经济区今年粮食可望比去年增产 100 亿公斤。我国这一最大的"粮仓"在去年大旱之后,短短一年就重振雄风。今年南方的早稻产量也实现了超 500 亿公斤,这也是 1984 年以后的首次。

"人努力、天帮忙、环境好",这是一些农业专家分析今年粮食大幅度增产的主要原因。据了解,各地今年对农业的投入普遍比去年多,中央向农业倾斜的政策得到落实,加强农业的大气候已经形成。去冬今春的农田水利基本建设是 1984 年以来最好的一年,这为夺取今年丰收打下了较好的基础。农业部门则采取各种措施,增加良种面积和科技投入。另外,今年我国除局部地区发生自然灾害外,大部分地方风调雨顺,为农业取得好收成提供了保证。正是上上下下的不懈努力和亿万农民的辛勤劳作,终于换来了今年空前的粮食大丰收。

记者还从有关部门了解到,国务院已决定拿出一笔巨额资金收购粮食、增加库容、加强调运,建立国家专项粮食储备系统。这既有利于稳定种粮农民的生产积极性,也有利于国家今后对粮食市场进行宏观调控。

另据介绍,今年各地的粮食秋冬种计划面积比去年又有增加。(1990 年10 月5 日)

述评:警钟敲响之后

1993 年冬天,粮价陡涨,几毛钱一斤的大米,转眼间涨到一块多,突如其来的"冲击波"惊动了上上下下;紧接着,一些地方遭受了严重的水、旱灾害,农产品价格居高不下,现实再一次向人们敲响了警钟。

警钟引人思考:有钱可以买粮,但买不来一个扎实的农业基础;在市场经济下农业作为特殊产业尤其需要保护

去年"两会"期间,全国人大代表和政协委员们对我国农业的状况深感忧虑,对一些地方忽视农业的现象提出了尖锐的批评。有的代表指出:对我国的农业,要有忧患意识。如果农业出了问题,整个国家将遭受不可估量的损失。

早在八十年代,邓小平同志就告诫全党:"九十年代经济如果出问题,可能出在农业上。"近几年,党中央十分重视农业、农村和农民问题。从 1993 年10 月到 1994 年4 月,半年时间,中共中央两次召开全国农村工作会议,围绕扶持农业生产、保护农民利益、调动农民积极性等问题制定了一系列重要的政策,采取了许多有效措施。党中央、国务院下决心在社会主义市场经济条件下巩固农业在整个国民经济中的基础地位。

对于中央的战略决策,多数同志拥护和理解,但仍有一些同志"心不在焉",一些地方甚至把"重视农业"变成"口号农业"。在八届全国人大第二次会议上,一位代表发言时引用了农民写的一副对联:"今天会明天会天天开会,你也讲我也讲人人都讲",横批是"谁去落实"。

人们总是从正、反两个方面积累经验的。1994 年,全国 1.8 亿亩农田遭受洪涝灾害,几亿亩农田受旱,因旱绝收的农田就有 3600 万亩。灾害造成的巨大损失使人们不得不正视这样一个现实：我国的农业至今仍然是国民经济中最薄弱的环节。

"粮食冲击波"冲击着东南沿海经济发达地区，受震动最大的要数广东省。前几年，随着市场经济的发展，广东省一些人觉得"有钱就能买到粮食"。忽视农业的结果是："钱袋子"鼓了，"米袋子"瘪了，1993年全省粮食总产量滑落到163亿公斤。广东省的同志算了一笔账：人口6500万，还有流动人口1000多万，一年要吃掉187亿公斤粮食，如果加上饲料用粮和工业用粮，粮食缺口更大。这么多粮食，不要说难以买到，就是买到了，运输也是个难题。据有关部门测算，仅流动人口的"一日三餐"，每天就需要动用100个车皮。实践使经济发达地区的领导干部懂得了一个简单的道理：有钱即使可以买到粮食，却买不来一个扎扎实实的农业基础。

自然灾害教育了干部群众，使人们变得清醒和聪明起来。许多省、自治区、直辖市的负责同志对社会主义市场经济条件下农业基础地位有了新的理解，至少取得了三点共识：

——我国是一个有12亿人口的大国，粮食出了问题谁也帮不了我们的忙，只能靠我们自己养活自己。无论是经济发达地区，还是经济欠发达地区，都必须把农业放在经济工作的首位。

——农业作为一种产业，必然要走市场化的道路，但农业又是一种社会效益很高而自身效益较低的产业，要充分发挥农业的社会效益，保持市场稳定、物价稳定、社会稳定，必须对农业实行特殊的扶持性措施。

——农民的生产积极性只有同相应的投入和相应的科学技术结合起来，才能有效地促进农业的发展。

警钟催人奋发：全国上下出现了重视农业、狠抓农业的新气象；我国农业迎来了一个新的发展机遇

"警钟"促使人们跳出"口号农业"的"误区"，开始扎扎实实地行动起来。

中央农村工作会议几乎年年开，今年的开法与往年不尽相同。一个半月以前，中共中央办公厅就发出通知，提出是不是真正把农业放在经济工作的首位，是不是下决心增加对农业的投入，是不是用很大的精力抓农业和农村工作等十个方面的问题，要求各省、自治区、直辖市和中央有关部门逐项检查贯彻落实的情况。汇集起来的信息表明，最近一段时间，许多地方的农业有明显加强的趋势,农业投入明显增加。去年国家计划安排的农业基本建设投资比上年增加了 40% 以上,这是历年来少有的。各地按照中央的部署,先后出台了一系列扶持农业发展的政策措施,加大了农业基础设施的投入。国务院决定用专项贴息贷款扶持 673 个商品粮棉大县和垦区,投资在全国建立一批高产、优质、高效农业示范区,这项计划已进入全面实施阶段。

主要农产品收购价格大幅度提高,调动了农民种粮的积极性。去年国家相继提高了粮食、棉花等主要农产品的收购价格,粮食平均每公斤提价 0.24 元,棉花每 50 公斤提价 210 元。农民觉得种粮、种棉有钱可赚,自发地加大了对农业投入的力度,争购化肥、农药。自去年以来,尽管国内化肥生产厂家加班加点,仍然供不应求,一些地方的农民到外县、外省购买化肥。小型拖拉机、联合收割机也畅销不衰。

农田基本建设步伐加快。去年秋冬,全国水利建设投入资金 100 亿元,其中群众自筹 52 亿元,累计完成土石方 49.6 亿方,新增灌溉面积 730 万亩,改善有效灌溉面积 4650 万亩,维修加固堤防 2.8 万公里,有效地提高了农田的抗旱、排涝能力。耕地开始受到保护。部分省、自治区、直辖市先后制定、颁布了《基本农田保护条例》,建立了基本农田保护区和基本农田使用许可证制度。一些经济发达地区农业萎缩的状况开始扭转。广东省制订了 12 项恢复发展农业的硬措施,还签署了"广东省耕地保护目标责任书",目前全省农田保护区的面积已占全部农田的 90% 以上。我国东部和南部一些省、市,也开始扭转粮食生产连年滑坡的局面。南方稻米产区今年预计增加早稻播种面积 200 万亩以上,早稻、晚稻联动,预计全年可增加水稻面积 500 万亩左右。

警钟必须长鸣:困扰农业发展的难题依然存在;已出台各项措施尚未完全落实;如何确保农业的基础地位还需在实践中继续探索

中国的农业问题是一个"跨世纪"的重大课题。

我国农业基础本来就比较薄弱,在全面推进社会主义市场经济的条件下,由于受经济利益驱动,有的地方还在继续削弱农业的基础地位。

在一些地方,滥占耕地的势头还没有得到真正遏制,1993 年全国耕地净减少 490 万亩,1994 年又净减少 600 万亩,减少幅度明显上升。

挤占农业投资、加重农民负担、损坏农业技术推广网络、撤销农业管理机构、减少农业事业经费的事情,在一些地方时有发生。

农业抗御自然灾害的能力减弱。全国有三分之一的水库带病运行,60%

的灌排工程急需维修。

有关权威部门在分析我国农业发展态势时指出,今后一个相当长的时期里,我国粮食生产面临着三个不可逆转的制约因素,即:人口不断增加;耕地不断减少;人民消费水平不断提高。我们面临的挑战是:必须在人均占有耕地不断减少、粮食比较经济效益低的状况在短期内难以明显改变的情况下,养活 12 亿人口。

此外,在农业发展中还有许多问题需要在实践中继续探索。比如:如何引导农村集体经济和农民增加农业资金投入和劳动积累? 如何进一步完善农产品和农业生产资料的流通体制,加强市场的管理和调控,让农民得到实惠? 如何进一步加强土地管理,切实做到依法保护耕地?

江泽民总书记指出:"在相当长时期内,我们都不能说粮食已经过多了,农业已经过关了,不但九十年代不能说这个话,而且下个世纪的前五十年,也不能说这个话。"解决我国农业问题任重道远。(1995 年 2 月 25 日)

中国农业:灾年大丰收的启示

1995 年我国农业遭受了比较严重的自然灾害,干旱、洪涝灾害先后在北方和南方特别是在一些粮食主要产区逞威。一时农业生产牵动着上上下下的心。农业能否夺取丰收,农产品价格能否稳定,农民收入能否增加?许多人对此打下了一个个问号。然而在党中央和国务院的正确领导下,九亿农民又交出了令人振奋的答卷:粮食、油料、肉类等大宗农产品均创造了历史新纪录;农民收入在扣除物价因素之后比上年增加了 5%;农村市场空前繁荣,零售额大幅增加。

大丰收得来不易,在度过了一个欢乐、祥和的春节之后,回顾去年农业发展的轨迹,留给人们许多有益的启示。

启示之一:领导重视是一个关键

在前年的八届全国人大二次会议上,许多代表批评抓农业停留在"口号农业"和"口头农业"上,一些地方领导抓农业工作的时间、精力以及用于农业的人财物不到位,"农转非"的现象相当普遍。去年以来这些问题得到了各级领导和政府的高度重视,采取了多种措施加以解决。

去年年初,江泽民总书记在河北省视察工作时就指示农业部要立足抗灾夺丰收。李鹏总理去年在八届全国人大三次会议上的《政府工作报告》中提出了加强农业的十项政策措施。去年中央召开的农村工作会议和全国粮棉肥购销工作会议,出台了一系列促进粮棉和"菜篮子"生产的政策措施。

在党中央、国务院高度重视之下,地方各级政府也进一步统一了对在市场经济条件下发展农业重要性的认识。各地普遍加强了对农业和农村工作的领导力度。保护耕地工作有了较大进展。各地积极划定基本农田保护区,狠抓粮棉面积落实,特别是扩大高产粮食作物面积。全国已有 75% 的县完成了基本农田保护区的划定工作,耕地面积大幅减少的势头有所遏制。各地农业投入普遍呈增加趋势,并且出现了社会投资快速增加的喜人局面。

在稳定农技推广队伍方面有进展。河南、广西、安徽、陕西等省区坚决纠正对农技推广机构"脱钩、断奶"的做法,抓紧定编、定员,江苏、四川、黑龙江等省增加科技投入,有效促进了农技推广工作。一些沿海发达地区改变忽视农业的倾向,出现了二、三产业回哺农业的趋势,涌现了一大批兴农的先进典型。

去年农业发展的实践再次表明:发展农业,领导重视是关键。只有领导真抓实干,才能解决农业发展的难点问题,才能为发展农业、振兴农业、加强农业提供保证。

启示之二:农业发展要靠全社会支持

在 1995 年全党上下抓农业的工作中,一个可喜的现象是,各行各业进一步重视农业、支援农业,开始了发展农业的"大合唱"。去年我国在增加农业投入,科教兴农,耕地保护,农用生产资料生产和供应,农产品运销,农业国际合作和智力引进,抗灾救灾,农业环境保护和农业宣传、农民教育等方面,各有关部门以及人民解放军、武警官兵都给予了大力支持,做出了各自积极的贡献。

去年夏秋时节一些地区遭到严重的自然灾害后,社会各方面为将灾害造成的损失减少到最低程度、尽快恢复生产、重建家园,纷纷伸出援助之手。人民解放军更是危难之时显身手,哪里有险情就出现在哪里,为抢救人民的生命财产冲锋陷阵,而且还帮助广大灾区农民恢复生产,重建家园。

在平衡全国农产品市场供求方面,各方面也全力合作,发挥了社会主义制度的优越性。去年年中,南方饲料粮价格暴涨,畜牧业面临严重的滑坡局面。国务院紧急决定从东北调运玉米入关,粮食、公路、铁路、航运等方面紧急行动,密切配合,上百万吨玉米千里迢迢源源运往南方各省区,使得当地饲料粮紧缺的局面大为缓解。

去年农业发展的实践再次告诉人们:人人要吃饭,农业是事关全民的大事,只有全社会进一步提高对发展农业重要性的认识,大力支持农业,我们的农业才能上新台阶。

启示之三:农业发展的外部环境至关重要

1995 年是我国农业发展的外部环境得到明显改善的一年。

近几年党中央反复强调,越是发展社会主义市场经济,越是要重视和加强农业。江泽民总书记多次强调,要把农业和农村工作摆在经济工作的首位。党的十四届五中全会审议通过的《中共中央关于制定国民经济和社会发展"九五"和 2010 年远景目标的建议》和江泽民总书记、李鹏总理在会上的讲话,从未来 15 年国民经济和社会发展全局的高度,再次阐明了农业的重要地位、发展目标和方针政策。这对于全党和全国进一步统一好对农业基础地位的认识,真正树立优先发展农业、强化农业的思想,形成全党抓农业、全社会支持农业的新局面,把农业和农村工作推向新的阶段具有深远意义和现实意义。

去年国家较大幅度提高了棉花收购价格,全国有 10 多个省实行定购粮价外加价,有 10 多个省区实行了粮肥挂钩、棉肥挂钩的优惠政策。这些政策和措施再加上市场上大部分农产品的行情看好,刺激了农民的生产积极性,为农业发展创造了较好的条件。

社会主义市场经济的推进,更使得我国农业的资源优化配置出现了新的景象。

日益增长的市场需求已成为农业发展的强大动力。12 亿多人口的食物消费和生活改善,二、三产业的持续快速发展,都对粮食等农产品的供给提出了新的更高的要求。去年以来,多数农产品出现了"旺销"景象,且具有较为广阔的市场空间,这为农业的发展带来了巨大的推动力。进入九十年代以来,我国粮食生产虽然没有较大幅度增长,但各方面对发展农业所做的工作积蓄了能量,孕育了新的增长因素。我国农业资源进一步得到开发,科技得到更广泛的应用。随着对农业投入的增加,农业的物质技术条件也在得到逐步加强和改善。有关农业的法制建设加快了步伐,农业法规的执法工作也得到了加强。

在全党上下日益重视农业和市场经济发展的形势下,农业越来越成为投资者感兴趣的领域。去年我国出现了大批工商企业向开发农业进军的新趋势,各级政府也开始重视积极探索农业企业化、产业化经营的新路子。

所有这一切都为农业的发展带来了良好的机遇。许多经济学者认为,中国农业发展正孕育着新的突破。

今年是"九五"的第一年。全党上下和全国各地都要齐心合力,力争农业有一个好的开局,取得一个好的收成,为改革、发展、稳定的大局做出新贡献。(1996 年 2 月 28 日)

我国谷物总产位列世界第一

1995 年我国粮食产量 4.65 亿吨这一创纪录的丰收,使我国在世界各国的谷物总产排名中继续位列第一。但与世界先进国家相比,我国粮食单产仍有很大差距,这同时意味着我国粮食生产还有很大增产潜力。

农业部有关专家将我国水稻、小麦、玉米、大豆的单产与世界水平进行的比较分析令人信服地揭示了这一点。

以 1994 年作比,世界水稻平均单产是每亩 236 公斤,我国水稻收获面积居世界第 2 位,平均单产为每亩 358 公斤,虽高出世界平均水平 51.5%,但只相当于单产最高的澳大利亚的 64.4%,单产水平在世界上排名第 9 位。小麦世界平均单产 1994 年每亩 167 公斤,中国为每亩 230 公斤,虽高于世界平均水平 37.7%,但相当于最高水平荷兰的 38.4%。玉米的世界平均单产 1993 年为每亩 246 公斤,我国为 311 公斤,高出世界平均单产 26.4%,但只相当于最高水平荷兰的 18.6%。荷兰玉米单产连续 3 年均达每亩 1667 公斤,超过一吨半。

我国大豆生产水平尚未达到世界平均单产水平。以 1993 年作比,世界平均每亩单产 167 公斤,我国每亩只有 104 公斤,只相当于世界平均水平的 62.3%。与世界单产最高平均 303.2 公斤的荷兰相比,差距就更大了。

据联合国粮农组织统计,世界 11 种主要农产品单产水平和 9 种农产品总量居世界前十位的国家中,中国仅有稻谷一项单产水平居世界第 9 位,其余均在 10 位以外,还有好几项低于世界平均水平;虽然有 7 种农产品总产量居前 10 位,但由于中国人口众多,人均占有量明显偏低。如何增加单产,提高总产, 以满足日益增长的消费需求, 是我国农业一个长期而艰巨的任务。(1996 年 3 月 29 日)

畜牧业日益成为实力雄厚的独立产业

持续、快速发展的畜牧业正日益成为具有相当实力的独立产业,不仅丰富了城乡居民的"菜篮子",而且在增加农民收入、吸收农村剩余劳力和稳定物价方面发挥着越来越重要的作用。

据农业部测算, 来自畜牧业的现金收入已占农民第一产业现金收入近一半。四川省"八五"前四年农村家庭人均出售农产品现金收入共增加 227.23 元,其中出售畜产品增加 167.63 元,占 73.4%。仅据农业部对 1994 年的分析,全年畜牧业总产值 4672 亿元。按当年全国平均劳动生产率计算,畜牧业直接创造的就业达 6555 万个, 仅饲料工业间接创造就业就有 266 万个。

畜牧业税收对地方财政收入的贡献不断扩大,畜牧业在许多地方被当作支柱产业来抓,特别是在中西部地区、粮食主产区,畜牧业越来越受到各级政府和社会各界的重视。近两三年畜牧业更成为吸引社会游资的产业部门之一。不仅农村规模饲养户大量增加,一些城镇工商户、机关单位和社会团体也纷纷下乡开办畜禽养殖场。养殖热成为许多地方引人注目的一大经济现象。

据国家统计局统计,目前我国物价上涨因素中,食品占 70%;在食品支出中,畜产品支出又占 30%。去年下半年,全国主要畜产品尤其是猪肉和禽蛋价格平均上涨幅度几乎为零,全年也只有 10%左右。这为实现全年物价上涨

指数控制在15%以内的宏观调控目标做出了积极的贡献。（1996年3月8日）

世界肉类产量五分之一以上来自中国

我国肉类生产在世界肉类产量中所占比重越来越高，目前全球肉类产量中已有五分之一多是我国生产的。据联合国粮农组织统计，1994年中国生产的肉类在全世界所占份额高达23%，其中猪肉产量更高达42.8%，预计1995年这一比重还会有所上升。

我国肉类人均占有量自1994年超过世界平均水平，国家统计局预计1995年可超过40公斤。去年全国肉类总产量高达4966万吨，比上年增长10.6%。农业部的分析表明，"八五"期间全国肉类生产总量年递增速度为11.8%，比"七五"高出3.6个百分点。除了在肉类生产中占大头的养猪业稳步发展之外，牛、羊、禽等食草型、节粮型肉类生产也加快了发展速度。秸秆养牛、养羊业已成为不少地区和农户脱贫致富的重要门路。

高效节粮型畜禽多年连续保持两位数的增长幅度。牛、羊、禽肉占肉类比重已由"七五"末的17%提高到28%。（1996年3月9日）

谁有眼光谁养牛成共识
我国秸秆养牛业发展快　牛肉产量跃居世界第六位

短短4年间，我国牛肉产量在世界上的名次已由第12位升至第6位。全国牛肉增产速度，在大宗肉类产品中也位居首位。专家认为，近年来各地推广秸秆饲养技术，为养牛业大发展做出重要贡献。

农业部副部长张延喜介绍说，从1992年起，在国务院领导同志的倡导下，经财政部、国家计委和各地政府部门的多方努力，秸秆养牛示范县项目实施顺利，共建秸秆养牛示范县59个，1993年末存栏牛、出栏牛和牛肉产量分别比上年增长16.3%、40%和57.5%，远远高于全国平均增长水平。据统计，全国已有10个县牛饲养量在20万头以上，出栏率达25%以上，存栏牛年增长率超过10%，产肉量达20%以上，秸秆处理利用率达10%。秸秆养牛业的发展，丰富了城乡居民的"菜篮子"，增加了农民的收入，促进了农牧结合、相关工业的发展和农业生产的良性循环。在示范县带动下，全国养牛掀起热潮。

据了解,1993 年全国生产牛肉 232.4 万吨。农区畜牧业发展已呈现良好态势,山东、河南、河北、安徽、四川已成为全国五大牛肉主产省份,这标志着我国农区畜牧业的巨大优势和发展潜力。牛肉产量最高的地区,仍是安徽省阜阳和河南省的周口地区。

有关专家指出,我国每年约生产 5.7 亿吨农作物秸秆,这是一项巨大的饲料来源。尽管这几年各地秸秆养牛发展很快,但采用秸秆氨化技术处理秸秆的数量和农户都不到总数的 2%。各地应加快秸秆养牛实用技术的推广,做好各项配套工作,使我国养牛业有更大的发展。(1994 年 4 月 11 日)

我国农村市场再度进入活跃期
县以下消费品零售总额增长速度创九十年代最高纪录

国家统计局农调队提供的信息表明,从 1994 年 3 月开始,我国农村市场商品销售额持续加速增长,目前已与城市市场基本同步增长。今年上半年全国县以下消费品零售总额为 2383 亿元,比去年同期增长百分之三十三,扣除物价上涨因素,实际增长仍达百分之十左右,创造了九十年代以来同期最高纪录。

在 1994 年农民人均纯收入增长百分之五的基础上,今年上半年我国农民现金收入继续大幅度增长。随着经济收入的增加,农民的消费支出也明显增加,农村市场再度进入比较活跃的时期。据国家统计局农村调查队统计,农民上半年用于生产的支出实际增长百分之四十以上。而一般年份农民人均生产支出仅增长百分之二十左右。

在农民用于生产费用的支出增长幅度加大的同时,今年 1 至 6 月,我国农民生活消费支出 423 元,与同期百分之十二的农民收入实际增长速度基本同步。

农民生产和生活消费支出的增加,表明农民对农副产品和工业品的购买能力增强,使农村市场上日用生活消费品购销两旺,许多适销对路、物美价廉的商品出现供不应求的局面,农民用于衣食住行的现金支出增加额也是近年来少有的。

从 1985 年起,我国县以下消费品零售额占社会消费品零售额的比重由三分之一降至 1994 年的约四分之一。农村市场的再度活跃,农民消费水平的提高,将对我国的工业生产产生新的需求,给工业企业和商业企业带来更多的机会和较好的市场环境。(1995 年 8 月 8 日)

重视和加强农业贵在落实　各地为农业升温"添柴加油"

　　江苏省农林厅厅长俞敬忠日前告诉记者,今年省里为农业办了几件大事:从今年开始,省里出面筹集 5000 万元以上用于农业生产技术的科研、攻关、开发;省里规定长期在基层从事农业技术推广的同志,退休后可比照对中小学教师的优惠政策,一律享受全工资待遇;省政府还拿出 2000 万元建立基层农技推广奖励基金与农业科技成果转化奖励基金。这些措施极大调动了农业第一线的广大干部、职工的积极性。

　　据记者了解,还有许多省份也采取了扶持农业和农村经济发展的一系列优惠政策和措施,加大了农业的投入。

　　四川省今年增加财政支农资金 4000 万元,并拿出 500 万元发展"三高农业"。

　　重庆市农业发展资金在去年增加 1700 万元的基础上,今年又新增 1500 万元。为确保各项增产技术措施的落实,市财政拿出 280 万元发展再生稻、30 万元发展旱地改制。

　　山东省今年制定和实施了一系列扶持粮棉生产的优惠政策,主要有:实行粮肥、棉肥挂钩政策,交售 50 公斤粮棉分别奖售 5 公斤和 15 公斤尿素;明确宣布不搞定购以外的"二征购";省内用棉由销区奖励产区每担 30 元。省级农业基本建设计划投资增加 3 亿元,比上年增长百分之二十一,省财政支农资金增加 1 亿元,增长百分之十七点七,主要用于农林水事业费不足、科技推广特别是良种、良法配套、农业开发等,其中拿出 2000 万元实施种子产业化工程。

　　辽宁省面对今年农业生产的繁重任务和恢复生产的难度,省、市、县三级都加大了对农业的投入力度。省财政预算内农业支出为 18.77 亿元,比去年增加百分之二十一点六,占地方财政支出的百分之六点九,主要用于修复水毁工程和"三高"农业项目。全省安排农业贷款 95 亿元,比去年增加了 10 亿元。省财政还拿出 1700 万元用于地膜覆盖补贴、水田抛秧栽培示范补贴等。

新疆维吾尔自治区今年提高了粮、糖等主要农产品收购价格,粮食收购实行了价外加价,小麦、玉米在国家原定价格基础上每公斤再补助 0.4 元,大米每公斤再补 0.6 元。农用化肥继续执行综合销售价,有力地遏制了化肥的大幅度涨价,各品种的化肥零售价格较去年增幅不大。今年自治区新安排科技兴农资金 1000 万元、"菜篮子"工程贴息贷款资金 3000 万元,继续执行调出棉奖励款和棉花差价款用于农业生产、征收棉花技术改进费用于农业生产等。

广东省去年仅国家有关部门如财政预算、信贷等对农业的投入达 185 亿元,省级财政支农资金投入 7.88 亿元,占省级财政支出的百分之十二点八。今年各级财政安排和配套的商品粮基地建设资金 9000 万元,省财政还安排"三高"农业项目拨款 5000 万元。全省农行系统计划安排"三高"农业贷款 30 亿元。此外,还合同引进 30 亿美元发展"三高"农业。

各级政府对农业的重视带动了亿万农民的投入有了明显增加。今年上半年,农村居民人均生产费用达 245 元,增加 84 元,比去年同期增长百分之五十二,扣除物价因素影响,实际增长了百分之十六,比去年同期增长速度高 12 个百分点。(1995 年 9 月 7 日)

"八五"新进展:百万老乡变成新渔民

"八五"期间,我国已有 100 多万农民不再出海谋生,而是从事起水产养殖业,成为新渔民。

农业部渔业局提供的信息表明:目前全国渔民总数约为 1100 万人。养殖已经成为我国水产品增产的主要来源和吸纳渔业新增劳动力的重要方面。仅去年一年全国新增的养殖面积就有 400 多万亩,养殖单产也明显提高。去年养殖产量占水产品总产量的比例已达 55%,比上年又提高了 3 个百分点。

全国名特优水产的养殖面积已达 700 多万亩,其中去年一年就扩大了 100 多万亩。以名特优品种养殖为龙头,许多地方形成了规模化生产。水产养殖成为不少地方农村经济发展的新热点。全国稻田养鱼总面积近 1900 万亩,其中去年新增的面积就达 300 多万亩,湖南、四川、广西、贵州、黑龙江等省年增加面积均在 20 万亩以上。

另据农业部统计,我国渔民去年人均纯收入达 3400 元,比上年增加 460 元,渔民的收入已经超过全国农民人均年纯收入的一倍多。(1996 年 2 月 27 日)

"八五"新进展:我国农业生产稳步登上新台阶

刚刚过去的 5 年是我国农业和农村经济全面发展的时期,农业生产走出多年的徘徊局面,综合生产能力大大提高,圆满完成了"八五"农业发展计划。

"八五"与"七五"相比,我国粮食生产在遭受历史罕见的自然灾害的情况下,不仅获得迅速恢复,而且还达到了一个新水平,粮食年均产量从 4 亿多吨增加到 4.5 亿吨,"八五"最后一年创出 4.6 亿多吨的历史最高纪录,粮食生产能力稳步登上 4500 亿公斤的新台阶。

肉类产量在过去 5 年间获得高速增长,年均产量由"七五"期间的 2460 万吨增加到 3930 万吨,水产品的年均产量则由 1040 万吨增加到了 1840 万吨,蔬菜的种植面积和产量持续快速增加,特别是保护地栽培面积的扩大,使得广大的北方在寒冷的冬天同样可以吃到鲜嫩的细菜。

农业部作为国务院主管职能部门,紧紧围绕稳定增加农副产品有效供给和稳定增加农民收入两大任务,突出粮棉、"菜篮子"和乡镇企业三大重点,立足抗灾夺丰收,在去年正式启动并落实了到本世纪末年新增 1000 亿斤粮食、1000 万担棉花、1000 万吨肉和 1000 万吨水产品"四个一千"的关键措施,经过"九五"期间的努力,使我国农业综合生产力争达到一个新的水平。(1996 年 2 月 28 日)

世界肉类增量的四分之三来自中国

中国肉类生产已成为世界肉类总产的最大增长点,年增长量已占世界增长量的大头。

联合国粮农组织公布的数字表明,在 1992 至 1994 年三年间,世界肉类增长的四分之三来自中国。1995 年我国肉类增长幅度高达 11%。

"八五"期间是我国肉类增长最快的时期,肉类生产以年均两位数字快速递增,使得我国人均占有肉类水平一跃超过世界平均水平。

农业部已确定在本世纪末一年再新增 1000 万吨肉产量的目标,以适应人口增长、消费水平提高和出口创汇的需要。(1996 年 3 月 28 日)

我国农村社区经济加快市场化进程

农村社区经济的市场化进程,已经成为我国九十年代农村改革和发展的新浪潮。市场在农村资源配置中的作用迅速扩大,有力地促进了农业和农村经济的发展繁荣、社会文明和农村社区的现代化建设。

记者从今天在京召开的全国村社发展经验交流会上了解到,近几年来,我国农村社区在市场化的发展道路上已经取得了可喜的成就。

村社生产要素的合理流动进一步扩展,农村劳动力跨省区向沿海地区、向城镇流动,规模每年都以千万人计;包括"四荒地"拍卖在内的各种形式的土地使用权的有偿转让,资金的融通、合作,人才的交流等日益拓展,使社区间、地区间和城乡之间的封闭隔绝状态进一步打破,生产要素优化组合,各种合作、联营包括农户间、村社间、企业间、城乡间以及工农、农商、农科等的合作、联营都有了新的发展。

农产品的商品化程度明显提高。农产品的综合商品率已从八十年代的 40% 左右提高到现在的超过 50%。"米袋子"和"菜篮了"产品大大增加。去年粮食总产比八十年代平均水平高出 1000 多亿公斤,增长 21.6%,肉、蛋、奶、水果、蔬菜等产品产量都有了大幅度提高,农产品市场空前繁荣。

农村社区经济结构按照市场需求进行着合理调整。村社的第一产业得到进一步加强,第二产业明显提高,第三产业蓬勃兴起,农村社区特别是东部地区和其他经济发达地区的村社,三产经营门类涉及众多行业,如商业、建筑、运输、仓储、旅游、房地产、装潢、文娱、卫生、饮食等等。村社经济由单一的农业经济向着农工商全面发展的经济转变,经济结构发生着深刻的变化,在农村经济总产值中,农业已经退居次要地位。

农村社区流通状况有了进一步改善。一是农村市场体系的发育、成长，特别是农村供销合作社的改革，加快了社区供销网点恢复的步伐。进入九十年代以来，随着农村流通体制改革的深化，在农民参与流通、拓宽流通渠道的同时，政府改善了对农产品的宏观调控及购销管理办法，市场日益发挥了对价格、供求的调节作用。二是农业产业化经营不断发展，开展了包括多种经济成分、多种经营形式的农产品的"贸工农"一体化经营。东部地区的一些村社，还大力发展出口商品生产，建设了一批外向型商品基地，引进利用外资，建立三资企业。有些农民还在海外办企业、做生意，仅乡镇企业在海外创办的企业就有 2000 多家。

农村经济市场化进程的加快，促进了科教兴农战略的实施，先进的科学技术在农业总产值增长中的贡献率已由八十年代初期的 20%左右提高到目前的 40%左右。农民从产品的商品化、市场化中获得的收入也明显增加。从1993 年以来，全国农民人均纯收入连续 4 年实际增长超过 5%。农民生活有了进一步改善，全国尚未解决温饱的贫困人口已经降至 5800 万人。

更为可喜的是，亿万农民正在改变着自给自足的小农意识，商品意识和市场经济观念进一步增强。越来越多的农民有了"为了卖而生产"的观念，按照市场需求安排自己的生产活动，追求"高产、优质、高效"，提高了土地承包、多种经营、扩大投资的积极性。

农村土地等经营体制进一步稳定、完善，全国已有一半的村社完成了土地承包期延长工作。在有条件的村社，农业的适度规模经营、农业的现代化也有了新的进展。（1997 年 3 月 30 日）

述评：中西部的超越说明了什么

1996 年，中国农业发展史上出现了一个具有深远意义的新闻：中西部地区农民纯收入增长幅度近 10 年来首次超过了东部地区。经济专家认为，这表明加大农业开发力度是中西部地区农民脱贫致富的可行之路，这预示中西部农业资源优势将加速转化为经济优势。

好政策带来新机遇

1996 年,我国农村居民收入实际增长幅度创"八五"以来最高纪录。其中中部地区农村居民人均纯收入达到 1763 元, 比上年增长百分之二十五点七;西部地区农民人均纯收入达到 1288 元,比上年增长百分之二十一点五;东部地区农民人均纯收入增长百分之十九点八。中部、西部地区农村居民的收入增长幅度分别比东部地区高 5.9 个和 1.7 个百分点。

国家统计局资料显示,去年中西部地区农村居民纯收入中,农业收入占三分之二强;去年农民纯收入比前年的增加额中,农业的贡献份额也占三分之二左右。这两个三分之二清楚地说明,中西部地区农业特别是粮食的发展潜力很大,在广大的中西部地区,依靠农业同样可以增加农民收入,可以致富。

政策好、人努力、天帮忙,这是中西部地区农民总结的去年农业丰收的重要原因。中西部地区的农村干部认为,中西部地区去年增产增收,一方面是天气条件有利于粮食生产, 更重要的是国家在宏观调控政策上向农业倾斜,连续两年提高了粮食价格,并且敞开收购,确保农民利益。这对促进中西部地区农业发展意义重大,给中西部农村经济发展带来了新机遇。去年西北五省粮食增产 60 亿公斤,加上东北地区的增产,就占全国粮食增产的一半以上。广大农民反映,近几年党中央对农业的好政策,特别是提高粮食收购价格的政策,给农民带来了巨大经济实惠。

为什么去年中西部地区成为中央农业政策的最大受益者? 国务院发展研究中心研究员陈锡文认为,进入九十年代以来,中西部地区对发展农业、确保农民增收高度重视, 因而没有出现某些沿海地区那样粮食生产滑坡的问题,一直保持了粮食的增产。特别是新疆等西北省区普遍加大了对农田水利基本建设的力度, 重视山区的综合治理,努力解决旱作区的灌溉用水问题,农业生产条件有了明显改善;实用科学技术的推广应用,也为增产增收发挥了重要作用。这些措施加上国家大幅度提高粮食定购价格,激发了广大农民的生产积极性,为中西部地区经济发展注入了蓬勃生机。

经济专家认为,现在国家把农业的发展作为经济工作中的重中之重,加强对农业的宏观调控。在这个大背景之下,中西部农业资源优势将加速转化为经济优势。中西部地区应该抓住机遇，发挥好自己的优势。

实事求是发展优势产业

在相当长的时期里，我国农产品供应将一直偏紧，需求很大。大需求就是大市场，大市场就是发展的大机遇。而中西部地区拥有丰富的农业资源优势，这种资源优势一旦与市场接轨，就会变成巨大的经济优势。中国管理科学研究院农业经济技术研究所所长郭书田认为，巨大的农产品需求已经展示了中西部农村地区振兴经济的路子。

国家统计局农调总队队长张新民说，与沿海地区相比，我国中西部地区土地、劳动力资源丰富，有着发展农业的资源优势。因此，在中西部地区，农业仍然是支柱产业。中西部地区发展关键是要实事求是，从本地实际出发，因地制宜发挥优势。

历史的经验值得借鉴。八十年代初期，联产承包责任制的实行和农产品购销政策的调整，极大地调动了中西部地区亿万农民的积极性，多年蕴藏的生产热情被激发了出来，农业的连年丰收带来了农民收入的大幅度增加。当时，中西部许多省份的农民人均纯收入增长幅度超过了东部地区。后来，随着东部农村二、三产业的快速发展，中西部地区尽管也试图依靠发展非农产业增加农民收入、赶上东部地区发展速度，但由于没有很好地发挥当地资源和经济优势，农民收入不但没有追上东部，差距反而越来越大。

实践证明，如果中西部农村在条件不具备的情况下，盲目套用东部地区的发展经验，往往会事倍功半，浪费大量的人力、物力、财力；而立足当地农业资源优势，稳步发展优势产业，反而能带来当地经济的大发展。

新疆农业的发展就是个很有说服力的例子。进入九十年代以来，新疆利用独特的水土和光热资源，全力发展棉花生产，形成了很强的竞争力。棉花已成为全自治区一个举足轻重的大产业。目前，新疆棉花总产约占全国产量的三分之一。一亩棉花的纯利润可达 500 元。新疆干部群众从实践中惊喜地省悟：种田同样可以脱贫致富奔小康。包括棉花在内的农业开发，目前已成为新疆最具吸引力的项目。截至去年底，全国已有 14 个省市在新疆投资 4 亿多元，建起 140 万亩棉花基地。

经济专家认为，过去十几年间，东部农村主要依靠发展二三产业走上了富裕之路。今后几年,中西部地区农民要实现小康,必须立足于丰富的农业等自然资源的开发,必须把种植、养殖、加工结合起来,实现贸工农一体化经营。随着社会主义市场经济的推进,农业的发展,不仅可以解决温饱问题,也是实现脱贫致富奔小康的突破口。对于中西部广大乡村来讲,既要加快发展二、三产业,更要重视加强农业的基础地位,把振兴农业作为富县富民的重要途径来抓。

中西部地区农业地位重要、前景广阔

去年中西部地区农民纯收入增幅高于东部这一事实,更增强了大家对加快中西部地区农村经济发展的信心。

农业部农业司司长崔世安说,这个具有历史意义的消息,不仅改变了人们多年来对中西部农村发展必然落后于东部的固定认识,而且也表明中西部地区农业在全国的地位会越来越重要。以西北地区为例,目前粮食生产已进入快速增长阶段。去年,西北地区粮食总产较上年增加 600 万吨以上。其中,陕西、宁夏、甘肃粮食总产增幅分别达到百分之三十三点七、百分之二十六点九和百分之二十五;新疆、青海增幅接近百分之十。这一速度大大超过全国平均水平,创造了西北地区粮食年度增长的历史最高纪录。按照这五个省区的发展规划,粮食生产还将继续保持快速增长的势头。今后四年,大西北还将新增粮食生产能力 400 多万吨。实践表明,增产可以增收,农业大有可为。

“九五”期间,国家决定加大对中西部地区资源开发和基础设施、基础产业的投资力度,特别是对农业开发的力度。在这样的宏观背景卜,中西部地区发展农业生产的基础条件必将得到进一步改善。

国家统计局农调总队队长张新民说,在国家投资政策向中西部倾斜和东中西部优势联姻的带动下,近年来中西部农村都保持了旺盛的发展势头。去年,中西部地区乡镇企业增加值增长幅度分别比东部高百分之五点一和百分之十六点五。此外,从投资结构看,中西部基本建设投资增长也分别比东部高百分之三点八和百分之五点三。从上述情况分析,中西部农业加速发展的条件会越来越好。

当然,中西部经济的腾飞不会一蹴而就,但是来自中西部农村的喜讯增

强了我们的信心:农业开发潜力巨大,前景广阔。在可以预见的将来,中西部广大农村将借助农业的深度和广度开发、借助农产品的加工增值而走上加速发展的金光大道。(1997 年 5 月 3 日)

荆江大堤安全度过 39 个伏秋大汛

新中国成立以来,国家累计投资 3 亿多元治理荆江大堤,提高了大堤的抗洪能力。荆江大堤已连续安全度过了 39 个伏秋大汛。

据水利部专家介绍,荆江大堤是长江中游重要堤防工程,是江汉平原的重要防洪屏障,号称"万里长江,险在荆江"。直接受荆江大堤保护的地区,包括荆江以北、汉江以南的广大平原湖区,总面积 13500 平方公里,有耕地 800 多万亩,人口 500 多万。

这一带地域辽阔,人烟稠密,经济发达,物产丰富。大堤一旦发生溃决,将危及武汉市以至整个江汉平原的安全,国家经济建设部署也将受到严重影响。因此,荆江大堤一直受到党中央和国务院的高度重视,是长江流域综合治理规划的重要组成部分,被列为国家重点确保堤防。

水利部、湖北省和荆州地区根据中央制定的"确保荆江大堤,江湖两利,蓄泄兼筹,以泄为主,上下荆江统筹考虑"的方针,40 年来先后采取一系列重大措施,进行大堤和配套工程的建设和综合治理。到 1989 年底,国家累计投资 3 亿多元,共完成培修加固土石方 1 亿多立方米,堤身断面比新中国成立前扩大三分之一,个别断面扩大 1 倍以上。与此同时,有关方面还先后兴建了举世瞩目的荆江分洪工程和下荆江的河道整治工程,以减轻洪水对大堤的压力。经过多年的建设、治理,荆江大堤抗洪能力有了很大提高。

水利部专家还提醒说,虽然荆江大堤多年未出现灾害,但堤防存在的主要矛盾并未解决,目前防洪标准仍然偏低,如遇特大洪水,仍有发生溃决的危险,亟须引起各方面的极大重视和关住。(1990 年 4 月 17 日)

中国乡村 1993:关于机遇的对话

十一届三中全会以后,我国的改革大潮最先从乡村兴起,获得了生产经营自主权的亿万农民最先抓住了自己的机会。

八十年代以来,商品经济的发展和市场经济的推进呈现出更多的机遇。而我国农村各种各样的机遇远比城市丰富和繁多。

当我们这些农村记者刚结束对东、中、西部乡村进行的一次为期一月的跨区域采访归来后,就有了下面这篇中国乡村机遇的对话。

改革为亿万农民提供了万千机遇

总社国内部记者王言彬:我国十多年来的经济体制改革发轫于农村。农民最先从改革中得到了实惠,改革也为他们提供了有史以来少有的发展良机。特别是近年来正在推进中的市场经济,给我国农村带来更多的机遇。

浙江分社记者胡宏伟:是改革大潮与市场经济发展的大环境,创造并孕育了无数的机遇。杭州万向节总厂在七十年代创办时还只是在一座破庙里的一个铁匠铺,几千元家底。但近十年间却连年猛翻。到去年发展为产值 2 亿多元,利税 4000 多万元,创汇 1200 万元,产品独霸国内市场,并畅销欧美几十个国家,下辖机械制造、贸易、金融、房地产等 13 家企业的浙江万向集团。集团董事长、著名乡镇企业家鲁冠球说:"为何前十年艰难徘徊,后十年得以大发展? 不是我个人有三头六臂,有多大能耐,而是改革开放与市场经济新体制为我们提供了大发展的机遇,使我们农民走出田野、走向世界梦想的实现变成了可能。"

四川分社记者王毅:这次从湖北、江西、浙江到上海,既是顺长江而下沿我国最重要的产区和"T"型经济格局的一端行进,也是横跨国土东西的采访,再加上多年在农业大省四川记者生涯的见识,我个人认为,目前农村发展的机遇之多,远超出了本世纪以来的任何时期。这是我国九十年代农村的大特点。当然,空前的机遇与七十年代末和八十年代初党和国家的大刀阔斧的改革、重新确定国家的发展道路有着最直接的关系。换句话说,它是改革提供的。这期间,由于改变了农村的生产关系,调整了利益结构,释放了农民压抑多年的生产热情,使得农业首次出现了大量、稳定的剩余产品,完成了发展所必须的第一个阶段的准备工作,摆脱了"吃饱肚子活下去"的生存困境,从而才有了更多的精力和财力追求以"活得更好"为目的的可能性和走向市场经济的条件,才有了今天的种种机遇。

机遇就在我们身边

胡宏伟：经济发展的关键契机是抓住了机遇。在七十年代末改革之初，机敏的浙江人率先"醒"来，感到可以一展身手的春天已经来临。鉴于中西部地区第三产业薄弱，发展空间广阔，于是 200 万"浙军"悄悄开往各地，干起了修鞋、理发、弹棉花等连当地人都不屑一顾的行当。结果，就在中西部许多人还蹲在墙根晒太阳的时候，每年数以十亿计的原始资金积累已源源不断流到浙江，而且密如蛛网的关系网、联络网也同时在全国各地撒开，这为浙江乡镇企业的较早起步并获得大发展奠定了坚实的基础。

王毅：大有大的机遇，但更多的就在你身边那些毫不起眼的事物上。江西铅山县后洲村农民汪会炎，1984 年因铜矿搞机械化，他失去了拉板车的工作。痛苦中他跑到福建一带，以为在这里可以寻找他的"富裕梦"。但是，真正使他梦想成真的却是几乎天天都见到的废酒瓶。从捡第一个酒瓶碰运气开始，他一直捡了近十年，不仅捡出了自己的富裕，而且还捡出了全村的富裕，以至于国家工商局一位副局长看到这个村一年要捡几千万个酒瓶，捡回四五百万元钱时，忍不住叹息："条条道路通罗马。"

湖南分社记者于磊焰：机遇实际上是时间、空间组合过程中出现的一种发展契机，稍纵即逝，谁抓住了领先一步，谁就占尽一时风流。沿海发展如此，内地发展同样如此。临澧过去是湖南一个默默无闻的小县，交通、资源没优势。但近年异军突起，跻身湖南"经济大县"行列，被当地当作"临澧现象"加以研究。县委书记对"谜底"的解剖却很简单："强化时机意识，大胆抢占机遇。"还是在 1982 年，联产承包责任到户，农村生产力、农副产品大丰收时，县委书记就意识到农村产业转移、发展乡镇企业的机会来了，全县抓住国家扶持发展乡镇企业的机遇，大投入、大开发，完成固定资产投资近 2 亿元。治理整顿期间，临澧从本地实际出发，"压空气不压士气，降温度不降速度"，在别人减速时，他们一鼓作气发展，增长速度比前六年还高 5 个百分点，一下拉开了同周边县的距离。治理整顿结束，他人举棋不定、大喊市场疲软之际，临澧人感到经济反弹的新高潮即将到了，提出要破"船小好掉头"的意识，树立"船小经风浪"的观念，采取"借船出海，坚持走出去；借梯上楼，坚持引进来；借鸡下蛋，坚持连续上"的战略，率先改革外经贸体制，80 多种产品打入了国际市场,利用外资近 3000 万美元合办企业,并开辟一个 20 平方公里的工业开发区,投资在 20 万元以上的技改、基建项目 58 个。当很多后上的开发区"晒地"时,临澧的开发区已经实现几千万元的效益了。这样,八十年代以来产业转移的机遇、治理整顿的机遇、经济腾飞的机遇,都被他们抓住了。

由此想到,对统领一方的党委、政府首脑而言,抓经济工作除脑瓜子灵活之外,必须具备一种大气,一种境界,一种视野高度,具有一种"化"的能力。这就是"把握大局,吃透两头",对经济运行规律,对国际经济局势、对国家的宏观产业政策,对本地的社会经济特点了然于心,只有这样,才能领先一步抓住契机。相对来说,在目前的经济格局下,身居中部内陆的领导者,更必须具备这样一种素质。

王言彬:所有的成功者,都是不失时机地抓住了机遇。这在乡镇企业的发展上面表现得就很明显。八十年代以来,东部沿海地区较好地抓住了乡镇企业发展的几个难得的机会,打基础、上规模、上水平,使乡镇企业有了长足发展,从而在客观经济环境并不宽松的情况下,仍能保持较高的发展速度。相反,由于主、客观原因,中、西部各省面对机遇,行动迟缓,"醒得早,起得迟,出门晚,上路慢",从而错失了许多良机。抓住机遇,就会使一个地区的整体经济和社会加速发展,一个企业一个村庄也是如此。抓住机遇就会迅速扩张和富裕。

放出一片新天地

胡宏伟:从政府的角度来说,要相信群众的创造力,尊重群众的创造,鼓励并善于引导群众大胆前行。只要这样,机遇就会在群众的涌动中大量出现,经济的大发展也才会成为可能,这是一种联动效应。

许多人都很惊羡今天的温州,认为那里发展的机会遍地,生命力极为旺盛。但是应当看到,这种活力并不是生而有之,不是上天对温州人的厚爱(由于地理交通不便,国家投资的不足,经济基础的薄弱,温州的先天条件是很差的),正如温州市市长陈文宪所言,温州之所以有今天的发展势头,原因之一正是政府敢于放手让百万温州群众大胆去闯、去试,使蕴藏在群众中无限的创造活力,在宽松的环境中得到最大限度的迸发。

于磊焰:合理的引导是必要的,但政府不能替农民"包打天下",事实上也包不下，湖南个别地方出现"赶鸭子上架"的倾向，计划经济那一套又来了，调整结构中规定农民只能种什么，不准种什么，不"照章办理"的就罚款，还罚得很重。如道县有的乡规定，没有完成烤烟种植任务，每户罚 10 元，少交一斤烤烟要罚 40 元，少种一亩甘蔗，要罚 60 元。农民把乡党委书记唤作"罚书记"。其实，政府该干的是为农民走市场搞好全方位服务，从政策上为农民创造机遇，提供信息让更多的农民把握机遇。许多农民说：市场经济就是"讲价经济"，算一算只要划得来，我当然要种的。

看来，把握住机遇不但要有经济的头脑，还要有经济的手段。

王毅：机遇在改革中。经济发展缓慢的地区，一个根本的原因是这里的政府管理方式仍然延袭着更多过时的东西，从而使人们缺乏成就个人事业的动力。如四川贫困的通江某乡，几个农民打算建一个石料加工厂，开发当地随处可见的大理石资源，解决"富饶的贫困"的问题，但是厂还没完全建起来，有关部门的这样那样的收费就使他们举步维艰，最后导致计划流产。这种"不去干事无麻烦，干事反添烦恼"的事，在农村中大量存在。又如彭县农民企业家杨芳古，这个辛苦了四五年，把一个乡由贫困乡镇带到全县第三富裕乡镇，为彭县成为全国著名的蔬菜外销基地起了巨大作用的人，最后被以事实上并不存在的偷税罪投进监狱，直到社会多方呼吁和国家最高法院干涉，方得以无罪释放。

相反，那些革除旧的管理方式的地方，经济发展就快。如与彭县近在咫尺的广汉县，在是与非，罪与非罪上以有利于发展生产力、调动人的积极性为衡量标准，以及在政策和管理中少说"NO"（不允许），多说"YES"（同意），从而成为巴蜀经济发展中的"明星"。比较起来，东部沿海之所以在经济成长上较中西部地区机会多，步子快，除了历史和地理的优越性外，也是因为在许多问题上的大胆革旧布新带来的。因此，"破"才有机会，不破则不立。

王言彬：山东苍山县在震惊一时的"蒜薹事件"后，及时引导农民发展商品经济，放手让农民自己去闯市场，同时积极培育市场体系，从而使全县经济迅速走出了蒜薹事件的阴影，进入了良性循环。现在苍山已成为山东的南菜园，多达二十几个品种的蔬菜畅销大江南北十几个省份。菜越卖越贵，越卖越多，数以万计的农民走南闯北，在商品经济的海洋中学会游泳，搏击风浪如鱼得水。

守株待兔,等不来机遇

于磊焰:机遇是一扇门,但不会对所有人都敞开。也许大门的那一面是另一个崭新的精彩世界,但幸运之门还得靠你撞开,而撞门是要付出代价的。这种代价对中部而言就是走出自我,加速改革。

内陆传统农区目前有一种很普遍的困惑和悲观,寄希望于中央政策拯救自己。应当承认,中部农村目前的困境有相当程度是过去的区域分工和旧体制造成的,如老商品粮基地调整结构中"尾大不掉"的问题等等。但另一方面,这些地方应该反躬自问一下:在完善经营机制、健全市场体系、调整产业结构、发展社会化服务体系上动作有多少?如果说沿海和内地之间经济发展已经出现了巨大差异,那么我认为这种差异不单纯是一种"数量"差异,更主要的是"质量"差异。差别的本质在于:沿海发达地区已经形成了一些市场"机制",它能保证经济发展良性循环,而这是内陆农区最缺乏的。目前中部地区有一种倾向:用发展代替改革。热衷单纯抓速度,上规模,搞开发,不去触及机制问题,这种"累积木"式的发展,从它构筑的第一天起就孕育了危机。其实,这几年中部的经济停滞已经把深化改革的课题推到了前台。对中部而言,抓住目前全国生产要素市场重新分化组合的机会,迅速打破"围城"的经济格局,大力改革不适应市场经济的经济运行和经济管理机制,尽快从"机制"上和沿海实现对接,而不去盲目地一味追求数量积累,这应成为中部地区谋求高速发展时的一种明智选择。这个机遇的获得是有代价的,前提必须是改革。

王毅:马歇尔·麦克罗汉曾形容我们今天的地球,随着电子媒介技术的快速发展,世界日益联系在一起,正在变成一个村庄,即所谓地球村。就一个国家来说也是如此,今天的中国由于大量的交往行为而出现了许多的机会。中西部成百上千万农民前往东部沿海一带,不仅挣到了过去从未有过的那么多钱,看到了从未看到过的世界景象,学到了从未有过的知识本领,而且为我国西部的发展带来了契机,缓解了这里日益加剧的人多地少的矛盾;使这里有了调整产业,提高效益,发展工业的可能。江西省1990年以前每年汇往外地的资金20多亿元,但近两年,这一方向得到了彻底改变,汇回的钱反而超出了汇出的一倍左右。这是百万农民外出务工的成果。

机会有时会找上门来,但更多的时候是要自己去寻找。近年日益多起来的乡村长跑"码头",就是意识到这一点后的反应,这些过去单纯跑田头、户头的乡村干部们,眼睛盯住的只是本乡本村的范围,眼皮难得抬起来一下,当他们走出去,发现了大片新天地,许多围绕他们的什么"卖粮难""卖猪难""卖橘难"等问题迎刃而解,并且还破天荒地引进了工业、技术和管理方法到乡间,操起了前人从未有过的事业。长江流域,农业已发展到靠投入更多劳动力为主争取农业进步而行不通的阶段,因此,乡村必须释放出去更多的人口,才能有发展的机会。

胡宏伟:机遇不能等、靠,而是要自己敢于去捕捉、获取。八十年代余姚市(当时为县)开始发展榨菜生产,种植面积迅速扩大,但市场销路不畅,很快滞销,有的烂在地里,农民心痛得掉泪。是坐以待毙还是干脆退回去不干了?一位五十多岁的余姚农妇(好像姓张)说:"我就不信邪,这么好的榨菜会没人要!"从来不曾走出方圆几十里地的她,怀揣本地产的小包装榨菜、方便面、一张全国地图这"三样宝",毅然登上了南下北上的列车,一双老布鞋踏遍了大江南北的 10 多个省市,这几年,仅她一人就硬是销出榨菜 500 万斤。正是无数像这位农妇这样的泥腿子组成的民间购销大军,把余姚榨菜推向了全国。现在,余姚榨菜年经销额已达数亿元,成为当地农村一大支柱产业,余姚也成了全国第一大榨菜产销地。

为抢机遇,不能饥不择食

王毅:抓机遇中易犯的一个错误就是"饥不择食"。在抓机遇中,不发达地区的地方领导人,过于迷恋发达地区的发展模式,一味相信只要照着做了就可以改变一切,没有看到自己的条件是否具备,结果犯了不少错误。我们曾经去四川的一个地区调查,这里的五个县当中,每个县每年都至少有五六十万元的投资变成了一座倒闭的工厂企业。有的机遇对他来说可能是福,但对你没准是祸。这里显然要提高一下是否是自己的机会的鉴别能力。江西省上饶县的鉴别力不错。它意识到自己无资源、无资金优势,故而从八十年代中期选择了一条"曲线救县"的道路,即发展传统的劳务输出业,几年下来,五分之一的劳动力去外地抱财回家,这一选择果然达到目的,使这个人均仅四分地的穷县一跃脱贫,人均收入从二三百元增至七八百元,并且靠这些人带回的钱建起了自己的工业体系，走上了一条健康发展的道路。

再是总想把机会独揽，缺乏风险与共利益均沾的精神。在四川川东彭水县，大理石矿沉睡千年无人开发利用。当外地公司来人投资建厂，荒田一下身价百倍时，村民不干了，县里领导人也不干了，又断厂里的电，又断厂里的水，想方设法赶人走，要自己来，结果厂子回到当地人的怀抱才几个月便"气绝身亡"。

还有的地方，在谈判桌上，把自己的"算盘"打得精而又精，从不想一下投资者来此的目的，恨不得把别人身上的财产一下子据为己有，一夜换个"人间"。

但是，在一些似乎眼前就吃亏的协议也敢签的地区，机遇却给予了丰厚的回报。

有些地方想抓机遇大发展，手段是多方向农民伸手，结果是无法使中国最大的人群有能力增加投入，向农民伸手弄来的钱，好处仅少部分人得到，结果事与愿违。这是抓机遇中最大最致命的毛病。因此，对农民等的"休养生息"的政策，是当前抓机遇中最为关键的一步棋。

胡宏伟：抓机遇要审时度势，善于冷静而准确地去把握，否则盲目蛮干，带来的可能是灾难。云和县是地处浙江西南部山区的省定贫困县之一。1986年工业总产值为 2966 万元，财政收入 558 万元。八十年代中期，国家投巨资在当地建造了紧水滩大型电站（主要是云和境内），云和得到了数量可观的电量分成，该县领导认为这是振兴云和经济的难得机遇。于是，1987 年一年中，该县主要依靠扶贫贷款，一下子兴办起 6 家高电耗企业，固定资产总投资达 1262.2 万元，相当于新中国成立后头三十年国家给云和的工业固定资产总投入。按县领导的乐观估算，这 6 家企业建成后年利税可达 877 万元，完全能实现经济大翻身。然而，由于技术不过关，缺乏管理经验，一步登天抱个金娃娃的美好愿望超过了自身经济能力，再加上市场紧缩等困难，结果开工后没多久，这几家企业很快全部陷入停产半停产。截至 1990 年底，6 家企业总负债额为 2192 万元，单年息支出即需 175 万元左右。仅据其中四个企业测算，潜亏总额高达 554 万元。这 6 家半死不活的企业给极其单薄的云和县经济笼上了浓重的阴云，从县领导到职工群众都心急如焚。

王言彬：一哄而上可能会出现一哄而下，都往一个门挤不行，要独辟蹊径。前些年各地发生的苎麻大战、烟叶大战等就都有这个问题。有人曾形容温州人的脑袋像一部雷达,每根头发都是直立的天线,接受来自方方面面的信息。但他们面对信息却是有选择的,选取市场最需要而自己能干的。

机遇与风险并存

于磊焰:农民想发财,最忌讳"大的做不来,小的又不做",成天价总想着一口吃成大胖子,出门就捡个大元宝。

机遇与风险并存,这个风险是市场风险、投资风险甚至还有"政治风险",想干点大事,不冒风险是不成的。这次从内地到沿海走一圈,一个很强烈的感受就是沿海发达地区的农民敢于冒风险,"舍不得孩子套不住狼",一次性投资十万几十万甚至成百上千万,"负债发展"的情况很普遍。为什么?这并不是一种轻率的赌博意识在作祟,而是基于一种强烈的市场竞争意识,闽南民歌《爱拼才会赢》在东南沿海流传很广,正是因为它表达了这种普遍的社会进取心绪。实际上,沿海一些地方是在"是是非非""香香臭臭"的争论中"平平仄仄"走过来的。当地一些农民干部说,我们不为气候的变化所左右,始终认准发展社会生产力这个目标,现在人们都看到我们繁荣了,但很少有人注意到这种繁荣是冒了很大风险的。因此,内地农村还要学沿海人的胆识和勇气。商场如同战场,没有胆识、勇气是不行的,宁可冒点风险,不可错失良机。

王言彬:珠江三角洲农民越干越敢干,越干越会干,越干越想干,他们对大小机遇都不放过。特别是那些风险比较大的投入,一旦认准了不惜以高利率借贷,例如养鳗、养优质鱼的农户敢于一次投资几十万、上百万元。令人惊叹的是,越是不怕输,就越是输不了,过人的胆识使他们迅速发家致富,难怪顺德有句话说:"最响是电器,最富是农民。"

胡宏伟:机遇与风险并存,要有敢于失败的勇气,如果首先惧怕失败,畏首不前,再多再好的机会也会丧失,最终一事无成。

1985年,温州市永嘉县40多岁的叶康松毅然辞去了公职,承包荒山400多亩,从事开发农业(主要搞果品生产)。不久,他又叩开了温州城门,在市内亮出了康松农业开发有限公司的招牌,逐步发展为拥有9个农产品生产基地(有的在福建北部)、两个销售门市部、一个运输车队的"农业托拉斯"一条龙企业。但他并不满足于此。他认为,不光要在国内开拓,还要及早放开眼界,去海外寻求大发展的良机。他决定投资 20 多万美元,到美国宾夕法尼亚州开办一家以养殖与种植为主的农业独资企业,当"洋老板",挣洋人的钱(这是浙江省第一家境外农业企业)。许多人认为这是异想天开、风险太大的"狂人之举",劝他放弃此念。然而,1990 年夏,叶康松终于登上了北京直抵纽约的国际航班,开始了艰难的海外创业。他不懂英语,就怀揣一摞小卡片,正面是英文,反面是中文,逢人就掏出来比画(可见其风险之大与胆略之大)。叶康松说:布满陷阱、别人都不敢跨入的雷区,往往隐藏着最多的机遇。风险越大,成功的收益也将是成比例地增大。不敢尝试的人,注定永远是最大的失败者。(1993 年 5 月)

农民负担与民工潮

全国 20 个省份有了农民负担监控机构

自今年 2 月国务院发出切实减轻农民负担文件后的三个多月里，全国已有 20 个省、市、自治区相继设立专门机构，以检查、监督、推动这项工作的顺利开展。

农业部体改司司长范小健介绍说，目前已建立专门机构的省份是：北京、天津、河北、内蒙古、山西、辽宁、吉林、黑龙江、上海、安徽、浙江、江苏、江西、福建、湖南、湖北、广东、海南、陕西、甘肃。这些地方已着手进行农民负担的调查、清理、整顿工作。

减轻农民负担是事关落实党中央十三届六中全会决定精神的一件大事。国务院已授权农业部负责组织开展这一工作。

农业部希望中央有关部委和各地认真贯彻国务院通知精神，采取切实措施，确保减轻农民负担工作顺利进行。（1990 年 5 月 16 日）

依法监控禁绝了"乱伸手"
黑龙江采取有力措施减轻农民负担

农民反映强烈的经济负担加重问题，在黑龙江省有了解决的"硬招"：省里颁行的《黑龙江省农民负担管理条例》成了减轻农民负担的"尚方宝剑"。对农民负担实行依法管理后，全省农民一年可减轻负担上亿元。

黑龙江省曾在 1985、1986 和 1988 年在全省范围内对农民负担进行过 3 次清理，但近几年农民负担仍有增无减。1986 年到 1988 年间，农民负担上升百分之二十四，而同期人均纯收入只增长百分之十六点一，农民负担的增加超过人均纯收入的增长。为此，省有关部门在连续 3 次清理农民负担的基础上，经过试点、调研、部门协调等大量艰苦细致的工作，为制定有关法律提供了依据。1989 年 7 月 22 日，黑龙江省人大颁布了《黑龙江省农民负担管理条例》，条例中明确规定了各级农委负责条例的组织实施，各级农村合作经济经营管理部门负责对承包费、乡镇统筹费的提取和使用进行审计、监督。

《条例》颁布后，有关部门依法加强了对农民负担的宏观控制。《条例》规定，农村收费项目和标准，由农委会同物价、财政部门审核，报人民政府批准方可出台。据此，从《条例》颁布起短短 7 个月内，农委共审核了省有关部门拟出台涉及农民负担的项目 16 项，否决了其中的 12 项，共可使全省农民每年少支付约 7000 万元。有关部门还编制了农民负担项目和标准，不合法的坚决取消，对合法项目的承担对象、执行范围、标准、立项依据、主管部门作了初步明确，进行了规范。

据了解，黑龙江省农委根据前一段农民负担清理整顿工作情况，已制定出了今年减轻农民负担的工作方案，力争今年全省农民负担比上年减轻 1 个百分点，每个农民减少 6.17 元。省里还将组织由 8 个有关部门参加的农民负担大检查，通过检查总结正反两方面的经验，进一步推动这项工作的开展，扎扎实实解决一些有关的具体问题。（1990 年 5 月 24 日）

农业部要求各地认真贯彻国务院《条例》切实减轻农民负担

主管全国农民负担监督管理的农业部近日要求各地有关部门，认真负起责任，积极贯彻国务院颁布的《农民承担费用和劳务管理条例》，积极有效地开展减轻农民负担工作。

据农业部副部长陈耀邦介绍，近几年来，农民各种负担大幅度增加。根据 29 个省份的统计，1990 年农民人均承担村提留和乡统筹费 41.15 元，占上年人均纯收入的百分之七点八八，比国务院规定高出 2.88 个百分点，比 1989 年人均增加 4.05 元。如果加上农民承担的其他社会负担如乱收费、乱罚款和各种集资、摊派等，农民人均承担 57.15 元，占上年农民人均纯收入的百分之十点九五，超出国务院规定一倍以上。

农业部近日发出通知，要求各级农业行政主管部门或农村工作部门及农村经营管理部门，近期要集中精力狠抓国务院《条例》的宣传和贯彻实施工作。农业部还决定,为了监督《条例》的贯彻执行情况,今后每年年底各级农民负担监督管理部门要在当地政府统一领导下,会同有关部门进行一次农民负担执法大检查活动,及时总结经验,发现问题,表彰先进,查处违反《条例》的行为,定期公布当年农民承担费用和劳务的情况,并逐步形成制度。

在今天举行的《农民承担费用和劳务管理条例》新闻发布会上,农业部有关部门负责人范小健介绍说,目前已初步审核出涉及农民负担的有 25 个国家职能部门,共有 8 大类 148 个负担项目。各地在摸清情况的基础上,已陆续开展了减轻农民负担工作。四川省明令取消了 20 多个负担项目,今年减轻农民负担 8.7 亿元;甘肃省取消了 21 个农民负担项目;黑龙江省明确规定了农民的负担项目和标准。尽管农民负担增长速度过快的势头有所抑制,一些地方开始下降,但仍有一些地区还在继续出台新的农民负担项目。

(1991 年 12 月 20 日)

“农民负担卡”为何发不下去

辖 9 个县区的衡阳市是湖南的粮食主产区,近年农村集资失控,收费过乱,摊派成风,农民呼声不绝于耳。为控制住农民负担的“入口”,衡阳市有关部门设计了“农民负担卡”,上面摘录了国务院的有关规定,并分类明细列出法定税收、乡村统筹提留的定项定额、使用范围和承担办法,农民一册在手,权利、义务、政策了然于心。

这张卡片的策划负责人说:“我们的意图是,促使随意性很大的农村收费规范化,便于监督检查。同时,把中央的政策直接交到农民手中,让他们掌握自我保护的武器。”许多县、区对这张卡片寄望很大,要求一定要发到每个农户家里。但实施的结果,半数以上落了空。

产粮大县衡南一次印制 27 万份,光成本就花去 1 万多元,领导在会上讲了话,县政府也发了通知,要求正在县里开会的区、乡负责人散会后把卡片带回发下去,但有的乡镇根本不来领,有的虽然领了回去,却锁进抽屉或在柜顶尘封了。据衡南县农委摸底,实际发到了农民手中的不到百分之四十。这个县还印制了 1 万份国务院《农民承担费用和劳务管理条例》布告,要求张贴到组,但据反映,有 3000 多张到乡镇后就“失踪”了。有一个乡把“农民负担卡”带回去后,来了个“狸猫换太子”,自己另印了一份收费表发下去,向农民收款是一本账一种卡,向上面汇报则是另一本账另一种卡。

与衡南毗邻的农业大县衡阳,情况也差不多。据当地估计,约百分之六十的负担卡没有真正发到农民手中。

"农民负担卡"为什么发不下去?当地几位不愿披露姓名的基层干部谈了他们的看法。一位乡长承认,他们那里没把卡片发下去。他说:"我们基层干部有什么办法?农民明白了政策底细,会对一些做法进行抵制,到那时,该收的收不上来,该开支的还得照样开支,这笔钱从哪里来?"他所在的乡还有区管着,全区共管辖5个乡镇,干部职工有230多人,其中超编人员占了将近一半,这230多人的工资、补贴、福利和办公费用开支一年至少要75万元,而县财政和部门拨款不到33万元,40多万元的缺口要靠直接或间接向农民摊派收费解决。一位农经干部说,他调查的一个乡,编外人员共有18类,其中全部靠向农民收费维持的有户籍员、线务员、话务员、农机员、司法员、国土员、保险员、城建员、审计员、林业员、计划生育员,由农民解决部分经费的有农技员、文化辅导员、广播员、计划生育专干、水利员、财税员和企业办人员。

一位乡党委书记说:把政策交给群众,让农民自己保护自己,我举双手赞成。但现在很多"红头文件"都来自上面部门,个个理直气壮:摊派老鼠药是保护生产、保障农民身体健康;强派保险是为农民奔小康提供风险保障;强派增产菌是健全社会化服务体系;摊订报刊是提高农民素质,两个文明一起抓;超标准集资建卫生院是保护发展农村生产力等等,基层干部哪个也惹不起,顶不住,这样的话,农民就是拿着那张卡,也难挡住那么多"箭"。

这些基层干部最苦恼的是,"上面千条线,下面一针穿",这个"一票否决",那项"列入考核",这个立"责任状",那个交"抵押金",处处都和自己有切身利害关系。

一些收费不减吧,要得罪农民;减吧,要得罪部门甚至分管领导。一位乡干部说:"我们搞基层工作的夹在中间,上下受气。"

目前在强大的行政干预压力之下,这里的达标、集资、摊派叫了"暂停",但风头一过,会不会卷土重来,农民和基层干部都捏了一把汗。听到今年湖南要在全省范围内推行"农民负担登记卡"制度的消息,不少人嘀咕:这样就能真正解决问题吗?(1993年5月10日)

把"尚方宝剑"交给亿万农民
九省区实行农民负担监督卡制度

今年以来,先后有 9 个省、区实行农民负担监督卡制度,另有 10 多个省已在部分县市推行这一制度。如今农民一卡在手,有了"尚方宝剑",合法负担积极交纳,而对不合法的负担可以理直气壮地拒绝了。

已普遍实行农民负担监督卡制度的省份是:山西、内蒙古、黑龙江、河南、湖北、湖南、甘肃、宁夏、新疆等。据了解,这些省区的农民负担监督管理卡已在年初下发到农户。

农民负担监督卡制度的主要内容是,把当年农民应承担的村提留、乡统筹费、劳动积累工和义务工劳务,按照预算审批方案,由乡镇经营管理站以户为单位逐项分解填入卡中,每户农民凭卡上缴费用和承担劳务。除税收之外,任何单位和个人不得向农民收取卡外的不合理款项,从而使农民做到"负担一年早知道"。

各地的实践证明,实行这一制度,既增加了农民负担的透明度,有利于接受群众监督,便于农民自觉抵制不合理负担,又有利于强化农民的义务意识。以往乡村提留、统筹大多是乡村干部要多少,群众就得交多少,也弄不清有哪些项目。实行负担监督卡制度后,做到提取有项目,收缴有结算,开支有审计监督,群众一目了然。同时这一制度的实行,也使农业负担管理体制易于理顺。过去农民负担款的收取、管理、使用混乱,实行负担监督卡制度后,农民各项合理负担直接写在卡上,由各级农村经营管理部门负责审核、提取、收缴和结算,使农民负担监督管理部门便于开展工作,进而建立起新的有序管理机制。(1994 年 9 月 12 日)

对农民负担反弹问题不能等闲视之
国务院近日派出检查小组分赴各地

最近一个时期,农民负担反弹问题引起党中央、国务院的高度重视。国务院派出的检查组将于近日分赴各地,开展农民负担专项执法检查。

据农业部副部长万宝瑞介绍,近几年来,在党中央、国务院领导下,各级、各部门为减轻农民负担做了大量艰苦细致的工作,取得了明显的成效。

据农业部百县调查测算,1995 年农民人均承担的提留、统筹占上年人均纯收入的 4.86%,劳务负担总体控制在规定的限额之内。农民承受的社会负担人均 20.5 元,比上年增长 21%。不容忽视的是,当前农民对负担过重特别是负担反弹的问题反映强烈。减轻农民负担工作的形势依然严峻,主要表现在:中央明令取消的收费项目和纠正的错误做法一些地方仍然存在;擅自出台加重农民负担的项目和强制农民出钱出物出工的达标升级活动又在一些地方出现,"三乱"在一些地方又有抬头;提留统筹费管理的难度越来越大;个别地方还发生了因加重农民负担引发的恶性案件。

根据国务院批准的减轻农民负担执法检查方案,这次检查的重点是国务院"约法三章"的贯彻落实情况,特别是各地治理向农民乱收费、乱集资、乱摊派问题。具体检查内容是:各级党政主要领导是否真正把减轻农民负担工作纳入议事日程,省、地、县各级农民负担监督管理体系是否健全;如何贯彻全国农民负担监督管理工作会议精神,采取了哪些新措施;1993 年中央明令取消的项目有没有恢复执行或变相执行,省及省以下各级是否出台了涉及增加农民负担的项目和文件,是否有未经审批乱开口子的现象;农民负担日常监督管理制度,特别是预决算、专项审计、监督卡三项制度的推行情况,有哪些好经验、好办法。

另据了解,国务院这次派出的检查组由农业部、监察部、财政部、国家计委、国务院法制局组成。有关新闻单位也将随执法检查组进行采访报道,宣传各地减轻农民负担的好经验、好办法,同时对有令不行、有禁不止的反面典型也将予以曝光。(1996 年 1 月 11 日)

年终岁尾农业专家再敲警钟:
农民负担不能反弹!

今年我国农村经济全面发展,农民收入也比上年增加。年终岁尾,农业部有关专家提醒各地,对农民收入水平不能估计过高,要继续做好减轻农民负担工作,不能出现反弹。

随着党中央、国务院一系列加强农业政策措施的贯彻实施,今年我国农业生产获得了大丰收,农民收入增加,农村经济全面发展。据国家统计局统计,今年前三季度,全国农村人均现金收入比去年同期增加 223.7 元,扣除物价因素,农民收入实际增长 10.2%,达到 1348.4 元。预计全年农民人均纯收入比上年增长 5%左右。

农业部农村合作经济指导司的有关负责人指出,我们对此要保持清醒的头脑,绝不能估计过高。一要正确地估计农民的实际收入水平。农民收入提高了,但相应地支出也增大了,同时还要为明年留下生产资金,所剩就更少了。其次,一些地方因灾减产,部分村、户收入降低,在这些地方,农民的生产和生活问题还面临一定困难,绝不可因面上的丰收而忽视了这部分地区的农民生活问题。二是注意做好减轻农民负担工作。历年的经验表明,越是丰收之年,越要注意保护农民的生产积极性,绝不能向农民乱伸手。目前农民负担过重仍然是当前农民反映最强烈的问题之一,有些地方问题还相当严重。据统计,今年前三季度,全国农民人均负担为 37.4 元,比去年同期多支出 7.2 元,增长 24%,超过前三季度农民现金收入增长幅度,负担水平仍居于高位。因此,各地要严格按照国务院"约法三章"的要求,继续做好减轻农民负担工作,保护好农民的生产积极性。(1996 年 12 月 25 日)

减轻农民负担要处理好几个辩证关系

全国人大代表、山东省日照市委书记尹忠显提出,切实减轻农民负担要正确处理好几个辩证关系。

尹忠显说,近年来,党中央、国务院、全国人大常委会对减轻农民负担工作高度重视,各地也采取了一系列措施,取得了明显成效,受到农民的欢迎。

他结合地方工作的实践提出,减轻农民负担要处理好以下几个关系:

一是考核干部,既要看他创造的政绩,又要看他执行党的政策的情况,正确处理政绩与政策的关系。在考核任用干部时,要全面衡量,综合评判,既要看近期的效益,又要看长远的发展;既要看经济效益,更要看社会效益;既要看局部效益,又要看全局的效益。要把多数群众公认作为使用干部的一条十分重要的依据。要看老百姓满意不满意、高兴不高兴、拥护不拥护才行。

二是为民办事,既要尽力而为,又要量力而行,要处理好需要与可能的关系。既要办实事,又充分考虑广大农民的实际承受能力。朝农民要钱,都说不多,只是一个鸡蛋钱。可是你一个,他一个,到了农民那里算总账就是一篮子鸡蛋了,农民吃不消,影响了正常的生产和生活,农民怨气冲天,就把好事办成了坏事。

三是在工作方法上,既要运用行政手段,又要实行民主管理,处理好民主与集中的关系。特别是对一些公益事业的建设和管护,实施中让农民参与并接受群众监督,这样才能上下一心,共同做好各项工作。任何事情如果得不到老百姓的理解、关心和支持,到头来肯定会是劳民伤财,劳而无功。

四是对待基层干部,既要严格教育,又要真心爱护,处理好处分与保护的关系。近几年各地发生的加重农民负担的一些恶性案件,大多是因为有些基层干部政策水平低,干部作风粗暴,方法简单,态度生硬,激化矛盾从而酿成恶性案件发生。一方面对这些干部要严加教育、管理和查处;另一方面许多加重农民负担的项目都是上级压下来的。大量的工作要靠处在第一线的干部去做,去抓落实,对那些遵纪守法的干部还要切实保护他们的工作积极性。但对那些违法乱纪、欺压百姓,催粮逼款动辄牵牛、赶猪、搬东西、扒房子甚至打骂农民的干部,一定要严肃查处。

五是要教育农民既要依法减轻负担,又要尽到对国家和集体的义务,处理好权利和义务的关系。《农业法》和国务院有关的法规对农民应尽的义务作了比较明确的规定。各级干部特别是基层干部和有关部门,要把法律、政策交给广大农民,让他们清楚哪些是合理负担,哪些是不合理负担,自觉履行应尽的义务。还要教育各级干部依法办事,依法行政,自觉保护农民的合法权益。(1997 年 3 月 14 日)

一些人大代表提出不能在百分之五上打农民的主意

出席本次人大会议的一些农民代表指出,减轻农民负担的有关法规、政策要不折不扣地加以贯彻执行,决不能在数字上玩花样,加重农民的经济负担。

按照国家的有关规定,农民一年负担的村提留、乡统筹资金分别有三项和五项,又称"三提五统",负担的金额不能突破上年农民人均纯收入的百分之五。但是很多地方在执行有关政策时走了样。

来自陕西的罗洪溪代表说,到农民家收粮、收款搞乱摊派的都不是一般人,希望各级领导好好找找原因,切实加以解决。他举例说,我们那里规定,今年农民每人要交 3 元钱的征兵费,也不知道是谁批准收这种费的。

安徽王世清代表说,减轻农民负担问题讲了多少年,国家很重视,老百姓很欢迎。一些明的集资、摊派、收费有所收敛,但变相的还存在,主要表现在农业生产资料价格不断上涨,导致农业增产不增收;村镇规划建设不量力而行,搞行政摊派,强迫农民出资,农民意见很大;农村公益事业不考虑农民的意愿和承受能力,带有强制性;百分之五的限额不按照纯收入算而按毛收入,有的地方领导虚报收入求"政绩",苦了老百姓。还有的代表反映,现在有些地方为了多从农民那里收钱,有意虚报农民的收入,人为搞大百分之五的基数,从而"名正言顺"地加重农民负担。

一些人大代表认为,许多地方出台加重农民负担的项目,主要是想多干点出"政绩"的事,考虑个人的晋职升迁。他们提出要把百分之五的限额变成高压线,谁触摸就让他付出代价。(1997 年 3 月 5 日)

农民负担透视

在近两年的农村诸多问题中,既是经济问题又是社会问题甚至还是政治问题的农民负担,成为最令人关注的热门"话题",减轻农民负担也成了近期农村工作的一个重要内容。

那么,农民负担究竟重到了什么程度?

罚款没边,摊派没底

近年来,一些地区、部门对农民罚款、摊派成风。农民和基层干部反映强烈,意见很大。

动辄得"罚"。四川有的县要求农民发展副业生产,谁要完不成下达的指标,就要交罚款。如少交 1 公斤蘑菇要罚 0.10 元,少交 1 公斤黄麻罚 0.20 元。贵州某县规定,不按任务种烤烟农户要罚交认识费 30 元。

有的罚款被作为捞取部门利益、单位好处的手段。海南省一些县的乡镇派出所在向农用车辆罚款时采取不要收据罚 20 元,要收据罚 50 元的办法。

被强迫参加保险的情况也不鲜见。从有关部门调查的情况看:不少保险都是通过政府发文件,部门定指标,利用行政手段强迫农民参加的。有些地方把保险费纳入合同进行统筹,硬性扣取。

近年来,许多部门和行业在农村大搞达标升级活动,加重了农民负担。这些名目繁多的达标创优活动大多是部门、行业从自身的发展出发强制推行的,没有考虑到农业生产和农民的经济承受能力。如山东有个贫困县的公安部门搞派出所达标,要求每个乡3个人,征3亩地,建18间房,集18万元。这个县有一个乡人均收入才300多元,有些村才180多元,而乡派出所只有两个人,在原有7间房子的条件下,为达标,又盖了7间房子。对此,农民很有意见,称这都是"部门出点子,农民出票子","这达标,那达标,都要我们掏腰包。"

想服务盼服务,部门来了怕"服务"

目前,群众普遍反映有一些为农民生产、生活服务的部门和单位强制服务、强行收费,主要形式是:

强制性推广一些生产、生活技术。贵州省麻江县政府去年下文要求在农村推广"节能灶"(农民改建一个节能灶要花费150元),凡在年底前未改建完成的农民,每月罚交森林资源补偿费3至5元。

强制性推销商品。湖南省有个县电力部门向农村强行推销配电瓶、变压器,妇联也强行推销养猪添加剂。还有不少地方党政部门高价向农民推销农业生产资料和生产、生活用品,不买还不行。

强行收费。有的地方农机局为了部门利益,在销售给农民的柴油中每公斤强行加收柴油指标分配手续费及农机管理费。这些生产性服务费与村提留、乡统筹费捆在一起,签订在农民的承包合同里,农民非交不可,而部门的服务能否兑现却无人监督。对这些部门的强行收费,农民又气又怕,既惹不起,又躲不起。

村提留、乡统筹取用混乱

从有关部门的统计数字看,大多数地方农民直接承担的村提留、乡统筹费基本控制在国家规定的5%以内。但实际上由于这两项费用收取、使用上的混乱,不少地方农民的实际负担要比统计数字大。

一些地方为多向农民收钱,故意混淆政策界限。他们或将超过5%的村提留、乡统筹费列为"乡村两级集资""农民承诺"或"共同生产费",甩在限额以外,或把非法"统筹"塞入合法统筹项目。山东某县有个乡1991年实际收取的16项"统筹"中,除去合法统筹、生产费用和救灾款外,有9项属非法"统筹",非法部分占该乡上年人均纯收入的16.6%。

不少县、乡、村预决算制度根本未建立起来,想收多少就收多少。有些乡、村预决算制度虽建立起来了,但形同虚设。各地一些县、乡都有预算,但并不作为向农民收费的依据。春季先收一次,到年底,差多少,再收多少。

国家对三项村提留、五项乡统筹的用途作了明确的规定。而且严禁把乡统筹费平调到乡、村集体经济组织以外使用。但事实上,平调、挪用十分严重和普遍。

乡村两级办学经费、民兵训练费及乡村道路修建费上缴县有关部门使用的做法普遍存在,这实际上是平调农村集体资金。这些钱收上以后,有的用于平衡县级财政赤字,有的用于弥补部门经费不足,有的用于发放干部职工奖金。

山东某县有一个乡去年向农民收各种"统筹款"402.99万元,乡财政挪用达117.77万元,占29%,主要用于:建乡政府办公楼,乡政府及派出所购车,乡政府房屋修缮,乡政府及有关部门车辆耗油及维修,购置办公设备,雇用临时人员工资,乡政府及有关人员福利、开会、奖金,乡政府老干部医疗费、招待费等10多个项目。

一些乡干部反映,上级平调、挪用造成乡统筹费的资金缺口,只有靠突破5%限额比例,追加提取来弥补。这样,农民负担势必加重。

不能随便打农民的主意

60年代中期,有的同志看到农村经济的恢复和发展,认为1961和1962两年农业税调减太多,提出要增加农业税。当时周恩来总理知道这一情况后,斩钉截铁地说:"你们今天记录在案,我活着的时候,你们不能增加农业税负担;将来我死了以后,你们也不能随便打农民的主意。"快30年了,这番话音犹在耳,发人深省。

80年代以来,党中央和国务院对农民负担问题一直很重视,始终将保护农民利益作为农村工作的首要出发点,先后制定了一系列政策、措施,对减轻农民负担起到了一定的作用。

问题在于，由于种种原因，目前农民的负担仍然较重。

据了解，减轻农民负担的关键之一是各级领导部门，因为许多加重农民负担的项目都是这些部门出台的。如果这些部门对于农民负担问题没有清醒认识，不从自身开始采取得力的措施，那么农民负担过重的问题是难以解决的。

据农业部全国减轻农民负担办公室负责人介绍，目前作为国务院授权的农民负担主管部门，农业部在这方面的工作重点是，加紧落实中办、国办紧急通知的内容，协调、督促各部门对涉及农民负担文件的清理，制定惩处加重农民负担行为的法规，着手在各省设立减轻农民负担的试点县。

这位负责人表示，减轻农民负担是全党、全社会的事情，仅仅靠农业部门是很难完成的。这是一个涉及面广、工作量大的艰巨任务，没有各方面的配合和支持是很难开展的。另一方面，加快经济发展，提高农民收入，增强国力和集体经济实力，则是从更积极的意义上有利于减轻农民负担。（原载1993年新华社《半月谈》杂志）

农民的家底到底咋样

记者前不久到山东、江苏等省采访时了解到，在经历了去年历史上罕见的旱灾之后，我国相当一部分粮区暴露出了农民家底不厚实，抵抗自然灾害的能力低，承受各种负担的能力脆弱等问题，值得人们进行认真的思考。

一场旱灾吃掉多年的"老本"

改革开放以来，特别是进入90年代后，党中央出台了一系列保护农民利益的政策，使我国农民的收入水平明显提高。到去年为止，全国农民人均纯收入已达2090元，比1991年增加了500多元。

然而，去年的一场旱灾却给刚刚步入温饱的中国农民和各级干部敲响了警钟。据了解，去年全国受旱面积达到4.7亿亩，其中成灾2.67亿亩，绝收高达5500万亩，成灾和绝收面积都是新中国成立以来最大的。

记者在基层采访时，许多干部群众几乎重复着同样一句话：一场旱灾吃掉了多少年的老本。东北某县政府的一位同志说："东北农民的生活水平在全国处于中游位置,咱县在全省也是最好的了,可也就是温饱水平,去年一场旱灾,农民就承受不了。今年全县 31 个乡镇,最少也要有一半收不抵支。"

由于农民手中缺乏现金,今年的春耕也深受影响,一些农业省份春耕投入遇到前所未有的困难,有的省资金缺口达到 20 多亿元。

这种现象在产粮区相当普遍。国家统计局的数据表明:目前,我国每家农户生产性固定资产原值只有 3605 元,其中牲畜 905 元,农具和农机 968元,运输机械 608 元,生产用房 900 元,工业机械也仅有 113 元。从中不难看出,农民的家底并不厚实。

家底为啥不厚实

也许人们要问:经过多年的改革,农民生活有了很大改善,为什么受次灾就掏空了家底?

首先对人民生活水平不能估价过高。山东是经济比较发达的省份,农民人均收入高于全国平均水平,但即使在这里,相当多的农民也只是解决了温饱问题。一些基层干部认为,尽管统计数字显示农民人均收入达到 2200 元,但实际上现金收入并没有那么多,除去全年供养生活的实物之外,再刨去生产投入,实际用于改善生活的现金更有限。

一些地方从事农村工作的同志说,现在农民的负担普遍在 10% 到 20%。用农民的话说现在是"头税(农业税)轻,二税(提留、统筹)重,集资摊派无底洞"。一般人认为农民负担只有上年纯收入的 5%,实际上这个 5% 与农民全部负担是两个完全不同的概念。5% 是指乡村 3 项提留、5 项统筹的数字,有许多负担项目是不进入这 5% 的。某县一位农民说:"现在上边给咱一张负担明白卡,可这明白卡上'其他'一栏最让人不明白,啥不明不白的负担都从这里走。"记者从国家统计局了解到,农民一年纯收入中只有六成是现金,其他都是实物收入,大部分直接消费了。而农民支付各种负担却要用现金。有的农民告诉记者,现在普遍感觉是"有饭吃,没钱花"。

农民抵御自然灾害的能力较弱。近年来,随着农业的不断升温,农民用在农业生产上的资金越来越多。山东、吉林等地春耕投入逐年递增,仅吉林省农民去年春耕投入就达几十亿元,大部分是靠贷款种地,但去年一场大旱使农民遭受了巨大损失,农民根本无法承受。

在全国产粮状元县农安,县委政策研究室主任胡启福深有感触地说,这里连续五年四丰收,可去年一受灾,农民就无法承受,说明农民对自然灾害的承受能力十分有限。此外,广大农村尤其是粮食产区的农民并没有真正富裕起来,原因之一是存在政策"沙滩流水不到头"的问题,实惠没落实到农民头上。虽然国家对粮食实行保护价政策,丰收时还好办,一遇到灾年就没了保证;同时生产资料价格居高不下,将农民从保护价中获得的一点利益吃得一干二净。

农民需要休养生息

许多基层的干部群众反映,目前农村亟待解决的问题是,要给广大农民一些休养生息的政策,以便于我国农业拥有长足的发展后劲。

某县一位镇人大主任的观点很有代表性,他说,现在农村的情况是土地年复一年地耕种,需要养地培育地力,农民连年交粮交费,也需要休养生息。他还给记者算了一笔账,去年种一垧地,化肥、种籽、农药、农具和农业税等费用,成本 3000 多元,一垧地一般打 4000 公斤粮,按 0.80 元一公斤算,只能卖 3000 多元,再加上人工费,这一年不仅白忙乎了,而且还要搭钱。许多人反映,现在主要问题是种地"没账算",导致两个结果,一是农民种粮积极性下降,二是即使种地,投入也要大幅度减少,因此影响今年粮食产量。现在已经出现了一些农民种不起地,准备转包的情况。

农业部政策法规司原司长郭书田说,给农民以休养生息的政策,为农村经济发展和粮食生产的稳定提高创造一个比较宽松的环境十分重要。农民收入是个大问题,特别是现在消费市场不景气,开拓农村市场,关键还是农民手中要有钱,否则只能是句空话。

对于休养生息的政策,有关专家建议:坚持家庭联产承包制等党在农村的基本政策不变,稳定农民的种粮积极性;加大减轻农民负担的力度,下决心精简农民供养的乡村干部和工作人员数量;两三年内停止政府和相关部门上基建项目、购买汽车以及其他高档用品;坚持按保护价敞开收购粮食的政策,让农民种地有赚头;国家应继续增加对农业的投入,重点向粮食产区投入;国家应采取倾斜政策扶持农区的农业产业化进程,让农民不仅从粮食生产获得收入,而且从销售和加工环节获得实惠。(原载 1993 年新华社《半月谈》杂志)

农村富余劳动力何处去
——关于"民工潮"的思考

（一）

随着春节的到来,民工异地流动形成高潮。各地信息表明,春节后还会有上百万农村劳力第一次离开家乡,加入外出打工的行列。

这一时期民工的流动,与繁忙的"春运"重叠,上千万农民工回家过年,而后又南下北上、东奔西走,与探亲返城的人流交织,给交通运输带来巨大压力。

八十年代初,"东西南北中,'发财'到广东"的顺口溜开始流传,到八十年代中期,数百万内地农民,南下珠江三角洲打工,给当地发展带来不小影响。岭南对外地民工的吸收趋于饱和后,内地出外求业的农民又奔向福建、上海、浙江、江苏等沿海省市。

上千万川、湘、皖、豫、桂、鄂等省农民"南下东进"打工的同时,数百万沿海地区农村的能工巧匠"北上西征"。民工流动的规模和范围不断扩大,既给城乡经济社会发展带来积极影响,也给社会带来不小冲击。

最让人关注的是那些费了一番周折又找不到活儿干的流动农民。近几年,春节过后总有相当数量的农民,滞留在城镇的车站、码头及其他公共场所,给正常的社会生活带来负面影响。记者曾在广州火车站采访过一些求职无门的农民,他们并不知道哪里需要他们,出来后又无所投靠,经历是苦涩的。去年春季仅四川省就有 20 万以上的外出农民走了"麦城"。

（二）

"民工潮"出现不是偶然的。

人口多、耕地少、底子薄,是我国的基本国情;发展经济、走向富裕,是九亿农民的奋斗目标。

家庭联产承包责任制的实行,极大地解放了农村社会生产力,农业连上台阶。同时,曾被"大锅饭"掩盖的人多地少、劳力剩余问题也一下显露出来,而且随着生产水平的提高愈发突出。有人估计,八十年代初我国农村就出现了上亿富余劳动力。

改革开放打破了旧的计划体制和城乡分隔的格局。许多农民改变了过去"生于斯、安于斯、终老于斯"的观念，把发展生产的空间，从人均一亩半耕地扩大到整个农村，出现了"农林牧副渔并举、工建运服商共兴"的新格局。

农民将耕地"加宽拉长"，向荒山、荒水、荒滩、荒原要效益，开发海上"蓝色农田"，农林牧渔全面振兴。农业资源的综合开发，既创造了社会财富，又使大量劳力在农业领域找到了新的就业机会。

乡镇企业异军突起，使上亿农民在农业之外找到了新的发展天地，如今在国民经济的各个行业都活跃着乡下人的身影。1993 年全国乡镇企业实现经营销售总收入 26000 亿元，纯利润 1600 亿元，上缴税金 950 亿元，完成出口交货总值 1900 亿元，新增固定资产 1500 亿元，支援农村各项建设资金 290 亿元，"以工补农建农"资金 130 亿元，农民人均纯收入净增部分的 60%以上来自乡镇企业。值得一提的是，300 多万城里人在乡村企业里找到用武之地。

乡村工业的发展，商品流通的兴旺，带动上万个小城镇的崛起，农村第三产业随之蓬勃发展。围绕乡村衣食住行、文化娱乐、产前产中产后环节的各种服务，全国农村兴办的第三产业企业超过 1200 万家，吸纳 4000 多万人，那些兼职从事第三产业的农村劳动力更多一些。

在上亿农村劳力"离土不离乡、进厂不进城"就业转移的同时，全国还有 1000 万以上的农民，迁移到城镇安居乐业，每年像候鸟般进城务工经商的农民则超过 2000 万人，他们从那些城里人不愿干或让城里人干不划算的工种、活计干起，为城镇居民提供价格低廉且便捷的生活生产服务。如今哪里兴建大型开发项目，哪里就有农民工奋战的身影。

中国农民在改革开放中探索农村劳力转移就业的新路。到 1993 年底，全国乡镇企业职工总数已达 11200 万人，加上虽不在乡镇企业但主要时间和精力用在流通、服务等行业的 4000 万农村劳动力，近十几年共有 1.1 亿以上的庄户人"洗脚上田"转入非农产业，创造出世界历史上任何一个国家也没有过的农村劳力大转移工程。

发展乡镇企业和建设小城镇，是中国农民的创举，它避免了一些国家以农民破产为代价，迫使大量农民涌入城市的局面；又改变了完全靠国家投资办工业把农民变成工人的模式。据测算，1980 年以来在乡镇企业就业的约 8000 万农村富余劳动力，如果由国家投资建厂安置就业，需投资 1.6 万亿元，这相当于全国几年的财政收入；如果在本世纪末将农村剩余劳力安置在城市，那么需要新建城市的规模至少相当于目前城市总数的两倍。这无论从哪个方面来讲都是不可能的。

但我国毕竟人口太多，地区发展又不平衡，特别是中西部地区农村和沿海局部欠发达地区，由于种种原因，经济发展整体水平不高，农民收入增长不快，劳动力剩余问题突出。一些农民因此离开家园，走向沿海，走向城市，走向那些经济发达的地区，寻找发展致富的机会。然而，即使是沿海和城市经济发达地区，在一定时期内对劳力的需求并不是无限的。于是，异地流动又找不到打工机会的民工，形成涉及面颇大的"民工潮"现象。

（三）

我国 11 亿多人口中 9 亿是农民，没有农民的小康，就没有全国的小康。到本世纪末，能否解决上亿农村富余劳动力转移问题，直接关系到农村能否实现小康。因此，认识和解决"民工潮"问题，要从发展生产力、优化配置资源、保持社会稳定的大局来综合考虑。

异地转移和流动的民工，有着改变自身生活的要求，而且一些地区和产业的发展也确实需要农民工，因此需要正确引导，而不能简单地限制。另一方面，现阶段的交通等条件，很难适应大跨度的流动；沿海和城市经济发达地区对民工的需求是有限的；况且目前我国的大城市、特大城市已经"太大了"，若对涌向那里的民工不加任何疏导，势必会加剧本已存在的"城市问题"，产生社会震荡。因此，只有推动农村富余劳力的多层次、多渠道的转移，并使民工流动进入有序状态，才能从根本上缓解"民工潮"。

对民工流动的特点和规律作客观分析，可以发现，已经开辟的农村劳力转移的路子十分宽广。

首先，从中西部地区向东部地区流动是现阶段民工流动的一般规律，原因在于地区间经济发展水平存在差距。1992 年全国乡镇企业总产值为 17584 亿元，东部地区 10 个省市占了三分之二，而中西部 20 个省区只占三分之一；当年乡镇企业总产值占当地农村社会总产值的比重，东部地区为 76.91%，中部地区为 63.48%，西部地区为 38.2%。中西部地区与东部地区存在的差距，是中西部地区农民外出的动因，也是解决农村富余劳力转移的巨大潜力所在。如果"民工潮"源头地的中西部地区和欠发达地区，能够立足当地实际，从发展投资少、见效快的"短平快"项目起步,加快发展乡镇企业,不仅可以带动当地经济,更可以创造出数以千万计的就业机会。十几年前还贫困落后的鲁中山村邑山,正是靠艰苦奋斗发展二、三产业,成为富甲一方的"明星村",全村拥有的集体资产相当于家家户户都是"百万元户";地处江汉平原的潜江市张金村以服装加工起步,创办了"幸福集团",年产值上亿元,昔日破烂不堪的村庄更名为"幸福村";渭北旱塬上的三原县东周村,通过发展乡镇企业,成为"黄土地"上绽开的"工业之花"……这样的村庄,已在华夏大地上成批涌现。他们的共同特点是,通过发展经济,不仅解决了本地农村剩余劳力,还吸纳了周围乃至外省成千上万的劳力。东部沿海和发达地区等"民工潮"流向地,则可以通过发展东西合作,将劳动密集型产业向欠发达地区扩散转移,这样欠发达地区农村剩余劳力"不出远门"就能找到打工机会。

第二,从农区向非农区流动是现阶段民工流动的又一特点,原因之一是农区的农民似乎感到靠农业很难实现小康。实际上,如果引导农民打开眼界,以市场为导向,依靠科技力量,对农业资源进行广度、深度的综合开发,使农林牧渔业全面振兴,同时实行"种养加"一条龙生产经营,既可以大大提高农业的效益,又可以创造数以百万计的就业机会。况且,农区同样有发展乡镇企业的条件。许多传统农区已经出现了一大批工农比翼齐飞的典型。

第三,民工流动还有一个规律,即集中涌向发达地区的城镇。这反过来说明,中西部地区的工业化进程和小城镇的建设落后于东部。如果中西部地区把发展乡镇企业、发展农副产品市场与小城镇建设结合起来,鼓励和支持当地农民和外地客商投资办厂开店,可以使大批到外地城市找工作的农村劳力,实现就近就地转移。近年来,中西部地区和欠发达地区已经涌现了一批靠发展二、三产业振兴的乡镇和村庄,成为带动一方经济的"星星之火"。

第四,目前民工流动存在着盲目无序的现象,一个重要原因就是供需不见面,而且缺少劳动力市场中介服务组织的衔接,一些农民在毫无信息的情况下盲目外出"碰运气"。因此,使民工流动有序,关键是要加快培育和完善城乡劳动力市场体系。近几年广东省一方面与有关省份建立固定的联系,发展相对固定的劳务输入基地,另一方面在劳力输入的时间上与"春运"错开,使外地入粤的民工逐步走向稳定、有序的流动。这一经验值得重视。

第五,各行各业的发展对农村富余劳力的吸纳有一个"时间差",在今后一段长时期内,农村会存在一定数量的富余劳力;而且农村富余劳力转移和民工异地流动,涉及社会的方方面面,既涉及农村,也涉及城市;既涉及劳力输出地,也涉及劳力吸纳地;既涉及劳动就业部门,也涉及交通等服务部门,客观上需要各个部门、各个地区的共同努力。因此,各地各级政府都要加强宏观规划、管理和调控,做好发展劳动力市场和有关服务、疏导工作,促进农村劳动力资源的开发利用和合理配置,在保证农业发展的前提下,引导农村富余劳力逐步向非农产业和地区间有序流动,保持良好的社会经济秩序。

鼓励和引导农村富余劳动力逐步向非农产业和地区间有序流动,是关系国民经济发展全局的一件大事,应该采取相应的政策措施,促进农业的深度开发、发展乡镇企业和第三产业、加快小城镇建设,使更多的农村剩余劳动力能就地就近转移。同时,要全面掌握劳动力市场的供需和民工流动的信息,积极稳妥地在地区间按需求开展劳务协作,并及时总结推广这方面成功的经验。随着经济的发展,各行各业对劳动力需求量加大,对劳动力素质的要求也明显提高。分析那些难找打工机会的民工构成,很大一部分是无一技之长、文化水平低的农民。采取多种形式培训农村富余劳动力,提高他们自身的素质和某一方面的技能,就可以扩大他们转移就业的空间,增长他们致富的本领,提高整个社会的文明程度,促进社会稳定。

亿万农村富余劳动力是社会的一笔财富。整个国民经济的发展,将为农村富余劳动力开拓更宽的就业门路。只要我们继续沿着已经开辟的农村劳力转移的路子走下去,推动农村富余劳力多层次、多渠道的转移,并通过发育劳动力市场,合理和优化配置农村劳力资源,就能使农村富余劳动力转移和流动进入有序状态。(1994 年 2 月 8 日)

湘南农业综合开发吸收农村剩余劳力 20 多万

湘南农业综合开发项目,自 1989 年 7 月经国家批准立项实施以来,卓有成效地加速了农业剩余劳力的转移和消化、吸收,为 27.6 万名农村劳力解决了就业出路。

湘南农业综合开发区涉及 31 个县、市、区,有农业劳力 613 万人,约有180 万名剩余劳力。

农业综合开发项目的实施,较好地实现了潜在的自然资源与农村剩余劳动力的有机结合，加速了剩余劳动力和剩余劳动时间在农业内部的转移和吸纳。据湖南省农业综合开发领导小组办公室介绍，开发 3 年多来，开荒种粮、荒山造林种果、水面利用等新增农业资源可安排 27.6 万个劳力常年就业，开发项目的建设共投入劳动工日 1.65 亿个，按每个劳力一年出勤 280 天计算，有 147 万个从业劳力剩余劳动时间得到了利用，促进了当地社会的稳定，缓和了农业剩余劳力的就业矛盾，加快了农业资源的开发。（1992 年 9 月 14 日）

外面的世界……
——南探"民工潮"

细雨斜风，燕子低飞，田野上寥寥三两人影，河沟里涨起来的水流哗哗作响。一群孩子在祠堂老屋门前打闹，把小山村衬托得更加寂静。

村委主任张民全告诉我们："村里八百多劳力已走了四分之一，有的组快走尽了，留在家的差不多都是上了年纪的、没长全牙的、有拖累的人了。"

革命老区湖南浏阳大圣乡荆坪村，有 17 个自然村组。张民全掏出个小本本说，他刚摸了 8 个组的底，南下打工的劳力有 94 人，里面有 10 对是夫妻。荷塘组 16 户人家，走了 28 人。他说，全村劳力今年外出不下 200 人，一半是年轻妇女。他说，往年打工的要过了元宵节才出门，今年正月初三四一拨一拨就动了身。荷塘组王贤林一家走了 4 人，他弟弟过几天也要南下，家里剩下老母亲带着两个孩子。他说，现在村里有儿子打工不在家的，丈夫打工不在家的，媳妇打工不在家的，有的人家甚至锁上门，举家南下了。

青壮劳力都走了，村里"留守老人"成了种田的主力。当地人均水田不到 5 分，而村民告诉我们，这里一个劳动力至少可以种 5 亩稻田，因此老人们对青壮年不在家一点也不惊慌。荷塘组劳力外出比例最大，许多老人要带孩子，就请外组或外村人代种。按往年当地行情，一亩水田犁耙蒲滚要 30 元，插秧 25 元，收稻谷要 30 元，合算下来工价可不低。但当地人多地少，谁也舍不得把田抛掉，即便算起来亏本，却有了谷子，心里也踏实。

但荆坪村的年轻人说，光有稻谷可留不住年轻人的心了。现在样样东西都涨价，种田的成本越来越高，娶个媳妇没五千六千不行。看到别的人从南边一把把寄回票子,有的还用打工的钱盖起了楼房,我们心里也发痒。

王贤林是大圣乡一带最早下深圳打工的。十年下来,不仅自己当上了技术工、领班,存了在当地人看来数目不小的一笔钱,而且拉出了一支南下打工的民工队伍。这支队伍经过滚雪球,你带我,我领他,越来越大。仅大圣乡的"南下队伍"已达 1100 人。今年春节期间,他们包车回,租车走,神气得让留守在村里的人眼发热。

大圣乡副乡长陶光怀说,去年全乡农民人均纯收入才 455 元。组织劳力外出打工,当地政府是当作一项脱贫致富的措施来对待的。他说,一千多号人外出,家里地照样有人种,外出的人每年还给村里省下大批粮食,寄回大把票子,人也长了见识,怎么算都划得来。他还说,大圣乡的乡镇企业一年纯收入也就四五十万,但打工的农民每年通过邮局汇回的票子约 200 多万元,等于当地乡镇企业一下扩了好几倍。

淅沥春雨中,记者敲开了王贤林家的门,遇到又要出发南下打工的年轻人张端福。他是王贤林同母异父的弟弟,已随哥哥在广东打了几年工,言谈举止也带点"粤味"了。他告诉我们:"在南边打工比家里种田还要累,村里有的年轻人吃不了这个苦,跑回来了,但大多数回来后感到不习惯,还是想出去,许多人住不了几天,又悄悄走了。"

他说:"每次回家,我最大的感受就是家乡冷冷清清,太穷、太落后了,和那边比发展得太慢,几乎看不到什么变化。"

我们问他,如果有一天他能赚到很多钱,准备干什么?他不假思索地说:"我一定要回来办工厂。"他说:"我越来越发现,家乡虽然落后,但发展的机会也很多,赚钱的机会也很多,只是没有抓住,没有用好。"(1993 年 4 月 23 日)

回故乡之路
——南探"民工潮"

今年的民工大潮刚刚退落,广州火车站挤满了大批外省民工。他们此次从广东各地辗转而来,想尽早登上回程列车,结束这趟令不少人难以忘却的南国旅行。

四月的羊城草木葱茏,繁花满树,春天给街头添了几分魅力,但那些民工似乎对这一切无动于衷。他们成群成堆拥塞在车站广场及附近，倚着自己的行包铺盖和"蛇皮袋"。

我们来到广场中央，问三个蹲着的民工是哪个省的，三人你望我，我望你，不搭腔，一位赤脚穿解放胶鞋、黑瘦的矮个子打量我们良久，才说是四川人，接着他欠起身问："你们是不是要招工？"我们说，随便问问，他又失望地蹲了下去。他说他姓王，今年45岁，川东宣汉县双河镇渡市村人，正月初四他们村十几个人结伴出了家门，想来广东找点事做做，到过珠海，到过东莞，一路上到处都是找活干的外省农民。他说，同去的几个年轻妹子比他们幸运，好歹找到了一份活干，他一路上断断续续给人家打了十几天零工，工钱不到一百块，但吃饭和车船行路等费用，花去三百来块，把一年的积蓄差不多花光了，身上的钱已只够坐火车到重庆。我们问他怎么办，他说，到重庆准备找一位亲戚借点路费，再搭船回去。

我们问他出来吃这个苦图啥，他长叹一声：

"不是为孩子读书，谁出来哟！"

他告诉我们，他两个孩子一个上小学，一个念初中，交一次建校集资款收走150块，一期学费两人交了二百来块，学校还不时收这费那费，一个月平均下来要十几块，家里只种一点稻谷，负担重得很，到哪里去弄钱?！

交谈间，和他蹲在一起的一位肤色黝黑的小伙子凑了过来，我们注意到他左眉骨青紫淤肿。姓王的民工向我们介绍，小伙子姓杨，也是他们双河镇的，但过去不认识，春节后在珠江三角洲遇上相识的。我们问他脸上怎么回事，他说："被人打的。"

他告诉我们，大白天在火车站广场上，一高一矮两个二流子逼住他要钱，他不肯给，被两人揍了一顿，搜走十七块八角。

一位老年农民哭丧着脸说："我们一路上吃了许多苦。"我们细问其故，渐渐围拢来的民工七嘴八舌。有个川籍民工说他花150元的"工作介绍费"进到一家工厂，老板讲好一天给10块钱，但领钱时变成了4块5毛钱一天，还要扣伙食费、管理费、洗理费，七扣八扣就没了。有位民工说，他走一路被罚了一路，这里刚罚过，到另一个地方又要挨罚。一位民工说，他最后十几块钱都被罚走了，饿了几天肚子才找同乡借到钱。

我们问，你们准备在车站待多久，他们说，票很难买，有的来广州三天还没买到票。窗口又被当地一些人把持着，根本挤不到窗口，黑市票到处都有，但根本买不起。我们问，夜里怎么办？他们说，天一黑，民警就来了，把民工都带进附近的流花农贸市场，每个人收 2 块钱。挨过打的杨姓小伙子说："这样也好。"

从交谈中得知，滞留在羊城车站的民工，主要来自川、贵、湘、鄂、赣等省，他们中许多人是第一次南下，追随村里一些在广东打工的民工出来的。许多人结伴同行到广东后就散了，许多人又在找工作中结成了新的伙伴。引人注目的是，民工人丛里有七八个小娃娃，有的刚蹒跚学步，有的还偎在年轻女民工的怀里。

车站出口处附近席地围坐着一堆来自湖北咸宁的农民。一位须发灰白的老年民工对我们说："到这儿两个多月了，没找到活，钱也快花光了，家里眼看就要插秧了……但就这样回去，总有点不甘心。"

我们问他今后会不会再出来，他说："我自己也不知道。"（1993 年 4 月 29 日）

"民工潮"潮起潮落又一年

"民工潮"一年一度"春潮"涌动，今年形势更加严峻。来自各地的信息表明，今年春节过后，又有上千万农村劳动力离开家乡外出打工，其中有相当一部分是第一次汇入民工潮的新成员。

"民工潮"表现最突出的是在春运期间，上千万农民过完农历年后，南下北上、东奔西走。外出做工的农民与探亲返城的人流交织成一股逾月不退的"春潮"。位于潮头的是蜂拥而出的农民，以其集中和众多而格外引人注目。

"民工"缘何涌流成潮

80 年代后半期，随着农村产业结构的调整和沿海地区经济的进一步发展，农村劳力的集中流动大量出现，在 1988 年春节前后出现第一次高潮。此后三年治理整顿，在城市及沿海务工的民工出现回流，但每年的民工潮势头仍然不小，1991 年至今每年春节之后的民工潮更是一浪高过一浪，引起了上上下下的关注。

从某种意义上来说,民工潮是农村、农业、农民诸多问题的具体、集中的外现,市场开放之后人口过多这一影响我国经济社会发展的"硬约束"日趋充分的表现。

联产承包责任制度解决了农民吃饭问题,但有限的土地上出现了越来越多的富余劳动力。崛起的乡镇企业虽安置了将近1亿农村劳动力就业,但由于地区发展的不平衡,中西部农村和沿海欠发达局部地区劳动力剩余问题仍逐年加剧,农民收入增长缓慢,发展的机会较少。不满现状的一些农民率先离开家园闯世界。在他们的带领和示范下,更多的老乡源源不断地走出家乡,走向沿海,进入城市。于是,一年一度的"民工潮"成了每年春节之后涉及面最大的社会新闻。

民工的跨省流动总的看是一个巨大的历史进步。这种劳动力的自发调节和平衡既在一定程度上加快了欠发达地区农村的脱贫步伐,也极大地支援了发达地区的经济建设。

全国经济实力最强的县江苏无锡,外来打工者年创产值50亿元以上。

西北一些省区的领导公开提出:"送出一人,全家脱贫。"把农村劳力外出打工作为脱贫的一个重要途径,甚至作为一种战略举措。

四川、湖南等省农民一年出省打工赚回上百亿元,成为农民增加收入的大富源。在不少地方,农民打工所获收入远远胜过基础较差、效益不理想的当地乡镇企业。据有关方面人士最保守的估计,全国外出打工的农民一年挣回500亿元。

当然,"民工潮"也给城乡的政治、经济、文化、人口带来了一系列的课题。党的十四届三中全会明确提出,将在不太长的时期内改革中小城镇的现行户籍制度。如何引导、协调和组织如此大规模的民工跨省流动,是亟待研究解决的社会问题。

有益的探索和尝试

最早对民工流动进行疏导和管理的是广东省。早在1988年,广东就加强省际劳务市场的管理,开展劳务协作。现在,一些劳务输出大省都在广东建立了劳务管理派出机构。全省在这个方面已经摸索出一些有效的管理办法。例如，每年的一二月份即春运期间，广东一律停止招收外来民工。又如，外来工必须随身携带"三证"，即身份证、县以上劳动部门开具的外出务工证、未婚证或计划生育证。

北京从 1991 年起，通过劳务市场基地化对外地进京劳务进行有效管理，市劳动部门先后与河北、四川、山东、江苏、浙江、甘肃等省建立了劳务协作关系，逐步将进京在建筑、纺织、环卫等行业的劳务输入纳入规范化、法制化的轨道。

四川是劳务输出的大省之一，他们的措施更为具体。省政府规定对跨区域性流动劳力要确定领导和召集人，成批量外出的还要派干部随队跟踪管理。从省到县逐级建立了劳务开发领导小组和办公室，兴建劳务培训基地及交流市场。

湖南有 500 万人在外打工。湖南劳动厅已与广东、广西、海南等地建立了南方 9 省区劳务协作信息网络，并在广州、珠海等地设立了办事处，全省60%以上的县、市、区也在沿海地区设立办事机构，负责搜集信息、办证登记、统一接送、跟踪服务，成批量成建制地组织劳力投奔沿海地区劳动力市场。

对于进城民工，天津市也曾轰、堵、罚，都无济于事，近几年变"堵"为"疏"却效果显著。如天津红桥区是大量农村劳力的聚集地，区劳动部门开辟了能容纳数百人交流的职业介绍所，还具备提供一部分人食宿的条件。

天津市还在山东、河北、江西、安徽等省建立民工基地，让民工在当地待业，由劳动力市场负责为供需双方对接，减少了民工的盲目流动。

在各地积极探索劳务输出管理的基础上，劳动部于去年 10 月推出"城乡就业协调计划"，这项工程的具体内容包括：输出有组织，引导农村劳动力外出就业通过一定的组织形式和合法渠道；输入有管理，劳动力流入地对外来劳动力就业建立起必要的市场规则和管理制度；流动有服务，建立健全对农村劳动力跨地区流动全过程的服务。劳动部计划各地通过这项工程的实施，到 1996 年底基本实现劳动力流动有序化。

开辟治本之道

如果说加强对民工流动的组织和引导是解决劳动力转移的必要措施，

那么加快中西部地区经济发展，就近就地解决农村剩余劳动力的就业问题则是治本之道。

乡镇企业是吸纳农村剩余劳力的一个大"容器"，仅 1992 年就新增就业 972 万人，1993 年又吸收 700 多万人，但与亿万农村富余劳力转移、就业的要求还有巨大差距。"民工潮"源头所在地应该立足当地实际，多发展投资少见效快、解决劳力就业多的短平快项目，沿海发达地区应加快劳动密集型产业向不发达和欠发达地区转移，吸纳更多的剩余劳力进入二、三产业。

开发"立体农业"，发展高产优质高效农业，不仅能促进第一产业内部分工的日益细化，还可以实现大量的农业劳动力在耕地上的内部转移。

近年来，中西部地区已经出现了一批二、三产业较为发达的乡镇，成为照亮一方经济的"星星之火"。可以预料，随着这些产业的兴起，中西部大部分地区完全可以像沿海一样，实现农民离土不离乡、进厂不进城的就地转移。（原载 1994 年新华社《半月谈》杂志）

人大代表看"三农"

吴仁宝代表表示，华西村今后五年要帮助中西部 10 万人脱贫

江苏省江阴市华西村吴仁宝代表今天在中苑宾馆，向来自中西部地区的几位全国人大代表表示，今后五年，华西村将帮助中西部 10 万人摆脱贫困，使其中 1 万人过上小康生活。

去年，华西村开始在宁夏和黑龙江两省区各建设一个"华西新村"。据吴仁宝介绍，宁夏华西新村的目标是从固原贫困地区搬迁 1000 户进行异地开发，到今年底将有 600 户迁入新村，其余 400 户明年也将迁入。目前新村的 100 名年轻人已结束在华西村接受的技术培训，下个月就可以在华西转移过去的劳动密集型工厂上班了。位于黑龙江省肇东市五站镇的华西新村将采取农业开发与开办工厂并重的办法进行建设。

据记者了解，华西村为中西部地区先后举办了 36 期培训班，培训了经营、管理和技术人才 2800 多名。同时还带动了周围几个村庄走上了富裕之路。农业部授予华西村"东西合作的榜样，扶贫帮困的楷模"的称号，吴仁宝也被评为"中国十大扶贫状元"。

吴仁宝代表说，扶持中西部贫困地区发展，投入财物很重要，但关键的还是要促使当地农民更新观念，扶志育人。（1996 年 3 月 4 日）

农业和国有企业是人大代表的热门话题

八届全国人大四次会议召开前夕，各地代表们聚会北京，农业和国有大中型企业成了他们的热门话题。

湖南代表王贤怡说：国有企业怎样搞活，是个影响全局的大问题，必须下大的决心，进一步深化改革。江苏代表俞敬忠指出，中央对于国有企业改革的思路已经很明确，地方不能等待观望。要把大的抓住抓好，把小的放活。

江苏代表王定吾告诉记者：许多国有企业的厂长、经理对两会寄予厚望，希望对国有企业的改革能够有更明确的办法，应该尽早建立优胜劣汰的机制。尤俊明代表说，国有企业厂长关键要转变思维，在市场的竞争中确立企业的位置。

湖南代表张明泰说，这次人代会前省里进行了大规模的农业调查，会后还要对国有企业进行深入的调查研究。对全国经济来讲，农业和国有企业是两件大事，对于我们湖南也是如此。

河北代表杨新农说，中国是一个有 12 亿人口的国家，地少人多是基本国情，因此吃饭问题永远是个大问题。他认为，农业作为第一产业，任何时候都放松不得。来自河北农村的代表唐顺义说，去年虽是丰收年，但由于粮价下跌，玉田县目前积压在农民手里的秋粮占去年产量的 60%，一部分人嫌价格低，不愿卖。他说，农业生产周期长，越是丰收越要重视农业生产，稍微一放松，再回升又得几年时间。为此，他准备向本次大会提交一份进一步重视农业生产，保护农民生产积极性的建议。

在上海代表团，代表们议论和关注最多的仍是国有企业改革。上海市社会科学院院长张仲礼代表说，国有企业是国民经济的支柱，搞得好不好，不光是一个经济问题，也是一个政治问题，因此只能搞好。本次会议他准备了一份关于加速国有企业改革的建议。太平洋机电集团有限公司董事长黄关从代表认为，中央搞好国有企业的思路已经明确。政府要为资产的重组创造良好的外部条件。只要资产能流动起来，大的就会更大，小的也会在流动中活起来。（1996 年 3 月 4 日）

黄培劲代表提出对制售假种子行为要立法严打

针对农民深恶痛绝的制售假种子问题，全国人大代表黄培劲认为，应该尽快制定有关法律法规，对这种伤害农民利益的行为实行"严打"。

近几年间，假冒伪劣种子问题屡屡发生，给不少农民的生产和生活带来了严重影响,成为广大农民又恨又怕的事情之一。作为湖南省零陵地区种子公司总经理的黄培劲代表,痛感种子生产、流通、经营中存在的诸多问题必须依法予以整治。这位代表分析说,以前制定的《种子管理条例》及其实施细则既缺少可操作性,又没有明确的执法主体,以致有章难循,执法不严,管理混乱。特别是去年,一些不法之徒大肆制售假种子坑害农民。另外,种子产业也迫切需要法律和政策加以保护和扶持。多年来,种子收购资金都是从粮、棉、油、烟等农产品收购资金中临时挤出,从上到下均未列入政策性信贷予以保护和支持。一些种子产业原来享有的平价化肥、柴油指标也被取消了,导致正常的种子生产、收购困难重重,不法分子乘虚而入。

黄培劲指出,良种是物化了的现代农业高科技,选育、引进和推广良种对于发展我国农业,改善人民生活,具有头等重要的地位和作用。黄培劲认为,社会主义市场经济是法制经济,只有依法治种,才能保护和扶持种子产业健康发展。只有尽快制定比较完善的法律法规,才能切实保护农民利益,加速农业现代化建设。(1996 年 3 月 11 日)

潘一乐代表忠告蚕农:切莫盲目砍桑

因茧贱伤农,去年蚕农挥泪砍挖的桑园面积超过 150 万亩。出席八届全国人大四次会议的潘一乐代表呼吁:蚕农兄弟,不要盲目砍挖桑树。

潘一乐专事蚕业研究多年。他认为,目前丝绸行业的困难是在计划经济向市场经济转变过程中出现的。他建议:加强宏观管理,协调农业、工业和外贸的关系,实行政企分开;加快丝绸行业的体制改革,尽快研究制定新的蚕茧收购管理体制,加速全行业增长方式的转变,在市场竞争中振兴丝绸产业。

潘一乐说,国家有关方面对丝绸业的困难很重视,专门研究解决办法。他向蚕农发出忠告:目前的困难是暂时的,广大蚕农要从长计议,管护好桑树。砍桑容易栽桑难。(1996 年 3 月 12 日)

黄远良代表提出,干部下乡要进村入户

农民代表黄远良说:农民对一些干部的浮躁作风很有意见,希望干部下

乡要进村入户,多办实事。

这位来自湖南省城步苗族自治县儒林镇玉屏村的农民告诉记者:李鹏总理的报告中特别强调了农业的重要性,我们听了很高兴。可是现在有个问题,有些领导干部对加强农业口头喊得多,深入基层解决实际困难少;开会多,下乡少,甚至一些乡镇领导作风也不深入,下来只是吃顿饭,有事找找村干部,很少到农民家中了解情况,听取意见,有针对性地开展工作。

黄远良说,有些地方为什么经济发展不上去? 很重要的一条就是干部考虑老百姓的实际困难和需要少,为群众办实事不那么真心诚意,整天浮在上面,老百姓当然有意见。我们农民很欢迎下乡办实事的干部。(1996年3月13日)

湖南代表强调,中西部地区要加快发展乡镇企业

湖南代表团在审议李鹏总理的报告时认为,立足当地资源,加快发展乡镇企业,是中西部地区农民脱贫致富奔小康的重要出路。

代表们说,近些年中西部与东部差距拉大的一个重要原因,是乡镇企业发展晚了。在新的形势下,中西部地区乡镇企业要尽快上规模,上档次。据介绍,湖南乡镇企业总体上虽然达到了一定规模,但龙头企业、龙头产品甚少,全省没有一家企业进入全国乡镇企业百强行列。

代表们认为,加快乡镇企业发展,既可以开发中西部丰富的资源,增加农民收入,又可以大量吸纳农业富余劳动力就业,有利于缓解一年一度民工潮的巨大压力。他们提出,发展乡镇企业要与农业的产业化结合起来,带动千家万户脱贫致富奔小康。中西部发展乡镇企业还要注意东西结合,引进东部的人才、技术、资金、信息,发挥各自优势,使中西部地区经济大步赶上来。(1996年3月16日)

田成平代表提出加强黄河、长江源头水土保持工作

青海代表田成平结合黄河、长江源头的水土流失问题指出,在国民经济发展过程中,要加强环境与资源保护,走可持续发展之路。

黄河水近年在中游、下游多次发生断流,尤其是在下游地区的山东、河

南境内,每年断流的时间逐步提前,断流时间延长,严重影响了黄河两岸人民群众的生产和生活用水,制约了经济的发展。

在上游也出现了类似的问题,田成平代表说,位于青海省境内的龙羊峡水电站达不到设计水位,发电量减少。去年以来,以水电为主的整个西北电网严重缺电,工农业生产受到很大影响,这对于经济本来就不发达的西北地区无疑是雪上加霜。

身为青海省省长的田成平分析说,长江和黄河都发源于青海,流域达 20 个省、自治区、直辖市,由于江河源头地区自然和人文因素的影响,近年来草原退化、植被破坏、水土流失等生态环境的问题越来越突出,致使黄河径流量减少。他建议国家对大江大河的治理特别是上游的治理要加以重视,并在实际项目中落实和体现。要切实增加投入,开展综合治理,加强黄河、长江源头地区草原建设和水土保持工作。他说,这是一件有益于青海、有益于全国、有益于子孙后代的事情,要认真加以实施。(1997 年 3 月 8 日)

"两会"述评:从"一号文件"到依法兴农

全国人大常委会检查《中华人民共和国农业法》实施情况的报告提交八届全国人大五次会议审议,表明了全国人大及其常委会执法监督力度的加大和对农业的高度重视。许多代表由此联想到八十年代中央"一号文件"推动了农村改革和农业发展的情况指出,从"一号文件"到依法兴农,标志着我国农业法制建设的新进展、新成就,更显示出我国的农业正在从"政策农业"向法制农业转变,这将为我国农业再上新台阶提供有力保证。

从七十年代末开始的农村经济体制改革,确立了农户的经营主体地位,推动了农业的超常规增长。1982 年的中央"一号文件"对迅速推展的农村改革进行了总结,并对当年和此后一个时期的农村改革和农业发展作出了具体部署。之后连续几年的中央"一号文件"都是关于农村政策的,有力地促进了农村改革和农业生产,给我国农村带来了巨大的变化。党的富民政策得到了亿万农民的热烈拥护。

继连续 5 年农村政策的制定和调整成为中央文件的第一号之后,农村经济的发展又提出了新的客观要求。农民一方面对党的农村政策非常拥护,另一方面又非常担心政策会变,希望能有"长效定心丸"。为了把农民欢迎的党的富民政策和一些行之有效的大政方针以及相关措施以法律的形式固定下来,持续推进和保护农业和农村经济的发展,我国农业立法工作在八十年代中期以来取得了很大进展,特别是近五年间农业立法进程明显加快。《农业法》《农业技术推广法》《乡镇企业法》等法律的相继制定和实施,成为我国农业和农村经济法制建设史上的重要里程碑。到目前,我国现行的农业法律和法规已经达到 20 多件,《草原法》《土地法》《渔业法》《基本农田保护条例》《种子管理条例》《农民承担费用和劳务管理条例》等都对农业和农村经济发展做出了明确的法律规定和规范。1993 年 7 月通过的《农业法》是我国农业方面的第一部带有基本法性质的法律,明确规定了国家发展农业的大政方针、基本制度和主要措施,体现了国家保护农业、加强农业、发展农村社会主义市场经济的精神。其调整范围涉及种植业、林业、畜牧业和渔业,还涉及农业的产前、产中、产后的有关活动。

从过去的"政策农业""文件农业"到今天走上依法兴农的轨道,这标志着党和国家领导农村工作逐步走向成熟,对农业发展的宏观调控能力大大加强了。

一些代表说,我国农业法制建设的进程与整个国民经济体制和农村经济体制改革的进程密切相关。特别是党的十四大确立了建立社会主义市场经济体制的目标,要求高度重视法制工作以来,同整个国家法制工作一样,农业法制建设步伐加快,并在依法行政、依法治农、依法建农、依法兴农、依法护农方面取得了明显的成效。全国人大常委会连续几年派出由副委员长带队的《农业法》执法检查工作组到各地进行督促检查,表明农业执法监督的力度明显加强。

但从农业执法情况来看,有法不依、执法不严甚至违法不究、执法犯法的问题仍然没有得到很好的解决。代表们指出,普及农业法规,完善和加强执法机构、队伍和执法监督机制,还需要各级、各地政府作出积极的、不懈的努力。

市场经济是法制经济,我国农业的持续、健康发展需要法律的支持和保护。近年的实践证明,依法兴农,农业和农村经济才能步入良性发展的轨道。从"一号文件"到依法兴农,标志着我国农村工作和农业生产向社会主义市场经济又迈进了一步,也预示着我国农业必将再迈上一个新台阶。(1997 年

3月10日）

宦爵才郎说，发展乡镇企业是加快中西部农村
脱贫致富的必由之路

青海省人大常委会主任宦爵才郎代表说，发展乡镇企业，是加快中西部地区农村脱贫致富的希望之路、必由之路。

宦爵才郎说，李鹏总理在政府工作报告中提出要积极促进乡镇企业特别是中西部地区乡镇企业的发展，这是国家关心、支持中西部经济发展，逐步缩小东西部差距，使中西部地区尽快脱贫致富奔小康的重要举措。他认为，要使贫困面大、贫困程度深的西部农牧民富裕起来，在很大程度上寄希望于乡镇企业的发展和振兴。乡镇企业发展的速度和质量，事关农牧区发展全局，事关国民经济发展全局，事关国家扶贫攻坚计划和跨世纪战略目标能否实现的全局。

他说，加快发展中西部地区乡镇企业，是党和国家关注中西部地区发展的一个重点，中西部地区正在奋力追赶，加速前进。据他介绍，1996年青海省乡镇企业总产值30亿元，比上年增长百分之三十二点五，占全省农村社会总产值的百分之五十，利税突破1亿元大关，安排农村剩余劳动力19万多人，成为全省农村经济中发展最快、潜力最大、活力最强的产业，使我们从中看到了脱贫致富的希望。从今年1月1日起实施的《乡镇企业法》，不仅确立了乡镇企业在国民经济发展中的地位、作用，也为乡镇企业的发展和提高提供了强有力的法律保障。对于中西部地区来讲，要坚定不移地把发展乡镇企业作为加强中西部经济建设的"重头戏"，切实贯彻执行《乡镇企业法》的各项规定，结合当地实际，创造性地开展工作，保障乡镇企业沿着法制轨道前进。

东部沿海地区乡镇企业发展已经达到一个较高的水平，中西部特别是西部地区的乡镇企业发展还处于初期，有些地方才刚刚起步，但已显示了良好的发展前景。宦爵才郎认为，东部沿海地区和经济发达地区下一步要在提高中发展，中西部地区则要在发展中逐步提高。乡镇企业"东西合作工程"的实施，对于东部地区企业向中西部地区扩散，带动中西部乡镇企业发展有着重要意义。各地应该统筹规划，把这项工作做好。（1997年3月10日）

西藏代表提出，把最好的环境留给后代

拉萨市城北曾有一片很大的沼泽地，现在已经基本干涸、沙化了。这片现代学名叫湿地的地方，成为来自西藏自治区的全国人大代表会上会下的话题之一。

在谈到经济可持续发展问题时，热地代表提起了这片沼泽地。他说，过去我们老嫌那片沼泽地给周围人们的生活带来了许多不便，其实是我们没有意识到湿地的重要作用。湿地对于城市环境的改善和调节相当有益，因此拉萨的湿地一定要保护好。我们这一代可能受到的影响还不大，但我们做任何事情都要着眼于长远，考虑子孙后代的利益，必须加强环境意识。

拉萨北部的沼泽地就像是拉萨的一片肺，来自北方的空气都要经过这里过滤才能进入拉萨市区。代表们认为，对这片湿地要采取必要的措施进行积极的保护。有的代表顺便提起，拉萨周围的芦苇荡现在也快消失了。这些自然条件的改变，对城市的空气质量也会带来一定的影响。因此城市建设和土地开发中一定要有环境保护意识，决不能让子孙后代骂我们这一代人。

代表们介绍说，这些年随着海内外大量游客光临，出现西藏旅游热，同时也带来环境污染问题。有些地方土地资源开发和城市建设缺少规划，气候的变化带来了高原雪线上移，西藏一些地方沙化现象有所发展。代表们对此深感忧虑，一致认为在西藏要加强环境保护工作，关键要增强人们的环境保护意识。不仅领导干部要增强环保意识，基层干部和广大群众也要树立环保观念，才能把环保工作落到实处。

西藏有着国内纯净度最高的空气。在全国省会城市中拉萨的大气质量最好。但西藏代表团的代表们认为应该防患于未然，加强对环境质量的监测和保护，力争把最好的环境留给后代。（1997 年 3 月 11 日）

产业化是农业实现两个根本转变的必由之路

如何使农业增产增效，推动农业经济实现由传统低效农业向现代高效农业转变，一直是出席八届全国人大五次会议的代表们谈论的热点话题。经

过讨论,代表们渐渐形成这样一种共识:近几年农村大面积推行的农业产业化为农业的高产高效展现了美好的前景,已成为农民奔小康,农村经济实现两个根本转变的必由之路。

农业产业化,作为九十年代推动农业和农村经济发展的重大举措,正在全国各地蓬勃发展,已渐渐形成五种主要组织形式:"龙头"带动型;专业市场带动型;主导产业带动型;中介组织带动型;科工贸结合型等。全国各地根据不同实际,正在因地制宜地加以推行。代表们说,农业产业化,过去在农民心目中是一个很陌生的词语,而今却融于广大农民的生产和经营之中,使农民的生产、生活方式及生活水平发生了很大变化,成为推动我国农业实现两个根本转变的重要途径。

山东省潍坊市是全国率先推行农业产业化的地区,市长王大海代表对此体会颇深。他说,当前农村的一个突出变化,就是农民进市场。市场千变万化,弄不好就会造成农副产品积压,挫伤农民的生产积极性。农业产业化将公司、基地、农户联结起来,一头联国内外市场,一头联生产基地和农户,实现贸工农、种养加、产供销一体化经营,很好地解决了这一矛盾。

"多年的实践证明,农业产业化是社会主义市场经济条件下农业经营方式的重大变革,是继联产承包责任制和乡镇企业后我国农民群众的又一伟大创举,是农业由传统的低效农业向现代高效农业转变的必然选择,对于实现农业的两个根本转变,实现农业和农村经济的新飞跃,加快农村奔小康步伐和农业现代化进程,具有十分重大的意义和作用。"湖北省委书记贾志杰代表说。

代表们提供的数字和事实对农业产业化的巨大作用最有说服力。山东省委书记赵志浩代表介绍说,目前山东共建起各类农副产品加工运销龙头企业1.8万家,去年实现产值1100亿元,利税90多亿元,带动农产品基地5000多万亩,连接700多万农户。产业化覆盖的耕地占全省总耕地的一半以上,连接的农户占全省总农户的三分之一以上,有三分之一的县市实现了产业化经营,平均每个农户增加200多元。赵志浩说,山东是农业大省,但还不算农业强省,要实现这一转变,离不开农业产业化的推动。

农业产业化对加快中西部地区的发展又起到怎样的作用呢?江西代表黎金辉、云南代表程政宁、青海代表田成平认为,在稳定粮食生产、维护国家大局的前提下,以"龙头"企业为重点,以大力发展"三高"农业和特色农业为基础,实现"龙头"企业联结市场、基地和农户,提高农产品市场占有率和深加工精度,走农业产业化的路子,对于推进中西部经济发展和社会进步、缩小同东部的差距,促进区域经济协调发展,具有重要意义。河南省委书记李长春代表说,我们通过积极培育"龙头"企业,带动千家万户;大力培育市场,拓宽农副产品流通渠道;进一步完善政府对农业的保护体系等措施,使农业产业化逐步走上健康、规范的轨道。去年,河南遭受多种自然灾害,农业生产还是夺得丰收:粮食总产比上年增长 10.8%,创历史最高水平;肉类总产量比上年增长 27.7%;农林牧渔业增加值比上年增长 11.2%;全省农民人均纯收入达 1580 元,是近年来增幅最高的一年。

对农业产业化感受最深的还是来自最基层的代表。海内外著名的育种专家李登海代表说,政府引导农民进市场,农民壮了胆,有了数,敢投入。农村田野到处是蔬菜大棚,"白色革命"一浪高过一浪。众多"龙头"企业使农民种粮种菜、养牛养鸡不再为"卖难"发愁,乡村一派繁忙、有序、欢乐景象。最令这位搞种子研究的专家高兴的是,农业产业化诱发了广大农民学科技、用科技的积极性,农民观念为之一变,买良种、用良种争先恐后。农民科技意识的增强,必将带来我国农业的新一轮腾飞。(1997 年 3 月 11 日)

黑土地农民有"四盼"

九届全国人大一次会议即将召开,吉林省广大农民对这次会议寄予了很大期望。他们通过人大代表把自己的意见捎到北京,集中体现为"四盼"。

一盼稳定政策,保护种粮积极性。代表们普遍反映,吉林农民非常感谢党的富民政策,特别是近年实行的粮食收购保护价政策,既保护了农民的利益,又稳定了粮食市场。他们真心希望进一步巩固和完善这些政策,让农民安心种地。梅河口市农民郝富霞代表是个种粮大户,来京前,她不但走访了一些农户,还特意开了一个座谈会。她说:"乡亲们眼下最盼的是保护价真正起到保护作用,往远看就盼土地承包政策不要变。"

二盼加大农业投入,加强农业基础设施建设。吉林省农业厅厅长杨绍明代表介绍说,全省去年遭受了百年不遇的旱灾,粮食一下子减产了 50 亿公斤。这表明我国农业基础仍很薄弱,还难以抵御较大的自然灾害,没有从根本上改变"靠天吃饭"的传统生产模式。他说:"如今,农民希望全社会进一步加大农业投入,兴建一批高产稳产田,把每年的收成握在自己的手中。"

三盼科技和市场信息下乡来。吉林农业大学教授马宁代表说:"现在很多农民苦于找不到好的致富项目,迫切需要农业新科技和市场信息。"马教授是连续三届全国人大代表,今年虽已 65 岁,但每年在教研之余都要抽出较长时间深入农村,帮助和指导农民推广新的畜牧品种,并与农民建立了深厚的感情。她说,农民在变幻莫测的市场面前显得很无奈,不知道干啥才能对路,所以一些农民盼着各级政府尽快建立农业信息发布体系,为他们真正进入市场当"向导"。

一些代表反映,吉林连续多年取得粮食"丰产",但农民有时却不能真正"丰收",尤其是农民还不能从农副产品生产、销售和加工的各个环节获得效益。全国粮食状元县——农安县委书记张俊先代表最关注农民如何快点富起来,他说:"一些农民建议,在推进农业产业化过程中,应建立多种多样的'利益共同体',与农民共担风险,一同致富。"(1998 年 3 月 4 日)

重庆代表话移民

出席九届全国人大一次会议的重庆代表捎来喜讯:三峡重庆库区一期水位移民首战告捷,二期水位移民正紧锣密鼓。

重庆移民占三峡移民总量的百分之八十五。到 2009 年,重庆将迁移 5 座县城、上百个集镇、上千家企业和 103 万人口。面对百万移民这一世界级难题,重庆沉着应战。

负责移民工作的副市长甘宇平代表说:"我们已探索出开发性移民新路,整个库区的移民工作开始步入良性发展轨道。"

以往我国修建水利设施大多走的是一条安置性移民的道路,没有在移民的同时,为其建立一个可持续发展的新机制。甘宇平告诉记者,要从根本上解决移民问题,必须走开发性移民的路子,使移民迁离原来的家园后,通过有序的移民工程创造一个具有更大发展能力和潜力的新家园,使移民移得走,稳得住,能致富。重庆市委书记张德邻代表强调,移民工作说到底是个发展问题。只要把移民搬迁与库区经济发展结合起来,坚持在移民中发展,在发展中移民,三峡重庆库区完全有可能成为一个非常活跃的新的经济增长区。

重庆市市长蒲海清代表说,重庆独特的地理位置和经济实力,加上设立直辖市后直接有效的行政管理和调控,将为三峡库区顺利移民、长期发展起到关键的作用。重庆以其特大城市的实力与优势,可对库区经济进行积极的辐射和优化,加快三峡库区形成新的产业群的速度。

农村移民是三峡移民的难中之难。来自万县市的张元铸代表介绍,占重庆库区移民百分之八十的万县,已摸索出农村移民的三种模式:以养种业为主安置移民;结合发展沿江交通,多渠道安置移民,形成了"江边一条路,路边一排房,房前工商业,房后种果粮"的沿江经济带和移民安置带;发展高效农业安置移民,推行"公司+基地+移民户"的模式,形成产供销一条龙的开发格局。张元铸告诉记者,目前一批有实力的企业看好库区的农业开发,如江苏维桑集团已在云阳新县城落户,搞大豆制品开发及原料基地建设;美国施格兰集团计划在库区建一个年产5万吨的柑橘浓缩汁加工厂等。

生态保护是移民工作的一个敏感话题。陈万志代表说,三峡库区正探索发展生态农业,目前已从发展科技型、高效益的农业入手,最大限度地减少对自然植被的破坏。将来还准备开发新资源,培育新物种,建立森林公园、各类植物保护区、生态农业旅游开发区等。甘宇平代表称,重庆提出了"成败在移民,兴衰在环保"的发展思想,只要坚持实施经济与社会协调可持续发展战略,三峡库区一定会成为经济发展、生态良性循环、人民安居乐业的生态经济区。(1998年3月5日)

辽宁代表喜话"菜篮子"

辽宁代表在审议李鹏总理的政府工作报告时,结合辽宁农业的发展和"菜篮子工程"建设的实际,对过去5年间城乡人民生活发生的巨大变化感触很深。

辽宁是全国有名的工业大省,城市人口占全省人口的比例比较高。在很长时期内,工业腿长、农业腿短的省情困扰着上至省领导、下至普通百姓。由于农业基础薄弱,农产品供求紧缺,城乡居民只好到关内"抢购",从面粉到猪肉、鸡蛋、蔬菜等,成了探亲出差的辽宁人纷纷往回捎带的"热门货"。对于这种现象,人们称为"东北虎进关打食"。

在过去近 10 年特别是最近 5 年间,"菜篮子"工程的成功实施和农村多种经营、庭院经济的兴起,使得辽宁城乡的"菜篮子"一年比一年大,"餐桌子"一年比一年丰富。

李鹏总理在政府工作报告中介绍说,全国城乡居民粮食、肉类、蛋类等人均消费量已达到世界平均水平。而辽宁省肉、蛋人均占有量分别达 63 公斤和 24 公斤,是全国平均水平的 1.3 倍和 1.8 倍,生猪、肉牛、禽蛋、肉鸡、鲜细菜等除满足本省需要外,还大量进入外省甚至外国市场。"东北虎"不再"进关打食"。

代表们在审议报告时,对李鹏总理向新一届政府所提今年工作"坚持和完善'米袋子'省长负责制,'菜篮子'市长负责制"的建议表示赞同,并认为不仅今年要这样,今后一个较长时期内都要坚持这样做。(1998 年 3 月 5 日)

从报告看国情:强化农业这个基础时刻不能动摇

李鹏总理在政府工作报告中回顾本届政府五年的工作成就时,突出提到了去年我国粮食产量达到 4925 亿公斤,比五年前增加了 500 亿公斤,"上了一个新的台阶"。李鹏总理的这番话得到了代表们的热烈反应。

代表们对于国外几年前泛滥的"谁来养活中国"的议论记忆犹新。听了李鹏总理的政府工作报告,代表们普遍感到,过去五年间我国农业特别是粮食生产的巨大成就,已经用有力的事实对这一议论做出了回答。

1992 年,我国的粮食产量为 4420 多亿公斤。在随后的五年间,经过全国上下不懈的努力,克服了各种不利因素,我国粮食生产连续登上了 4500 亿公斤和 5000 亿公斤两个大台阶,1996 年全国粮食总产高达 5045 亿公斤。全国人均占有粮食超过了 400 公斤,突破了八十年代初期连年丰收时创下的最高纪录。去年我国遭受了历史上罕见的旱灾,农田绝收面积达 5500 万亩,但粮食生产仍获得较好收成,稳定地实现了本世纪末全国粮食总产量 4900亿公斤的低限目标。

出席这次会议的新老代表们都没有忘记,在 1993、1994 年前后,由于经济过热,通货膨胀加剧,农产品价格大幅度上扬,给人民生活带来很大影响,农业基础薄弱的问题明显地暴露出来。党中央、国务院针对当时的情况,及时采取了扶持农业发展、加强农业基础的措施,千方百计降低农业生产资料价格,减轻农民的各种不合理负担,并先后几次提高了粮食定购价格,使亿万农民从农业增产中得到增收的实惠,进一步激发了农民种植粮食的积极性。而在粮食获得连年丰收的情况下,国务院又采取措施稳定粮食收购政策,按保护价敞开收购粮食,在一定程度上保护了粮农的经济利益。

在粮食连年丰收的同时,其他一些主要农产品也获得了较大幅度的增产。现在,我国的农产品供求状况已经发生根本性的变化,绝大多数大宗农产品由长期短缺变为供求基本平衡,有些品种已经供过于求,由卖方市场变为买方市场。全国城乡农产品市场供应丰富,琳琅满目,价格平稳。

李鹏总理在政府工作报告中向下届政府提出工作建议时,把进一步稳定和加强农业放在了第一位。他强调"农业事关全局",并就加强农业基础地位提出了一系列建议。无论是粮食主产区的代表还是主销区的代表,无论是沿海经济发达地区的代表还是中西部欠发达地区的代表,都认为报告对农业问题很重视,谈得很实在。代表们普遍认为,农产品丰富则市场繁荣,粮食价格稳定则通货膨胀率低,农业兴则天下稳,这是多年的经验和教训反复证明了的。因此,不管经济发展到什么程度,在我们这样一个十多亿人口的国度,都必须把农业放在突出地位。要千方百计避免农业出现大起大落。(1998年3月6日)

"米袋子"省长负责制要负责到"底"

今天上午,京西宾馆 15 楼会议室。

吉林代表团第二小组正在认真讨论李鹏总理的政府工作报告,农业和粮食问题再次成为热门话题。这也引起了中央政治局委员、国务院副总理姜春云代表的浓厚兴趣,在听完王云坤代表有关"米袋子"省长负责制的发言后,他接着说:"只有'米袋子'满了,'钱袋子'也鼓了,才能给省长打高分。"

吉林省省长王云坤代表今天是第二个发言的。他说:"政府工作报告中提到省长两个字的只有一处,就是坚持和完善'米袋子'省长负责制。从吉林省的实际情况看,'米袋子'省长负责制有特殊的内涵。一是不能仅仅从本省的供求平衡来考虑,还要有全局意识。二是'米袋子'省长负责制不能仅仅停留在粮食生产上,还要抓好粮食的增值增效。即'米袋子'省长负责制要负责到'底',既要抓好粮食生产充实'米袋子',更要千方百计鼓起农民的'钱袋子'。"

从小在江苏农村长大的王云坤,对农民有着深厚的感情,他在回忆自己和家人的经历后,十分动情地说:"农民最迫切的愿望是尽快富起来。"所以,近年来他一直在思考:如何把吉林的"米袋子"变成"钱袋子"?

他说,农民如果仅仅生产粮食,增收就很难;吉林如果仅仅就粮食抓粮食,就不能形成良性循环。吉林只有立足于粮食生产这个基础,追求粮食的更大增值,农民才能有更大的收益。所以,必须积极稳妥地发展农业产业化经营,使农民在粮食生产、转化、加工、销售的整个链条中获益。

他说,从农业产业化的发展趋势看,我们的工作可以分三个阶段进行,首先,通过兴建一批龙头企业,为农副产品找到一个稳定的市场,使农民有相对稳定的收入,让农民放心地去生产。二是引导农民参与到农副产品加工和销售过程中来,使农民成为加工和销售的主体。可以采取吸收农民入股、专业协会等多种形式,使农民从加工、销售等各个环节得到利益。三是促进一、二、三产业交融,逐渐消灭城乡差别。

听完这些发言,来自吉林农村基层代表的脸上露出了会心的微笑。

(1998 年 3 月 7 日)

江村罗布代表说,西藏人吃菜不再难

九届全国人大代表、西藏自治区政府主席江村罗布今天告诉记者:地处高寒地带的西藏城乡居民,如今已经初步解决了"吃菜难"问题,全自治区主要城镇自给率已达百分之七十五。

西藏地处青藏高原,大部分地区气候寒冷,环境恶劣,按传统种植技术,很多蔬菜难以在这里生长,过去只能生产被当地人称为"老三样"的萝卜、土豆、白菜。进入冬春季节,蔬菜市场更是货源奇缺。为了改变这种状况,近几年西藏开始试验、推广蔬菜科学种植新技术。

据江村罗布代表介绍,西藏先后取得了塑料大棚温室蔬菜生产技术、高海拔地区蔬菜栽培等 50 多项科研成果,结束了夏秋季不能生产茄果类蔬菜、冬春季节不能生产叶类蔬菜的历史。

他说,近年来,西藏全区大力兴办蔬菜生产基地,建成了以拉萨市为中心的较大规模蔬菜商品生产基地 10 个,菜田面积达 1.8 万亩,其中以温室和塑料大棚为主的蔬菜保护地 3000 多亩,年产蔬菜近一亿公斤。连最偏远的藏西北阿里地区也出现了蔬菜大棚。

江村罗布代表说,为丰富城乡居民"菜篮子",西藏还在农牧区实施了以发展养猪、养牛和养鸡大户为主要内容的畜牧业"三个百户"工程,并建立了 8 个乳品生产示范县和三个肉食工程基地县,重点扶持了 2500 多个养猪专业户,每年向市场提供鲜猪肉 110 万公斤,牛羊肉 50 多万公斤、酥油 5 万公斤。近两年,西藏城乡居民人均蔬菜消费年均增长百分之十一点八。

来自西藏日喀则的代表梁殿臣告诉记者:今年元旦、春节和藏历新年期间,日喀则市的上市蔬菜品种并不比他的河南老家少,各种副食品应有尽有。(1998 年 3 月 7 日)

新疆代表说,新疆棉花生产不会受压锭影响

记者从新疆代表团讨论会上获悉,以压缩纱锭规模为主要手段的纺织业结构调整,不会给新疆棉花生产带来消极影响,广大棉农仍可靠种棉花来增加收入。

新疆维吾尔自治区是我国最大的产棉区,四年来,新疆棉花总产量一直占全国总产量的四分之一强,外调量占全国省(区)间调拨量的近三分之二。新疆维吾尔自治区党委书记王乐泉代表说:"纺织业结构调整后,随着各地农业产业结构的调整,国内棉花的需求量远大于产量。当前,我们仍要挖掘生产潜力,使棉化产量逐年提高。"

据悉,我国将在三年内压缩 1000 万纱锭,使纺织业规模缩小至 3000 万锭。"压锭是一个正确的决策,"王乐泉代表说,"前几年,国内 4000 万锭的棉纺能力明显超过国内外市场需求,一直无法满负荷生产,如果不压掉那些设备陈旧、没有效益的纱锭,纺织业就无法走出困境,步入健康发展的轨道。"

代表们认为,纺织业结构调整后,将实现规模化经营,并奠定了可持续发展的基础,这对棉花销售来说,应是个新的机遇。王乐泉代表说,目前国内棉花市场不景气与纺织业没有直接关系,其主要原因在于,国产棉价格高于进口棉价格,部分纺织厂使用进口棉,另一方面,成本低廉的化纤产品对棉

花构成了一定的威胁。

代表们普遍认为,随着人们消费观念的转变,化纤产品不会长久地替代作为天然植物的棉花。他们说,新疆棉花的质量不逊于进口棉,香港溢达集团在新疆建立的 5 万锭规模的纺织厂,使用新疆棉花生产高支纱,其产品质量在国际市场上一直被业内人士看好,就充分说明了这一点。

据了解,国务院对棉花生产宏观布局的方针是,稳定长江中下游产棉区,加快发展新疆棉区。对新疆棉花的发展,国务院制定了一系列优惠政策,比如,加大投资力度、增加国家储备份额、对使用新疆棉的企业予以出口退税等等。这些政策使新疆棉花获得了较平稳的销售市场。

来自新疆棉花主要产区的代表们乐观地表示,新疆棉花生产的前景依旧很好,海内外客商投资新疆棉花种植业依然可获得较高的回报,1997 至 1998 年度,新疆棉花的投资和销售状况明显好于上一年度。

据悉,新疆将采取措施在不减少农民收益的前提下降低棉花调出价,最近将使每吨棉花降价 1800 元人民币,并将进一步压缩流通费用,使之接近国际市场价格。(1998 年 3 月 7 日)

工业大省的"农业文章"
——访九届全国人大代表、辽宁省农科院院长李正德

在中国的老工业基地辽宁省,农业处于什么样的地位,农村经济发展如何? 正在此间出席九届全国人大一次会议的辽宁省农科院院长李正德代表回答了这一人们关注的问题。

他说,李鹏总理在政府工作报告中指出,"农业事关全局。今年要继续采取有效措施,确保农业再有一个好收成,力争农民收入增加,保持农村社会安定"。辽宁正是这么做的。在城市人口与农业人口近乎相等的辽宁省,农业问题始终摆在各项经济工作的首位。这个省利用自己的优势在农业产业化方面大做文章,在全省已形成了粮食、畜牧、水果、水产、蔬菜、林木和土特产等七大主导产业体系。

这位农业专家告诉记者,目前,具有特色的农村区域经济格局已在辽宁形成。围绕七大主导产业,辽宁已形成了从辽北到辽西绵延千里的玉米生产

带,101 和 102 国道沿线的两个反季节蔬菜生产带,辽南和辽西两大水果生产带,长达 2100 公里的沿海水产品生产带。还形成了遍及九县七区的辽东林木土特产品生产区,中部面积达 600 万亩的水稻生产区,辽北、辽西两大畜牧业生产区。

李正德说,以加工、销售、贮藏和服务为重点的产业化龙头项目也已形成规模。辽宁在全省重点扶持了 100 个农业产业龙头项目。1997 年仅省直有关部门投入到农业产业化的资金就已突破 10 亿元。目前全省各类农副产品加工、贮藏、销售企业已发展到 5200 多家。

李正德说,辽宁农业产业化发展表现出的一个突出特点是市场调节机制开始发挥作用。各地的龙头企业注重签订合同、契约,合理确定各方的责权利,妥善处理龙头企业与基地、农户的关系以及各种服务组织之间的关系,特别注意通过各种方式切实保护农民的利益。辽宁全省农户有合同关系的产业化组织已达 1000 多家。(1998 年 3 月 9 日)

许鹏等 63 名代表联名提出"立草为业"

生活中常被人们轻视的小草,成了部分全国人大代表关注的对象。10 个代表团的 63 名专家、学者代表和党政机关代表联名提出议案,建议在国家计划序列中明确立草为业。

新疆维吾尔自治区人大常委会副主任、新疆农业大学教授许鹏代表与农业部原副部长洪绂曾代表领衔,与其他 61 名代表联名提出的这个议案主要内容是:要求全国人大常委会对草业进行视察和调查研究,为立法提出依据;在《草原法》的修改中用法律条文规定明确草业作为一种产业的地位;把草业单列,纳入国民经济计划中。

许鹏代表介绍说,草地和农地、林地是三大农业土地资源,农地、林地通过人类经营派生出农业和林业,早已为人们所公认。草地虽在生产中早已同样居于草业的地位,草业、农业、林业产品经动物利用转化为畜产品,但草业并未得到公认。这种认识的局限和滞后是导致对草地资源和草业地位长期认识不足、投入不足、经营力度不足的根本原因,从而导致草地破坏、退化,不仅使发展畜牧业失去必备的基础,也使环境生态受到极大破坏。草被的劣化是土壤沙化、盐渍化的重要原因,也是沙尘发生的重要原因。草地物种资源丰富,具有开发多种用途的巨大潜力。

这些代表在联名提出的议案中指出,历史的经验和教训逐步引起了人们对草业的思考和重视,特别是八十年代以来,许多科技和畜牧工作者发出"立草为业"的呼吁。1987 年全国牧区畜牧工作会议纪要中明确了要"立草为业",并强调"发展畜牧,草业先行"的方针。国务院在批转纪要的批语中也明确了"立草为业""草业先行"。10 多年来,虽然有所推进,但总体上看进展仍很缓慢,并未实现"立草为业"。而生产的发展则显示了"立草为业"的客观必要性。不仅天然草地经营业在继续,人工饲草料生产也在兴起,粮—经—饲的耕作制度改革无论在农区还是在牧区都有出现,草地物种资源开发和草地环保也在发展,这些都显示了草业丰富的内容,其地位和作用应该得到法律保障。它既关系到当前大农业、大经济,又影响到大生态和可持续发展,应该引起有关方面的高度重视。

许鹏等代表希望人们能逐步摆正对"小草"的认识,加快草业的开发,真正做到"天涯处处有芳草"。(1998 年 3 月 11 日)

皇天后土

天,晴间多云
——中国农业问题专家对世界的回答

1995 年美国世界观察研究所布朗先生"谁来养活中国"的"警世之语"一出,几乎全球为之震惊。中国的粮食问题一时引得国内外有关方面议论纷纷,众口不一。中国接连获得了粮食大丰收,一些地方粮食价格大幅度下降,甚至出现了"卖粮难",仓储也显得不足。粮食生产迈上了新的台阶,提前实现了"九五"末期的计划目标。许多人又以为粮食问题已经过关了。

"民以食为天",对于中国的这个"天"气趋势,究竟怎么判断? 究竟怎么看待"布老外"的高论和国际社会对中国粮食问题的担心,怎样判断中国的粮食形势? 对于中国的粮食生产和供应,中国专家当然有自己的看法。如果具体分析一下我国农业发展的历史和现实状况,展望未来的前景,就不难回答许多人关注的中国粮食能否养活中国人的疑问。

我国粮食供给的潜力有多大?

从正反两方面的经验教训来看,制约我国粮食供给从而影响供求平衡的主导因素是对形势的判断和宏观决策。核心是能否保护农民种粮的积极性,使农民得到应有的效益。这两年,国家提高了粮食定购价格,但是由于生产资料价格上涨的影响,农民得到的实惠并不很多,仍未根本解决促进粮食生产发展的问题。

应该看到,我国粮食生产的潜力是很大的。主要表现在:现有耕地中,中产田和低产田占三分之二,增加对农业的投入,加速中低产田的改造,单位面积产量就会大幅度提高;我国粮食单位面积产量是按统计面积计算的,每亩 290 公斤,但按实际面积计算,又低于这个水平,除稻谷外,同世界水平还有相当大的差距;我国是多熟制国家,从寒温带到热带,目前的复种指数为159%,每提高一个百分点就等于增加 1500 万亩的播种面积,复种指数全国平均可以达到 160%~165%;目前我国粮食生产中的科技含量只有 30%~40%,特别在推广优良品种、病虫害防治、合理平衡施肥等方面,可以大幅度增加科技因素,提高单位面积产量;目前的灌溉面积只有耕地面积的 50%左右,农业的基础设施薄弱,农田抗御自然灾害能力下降,如果能够大幅度增加对农业的投入,就能大大改善农业生产条件和生态环境,提高抗御自然灾害和综合生产能力,也就能够大幅度增加粮食的供给,基本满足不断增长的需求。此外,我国还有大量的非耕地资源尚处于未开发状态,在这些资源开发以后,对增加粮食和其他农畜水产品产量,无疑是一个巨大的来源。

国内有关专家们同美国世界观察研究所所长莱斯特·布朗(Lestre Brown)的分歧不在对 2030 年中国粮食需求的预测上,主要在于对中国粮食供给将比现在下降 20%,从而导致供求缺口扩大,需要从国外进口 3 亿多吨粮食,得出谁也养活不了中国的错误结论。从历年粮食生产波动情况看出,影响粮食总产量的直接因素,一是面积,二是单位面积产量。造成粮食生产波动,既有气候因素,又有政策因素,而起决定性作用的则是政策因素。在计划经济体制或在由计划经济向市场经济转轨中,粮食生产的波动,与完全市场经济条件下的周期性波动有所不同,并不完全表现在供求关系的变化上,也存在着人为的因素使价值规律发生不同程度的扭曲。因此,用西方粮食周期性波动的理论来研究中国粮食生产的波动,很难得出符合实际的结论。

对我国未来粮食需求预测的分析

80 年代,中央提出到 2000 年人均粮食产量达到 400 公斤,按 12.5 亿人口计算,总产量为 5 亿吨,与人均国民生产总值达到 800 美元作为实现小康的两个重要指标。现在看来,两者已经基本提前实现。中共中央十四届五中全会的建议和八届人大四次会议通过的决定中提出,到 2000 年粮食总产量达到 4.9 亿至 5 亿吨,也就是说低线为 4.9 亿吨,高线为 5 亿吨。1996 年我国粮食获得大丰收,人均占有粮食也超过 400 公斤,创造了历史最高纪录。

中国人的温饱问题已经基本解决,那么明天、后天呢? 记者为此走访了许多从事农业问题研究的专家们,听取了他们的一些看法。

第一,对粮食供求的几种预测。到2030年,我国如达到中等发达国家的水平,对粮食的需求测算,国内外学者有很多研究,大体是以人口达到16亿作为计算基础的。美国莱斯特·布朗先后有两次计算,他是以人口16.3亿作为计算基础的,一是按人均400公斤计算,总需求量为7.35亿吨;二是按人均478公斤计算,总需求量为7.65亿吨。他计算的供给量分别是2.67亿吨、3.75亿吨、3.65亿吨,也就是比1994年总产量分别少1.78亿吨、0.88亿吨、0.8亿吨,从而得出缺口分别为3.84亿吨、3.78亿吨、4亿吨的结论。日本外务省海外经济协力基金开发援助研究所在分析了中国省与省之间以及品种之间的供求变化后,预测到2000年粮食缺口为2370万吨,2005年缺口为6800万吨,2010年缺口为13500万吨。澳大利亚国立大学教授、前驻中国大使部若素(Ross Gar-rant)为澳大利亚外交部提出的研究报告认为,以1990年人口为11.4亿作为基数,按年增长1.3%推算,到2000年的人口为13亿,按常规增长(1.9%)计算,总需求量为5.47亿吨,人均421公斤;按高速增长(2.7%)计算,总需求量为5.92亿吨,人均456公斤;供给量如能达到5亿吨,按常规方案缺口为5000万吨,高速方案缺口为9000万吨。我国国家计委经济研究所的专家研究预测,到2000年人口为12.94亿,2010年为13.94亿,2030年为15.3亿。到2030年粮食播种面积为16亿亩,亩产391公斤,总产量为6.26亿吨;人均消费需求为450公斤,总需求量为6.89亿吨,缺口为0.63亿吨。中国农业科学院的专家研究预测,到2020年生产量可达到6.6亿吨,2030年可达7.34亿吨,亩产量为450公斤;总需求量2020年为6.93亿吨,2030年可达到7.34亿吨,人均消费量为450公斤(其中直接消费为125公斤);2020年缺口为0.33亿吨,2030年缺口为零,我国粮食的最大生产能力为8亿吨以上。

中国科学院的专家预测,到2000年,我国粮食总需求量下限为5.2亿吨,上限为5.6亿吨,人均消费量上限为430公斤,下限为400公斤。国家计委农经司、国家统计局农调队预测,到2000年我国粮食需求为50973万吨,供给为49596万吨,加上储运过程中1.5%的损失,最大缺口为2121万吨,占总需求的4.2%。其中稻谷产量为17359万吨,小麦11903万吨,玉米12895万吨;稻谷需求量为18860万吨,小麦11979万吨,玉米14822万吨;稻谷将由目前的平衡转为出现缺口,小麦缺口缩小,玉米由剩余转为有较大缺口。北京大学中国经济研究中心、农业部农村经济研究中心等,对未来我国粮食的需求量都有研究预测。综合各种研究预测,大体可以归纳为低方案和高方案两种,低方案为人均400公斤,高方案为450公斤。到2030年人口以16亿计,低方案的需求量为6.4亿吨,高方案的需求量为7.2亿吨。我国的粮食亩产量如果能够达到400公斤到450公斤,播种面积以16亿亩计算,总产量则可达到6.4亿吨到7.2亿吨,正好与需求量相等,这当然是乐观而又比较理想的方案,但也不是不可能实现的,关键在于如何保证16亿亩的播种面积和如何使亩产量上升到400公斤与450公斤,这是需要认真而具体研究的问题。

第二,对粮食消费结构的分析。对我国粮食未来需求的预测,大体包括口粮、饲料粮、工业用粮、种子粮以及储备粮五个方面。目前,我国粮食消费结构大体为:口粮占55%,饲料粮占28%,工业用粮占10%,种子用粮占3.5%。在口粮消费方面自1986年以来,城乡居民口粮消费呈逐步下降趋势,城市居民下降幅度大,口粮的直接消费水平大大低于农村。今后口粮水平的下降关键在农村,而农村又取决于农民收入的增长水平以及恩格尔系数下降的程度。预计在2000年到2010年期间,除了沿海经济发达地区的农村和城市郊区的农民口粮消费水平将会有较大幅度的下降外,广大中西部地区、山区、边远地区的农民口粮消费在粮食消费中仍占主要地位。特别是在粮食总产量中农民自用粮占三分之一,商品粮仅占三分之一的情况下,农村口粮消费下降将是一个相当长的过程,城乡居民消费的差别十分明显。这种差别显然是由于收入水平决定的。改革开放以来的19年间,我国城乡居民的食物消费结构已发生很大变化,动物性食品消费的逐年上升,标志着城乡居民的营养状况正在改善,这是很可喜的,同时也正在改变着粮食的消费结构。根据世界银行研究预测,到2000年,我国粮食消费结构大致为:口粮为45%左右,饲料粮为35%左右,工业用粮为11%左右,种子用粮为3.2%,新增库存粮为0.2%(每年新增人口1500万,人均400公斤,储备率为18%),损耗为4.6%。粮食消费需求涉及我国建立什么样的膳食结构,并且决定养殖业的发展方向。我们不能走西方的路子,适当增加动物性食品是必要的,但不能消费过度。提高摄取热量中的蛋白质数量,在增加动物性蛋白质的同时,更应重视增加植物性蛋白质。在动物性食品中,在增加肉禽类的同时,更应重视牛羊等节粮型动物产品,目前猪肉在肉类产量中占的比重已由 1978 年 95% 下降为不足 70%,符合膳食结构调整的要求。专家认为,中国传统的食物结构是荤素搭配、粗细搭配、干稀搭配,是很科学的,使碳水化合物、蛋白质、脂肪达到合理的水平。目前,酒的消费增长速度很快,白酒的产量与牛奶产量差不多,值得引起重视,需要正确引导。

怎样解决我国粮食问题?

从对我国粮食供给和需求的分析中可以得出这样的结论:我国粮食生产的潜力是很大的,依靠自己的努力,完全能满足不断增长的需求。但是,也还应看到,实现供求平衡的难度是很大的,需要认真地对待,在粮食问题上消极悲观是没有根据的,盲目乐观也是不可取的。

当前,在粮食生产方面有以下几个制约因素:一是由于人口增加和耕地减少,即使经过努力,做到耕地总量不再减少(被占耕地由新垦和复垦耕地补偿),而人均占有耕地面积是要继续下降的,预计到 2000 年将下降为 1 亩(现在为 1.19 亩)左右;在减少的耕地中大部分是高产田;在现有耕地中,中低产田的比例很大(三分之二),既说明有生产潜力,又说明需要巨大的投入,才能提高生产能力。二是农村人口与农业劳动力过多,在实行家庭联产承包责任制以后,形成了"超小型"的农户经营,平均每户经营土地 6 至 7亩,比日本、韩国和我国台湾地区的经营规模还要小,劳动生产率很低,很难有竞争能力,加上多数地区的社会化服务体系尚不健全,难以向分散的农户提供有效的服务。三是我国的农业资源虽然是丰富的,但由于历史的种种原因,利用和保护得不好,农业生态环境局部有所改善,总体仍在继续恶化,水土流失、沙漠化、草原"三化"(退化、沙化、碱化)以及石漠化(石灰岩地区)面积大体各占国土面积 15% 左右,在工业化过程中的"三废"(水、气、渣)的污染在加剧,酸雨面积迅速扩大;由于水资源的短缺(人均占有量比全世界平均少三分之二),高山雪线上升,地下水位下降,黄河可能变为内陆河,90 年代以来黄河已经多次持续断流。全国灌溉面积难以扩大,处于徘徊状态(50%),特别是在"温室效应"影响下,干旱面积不断增加。四是由于投入不足,农业的基础脆弱,后劲不足,目前仍是国民经济中最薄弱的环节,抗灾能力严重下降,成灾率由1978年的42%上升到近年的60%左右,这是十分可怕的。五是农民不仅数量大,而且文化素质比较低,"三盲"(文盲、科盲、法盲)数量比较多,生产手段多数地区仍以人畜力为主,生产的自给和半自给比重比较大,农产品尤其是粮食的商品率比较低。六是在由计划经济向社会主义市场经济体制转轨过程中,粮食的比较效益难以提高,影响农民和粮食生产区的积极性。

农业是国民经济的基础,粮食又是基础的基础。粮食是关系国计民生和国家自立与安全的特殊产品,从明朝朱元璋到新中国缔造者毛泽东,都把"广积粮"作为一种特殊的任务,摆到重要的地位。有人认为,中国的粮食问题,关系国家和民族的"生死存亡",这种说法并不过分,因为历史上多次出现哀鸿遍野、饿殍载道、农村凋敝的悲惨局面。党的十一届三中全会以来,党中央和国务院一直把发展粮食生产,增加粮食供给,保证需求,作为一项战略措施纳入各级党政领导的议程。实行"米袋子"省长负责制,是重视粮食生产的组织体现。

如何实现我国粮食供求的基本平衡,社会各界和专家们提出了多种建议。大体有以下10种主张:"规模经营说""增加投入说""科教兴农说""保护耕地说""建立统一市场说""调整食品结构说""农业产业化说""建立农民组织说""加强宏观调控说""参加国际大循环说"等。这些主张都从不同侧面寻求解决我国粮食问题的有效途径,是值得重视和研究的。郭书田等一批专家认为,农民是粮食生产的直接承担者,解决粮食问题的基础是增加粮食供给,增加粮食供给的关键是调动农民和粮食主产区的积极性,并保护他们应得的利益。不解决这个问题,其他措施都难以落实。1979年至1984年和1985年至1995年正反两方面的经验和教训都充分证明了这一点。

粮食关系到城里的"米袋子"、市场物价的稳定和社会安定,研究解决粮食问题,又必须统筹兼顾,使粮食生产者、经营者、消费者的利益都得到应有的保护,这是各级党和政府的一项重要任务。为此,研究粮食问题,不能就粮食论粮食,需要与整个农业、农村经济、国民经济的全局以及全世界粮食形势联系起来。

有关方面的专家们就有关粮食的几个重大问题提出了一些比较切实可行的建议。限于篇幅,这里只将他们的主要思路摘录如下。

第一,真正落实农业的基础地位,调整国民收入分配结构,真正解决"口号农业"的问题。落实农业的基础地位,需要解决两个重大问题:一是处理好工农关系,也就是工农业协调发展问题,特别是在工业化过程中,稍不警觉,很容易滑向"重工轻农"的轨道上去;二是处理好在财政上国家与农民的关系,也就是"予与取"的关系,在财力可能的情况下,必须增加财政对农业的投入。

第二,实施大农业和大食品的发展战略,对农业资源实行全方位的开发。我国的耕地面积为一亿多公顷,仅占国土面积的 10%左右,而大量的非耕地资源大部分处于未开发状态,具有巨大的生产潜力。因此应该面向整个国土,实施大农业和大食品的发展战略,确立大农业体系。这个体系大体包括五个方面:耕地农业、山地农业、草地农业、水体农业、庭院农业。

第三,积极发展乡镇企业,进一步调整农村经济结构和劳力结构。农村工业化是农业现代化的依托,农村城镇化是农村工业化的载体。不能把农村工业化理解为不要农业,也不能理解为城镇化不要农村。在工业化、城镇化过程中要防止和避免的是只重视工业而忽视农业,形成"发达的工业,萎缩的农业",在农村社区内出现二元结构。

第四,建立统一的社会主义市场体系,实现农产品包括粮食的商品化。在建立市场体系过程中,要进一步研究解决粮食能否实行商品化,使粮食作为一种商品进入市场,由市场的供求关系形成价格。在推进粮食商品化过程中,加强市场建设和市场管理就显得十分重要。

第五,充分发挥政府的调控作用,促进粮食生产稳定持续增长,做到供求基本平衡,需解决好以下几个问题:一是实行粮食管理的分层负责制,实现区域和品种的平衡。二是主动地参与国际贸易,利用国际市场调节品种和丰歉余缺。三是保证农用生产资料的生产、供应和价格的相对稳定。四是落实科教兴农的战略,实行农科教三结合。五是进一步加强重点商品粮基地的建设,保证商品粮的供应。六是加强管理,减少损失和浪费,减少粮食消耗。七是加强农业法制建设,实现依法治农,为农业稳定持续发展提供重要保障。

继1995年、1996年获得创纪录的粮食大丰收之后,今年我国夏粮又获得了历史最好收成。尽管遇到了严重的自然灾害,全年粮食生产仍可望获得较好收成。我国的粮食总产已经达到了4800亿公斤以上,提前达到了"九五"计划末的低限目标。以邓小平1992年南方谈话和党的十四大为标志,我国改革开放和现代化建设事业进入了一个新的历史时期。这是我国在各个领域取得巨大成就的时期,也是我国国际地位显著提高的时期。我国农业和农村经济也呈现出快速发展的态势。"八五"时期,我国农业和农村经济摆脱了低速发展和徘徊的局面,保持了不断发展的势头。"九五"农业开局良好,开始步入快速发展阶段。经济专家们评价到,没有农业的连年丰收,没有农村经济的快速发展,近几年宏观调控就不可能有这么大的成效。这个成绩,向世界展示了中国农业发展的光明前景,对我国保持社会稳定、推动改革开放事业发展,对本世纪末实现小康目标,具有重要意义。

近半个世纪前,西方曾有人预言中国政府解决不了人民的吃饭问题,历史对此早已作了否定的回答。放眼未来,我国虽然面临耕地少、人口多、粮食需求压力大的现实,但也存在着巨大的发展潜力。经过几年的努力,我们已经初步找到了在社会主义市场经济条件下解决粮食问题的经验和办法。我国完全有能力依靠自己的力量解决粮食供给问题。

实践将会向世界证明:我们不仅能养活自己,而且还将使全国各族人民的生活质量一年比一年提高。中国人民千百年来孜孜以求的温饱之梦已经在中国共产党领导下,在我们这一代变成了现实。小康生活也正在向我们一步步走近。

民以食为天,那么这个"天"的天气预报结果应该说是:晴间多云。(原载《销售与市场》1997年第12期)

保护好生命线——耕地

土地是我国十多亿人口和子孙后代的生存之本,如果保护不好,中华民族的生存和发展就会发生严重的危机,不要说建设、发展,连起码的吃饭问题都将难以解决。耕地资源紧缺并且逐年减少的现实,正在成为我国经济发展和社会进步的重大制约因素。

由人增地减带来的土地资源尤其是耕地资源的相对短缺,日益严重。今年以来,国务院总理办公会议、中共中央政治局常委在中南海先后听取国家土地管理局的专题汇报,认真研究我国的土地管理和耕地保护问题。最近,中共中央、国务院发出了《关于进一步加强土地管理切实保护耕地的通知》,明确提出了保护耕地的治本之策。土地管理和耕地保护工作得到了党中央、国务院前所未有的高度重视,列入了党和政府的重要议事日程。

面对我国每年增加 1000 多万人口、减少几百万亩耕地的严峻形势,面对国外有人提出"二十一世纪谁来养活中国人"的尖锐发问,我们只有一个回答:靠中国的土地能够养活、养好中国人!

人多地少:我国经济和社会发展必须严肃对待的重大难题

"民以食为天",反映了千百年来我国人民对吃饭问题的重视。要吃饭,就要有耕地,这也是人人都懂的浅显道理。在以江泽民同志为核心的党中央带领全国人民向新世纪迈进的时候,我们不能不认真检视脚下这片赖以生存的土地的承载能力。

长期以来,"人口众多、地大物博"是我们进行国情教育的一个基本观点。以占世界 7% 的耕地养活了占世界 22% 的人口,这一成就足以令我们自豪,但现在全国人口已超过 12 亿,很大一部分发展成果被逐年增长的人口抵消。对"地大物博"也需要重新认识。

人多地少,这是我国的一个基本国情,960 万平方公里的广袤陆上国土不可谓不大,但耕地只占国土总面积的 14%,用 12 亿多人口一平均,人均只有 1 亩多,不及世界人均耕地的一半。全国有 666 个县人均耕地低于联合国粮农组织确定的 0.8 亩警戒线。

耕地质量总体水平低。全国耕地分布在山地、丘陵、高原的占66%,分布在平原、盆地的仅占34%。长江流域及其以南地区耕地占全国的38%,但水资源却占全国的80%。淮河流域及其以北地区耕地占全国的62%,但水资源只占全国的20%。现有耕地中有9100万亩坡度在25度以上,长期耕作,不利于水土保持,需要逐步退耕还林、还牧。由于分布的缺陷,全国有水源保证的耕地只占39%。

在耕地数量减少的同时,许多地方的耕地质量也在下降。全国水土流失面积已达368万平方公里,每年有50多亿吨泥沙流入江河湖海,宝贵的土壤、肥力随着洪水一泻千里。全国荒漠化土地面积已达262.2万平方公里,占国土面积的27.3%,而且每年还以2460平方公里的速度扩展,沙进人退的局面还没有得到根本扭转。而随着工业化、城市化进程的加快,各种工业"三废"、生活垃圾对耕地的污染越来越严重,全国每年都有数以百万亩计的耕地因污染而减产甚至绝收。

在今后一个较长的时期内,我们面临着巨大的土地资源的困境与危机。

现有耕地资源是我们祖先历经几千年不停地垦殖留下的最宝贵财富。中华民族的文明史,无时无刻不是与我们脚下这片耕耘千年的土地息息相关。我们没有任何理由让宝贵的耕地在我们的手上大片大片地消失,绝不能破坏和浪费子孙后代赖以生存的土地资源。珍惜和保护耕地是关系国民经济可持续发展和民族兴旺的大问题。

保护耕地:我国发展基础产业的根本和条件

新中国成立后,党和政府历来重视对耕地的保护。早在五十年代末,毛泽东同志就曾指出:"从古以来,没有不被破坏的房屋,但是有不被破坏的土地。我国现有十五亿八千万亩耕地,绝大部分是古人留下来,是人们千秋万代的劳动所经营出来的。到现在我们也是每年把自己的劳动加到上面去。土地是最基本的生产资料,经济学家们最好能算算土地的价值。"

七十年代末,改革开放的总设计师邓小平同志高瞻远瞩地指出:"要使国家实现四个现代化,至少有两个重要特点是必须看到的:一个是底子薄。第二条是人口多耕地少。土地面积广大,但是耕地很少。这种情况不是很容易改变的。这就成为中国现代化建设必须考虑的特点。"这充分体现了邓小平同志对土地特别是耕地国情的重视。

以江泽民同志为核心的党中央，坚定不移地执行邓小平建设有中国特色的社会主义理论，把保护耕地作为实现经济社会可持续发展战略加以重视。

在当今的生产力水平下，没有了土地，就没有了农业，土地中最重要的是耕地。保护耕地就是保护农业，减少耕地就是削弱农业。正是基于这种考虑，江泽民同志强调指出："保护耕地就是保护我们的生命线。"在今年初召开的中央农村工作会议上，江泽民总书记再次重申：必须清醒地看到，我国农业不仅面临人口增加、需求增长的巨大压力，而且面临耕地减少、资源紧缺的严重制约，这种状况将长期存在。

国务院总理李鹏明确提出：国家和地方政府都要进一步健全永久性耕地保护制度。凡是列为永久性保护的耕地，都不得随意侵占。列入开发区规划范围还没有开工建设的土地，允许农民进行耕种，对耕地撂荒的要依法予以惩处。开发区尽可能少占和不占耕地，更多地对荒坡荒滩进行开发。对占用耕地要有切实可行的补偿复垦措施。

土地问题专家们认为，保护耕地既是保护农业的生命线，更是保护工业化、现代化的生命线；既是保护民族的生命线，更是保护城市和沿海地区的生命线；既是保护农村经济的生命线，更是保护城市地产市场健康发展的生命线。

为有效地保护耕地，1986 年全国人大常委会通过并从 1987 年实施了《中华人民共和国土地管理法》，使我国耕地保护走上了依法治理的道路。自1992 年以来，各地陆续开展了基本农田保护区规划和划定工作，并取得显著成效。各级党委、人大、政府对划定基本农田保护区工作十分重视，先后有 13个省、自治区、直辖市初步完成划定工作；有 22 个省、自治区、直辖市制定了基本农田保护条例或法规，建立了管理制度。绝大多数地区划定的基本农田已落实到地块和图件上，并明确了各级政府在基本农田保护中的责任。许多地方严格了占用基本农田的审批制度，已有 12 个省、自治区在坚持严格审批的同时，又建立了国家、省两级规划许可证制度，强化了行政管理职能。实行了占用基本农田占补挂钩或补交造地费等制度，初步建立了监督检查制度，定期对耕地保护情况进行监督检查。目前，全国已完成基本农田保护区划定工作的县（市）有 2100 多个，占应划区县（市）的 84%，已使这些地区 70%

以上的耕地划入了基本农田保护区。

耕地锐减：严峻势头亟待遏止

改革开放以来，尽管采取了多种措施保护耕地，但近年来耕地实际减少数仍居高不下，我国耕地仍呈锐减态势。

农业结构调整和灾害损毁数额巨大：1986年至1995年农业结构调整和灾害损毁耕地7000多万亩，与同期开发复垦增加的耕地数基本相抵。

非农建设占用，导致大量耕地"农转非"，造成耕地永久性流失。据统计，1986年至1995年，非农建设占用耕地近7500万亩。其中主要是城市无限制外延扩展，盲目开发建设占用大量耕地。据专家对全国31个特大城市卫星遥感资料测算，1986年至1995年，这些城市主城区实际占地规模扩大了50.2%。城市用地增长率与人口增长率之比高出合理数值1倍多。城市用地扩张之快、规模之大，已经严重超越了我国土地的基本国情。"开发区热"和"房地产热"吃掉了大片的耕地。尽管近几年对开发区进行了清理，但仍有大量的耕地被占用或占而不用。

农村居民点建设用地超标也是耕地减少的一个因素，人均用地高达190多平方米，超过规定最高标准150平方米的27%，多占土地5100多万亩。此外，乡镇企业圈大院、公路沿线乱搭乱建路边店及修建坟墓等也占用了大量耕地。

特别值得注意的是，近年来我国减少的耕地中，南方减少多、水田减少多、城镇周围和交通沿线优质耕地减少多。这些耕地的损失，价值难以估量，很难靠开发荒地来弥补。能否保有粮食安全所必需的耕地数量，关键在控制城市和村镇建设对耕地的占用。但是，新一轮城镇建设规模继续呈扩张趋势，规划用地将成倍增加，如果对城市和村镇建设占地不实行更严格的控制，我国的人地矛盾将进一步加剧。

越来越多的有识之士大声疾呼：但存方寸地，留与子孙耕。我们决不能为了眼前的利益断了子孙后代的生路，浪费日益珍贵的土地资源。

针对我国耕地保护工作存在的问题，最近，中共中央、国务院发出了《关于进一步加强土地管理切实保护耕地的通知》，决定冻结非农业建设项目占用耕地一年；冻结县改市的审批；进一步严格建设用地审批管理；严格控制城市建设用地规模;加强农村集体土地的管理;对 1991 年以来全国范围内各类建设以及农村宅基地用地情况进行全面清查。

党中央、国务院的决心已下,各项政策、措施已经明确,各级党政机关和有关部门应当切实贯彻落实好《通知》,全社会应给予大力支持和配合,坚决遏止住耕地锐减的势头。

总量平衡:我国耕地保护的跨世纪战略

江泽民总书记最近指出:"中央对保护耕地讲过多次,问题是如何落实,要有一个好的机制和办法,保证耕地总量只能增加,不能减少。"李鹏总理强调:"十分珍惜和合理利用每寸土地,切实保护耕地,是我国必须长期坚持的一项基本国策。"

一要吃饭,二要建设,这是我国经济发展必须长期坚持的一项基本方针。但我们能保证现有耕地总量不再减少吗? 在人口持续增加的情况下,能做到耕地总量还有所增加吗?

在我国目前农业比较效益一般低于工业的情况下,有些人认为,舍弃耕地和农业,把工业搞上去,是合算的,搞工业赚了钱,就可以买粮吃。这是天真而有害的想法。像我国这样十几亿人口的大国,吃饭问题只能立足于国内解决。依赖国际市场,因粮食而受制于人,在政治上、经济上和技术上都不可行,也行不通。减少本地区的耕地和粮食生产,靠其他地区大量调进粮食也是极不可取的。这里既有运输问题,还有全局利益问题和区域经济发展的利益平衡问题。如果每一个地区都从自己的利益出发减田减粮,城里人吃什么? 缺粮地区从哪里去调粮? 中央提出"米袋子"省长负责制,正是基于这种考虑。面对粮食问题的严峻挑战和国际社会的疑虑,江泽民总书记宣布:"中国粮食不仅现在要靠自给,将来也要立足自给。"他强调:"搞好粮食生产有其特殊的重要性,既要靠科学技术、推广良种和先进适用的技术等;同时,还要坚决制止耕地不合理占用,只有依法保护好耕地,才能稳定和发展粮食生产。"这是保证我国长治久安、经济繁荣、持续发展的战略方针。

满足十几亿人口的粮食需求,当前既要靠提高单产,更要靠稳定现有耕地面积。有些人认为,只要搞好科技兴农,提高单产,即使耕地减少问题也不大。从近期的农业科技水平来看,还没有重大突破性的增产技术,粮食单产难以有大幅度增长。因此,实现耕地总量动态平衡,既保证现有耕地不再减少,同时随着人口增长,力争耕地总量还有所增加,是我们的唯一选择。

最近,国家土地管理局根据中央《通知》精神,提出了实现耕地总量动态平衡的战略目标。这个目标打破了"耕地减少不可逆转"的固有观念,明确提出耕地总量不能再减少,而且要随着人口增加逐步有所增加。这个目标不仅引起土地利用、管理在理论上的深刻变革,而且对我国经济、社会发展全局将产生重大的影响。

吃饭用地要保,建设用地也要保,哪来这么多土地,潜力又在哪里?主要在集约利用、提高土地的使用效率上。

目前全国 600 多个城市,人均占地超过国家规定 100 平方米指标的有 400 个。如果逐步降到现行规定城市人均用地的高限指标 100 平方米,就可以节约三分之一的土地。

我国约 80%的人口在农村,村镇用地总量占全国城乡居民点用地的 87.3%,目前我国村镇居民用地 2.4 亿亩,相当于 4 个吉林省的耕地面积,大大超过了 2000 年计划用地 2 亿亩的控制指标。据调查,河北省仅"空心村"改造就能增加耕地 50 万亩。开发后备荒地资源,未来 20 年间能开垦耕地 1.22 亿亩。我国因各种人为因素造成破坏废弃的土地,累计约为 2 亿亩,其中采矿、烧砖、发电等生产和建设破坏废弃的土地约 5000 万亩。这 2 亿亩废弃地,约 1 亿亩可以复垦还耕。经粗略计算,今后 10 年到 15 年,如果能充分挖掘这几方面的潜力,全国可增加 3 亿亩耕地。

各地在保护耕地上的一些做法,为实现耕地总量动态平衡目标展示了希望:在寸土寸金的上海,根据"工业向园区集中,居民向集镇集中,耕地向规模经营集中"的原则,可以挖潜利用的土地还有 400 平方公里;江苏省实施村镇规划,将 28 万个自然村缩并成 5 万多个较大的村后,可增加耕地 300 万亩;山东省莱芜市撤掉 200 多个自然村,上山坡荒地建中心村,新增耕地 1 万多亩。天津对城建所作的"压缩型"规划,减少了城市建设用地 47 平方公里;农业大省湖南开发丘岗地资源,将新增农业用地 4500 万亩,相当于在山上"再造"一个湖南;湖北省当阳市发扬"挤海绵"的精神,成为全省第一个实现财政收入过亿元,也是唯一人均耕地 12 年不减的县级市;吉林省四平市对耕地锐减的"顽疾"对症下药,"八五"期间盘活企业用地 45 万平方米,开发复垦各类土地 90 万亩;各项建设事业快速发展的珠海市,耕地面积不但没有减少，反而在 16 年间增加了将近 30 万亩，秘诀就在"占地一亩、造地十亩"政策的实施……

打开视野，从城市到乡村，从企业到田野，到处都蕴藏着土地再利用的巨大潜力。土地利用问题涉及全民族的根本利益，我们必须制定和执行世界上最严格的土地管理和耕地保护法规，逐步形成有效的管理和制约机制。

可以预见，随着土地管理从有法可依到有法必依的实现，随着人们保护耕地意识的增强，随着各级政府保护耕地措施的认真落实，随着耕地"开源节流"工作力度的加大，我国耕地保护工作必将进入一个新的历史时期。

（1997 年 6 月 19 日）

七套八套 套出一片新天地

充分利用现有的光、热、水、土资源，生产更多的农产品，已越来越成为亿万农民的自觉行为。各地间作套种，开发冬闲田，因地制宜实行多种类型的多熟制等耕作制度的改革，大大提高了复种指数，为我国农业生产发展开拓出一片新天地。近 40 年间，全国耕地复种指数提高了 25 个百分点，相当于一年增加 3 亿多亩的农作物播种面积。

在我国大部分地区，农民们在有限的耕地上精耕细作，创出了不少多熟、高产、高效的栽培方法。在素以种田如绣花闻名遐迩的粤东潮汕平原，有 10 万亩农田复种指数高达百分之三百，全国第一个亩产吨谷县就产生在这里。黄淮海平原地区农民在近五六年间广泛利用间作套种技术，进行小麦、棉花、油料、蔬菜等多品种共生同植，大面积地提高了耕地的产出率和产值，使农田面积逐年"加宽拉长"。地处中原地带的河南省扶沟县不仅全部实现了粮田麦棉套种，还出现了麦棉瓜、麦棉菜等多种套种形式，有的地方达到一年五熟、六熟甚至七熟。这个县间作套种面积发展到 100 万亩，其中一年三熟以上的面积达 40 万亩，复种指数在 10 年间提高了 100 个百分点，亩均产值由 1979 年的 100 多元提高到 700 多元。北方第一个亩产吨粮县桓台去年开发间作套种面积 10 万亩，使全县种植业收入平均每亩增加 86 元。

间作套种等多熟高产农业技术的推行，使全国粮食和经济作物播种面积在耕地面积连年减少的情况下稳步增加，产量明显上升。近 10 年间全国复种指数提高百分之六以上,在相同耕地面积的条件下,相当于增加了约 1 亿亩种植面积。

据悉,我国可多熟耕地占百分之七十,通过间作套种等多熟高产技术开发,九十年代增加复种指数 7 个百分点并不难,仅此一项,就等于增加约 1 亿亩农作物播种面积。(1992 年 2 月 12 日)

三千万农民进入第三产业领域

改革开放以来,我国有三千多万农民从第一产业中分离出来,进入第三产业领域。

这支新兴的第三产业大军,"八仙过海,各显神通",他们分别依靠自身的体力、智力和技术优势,围绕城乡生产和人民生活,编织了一张张服务网络,为加快农业的专业化、商品化、现代化进程,加强城乡经济联系,缩小城乡差别,推动我国经济发展和社会进步,发挥了突出的作用。

农业是我国的基础产业。随着我国农村商品经济的发展,各地为农业服务和联系城乡的专业组织、专业户应运而生。据了解,全国农村仅围绕农业从事季节性服务的人员就有大约一千万人。他们从事粮食运销和菜果易地交流活动,把乡下的农副产品运进城市销售,把鲜活肉禽、水产、蔬菜、水果迅速送到城乡市场,不断装满市民的"菜篮子",为缓解农副产品的卖难、买难,繁荣城乡市场,满足人民生活需要,做出了贡献。除国家指令性计划外,目前我国农产品的流通百分之八十以上是靠农民完成的。

借助市场调节的全国 700 多万家乡镇企业,每年有价值 8000 多亿元的产品是农民自己推销出去的。上百万农民购销员"走遍千山万水、吃尽千辛万苦、不惜千言万语",为企业采购原料、推销产品,成为企业连接市场的压不垮的"桥梁"。

记者从农业部了解到,1991 年全国乡镇企业中从事第三产业的人数就达 2100 多万,年创产值 1600 多亿元。

如今,航空公司、航运公司、房地产开发公司、劳务公司、金融服务社、信息社、商社、购物中心、游乐园、度假村等农民办的服务企业,正在各地涌现。在沿海经济发达地区,第三产业的从业者相当一部分是农民。在珠江三角洲,从歌舞厅到影剧院,从文化夜校到健身房、美容院,都有农民的投资和服务。在一座接一座的现代化小镇上,十年前的庄稼汉,现在已是电传、复印、直拨长途、特快专递、外文翻译、养老托幼等服务项目的兴办人。

在第三产业的广阔天地中,农民勇敢地打破城乡分割的局面进入城镇兴办第三产业。从设摊修鞋、卖菜、爆米花、烤羊肉串,到兴办现代化宾馆、商场、饭店,从沿街零售到开设大型批发商场、自选商场,农民在为市民提供方便的同时,也赢得可观的收益。据有关人士介绍,仅北京市就常常有数万温州农民在从事第三产业,每年挣回几亿元。经济界人士指出,从土地上解放出来的数千万农民,将是日渐兴起的我国第三产业界有较强竞争力的劲旅。城乡市场的繁荣、生活水平的提高,都有赖于这支队伍整体素质的提高。

(1992年6月28日)

我国第三产业的振兴带动一批"袖珍城"崛起

最近开张的"潮州美食城"只是北京几十座"城中城"之一。其他像火锅城、图书城、九州城、金融城、家具城、电影城、儿童城、华侨城、利生健康城、海鲜城、卡拉 OK 娱乐城,等等,这些命名奇特的"袖珍城"已布及城乡,成为各地近年来迅速发展的第三产业的新景观。

这些被称为"城中城""乡间城"的"袖珍城",是典型的商品经济时代的产物,是人们对占地盘较大,以购物、饮食、娱乐、健身、游玩等为主的第三产业大型服务实体或服务集团的美称。如珠海的"九州城",建设得像个中世纪的古城堡,每天都有成千上万的市民、游客入"城"购物、游览,临走还可以把门票换成价值相当的小商品;"家具城"光是珠江三角洲就有几十座。里面展销的各式新潮家具,琳琅满目,五彩纷呈。北京月坛利生健康城是社会办体育的有益尝试。那些追求健美的会员们每天有上千人次进"城"来进行各种健美活动。这座"城中城"在取得较好社会效益的同时,也取得了可观的经济效益。

各大中城市的"美食城"则汇集了天南海北的名菜佳肴和各地的风味小吃,令食客大饱眼福和口福,回味无穷。

在沿海经济发达地区的乡村,"袖珍城"的出现更加引人注目。在广东顺德市龙港镇陈涌村,大富豪娱乐城集饮食、健身、娱乐于一体,为当地群众提供了一个接受现代化享受的好处所。

这些"城中城""乡间城"都以优美的环境、良好的服务、适中的价格迎接步入"城门"的大众。据悉,目前我国城乡又有这样一批新的"袖珍城"项目纳入规划和建设中。(1992 年 7 月 7 日)

一亿老乡"农转非"

在我国农村劳动力中,10 个中就有 3 个告别"面朝黄土背朝天"的农事劳作,转而进入二、三产业领域。全国已有 1.3 亿多农村劳力洗脚上田,务工经商,成为我国发展商品经济的主力军。上亿农业劳力农转非,堪称八十年代以来中国农村最宏伟的社会工程。

在改革大潮中异军突起的乡镇企业,为 7000 万农民提供了新的就业机会。目前全国乡镇企业已发展到 1900 多万家,职工接近 1 亿,年创产值 1.1 万亿元以上,已占农村社会总产值的六成。乡镇企业的蓬勃兴起,大大加速了农业人口向非农产业的转化过程。

不吃国家商品粮,依靠自己"农转非"。商品经济的发展,为我国农民创造出更多的就业门路。从千百年赖以生存的土地上解放出来的亿万农民,除了进厂上班挣工资,还有 3000 多万人从事各类个体服务业,为乡村以至整个社会的生产、生活提供多方面的服务。

在亿万农民离土不离乡、进厂不进城的同时,农村人口流动近年来渐趋活跃,离土离乡涌入城镇的越来越多。国家统计局提供的数据表明,近五六年间,从乡村迁移到市镇的人口已超过 1000 万人。至于那些春来冬去徜徉于市镇寻找财路的农村劳力,每年也有上千万人,仅北京一地就有 50 万人以上。

非农产业已成为我国农村人口的重要收入来源。农业部权威人士分析说,9 亿农村人口中约有 3 亿人的生活已经不再主要依靠经营农业了,这标志着全国农民搞饭吃的旧局面彻底结束了。

一些经济专家介绍说,经济结构由农业为主转向以工业为主,劳动力由农业转向二、三产业,最终由低收入的农业国步入高收入的工业化国家,是社会发展的必然规律。我国在短短 10 多年间有 1 亿多农村劳力转向非农产业,这在世界历史上是绝无仅有的。但在今后相当长时期内我国"农转非"的压力仍很大,本世纪内还有 2 亿以上农村剩余劳力需要转移。(1992 年 9 月 5 日)

中西部农村:追寻失去的世界

自然资源的西富东贫与经济发展的西贫东富、沿海地区发达的农村经济与中西部农村的贫困落后形成了强烈的反差。分析现实,让人不难醒悟:中西部农村经济的差距主要在于乡镇企业的欠发达、不发达。

中西部地区人口及农业人口均占全国的三分之二,全国老、少、边、穷地区主要集中在这里。改革开放以来,这一地区虽有发展,但比东部仍有很大差距,并且差距仍在扩大。

1980 年和 1991 年,东部地区农业人口人均占有农村社会总产值为 444 元和 3352 元,中部地区分别为 305 元和 1494 元,西部分别为 237 元和 1105 元。1980 年中、西部与东部的差距分别为 139 元、207 元,1991 年则分别扩大为 1858 元、2247 元。这其中,中、西部农业人口人均乡镇企业总产值与东部的差距 1980 年为 95 元、124 元,1991 年变成 1510 元、2018 元。1980 年时东部与中、西部农民占有乡镇企业工资差距只有 10 多元,1991 年则扩大到117.4 元、160.7 元。

当中西部各省近日参加全国加快发展中西部乡镇企业经验交流会的代表聚集西安,回头看便发现,几个历史机遇被错过了:中央要求各地大力发展乡镇企业,但由于认识错位,1978 年至 1990 年间,东部以百分之十八的速度发展,西部速度只有百分之十二;1985 年到 1990 年两次治理整顿中,东部速度保持在百分之三十五点三,而西部自己限制自己,发展速度只有百分之二十三点八。同期东部地区年均递增百分之二十九点三,中部为百分之二十七点五,东部每增加 1 个百分点净增产值 154 亿元,中部仅 75 亿元。

"醒得早、起得迟、出门晚、上路慢",这是中西部各级政府官员对乡镇企业发展落后逐步达成的共识,机会的失去,使得繁荣的农村经济这一"精彩的世界"远离了这一地带。

中西部地区重要的战略地位与经济状况很不相称。这里与 15 个国家接壤,极其丰富的劳力、农业、矿产、旅游资源等待人们开发。而本世纪末这一地区亿万农民实现小康的主要任务又重重地落在了乡镇企业身上。

历史又一次把机遇摆在了中西部的面前:邓小平视察南方谈话、十四大召开,把改革开放推向了新阶段;沿江、沿边开放;乡镇企业有了更好的社会环境;国务院新近又决定采取措施加快中西部乡镇企业发展。

抓住机遇、解放思想、转变观念,加快发展乡镇企业,这是中西部农村追寻失去的世界的最好选择。(1992 年 11 月 17 日)

北国抗天歌

就在洪水肆虐南方一些省区时,干旱威胁着北国。

截至 6 月 24 日,全国受旱面积近 3 亿亩,其中北方占 95%。上千万人口、2000 多万头大牲畜饮水困难。数以万计的大小河流露出被烈日烤干的河床,上千座水库放不出水,大片禾苗卷叶打蔫,成片的白茬地难以下种。

严重的旱情成为近期北方农业生产最大的困难,而北方的夏种能不能顺利进行,直接影响全年的农业丰收。

春争日、夏争时。为了举国共盼的丰收,北国亿万干部群众众志成城,唱出了一曲与天抗争、保苗抢播的壮歌。

干部就在第一线

山东禹城市公安局干部张宜杰所包的贾庄村,有 10 户农民或因劳动力不足,或因水源缺乏无法按时播种。张宜杰帮助他们打压水井,找到并修复了两眼报废多年的机井。对用不上水的两个特困户,张宜杰硬是用双肩把水一担担挑到地里。一个月下来,他晒得黢黑黢黑,整整瘦掉 9 公斤!

张宜杰只是数以万计和农民一起与旱灾斗争的干部中的一个。

旱灾牵动着各级党政领导。党中央和国务院领导在关心南方抗洪救灾的同时,十分关注北方的旱情,亲自部署各地各部门抽调人、财、物力,支援北方抗旱。中央财政下拨了 6600 万元抗旱经费。空军出动飞机帮助地方实施人工降雨作业。

在北方各受灾省区,都有大批干部奋战在抗旱第一线,组织群众落实抗旱措施。

6月13日,山东省政府及时发出抗旱救灾紧急通知。6月19日,省长赵志浩在北京开完会后立即赶到重点粮棉产区,主持召开全省棉花主产区抗旱工作"飞行集会",研究抗旱抢种、保苗的措施。省里挤出1000万元抗旱专款和6.5万吨抗旱柴油拨往各地。省政府还派出14个工作组,由厅、局长带队深入旱区协助解决实际问题。

河北今年已是连续干旱的第四个年头,各地竭尽全力抗旱,省里发放抗旱资金1120万元。抗旱保夏种、夏管,成为全省当前农村工作的重点。全省派出上万名干部,包乡包村包井,组织抗旱救灾。各涉农部门纷纷为抗旱开"绿灯":电力部门调整计划,保抗旱用电;农机部门紧急组织5万多吨抗旱柴油;水利部门组建的150多个抗旱服务站巡回田间,坚持24小时服务。

宁夏各级政府把抗旱列为当前农村工作的中心任务,区政府副主席周生贤带领14个厅局负责同志,深入受旱地区,召开现场办公会制定紧急措施,具体解决抗旱中的难题。

能保一亩是一亩

广大基层干部群众没被旱灾吓倒,他们勇敢地与天抗争,肩挑人抬,马拉驴驮,机电提灌,沟中挖沟,渠中挖渠,把任何能用的水源利用起来,能保一亩是一亩,抢种一分是一分。

山东齐河县赵井村农民赵会勤夫妇,轮换着用手压动真空井,浇灌承包的4亩多麦茬地,整整三天三夜,保质保量种上了玉米。这个县今年拿出了400万元、4200多吨平价柴油,投入抗旱保苗保种,全县新打简易井、手压真空井1.8万眼。

山东禹城市张陈村党支部书记陈世贵承包了一口鱼塘,在他的精心喂养下,鱼长得很快,再过几个月,将得到可观的收入。然而急剧发展的旱情,使他坐不住了。他毅然把塘里的水放出,给村里浇地。

河北衡水地区是燕赵大地的粮仓,他们抓紧落实常规抗旱措施,同时推广玉米浸种技术,争取了农时。

尽管今年的旱情之重是近年少有的,但在亿万干部群众连续奋战下,旱灾造成的损失被减少到尽可能低的程度。来自有关部门的消息说,已浇灌的粮、棉、豆、果、菜等长势良好,夏播作物基本抢得了农时,错过农时的地块也种植了生长期短的杂粮、杂豆、蔬菜等作物。

兴水无价旱更知

今年的旱灾范围大、程度重，但人们对夺取秋季农业丰收充满信心。归结起来就是改革开放以来，农业抗御天灾的能力有了很大提高，农村产业结构的调整也使农民对抗旱有了自觉性。

紧靠黄河的山东省齐河县贾市乡，在今年黄河断流的情况下，抗旱既主动又轻松。用农民的话说："天照旱，咱照干，打粮食，挣钞票，咱哪样都不耽误。"这离不开乡里兴修的水利设施。

这个乡 1.6 万亩玉米、1.4 万亩棉花，靠 370 多眼机井，6 月 15 日前就全浇了一遍，大片庄稼长得绿油油，夏播及时完成。全乡舍得在兴水上投入。乡里有专业打井队，打一眼井乡里补助 1000 元，去年以来就新打机井 40 眼。今年抗旱期间，各村农民只要在规定的时间，拿上铁锨到承包地看管一下水流就行了。乡党委书记朱金水信心十足地告诉记者："今年可望迎来第四个亩产吨粮年份。"

今年的旱灾使更多的农民认识到兴修水利的重要。各地在三夏大忙季节，仍抽出大量人力打井、修渠。河北省衡水地区今年以来，农民投入兴修水利的资金达 2000 多万元，已打深井 1585 眼。山东省新打的简易井、手压井不下 10 万眼。

亿万人民的奋力抗争，正使旱魔低头。截至记者发稿时，北方旱区刚刚结束了一次较大范围的降雨过程，部分地区旱情有所缓解，但整个北方抗旱斗争仍在继续。有关专家还提醒说，北方各地不仅要抗大旱，还要防大旱之后可能出现的大涝。（1994 年 6 月 27 日）

老区在向新世纪迈进

在中国，人们从没有忘记革命老区兄弟，上上下下都在关心着老区建设。一些革命老区传来的信息是令人兴奋的。延安市桥沟乡 1994 年社会经济总收入达 1.22 亿元，突破亿元大关，成为革命圣地延安的第一个"亿元乡"，去年二、三产业的总收入占全社会总收入的百分之八十以上。沂蒙山区扔掉了贫困帽子,农民人均纯收入达到了1000元。当地经济持续发展,市场空前繁荣,总体经济实力迅速增强。秦巴山区加快开发当地资源,成为我国西部地区重要的蚕茧、茶叶、建材、药材商品基地。

大别山区抢搭"京九铁路建设的快车",依托大京九,发展大产业,一条新的经济走廊正在形成。京九铁路的上马使多年沉寂的大别山和赣南革命老区出现了前所未有的基础设施建设、配套成片开发、市场建设和投资办厂热潮。太行山、吕梁山区成千上万的农户踊跃投标承包荒山,绿化造林,开发资源。新春刚过,隆隆的开山炮声就在太行山阵阵响起。这些情况表明,中国革命老区人民正在抓住新的机遇,加快脱贫致富的步伐,进入了一个开放促开发、开发促发展的新阶段。老区人民正以崭新的姿态向充满希望的新世纪迈进。

(一)

据了解,革命老区各县在八十年代初期大多数属于贫困地区,农民人均年收入不足百元。改革开放以来,在党中央、国务院的关怀和扶持下,革命老区人民开始向贫困宣战。

当年的中央苏区赣南是国家重点扶贫地区,改革前有上百万人口处于极度贫困之中。而1988年以来,赣南工农业和财政收入等各项主要经济指标的增长幅度均高于全省平均水平。全区温饱问题已基本解决,农民人均年纯收入已由八十年代初的111元增至1000元以上。沂蒙山区,有着辉煌而灿烂的革命历史。但是十多年前记者在这里采访时,大面积的贫困景象令人感慨万端:有近200万人年均纯收入在200元以下,有百分之五十七的村庄不通汽车,半数村庄不通电,有100万人连日常饮水都很困难。1985年,国务院把沂蒙山区列为全国重点连片贫困地区之一加以扶持。现在的沂蒙山区已经基本告别了贫困。到目前原有的贫困村已有百分之九十多脱贫,原来不通车的4434个行政村而今都通了汽车,所有的贫困村全部通了电。

更为可喜的是,沂蒙山区不仅走出了长期贫困的阴影,而且在许多方面走到了山东省各地市的前列,全区外贸出口收购额,超过一些经济发达地市,位居山东省第四位。在诞生了山东省第一个抗日民主政权、打响扭转解放战争中整个华东战局的孟良崮战役、涌现沂蒙"红嫂"等大批英模人物的革命老区县沂南县,如今有一批新产品在全国崭露头角,有全国十大鞋王之一的声乐集团，有被誉为"摩托王子"的华日摩托，有替代国家进口、填补国内空白的"鲁颖"牌螺旋滤波器，有远近闻名的诸葛亮家酒，还有 30 多种产品获得国家和省、部优质称号。

在发展社会主义市场经济的今天，老区人所具有的无私奉献、艰苦创业、诚实善良、坚韧不拔、先人后己等优良传统，依然是一笔宝贵的精神财富，也是老区人民参与市场竞争的独特优势，加上吸收了市场意识、风险意识、开放意识、竞争意识等新的观念，从而形成了更加坚强的"合金"。

（二）

解放思想才能改变落后面貌，这是老区干部群众的深刻体会。赣南最边远的安远县，县乡领导联系实际，对照沿海找差距，带头在群众面前"揭短亮丑"，制定了放大胆子走出去、放宽政策引进来的新的发展战略，现已办起三资企业 30 多家，引进资金 3000 多万美元；全县 27 万农村人口有 10 万多人进入流通领域或外出打工；外地人也纷纷到安远经商办企业，县城流动人口超过常住人口，被人们称为"小广东"。同处赣南的瑞金县已有近千农民先后在福建、广东等沿海地区兴办起了建筑、服装加工、饮食服务等企业，由打工仔当上了厂长、经理。

改革开放给贫困地区带来了活力，特别是市场经济带来空前的机遇。市场经济唤醒了群山，点土成"金"，各种丰富的资源得到了优化配置，资源优势正在变为商品优势和经济优势。

革命老区不少县市都注意依托自己的资源优势，借力起飞，借地生财。井冈山既是国家重点旅游风景名胜区，又是中国革命的摇篮，融风景名胜和历史人文于一体。市委书记马仲强一上任就在新班子会议上明确提出了抓住井冈山这一独特的旅游资源优势，借国内外游客之力起飞的"旅游兴市"经济发展战略。如今这里已经初步建成南方新的旅游基地，每年吸引了数以万计的国内外游客前来。陕北黄土地上，水果、土豆、养羊、烤烟等已经成为当地的主导产业和群众重要的收入来源；同时，地下丰富的煤炭、石油、天然气等资源也正在得到开发，并为当地带来了滚滚财源。全国革命老区中规模最大的脱贫致富工程——广西右江河谷经济开发带，从 1992 年 10 月建立以来，农林产品加工基地和铝业基地已经初具规模。这里芒果面积已经超过 10

万亩,成为我国最大的芒果生产基地。

（三）

自力更生,艰苦奋斗,这是老区人民的光荣传统,也是老区的优势。劈山开路、整修梯田、兴修水利、架电办厂,老区人民在相对落后、十分艰苦的条件下,付出了比其他地区多几倍甚至几十倍的心血和汗水,以顽强的毅力,全力改善投资条件,开发当地资源。山东省平邑九间棚、河南省林州市、河北省沙石峪等地方的人民,发奋图强,经过近十几年的不懈努力,使原先的贫困面貌发生了巨大的改变。当年为了中国人民的解放事业,刘邓大军千里跃进的大别山区,人民为了早日致富,克服重重困难,敞开山门闯市场,各种农副产品纷纷出山,数以十万计的农村劳动力走出山门,走南闯北,务工经商,许多人已脱贫致富。

乡镇企业的发展成为一些老区经济最大的生长点和最大的扶贫富民工程。越来越多的老区地县走上了依靠发展乡镇企业脱贫致富的康庄大道。乡镇企业已成为老区人民真正的"摇钱树"。

京九铁路等一大批国家和地方重点工程的建设为相关老区的经济和社会发展创造了新的机遇,带动了当地资源的开发和各种优势的发挥和利用。赣南老区充分利用靠近沿海地区和修建京九铁路的良好机遇,实行"以放对放、以活对活、沿边接轨、接替跟进"的方略,扩大开放,借力起飞。为了加强对外交流,他们拆除了通往粤闽边界的关卡,开放边际贸易市场上百个,边际贸易额超过10亿元。他们还下力气改善投资环境,设立经济技术开发区和台资开发区,招商引资工作逐年加快,增长速度位居全省前列。

与经济发展较快的地区比,老区还较贫困,这并没有被遗忘。党中央、国务院和各级人民政府采取各种措施扶持老区发展经济。1985年中央在全国确定了18个连片贫困地区加以重点扶持,1994年又正式实施了"八七扶贫攻坚计划",动员各种力量力争早日消灭绝对贫困。改革开放以来,国家和各级政府采取多种措施增强革命老区的经济造血功能,在交通、能源、通讯等方面投入了大量资金,改变当地经济建设和社会发展的基础条件。一条条铁路、高等级公路、通信电缆向老区延伸,一批批沿海发达地区的干部交流到比较贫困落后的老区,一个个项目经过各级和各方面的热心帮助落户陕北、大别山、秦巴山、太行山、闽北和闽西山区。山东省六城市对口支援沂蒙山区已经结出了累累硕果，青岛援助的项目已经出现了效益良好的亿元企业。（1995 年 3 月 2 日）

我国农村劳动力流动总数超过八千万人
本世纪末将有 2 亿农村富余劳力需要安置

中国的流动人口问题引起国际社会越来越广泛的关注。参加今天结束的"中国农村劳动力流动国际研讨会"的中外专家普遍认为，人口的流动对经济发展和社会进步发挥了积极作用；中国政府在农村劳动力流动方面采取的做法受到高度赞扬。

八十年代后期以来，中国农村劳动力大规模、跨地区、跨城乡流动，有关方面专家调查认为，全国 1 年的农村劳动力流动人口超过 8000 万人。农业部、劳动部、国务院发展研究中心、中国社科院、北京大学、上海社科院等 8 家单位分别组成专门调研力量，从 1994 年起在福特基金会的资助下，对这一问题进行了多方面、多视角的研究，取得了丰硕的成果。在这次为期 3 天的国际研讨会上，中外专家、学者对这些研究成果进行了积极的评价和交流。

中外专家们认为，解决农村剩余劳动力问题是关系到中国农业乃至整个国民经济发展的重大战略问题。近年来，为了适应客观形势发展的需要，国家先后出台了一些引导和促进农村剩余劳动力合理流动的政策措施，如对跨地区流动就业实行统一的管理制度，输入地区发放流动就业证，输出地区签发外出就业卡等。实践证明，这些政策措施对促进农村剩余劳动力的转移和流动都产生了积极作用。

专家们指出，中国劳动力的就业城乡都不充分。目前中国农村人口的比重仍高达 70% 以上，农村剩余劳动力问题表现得比较突出。到本世纪末，中国农村的剩余劳动力预计将达 2 亿人左右，农村劳动力的就业压力依然很大。如何在搞好农业深度开发和广度开发转移一部分农村剩余劳动力的同时，引导和促进农村剩余劳动力在城乡和地区间的合理、有序流动，还有不少困难和问题，任务相当艰巨。

在这次研讨会上，来自 10 多个国家以及联合国驻华机构的 60 多位海外代表参加了交流和探讨。中外专家们畅所欲言，各抒己见，对中国农村劳动力流动的背景及其成因,未来的走势和影响,可能出现的问题及其对策等展开了热烈讨论,提出了一些较好的建议和意见。(1996 年 6 月 27 日)

述评:惊天动地的奇迹　气壮山河的凯歌

持续两个多月的长江终于平静了:今天 11 时,长江中下游干流水位全部回落至警戒水位以下。

在过去的两个多月中, 我国南北三江流域的 800 多万抗洪军民以大无畏的英雄气概,发扬奋不顾身、连续作战的精神,抗御了一次次洪峰的袭击,战胜了一个个险情,最终取得了抗洪斗争的全面胜利! 亿万中国人民再一次创造了中国治水史上惊天动地的奇迹,谱写了一曲气壮山河的凯歌!

这奇迹来自抗洪大军与洪魔的殊死搏斗,来自党中央、国务院的正确领导,来自广大党员干部的先锋模范作用,来自全国四面八方的无私支援,来自中华民族空前强大的凝聚力。它又一次向世人昭示:在以江泽民同志为核心的党中央坚强领导下,中国人民不仅能够克服前进道路上的各种困难,而且能够战胜特大自然灾害,创造人间奇迹。

(一)

1998 年夏天是一个不平凡的夏天。在江南,在华南,在东北,一场场暴雨倾盆而下。长江发生了新中国成立以来第二次全流域性大洪水,珠江、闽江和松花江等江河也相继发生了超历史最高水位或最大流量的大洪水。

在狂风和暴雨中,长江干流八次洪峰一浪接一浪地向中下游扑去,松花江大洪水也以前所未有的高水位向哈尔滨、向大庆油田冲去。

洪水当前,党中央决定,抗洪抢险工作是当前头等大事,要举全国之力,战胜洪水。在防洪最紧张的日日夜夜,江泽民总书记统筹安排,调兵遣将,胸有成竹地指挥这场新中国成立以来规模空前、波澜壮阔的抗洪决战,展示了第三代中央领导核心驾驭大局、决胜千里的坚强信心和卓越能力。

在汛情紧急的时刻, 党和国家领导人与沿江抗洪军民一样度过了一个个不眠之夜。8 月 7 日,长江汛情骤然紧张。8 月 7 日晚召开的研究长江抗洪抢险的中共中央政治局常委扩大会议一直开到深夜。会议决定:要把长江抗洪抢险工作作为当前头等大事，要坚决严防死守，确保长江大堤的安全，不能有丝毫松懈和动摇。要动员和组织一切人力、物力、财力进行抗洪抢险。

8日凌晨4时，江泽民总书记打电话向正在长江一线指挥的温家宝副总理询问汛情；朱镕基总理也是彻夜未眠。7日晚上至8日凌晨的十几个小时内，总理办公室工作人员先后24次打电话到荆州长江防汛前线指挥部询问水情。8日清晨，朱镕基总理乘飞机直奔沙市……

8月13日至14日，在决战长江洪水的最紧要关头，江泽民总书记亲临抗洪前线考察汛情，慰问抗洪军民，极大地鼓舞了前方将士的斗志。在这次视察中，江总书记就决战阶段的长江抗洪抢险工作发出总动员。他要求全党全军全国要继续全力支持抗洪抢险斗争，直到取得最后的胜利。

8月15日，李鹏受江泽民总书记委托到东北抗洪一线考察汛情。

在抗洪救灾的关键时刻，中央领导密切关注前线的战况，在中南海与灾区之间建立起部署救灾工作的一条条电话热线。江泽民、李鹏、朱镕基一次次打电话了解抗洪态势。

李瑞环、胡锦涛、尉健行、李岚清等中央领导先后到抗洪前线考察或多次打电话询问汛情、灾情和抢险救灾的进展情况，了解抗洪救灾工作中存在的困难和问题，部署各项抢险救灾工作，及时指示有关部门采取有力措施支援前线救灾，热情慰问战斗在抗洪一线的军民，要求全体参战人员不折不扣地贯彻执行江泽民总书记关于抗洪抢险工作的讲话精神，以取得决战的胜利。

党中央、国务院的关怀与指导，给了抗洪一线的广大军民以巨大的鼓舞，激励着抗洪大军战胜了一次又一次洪峰。

今年的这场抗洪斗争，是亿万军民在党中央、江总书记领导和指挥下进行的一场具有重大政治意义和深远影响的伟大斗争。这场伟大斗争，不仅保护了国家和人民群众的生命财产，保卫了我国改革开放20年来取得的巨大成果，而且有力地维护了我国改革开放和现代化建设稳定发展的大局，极大地鼓舞和激励了全国各族人民推进建设中国特色社会主义伟大事业的信心。这场伟大斗争充分证明，以江泽民同志为核心的党的第三代领导集体具有决战决胜的胆略和气魄，这个坚强有力的中央领导集体及其核心，是我们取得一切胜利的最根本的政治保证。

（二）

这场旷日持久、范围广泛的抗洪抢险斗争对共产党员的先锋模范作用，对广大各级领导干部的作风是一场大检阅和大考验。广大党员干部向人民交出了满意的答卷。

在长江、松花江、嫩江沿岸那绵延数千公里的干堤上，共产党人带领人民群众向世界展现出一幅惊天动地的战洪图。广大共产党员率先垂范，冲锋陷阵。哪里最艰苦，哪里就有共产党员的身影；哪里出现险情，哪里就有共产党员挺身而出。一支支专挑重担的党员突击队，一块块"誓与江堤共存亡"的党员生死牌，成为抗洪救灾中鼓舞人心、激励斗志的标志。共产党员们在用热血和生命实践自己的入党誓言，用铮铮铁骨展示民族脊梁的形象。一个党员就是一面鲜红的旗帜，一名干部就是一根阻风挡浪的木桩，一个党组织就是一个坚强的堡垒。

在抗洪救灾的主战场，在遭受大灾的地区，人们一次次说出了发自内心的话语：有共产党在，再大的洪水我们也不怕！

抗洪救灾斗争中，各地党政主要领导干部始终与广大军民并肩奋战在抗洪一线。他们深入堤段巡视汛情、灾情，与专家一道分析制定抗洪方案，并冒着生命危险指挥抢险战斗和转移群众，带领抗洪军民战胜了一次又一次洪峰。各级领导干部成了抗击洪灾的"主心骨"。

岳阳市委常委、宣传部部长罗典苏患有心脏病，在护卫京广铁路的麻塘垸大堤坚守40多天，终因劳累过度导致心脏病突发，当场晕倒在大堤上，被送往医院紧急抢救。这位铁汉了没等痊愈就悄悄回到了他负责的堤段。在紧要关头，在承担抗洪救灾任务的日日夜夜，数不清的党员领导干部像罗典苏同志那样，身先士卒，给群众做出了榜样。在抗洪救灾前线，人们传诵着一个个英雄的名字：高建成、周菊英、李建国、胡继成、吴良珠……在湖南，在湖北，在江西，在长江中下游沿岸的所有地方，广大党员在抗洪抢险救灾中，以身作则，舍生忘死，冲锋在前，成为抗洪抢险的中流砥柱，广大人民群众从中汲取了力量，看到了希望，坚定了战胜洪涝灾害的必胜信心，也激发了他们向党员看齐，争取抗洪前线立功的斗志。湖南省共有一万多名群众在抗洪前线申请入党，其中有200多名被批准加入中国共产党。

长江沿岸广大共产党员、基层干部挺身而出，身先士卒，树"生死牌"，立"军令状"，带领数百万抗洪大军同暴虐的洪水展开了殊死搏斗，成为抗洪抢险斗争中的中流砥柱。在受洪水威胁最大的湖北省 1557 公里长江干堤上，每 30 米就有一名干部，每 10 米就有一名党员，每 0.7 米就有一名群众。他们在最危险地段树起了 2000 多块"生死牌"，在历次抢险中立下了 5000 多张"军令状"。群众说，抢险时这些基层干部冲向最前；转移撤离时，他们又总是走在最后。他们是我们抗洪抢险的主心骨和顶梁柱。武汉龙王庙闸口于 8 月 7 日立下的一块"生死牌"如今已入藏中国革命博物馆。"生死牌"上写有 16 位守闸共产党员的名字及他们写下的"誓与大堤共存亡"的誓词。这一句简练的誓词是他们面临水情危急之时，向国家和人民作出的庄严承诺，饱含着他们决战洪水的勇气和无私奉献的精神。

（三）

大江东流去，千古看英雄。惊涛拍岸，谁人勇？人民子弟兵！

祖国和人民的利益高于一切！在国家财产和人民生命安全受到洪水严重威胁的紧急时刻，人民解放军和武警部队全力以赴投入抗洪抢险，赢得了人民群众的高度赞誉。

8 月 8 日，朱镕基总理乘坐飞机直抵沙市指导抗洪斗争。在沙市机场，神情凝重的朱镕基一走出飞机，便快步来到前来迎接他的广州军区副司令员龚谷城中将面前，并与他紧紧拥抱在一起。此刻，这拥抱替代了千言万语。它充分体现了党中央、国务院和全国人民对奋战在抗洪一线的人民子弟兵的深深敬意和诚挚问候，电视荧屏前的全国亿万观众为之动容……

早在六月底，江泽民主席下令，军委总部紧急部署，人民解放军和武警部队将士直赴灾区。七月、八月，随着汛情的发展，火速增援的三军和武警部队，在长江沿岸和松花江、嫩江流域，摆开了自人民解放军渡江以来以及自东北解放战争之后投入兵力最多的南北两大抗洪战场。有 30 多万官兵集结灾区，出动车辆 20 多万台次，舟艇 3 万多艘次，飞机 1200 多架次。

这一次新中国成立以来中国军队为抵御自然灾害而动用兵力、装备最多的军事行动，自始至终是在以江泽民为核心的中央军委的正确领导和指挥下进行的。

沧海横流,方显出英雄本色;大水当前,子弟兵无所畏惧。面对党和人民的重托,面对着共和国领导者们的殷切期望,子弟兵们发出撼天盖浪的心声:人在堤在,誓与大堤共存亡!

在长江中下游两岸3800公里的干堤上,在嫩江、松花江两岸,我们又看到了一幕幕多么熟悉和亲切的场景:洪水中挽臂挡浪的子弟兵、浑身泥泞背着沙袋奔跑的子弟兵、从洪水围困的房顶和树上救助老人、儿童的子弟兵⋯⋯

年轻的人民子弟兵,在与洪水搏斗中谱写了一曲又一曲力锁蛟龙的凯歌,在千里长堤筑起一道血肉长城。人民解放军不愧为我们的时代英雄,不愧为文明之师、威武之师。军队和人民的鱼水关系在这场惊心动魄的斗争中得到生动体现,军民携手共同构筑起坚不可摧的钢铁长城。一百多名将军和数千名师团领导干部身先士卒,英勇抗洪。在过去的两个月中,每一处部队扼守的抗洪重地,都有将军身先士卒靠前指挥,各级指挥官一直坚持在现场指挥抢险。

(四)

为了战胜今年的特大自然灾害,解放军和武警部队共投入兵力36万多人,地方党委和政府组织调动了800多万干部群众参加抗洪抢险;加上为抗洪抢险提供直接服务的各部门、各地区、各系统的力量,总数达上亿人口。在这场伟大的抗洪抢险斗争中,我们形成了万众一心、众志成城,不怕困难、顽强拼搏,坚韧不拔、敢于胜利的伟大抗洪精神。

洪魔面前,干群一心,军民团结,坚如磐石,一方有难,八方支援,这正是中国共产党的核心作用和凝聚力的体现。这次抗洪救灾,充分体现了爱国主义精神,体现了中华民族的强大凝聚力,也向全世界展示一个伟大的形象:中华民族是不可战胜的!

这次抗洪救灾的胜利说明中华民族的凝聚力在改革开放20年中进一步加强了。有了这种民族凝聚力,我们有能力有办法创造条件战胜和克服任何前进道路上的艰难险阻。

战胜这次洪灾还充分体现了我国新一届中央政府协调能力的增强。在国家防总的统一部署、协调下,全社会所有的力量都动员起来,各行各业都动员起来。中央政府在大的自然灾害面前展示了机构改革后精干高效的能力。在灾害面前,社会主义的优越性得到了充分体现,亿万群众的积极性被调动起来,形成了巨大的威力。

在今年的抗洪救灾中,爱国主义、集体主义和革命英雄主义精神得到弘扬、光大。在今天的中国,虽然还不能阻止自然界灾难的降临,但是却已经完全具备了抵御、战胜各种自然灾害的信心和力量。

压力和灾难能够催生伟大的品格,锤炼人们的意志和能力。在这次抗洪斗争中,我们的民族所达到的团结、形成的力量和凝聚的精神,是空前的无价之宝,是推进改革开放和社会主义现代化建设的强大精神动力。

为战胜这场特大的洪涝灾害,全国各地、各部门急灾区之所急,想灾区之所想,及时调动人力物力,全力以赴支持灾区,充分展示了"一方有难、八方支援"的社会主义精神。

面对严重的自然灾害,灾区广大人民群众表现出高度的觉悟和大无畏的斗争精神。尤其是行洪、蓄洪区的广大人民群众,他们识大体顾大局,为了整体的利益,舍小家保大家,自觉承担起重大牺牲。

当长江沿岸的农民忍痛扒开垸堤蓄洪,淹掉自己用血汗建起的家园时,当齐齐哈尔的农民含泪炸开民堤分流洪水确保油田安全时,这些普通的农民心中想到的是崇高的国家利益和民族利益。为了确保干堤的安全,为了确保整体利益,灾区人民作出的巨大牺牲是难以用金钱来衡量的。朴实无华的乡亲们以自己的实际行动默默地为祖国作着奉献。

灾情牵动着海内外中华儿女的心,全国各地和港澳台地区以及海外华侨、华人掀起了前所未有的捐赠高潮。一场场赈灾文艺晚会,一处处捐赠现场,一辆辆运送捐赠物资的汽车,使华夏儿女与灾区人民的心紧紧相连。7月以来,为灾区捐款捐物的热潮在中华大地涌动,帮助灾民抵御灾害、重建家园,成为全国人民的共同心愿。截至9月7日,民政部、中国红十字会总会、中华慈善总会共接收捐赠款物折合共计18亿多元人民币,并已将大批款物调运灾区。

强大的综合国力是我们战胜这次特大洪水的重要物质基础。人们普遍认为,如果没有改革开放20年积累的成果,我们无法想象能够抵御住特大自然灾害,在如此大的洪水前能应付自如并把损失减小到最低限度。也正因为如此,我们更要加大改革力度,加快发展步伐,增强国力,从根本上解除水害这一中华民族的"心腹之患",实现国家的长治久安。

我们欣喜地看到,大灾之年,我国农业仍可望再获丰收;确保全年经济发展速度达到百分之八的目标正在稳步实现;"三个到位"的工作也取得了重要进展;"五项改革"正在顺利推进。各项经济和社会发展年度计划正在全面落实。

中国人民正在以抗洪救灾中体现的顽强拼搏的民族精神和巨大的凝聚力、向心力创造新的辉煌,满怀豪情走向新的世纪!（1998 年 9 月 25 日电）

江南行记

特写:夜访"谷大王"

没等吃完晚饭,电就停了。湖南省常德市冲天湖乡桃树嘴村钟儒华让妻子点亮煤油灯,跟记者交谈起来。记者说,今晚干脆住在他家,钟儒华甚是高兴,并叫来另外两位同样远近闻名的"谷大王"——同村的吴永安和相邻的冲天湖村鲁由海,一同来夜谈。

种粮大户守不住田

这三位"谷大王"都是曾承包上百亩水田的农民,鲁由海承包了154亩,吴永安包了104亩,钟儒华多达525亩。可是从去年起,这三位"谷大王"先后将田退掉了一大部分。

56岁的鲁由海已连续多年承包水田154亩。从去年起,他留下全家39亩责任田,把其他田退给了村里;他退掉的被另一农户转包去,结果年底一算账,不但没赚到钱反倒"亏了一层楼"。

吴永安从1984年起直到去年共承包了104亩田,去年只留下18亩。"几年前省委书记来,希望我能改种苎麻。当时我说,我要死守粮田,可是现在我守不起了,遇到的困难越来越多,种田不赚钱了。"

生资涨价让人忧

问起退田的原因,快人快语的吴永安有板有眼地说:"一是什么都要讲个经济效益,插田插不出钞票,光有社会效益没有经济效益不行;

"二是生产资料涨价,工钱涨价,什么都涨,就是粮价不涨,种粮没得搞头;

"三是村里要先交承包费才能插田,我交不起,只好丢田。"

鲁由海跟记者算了一下今年化肥涨价的账:

碳铵:去年 50 公斤 16 元(便宜时 15 元),今年 19 元;尿素去年 50 公斤 45 元,今年 65 元;氯化钾去年 50 公斤 35 元,今年 40 元。

他说,这还是眼下的价钱,到了用肥旺季,价格还会涨。去年他种的 39 亩地共收了 4 万公斤稻谷,一年纯收入只有四百元左右,种一亩地只落十块钱。这还是自己投的工不算钱。如果要请人帮工的话,就要倒贴钱了。

何时再度辉煌

月光下的洞庭湖春夜,不时有几声蛙鸣传来。煤油灯下,钟儒华拨了几下算盘珠,叹了口气:"前些年我们三人作为全国售粮模范被请到北京,还去了中南海。可现在谷贱伤农,这田不好种了。"

三位"谷大王"你一言我一语,都谈到国务院今年规定化肥的最高限价,可下面的价格还在涨。还有预付定金根本见不到,农业低息贷款也没有。国家鼓励粮食生产的政策落实不了,这可是件大事。

鲁由海现在开办了碾米场,吴永安开了间小卖部,钟儒华也在思谋着从事新的营业。他们作种粮大户的奖状、奖旗、奖杯摆在屋里,还让人想起昔日的"谷大王"的荣耀。钟儒华说,打心里希望再作一年"种粮大户",不过他盼着政府能采取切实措施,扶持粮食种植,真正让农民得到实惠。

夜已深,煤油灯的青烟在屋里缭绕。"谷大王"们还在叙说着他们的企盼。半夜里换了北风。不知什么时候,月亮也钻进云彩里去了。(1993 年 4 月 14 日)

记者来信:对农技部门不应简单"断奶"

记者在我国农业大省湖南采访发现,在一些地方机构调整中,曾为我国农业丰收立下汗马功劳的农业技术推广体系面临解体的危险。基层干部、农民呼吁,机构改革可不能削弱农业。

在调查中,不少人向记者反映,基层农技站机构被撤并下放,相当一批技术人员离站自谋生路,农业事业费也明显减少,一些农技站积累资金被收缴或抽走,不少农技站被当成企业承包、租赁给私人经营,成了乡镇政府单纯创收的来源。

攸县、醴陵市 71 个乡镇农技站,有 21 个已经解体或与其他机构合并;141 名受聘的技术人员中,有 21 名被解聘或转行"分流"。据祁阳县农业局反映,今年以来,全县 80 名农技员半数已离开农业技术推广岗位。

湖南相当多的县、市、区已将农技推广站下放给乡镇管理。这些农技推广机构下放后,基层政府为了增加财政收入,减轻财政困难,纷纷对农技站实行全部脱钩或部分脱钩,有的将农技站改为公司,规定他们自己养活自己外,每年还要承担很高的上交任务。据湘潭市农业局对 50 个乡镇农技站及所属 154 名农技员调查摸底,乡镇政府要求今年上交经费的站有 36 个,上交经费共 15.97 万元;要求乡站自发工资的人员有 119 人,平均每人每年以 2400 元计算,共需 28.56 万元,自发奖金的人员有 123 人;工资、奖金、上交款三项共需 50.62 万元,平均每个站达 1.01 万元。这对大部分农技站来说难度很大。

据湖南省有关部门调查摸底,目前全省真正从事农技推广工作的人员已不到三成,其余人员大都忙着干能赚钱的生意或是被"分流"出去。农村基层干部和农民十分担心,这样下去不但会给今年的农业生产带来不利影响,有的人还将被迫从农民身上打主意,找财源,势必会加重农民负担。(1993 年 4 月 15 日)

采访随笔:让农民免却初入市场的苦涩

"市场逼着我们搞结构调整",这是当前许多传统粮食主产地干部群众的切身感受,但各地发展优质高产高效农业时的做法和效益却不同。

湖南常德鼎城曾是全国重要的商品粮基地县,长期是单一的水稻生产。鼎城政府在引导农民调整种养结构时,不是简单地发行政指令,要农民种什么不种什么,而是遵循市场经济的内在规律,从发展农副产品增值入手,根据当地自然条件,着力培育上规模、上档次、市场前景看好的农产品系列深加工企业,以这批企业作"龙头",带着农户合理调整种植、养殖结构,全县农村经济平稳有序地向市场经济推进,避免盲目调整带来的大起落。目前,鼎城正在形成优质粮油、林竹、水果、肉食、棉麻、食用菌、菜蔬等八条农产品综合系列开发"大龙","龙头"带出一批基地,基地引导农户合理调整生产套路,使全县农村结构调整扎扎实实,有板有眼。目前,年产值规模分别达八千万元和 4360 万元的马蹄汁生产线、果蔗汁生产线已经或将要投产,投资 983 万元、开发 27 个系列产品的莲藕生产线第一期工程正在进行。仅这三条生产线已带动农民调整种植面积近 5 万亩。石公桥区马蹄汁厂建起后,附近农民今年很快发展马蹄 1 万余亩,目前正值播种阶段,工厂已与农民签订 1 万吨产品的保价收购合同。据当地测算,通过"八条大龙"的加工增值,当地农副产品增值总额可达到 5 亿元左右。

鼎城的路子,好就好在不仅将优质、高产与高效三者有机结合,充分实现了农副产品的综合利用,加工增值,而且使一家一户为主体的农村经济通过产品结构调整,实现了与市场经济的平稳对接,农民免却了走向市场初期的苦涩,很快尝到了甜头,调动了他们的生产热情。

与此相反,湖南有些地方采取强迫压制的手法,行政指令加罚款开路,规定农民一定要种什么,一定不准种什么,实践的结果,干部的好心往往难得好报。明明这种产品去年市场很走俏,今年发动农民一种,马上就卖不脱了,不赚钱了,成包袱了,调来调去,老是跟在市场屁股后面转,总也跳不出"赶猪羊走俏,赶羊猪走俏"的怪圈,干部困惑不解,农民更是怨声载道。

我国农村地域广阔,区域经济发展水平极不平衡,相对城市而言,农村信息滞后,一种供求信息传播到农村基层时,往往已从高峰期跌落。在这种情况下,若沿用"春种萝卜夏种姜,哪样赚钱种哪样"的经验,去组织推动今天的市场大经济,无疑会出现尴尬的局面。加上目前农村市场还处在初期发育阶段,农产品的销售半径非常有限,一家一户的生产经营方式如果缺乏必要的流通和加工网络依托,势必形不成深购远销和抗击市场风险的能力,小生产不能进入大市场,农村种养业结构自然也很难调过来,即使靠行政手段调了,也很容易垮下去。

目前,我国农村经济基础仍然比较脆弱,长期在计划经济体制下从事"产品"生产的农民对市场风险的承受能力也非常弱,许多人在闯荡市场初期稍遇闪失后,很容易"一朝遭蛇咬,十年怕井绳",急速向自然经济回归,农村经济也容易出现大的波动。这就要求农村调整产品和产业结构必须避免大震动,大风险,力争平稳有序、"吹糠见米"有实效地进行。要做到这一点,农村各级政府首先应当跳出"以政行令"抓经济的老圈子,代之以经济眼光看调整,用经济手段抓调整。

鼎城的农业结构调整虽然刚刚起步,但当地政府积极创造条件,用经济手段引导农民搞市场经济结构调整的做法,却是应该提倡的。(1993 年 4 月 17 日)

帮农民走过转轨的当口——中部传统农区采访录

农副产品购销放开,农村通往市场的门打开了。有人说,农民可以在市场经济的广阔天空中尽情翱翔了。但来自基层的信息,与人们的想象还有相当的差距。

农业大省湖南今年计划调出 700 万亩耕地,发展优质经济作物和水产养殖,但据各地摸底上报,有 300 多万亩耕地的调整方案没能落实。有关部门日前对攸县 400 户农民的抽样调查表明,今年瞄准市场调整了农事项目的占四成,而有 104 户农民没有任何动静。记者在湖南常德、衡阳、浏阳等地采访时发现,农民想快富的欲望很强烈,但举棋不定,惶惑茫然,不少人仍在沿用老套路,"种田饱肚、喂猪过年、养鸡换盐"。为何会出现这种情况?

一种很流行的说法是:传统农区的农民长期在计划指令下从事"产品"生产,心理和素质都无法一下适应放开的市场。据说,湖南 2700 多万农村劳动力中,文盲、半文盲和小学文化程度的占了六成。许多农户除懂些水稻种植和家庭小规模养猪技术,再没有别的生产经验和门路,面对豁然开朗的空间,很难一下子选择种什么、养什么、干什么。一些基层干部说,农产品购销放开后,农民和干部的关系出现了很微妙的变化,农民对政府的依恋反而比过去强了,有的三天两头往乡政府跑,打听这打听那。有的农民找干部说:"搞市场经济我不怕,只要你政府一句话,你叫我种什么就种什么,你保证到时候收购,就行了。"人们认为,农民这种心理依附虽属一种正常现象,但却从一个侧面反映出传统农区走向市场的艰难。

来到农民中间,感受又不一样。湘南一位年轻的村支书对记者说:"外面的世界很精彩,可我们农民路窄腿短,很无奈。"

这个村有270多户人家。打去年起,新上任的村干部们憋足了劲,要带村民"奔市场"。村支书说,大家商议了很久,决定利用当地的自然资源搞生姜开发。村里托关系从乡经管站借到400块钱,挑了村里一位高中生,去省城学姜片加工技术,但对方开的"学习费"价码太高,村里付不起,没几天就卷着铺盖回来了。后来听说名贵药材走俏,于是村里想搞一个药材苗圃,县药材公司以200元一斤的价格从外面调进一批种子,以400块一斤卖给他们,村里向信用社申请贷2万元款,信用社却以没有订销售合同为由,很坚决地拒绝了。村支书说,我们没有泄气,又通过关系找到县农业局,打听到鲜香菇深圳走俏,农业局答应派人来负责技术、运输、销售,消息带回去,户户欢天喜地。可热热闹闹忙乎一阵后,没了下文,村里派人去问,回答说是销售渠道没联系好,这事也就吹了。前不久,县科协一个干部找上门来,说养猪出口大有赚头,科协要他在这里建立基地,扶持专业户,条件是由他承包技术、饲料供应、产品销售,听他一鼓动,村民又来了劲,半天时间就有100多户人家报了名,但来人说,先要统一到县里集中培训,食宿自理,每人另交50块培训费,农民一时拿不出这笔钱,村干部挽留他到村里来办培训班,来人不理会,拂袖一走再也没来。

一些农民说,粮价放开,市场放开,按市场生产,我们当然高兴,但市场在哪里,我们不知道,问干部,他们说,也不知道。常德湖区农村去年调种了西瓜、甘蔗,仍然卖不出好价;有的盲目在低洼地种柑橘,一个冬天就冻死了,有的挖了鱼池,但没有钱买鱼苗。农民说,我们现在是技术靠"等",资金靠"讨",信息靠"碰",市场靠"找"。

农民一筹莫展的背后,是对部分干部工作的不满。记者在一些地方采访,听到了不少农民反映,有一些干部工作"虚浮",帮农民进市场,喊得凶,落实少,讲原则的话、讲套话的多,拿出具体办法、下基层具体指导的少,很多地方技术培训不搞了,打农民主意搞创收的多了,化肥农药库存不足,生产资金不到位。湖南有一个市为了应付检查,对农业的投入在账面上做做样子,暗地里把百分之八十的资金抽走了。邵阳县去年利用河道、山塘、水库发展网箱养鱼600多个,每个网箱获利3000多元,农民积极性非常高,今年自

120

觉种好了鱼草,备好了鱼苗,准备发展到 3000 个,但因无钱买网箱,又很难得到信用社贷款,县里只好把计划缩减到 800 个,并由政府出面立担保字据,每个网箱才贷到 300 元,几经周折,时间耽误了,原准备搞网箱养鱼的农民纷纷外出打工了。当地农业部门说,目前这 800 个网箱计划看来也难落实了。

中部传统农区的农民群体最大,历史的包袱也最重,让这部分农民真正走向市场,有一个痛苦的过程,其艰巨性远超发达地区,处在转折的当口,农民最渴望得到真心实意的服务和帮助。当前最紧要的问题是,切切实实帮助农民过好观念关、技术关、信息关、销售关,让他们借着市场之力,轻快自如地飞起来!(1993 年 5 月 14 日)

"粮仓"的粮哪去了

新近在湖南采访,常常听到农村干部用难以一言形容的语调,谈论年初发生在北京的一件事:全国粮食产销订货会结束时爆出一条新闻:素有"江南粮仓"之称的湖南,销出粮食 3.675 亿公斤,购进粮食 4.15 亿公斤,购进大于销出,进出"赤字"达 4750 万公斤。

这对正从国家计划调拨体制迈入市场轨道的"水稻王国"不啻当头一棒!

消息传回湖南,上下一片哗然。

国务院组织的这次订货会,意义不同寻常。它是粮食开放后争夺全国粮食市场的第一次"大战役",客观上也是对近年主产粮区如何迎接市场挑战的一次大检阅。各路人马皆有备而来。粮食总量排名第六、稻谷产量居全国首位的湖南,自然当仁不让,精心准备,对这次"产销直接见面"报以很高的期望。然而,出师未捷不说,如此尴尬的结局,真有些始料未及。

"湖广熟,天下足"曾经是湖南的骄傲。统计部门提供的数据表明,近 40 年来,湖南调出和出口的粮食达 260 多亿公斤,相当于 40 年间平均每天有一整列火车的粮食运出湖南。三湘人眉飞色舞在许多场合不无自豪地说:差不多全中国的人都吃过湖南米!如今,湖南的粮食到哪里去了?

"谜底"其实很"浅"。到湖南产粮区走走,不难发现,这些地方的粮仓大都是满满的,有的粮食不得不露天堆放。据说,目前全省粮食部门库存粮食超过 80 亿公斤,这还不包括压在农户家里的几十亿斤的稻谷。有的粮存得太久,稍一搓就成了粉末。仅常德市一个鼎城区,1990 年前的陈化粮就有 1 亿斤左右,"保不了,存不住,销不出,调不走",成了当地头疼的事。

乍看之下,"粮仓"是粮多了,但用"市场"的磅秤一称量,才发现湖南的粮不是多了,而是少了。

湖南粮食货源最充足的是早籼稻,全省库存粮中有九成是这种米,早籼稻米质差,在那次订货会上,最不受欢迎,湖南只销出 5000 万公斤,不足销出量的七分之一。订货会上走俏的是粳稻和优质稻,外省曾要湖南提供 8 亿公斤粳稻米,但湖南只能拿出 2500 万公斤。另一方面,湖南旱杂粮比例仅占粮食总产量的十分之一,自己需要的玉米、小麦、大豆很大部分需要靠从外省调进。省粮食局一位副局长说:"我们有的,人家不要;人家要的,我们没有。"

这还不是产粮大省湖南的全部尴尬。一个耐人寻味却似乎被忽略的现象是:湖南当地市场上优质稻米随处可见,且价格呈回落趋势。省会街头,1 公斤紫黑米价格仅 2.4 元,在洞庭湖"孤岛"安乡县的售价只有 1.6 元。我们在一些地方采访听说,由于价格太低,一些农民甚至用优质稻喂鸡、喂猪。据了解,湖南大部分基层粮站都没将优质粮纳入业务计划,有的种粮大户种了优质稻却没地方收购。区乡干部则普遍认为,优质米的销路只限于本地餐馆、酒家和少量城镇居民食用,市场不大,对它的发展前景持一种谨慎态度。这和订货会上出现的"优质稻热"形成鲜明反差。

长期计划调拨体制的阴影,掩盖了湖南粮食产销上的三大问题:一是品质不优,品种单一,结构性剩余和短缺同时并存;二是粮食生产和粮食收购画地为牢,严重脱节;三是流通渠道缺乏活力,没有形成具备"深购远销"能力的市场网络。这两年,虽然各级政府做了不少工作,但由于宏观政策导向和旧机制的惯性作用,老商品粮基地粮食产品的更新换代显得有些步履蹒跚,反应迟钝,粮食内部的结构调整和粮食产销体制的配套改革相对滞后,一旦进入市场经济的快车道,问题的紧迫性与严重性便暴露无遗了。

进入八十年代中期以来,伴随"卖粮难"的阴影,一个话题始终在湖南上上下下反复争论:湖南的稻谷还是不是经济优势——换一句话说,湖南的粮食优势是失去好还是保留好? 精明人不难看出,这个问题的两极端点分别是国家和农民。作为老商品粮基地,有不少种粮的优势,粮食调减多了政府不干,可粮食卖不动,价格上不去,不调农民不干,不少地方就在这种"两难"境地中苦苦观望、徘徊。但一批有识之士认为,在很长一段时间内,湖南5000万亩耕地、年产500亿斤粮食、农民收入七成左右来自第一产业这个格局不会有大的改变。无论从"稳定"还是从"发展"的角度看,靠自己的力量认真解决好粮食面临的新问题,是湖南发展农村经济时无法回避的一种选择。

可喜的是,市场"红灯高悬",湖南从上到下再也坐不住了。

那次订货会后,湖南省根据市场需求作出"快速反应",追加调整部署,在洞庭湖区连片发展粳稻80万至100万亩,全省优质稻发展步子大大加快,今年计划发展优质稻810万亩,在去年的基础上约增加500万亩。粮食生产确立了"优化结构、主攻单产、提高品质"的战略。粮食购销体制改革也提到议事日程,在放手发动群众,发展民间流通渠道的同时,将生产部门直接引入购销经营,省确定由农业部门对洞庭湖区百万亩优质稻基地实行产、供、销一条龙集团总承包,规模每年扩大100万亩,到"八五"末期达到300万亩。

上下盯准的目标是:要把今年失去的一部分粮食市场重新夺回来。

有理由相信,负重前行的粮食大省将再造新的辉煌。(1993年5月9日)

石狮背后的服装城
——晋江英林见闻之一

天上落着小雨,随风飘来阵阵凉意。满是泥泞的红壤地上,我们深一脚、浅一脚地穿过已在扫尾的工地,登上了即将竣工的棣华大厦。

站在楼顶,举目四望,只见一栋栋工业大厦拔起于农家小楼之间,白色、灰色的工厂建筑物与裸露的红土地形成了强烈的反差。

棣华大厦又称柒牌工业大厦,是洪肇设创办的万事达制衣有限公司兴建的新厂房,总建筑面积1.6万平方米。洪肇设兄弟七人,同在乡下的大哥、二哥、五哥也都办了工厂,他自己的两个孩子也自立门户,办起了企业。

洪肇设排行老七,便将其产品命名"柒牌"。他的企业越办越红火,于是投资1000多万元兴建了新厂区。

在福建晋江市最南端的英林镇共有700多家工业企业,都是由洪肇设这样的"泥腿子"鼓捣起来的。全镇共有两万多劳力,而外来的打工者就有5

万多人。

英林镇虽在江南,可 1.7 万亩耕地没有一亩是水田,尽是山坡地,生产条件很差。八十年代以前,这里靠天吃饭,种的是地瓜、花生,一年下来,农民平均每人纯收入只有五六十元。汽车不往这里开,一遇雨天,道路泥泞,自行车也只好扛在肩。

改革开放给这样的穷乡僻壤带来了工业革命的浪潮。

先是利用闲人(剩余劳力)、闲置房舍、闲散资金,联络海外华侨办起了来料、来样加工厂,后变成一间间服装厂。近两年,这里的成衣生产升级上档,英林成了一座服装工业城,石狮市场上的服装一半以上出自英林。

35 岁的镇长陈贻萍告诉我们:"镇里每天都有人领到新的营业执照。到三月底,全镇有 760 家企业,其中三资企业 77 家。这些企业都是生产服装的,产品销往东南亚、独联体及非洲等地。在东北的边贸中,鞋子、服装每三件就有一件是英林产的。"陈镇长说,你们看,过去简陋的手工作坊变成了现代的工厂。

我们来到瑞华服装有限公司。经理告诉说,全公司 200 多工人,去年产值 2000 多万元。他说,我们的企业原先就是几间私家平房。去年搬进了两层楼的新厂房。现在厂里的工人在生产,请来的建筑队就在楼顶上加盖厂房,到年底可完成这幢五层的工业大楼的装修,明年可投入使用。届时工人可增至 1000 人,年产值力争达到一亿元。

在这片昔日连草都长不好的土地上,工业文明正在迅速地扎根、开花、结果。(1993 年 5 月 23 日)

透过邮局看变迁
——晋江英林见闻之二

六七年前,福建晋江市英林全乡只有几部"摇把"电话,那时候,英林邮电局每天的业务量也就是收发百来份信件、报纸,十几张小额汇款单,村民寄包裹得到外面的邮局。如今,全镇有 40 多部"大哥大",1000 多家 BP 机用户,有 2030 门程控电话,平均每四户有一部电话。今年邮局每个月仅电话费收入就超过 100 万元。

57 岁的支局长姚天助没白没黑地忙里忙外,看上去很疲惫,但一谈起邮局"生意兴旺"的缘由马上来了精神。他列了一组数字:"1983 年支局邮电业务收入不足 4 万元,1986 年突破百万元,1991 年超过 500 万元,去年这个 20 多人的支局一下就升到 925 万元。"

他说,"邮局'生意兴隆',是经济发展的结果,也说明老百姓的'生意兴隆'。"这个邮电局过去的业务主要是包裹邮件业务,其收入占总收入一半多;而现在大头的收入是电信,去年占百分之九十二。局长说,别的不谈,就这打往港澳的电话,1983 年才收入 2000 元,去年已增至 275 万元。这个山乡活起来了,再不闭塞了。他笑着说,单是去年外地来这儿打工的人通过邮局寄回家乡的就有 2000 多万元。

姚天助不无自豪地说,为适应当地经济发展对邮电业务的要求,我们局将从 6 月 1 日开始全部营业实现电脑化。

今年一季度,英林邮电支局平常函件、邮政快件、汇票、电报、电话的营业收入均比去年同期翻了一番多,特快专递业务增幅近六成,在电信收入中百分之六十五点六是港澳台的长途电话收入。这在某种程度上昭示着英林镇的经济又将迎来突飞猛进的一年。(1993 年 5 月 24 日)

招工告示透出的生机
——晋江英林见闻之三

伍堡村村头,停着 20 多辆载客的摩托车,三辆小公共汽车正待客,准备发往二十公里外的石狮镇。

在这个偏远的山乡村庄, 平均三分钟就有一辆发往石狮的车, 夜半时分,仍有客车进出。

走在村庄宽阔的街道,两旁各种各样的招牌、广告尽入眼帘:浪潮设计室;维修空调、电机、冰箱、洗衣机;卡拉 OK 歌舞厅;磨剪刀兼营冰激凌、高级雪糕;本厂需招用平车工人 20 名……

村办公室空无一人,一打听原来是半天工作制,村干部们下班后都在自己或与别人合办的企业里奔忙。随行的镇委宣传委员老施说,这个村人均只有一分多地,改革开放前主要以"赶小海"谋生,逢年过节才能吃上顿米饭。

这个近六千人的大村子,现在有了近 100 家企业,其中合资企业有 20 多家。在村里打工的四川、江西、湖北等地的农民有一万多人,比村里的人口还多,全村一年的工业产值上亿元。

伍堡没有了昔日乡村的宁静,走在街上,远近传来的是柴油发电机和纺织、缝纫机器的轰响,不时有摩托车从身旁突突驰过。

推开街边一间不起眼的小门面,竟有"洞天"之感:上百名工人正全神贯注地在做工,仔细察看设备,几乎都是从海外引进的。

这个村的企业大都是搞服装的,产品销海外,销国内各大中城市,其中相当一部分是经石狮"中转"的。

伍堡只是福建晋江市英林镇 16 个村的代表。

镇党委书记蔡敦深告诉我们:英林真正的大发展是进入九十年代后。你要看变化,就要看历史,看现状,看发展。这儿离市区 29 公里,过去哪个干部来这个偏远、落后的乡镇来,哪个就害羞、害怕。1987 年组织上让我来这里工作的时候,我也是一样。他笑着说,现在可不同了。

去年英林镇工农业总产值 4.3 亿元,人均超 1 万元,国民生产总值 2.77 亿元,人均 6000 元。

镇里有人说,实际上,这些统计上报数还是打了埋伏。

镇党委书记说:"在这里,已经很难解释'农民'一词了。在市场竞争的摔打中,一批农民变成了身手不凡的企业家,他们创办的企业,那种活力和潜力真难估透。"

从英林镇随处可见的招工告示和那些充满兴奋之情的脸上,人们看到了英林的生机。(1993 年 5 月 25 日)

立足跨世纪　争当福建龙
——来自福建最大侨乡晋江市的报道

驱车行驶在晋江平原的大地上,扑面而来映入眼帘的是热气腾腾的工地、川流不息的车流人流、一幢幢拔地而起的工业大厦和一座座漂亮别致的别墅洋楼,好一幅繁荣兴旺、蒸蒸日上的景象。晋江,这座为海内外 300 万乡亲所共同瞩目的侨乡新城,正在发生日新月异的巨变。

经济腾飞

进入九十年代以后,晋江市的经济驶入了高速运行的快车道,1991年至1993年,各项主要经济指标基本上保持了50%以上的年增长速度。去年全市国民生产总值达58亿元,比1990年增长了323%,年递增61.7%;工农业总产值100亿元,年平均递增速度63.2%;农民人均纯收入达2100元,年递增27.5%。

引人注目的乡镇企业在晋江已是遍地开花,成为全市经济的主体。1993年全市乡镇工商企业总数已达到1.8万家,总产值达120亿元,比1992年增长了87.7%;为国家提供税收2.5亿元,同比增41.59%。

短短几年,晋江市的总体经济实力大为增强,曾经长期贫瘠、落后、困苦的侨乡经过改革开放的洗礼已经日益变得富足和繁荣,壮实起来的晋江和富裕起来的晋江农民有史以来第一次昂首挺胸地走上了国内国际大舞台,一展风采,并且变得格外引人瞩目。

1991年晋江第一次跻身全国百强县的行列,排在第55位,1992年以异乎寻常的速度跃居第24位,而其社会商品零售总额居全国第8位,邮电通讯总量居全国第4位。值得一提的是,这仅仅是官方的统计数字,而到晋江实地看过的人都会说,远远不只这些,晋江真是藏富于民。

进入九十年代以后,经济高速发展的晋江确立了在福建省的龙头老大地位,其经济总量和财政收入连续三年保持第一。1992年全市15个乡镇中有13个进入了全省百强乡镇的行列,其中青阳、安海、英林和金井分列第一、三、四、九名;在全省十强村中,晋江的洋埭、岭畔、烧灰榜上有名。1993年陈埭、青阳、安海三镇的产值均超过了10亿元,并涌现出了洋埭村等4个产值超2亿元、11个超亿元的明星村。

为晋江货正名

晋江市委书记施永康曾经向记者介绍过这样一个故事。大概在1991年,一个普通的江西南昌的消费者向他写了一封信,投诉晋江某鞋厂生产的旅游鞋质量低劣,使消费者的权益受到了损失。这封普通的消费者来信引起了市委书记的高度重视,他一面亲自给这名消费者回信,一面将信批转给有关质量监督部门,并且多次打电话追问催办这件事,直到这名普通消费者得到了满意的赔偿。施书记运用这一典型事例,多次在全市质量工作会议上举一反三,强调产品质量就是企业的生命,产品质量代表了晋江市的形象,要在全市形成全党动员、全民动手大抓产品质量的浓厚风气。

晋江人对产品质量问题有着挥之不去的沉重回忆:过去由于个别村的个别产品的质量问题而使全晋江的产品一度受到了牵连和冷落。前事不忘,后事之师。如今的晋江人对产品质量有着比常人更为深刻的理解,因而其质量意识更为强烈。不仅如此,晋江人还有着极为浓烈的创名牌意识和欲望,他们梦寐以求的是让晋江货走遍天下,让晋江名牌驰名中外。

在著名的鞋乡陈埭镇,全省第一个国家级的鞋类质量检测中心诞生了,它每年要为全镇上千家制鞋厂的近亿双鞋进行质量把关。晋江市乡镇企业管理局和技术监督局在严把产品质量关方面担负着重要责任,他们每年都要组织力量对几百家企业进行产品质量抽检,一旦发现生产厂家的质量问题,立即责成其采取措施整改,并予以相应的处罚。市乡镇企业局的陈副局长告诉记者,每年都要对数以百计的企业出示黄牌,施以处罚。他认为,抓质量问题要立足于未雨绸缪,立足于常抓不懈。

1993年,晋江市的企业管理和产品质量工作有了新的进步,全市技改投入达3.3亿元,产品质量创优、达标新增71家,计量定级新增150家,新产品开发32种,又有38项产品获省优、部优,有21家产品被列入泉州市"闯天下"名牌产品行列。去年全市的产品监检工作又有了新的进展,产品监检覆盖面达到了80%,监检抽查合格率达70%。在全国"质量万里行"活动中,晋江的产品受到了好评。

记者两次到晋江采访,都听到了有关晋江货在外地被假冒的故事。"七匹狼"服装是福建省名牌之一,由于其质量、信誉俱佳,在海内外深受消费者青睐,因而也成为利欲熏心的制假贩伪者的"众矢之的"。据不完全统计,"七匹狼"在一段时间里竟被上海、广东等地的十几个厂家假冒,一时间"真狼"被"假狼"咬得遍体鳞伤,受到侵害的"七匹狼"厂家为了维护自身的权益,在上海不得不与侵权者对簿公堂,这件公案被大江南北的新闻传媒炒得沸沸扬扬。无独有偶,晋江安海镇恒安集团公司生产的"安乐牌"卫生巾由于质量上乘、畅销国内市场而一再被假冒,这个公司的许连捷总经理忧心忡忡地告诉记者,要不是我们牌子硬,早就被假货冲垮了,公司现在最大的敌人就是冒牌货,浙江、广东等地有好几家厂在冒我们的牌子。许总经理认为,市场经济的确是法制经济,要有完整、严密、配套的法律体系来规范、约束和保障企业的运作,名牌产品急切地盼望、呼唤着法制的保护。

跨世纪战略

1992 年夏天,晋江市委书记施永康在率领各乡镇长访问广东取经归来后,第一次响亮地提出晋江要"盯住广东虎,争当福建龙"。几年来,晋江市围绕着这一宏伟目标,实施着新的跨世纪战略。

施永康书记介绍说,这几年晋江的经济虽然走在了全省的前列,但也感到了越来越大的压力,福清市、南安市都上得很快,追兵很猛,晋江必须跑得更快些。

在今年的全市人代会上,市政府提出了今后五年的奋斗目标,要提前一年完成"八五"计划,提前两年实现十年规划,争取用五年时间初步建成社会主义市场经济新体制。为此,要继续坚持"抓基础、稳支柱、保重点、靠科教"的方针,加快改革,加快发展,推进城乡一体化进程,促进侨乡全面进步。

施永康书记介绍说,今后五年晋江市经济的年增长率要保持在 25%左右。随着奔小康、建新村活动的广泛开展,全市区域经济发展将趋于平衡,村镇建设将进一步增强,城乡一体化进程加快,人民生活水平将有较大提高。到 1995 年底,全市要实现小康水平;到 1998 年,全市农民人均收入要达到 3600 元,居民人均收入要达到 6660 元。

施永康书记认为,要实现晋江的跨世纪战略,关键要依靠深化改革。今后五年,改革的领域、深度、力度都要加大,要做到整体推进与重点突破相结合,特别要做好转换企业经营机制、转换政府职能、培育市场体系和健全社会保障制度等几篇大文章。还要继续发挥侨乡优势,抓住"复关"和香港回归的有利时机,强化对外经贸工作,提高全市经济的外向度。同时,积极引导企业向集团化、规范股份化和国际化转型,促进企业在规模、管理、技术层次和产品质量上升级,推动企业按国际惯例与世界经济接轨。

晋江是福建省最大的侨乡之一,它现在的人口是 93 万人,而海外却拥有 200 万晋江乡亲,所以我们常常听到"海内外 300 万晋江人共同振兴晋江"的说法。值得期待的是,这颗冉冉升起的侨乡之星,经过社会主义市场经济大潮的洗礼,将变得更加璀璨夺目。

晋江,这方充满希望的热土,在奔向新世纪的征途上,任重而道远!

(1994 年 5 月 26 日)

岭 南 时 空

广东大点兵　十万才子奔岭南

　　高效、快速发展的广东经济近年来进入对人才的渴求期。广东省敞开大门,多方引进、聘用各类专业人才。据不完全统计,近四年间,先后有 10 万名以上的科研、经营、管理人才投奔岭南效力,成为广东境内一支引人注目的"移民"新军。

　　改革开放以来,先行一步的广东获得了长足的发展,是国内经济最具活力的地区之一。但人才匮乏的矛盾却越来越突出,成了经济、社会进一步发展的一大制约因素。全省工业企业平均拥有的工程技术人员不足全国的一半,高层次专业技术人才严重不足,迅速崛起的乡镇企业平均每家拥有的科技人员还不到半个,而且科技人员老化、后继乏人的问题也很突出。不仅科技人员,经营、管理、公关等人才也很紧缺。

　　经济发展靠科技,科技进步靠人才。在加快培育省内人才的同时,广东各级党政部门、企业家们把眼光投向省外,在招商的同时大量招才。通过新闻媒介的"求贤"广告、大专院校的用人洽谈会、毕业分配时的公关活动、科研单位的技术协作,广东各地明着"抢"、暗中"挖"、公开招,延揽、吸引各类人才。被聘用的"才子"们或单枪匹马,或呼朋唤友,或举家迁移,陆续南下,络绎不绝。高级工程师、经济师、教授、讲师、博士、硕士、著名运动员等各类专业人才大量奔往广东。仅顺德一个县级市引进的各类人才就有近 1 万人,这个市的北滘镇科技办公室 13 人中就有 12 人是招聘的外地教授、工程师、硕士。

　　今年以来,在邓小平南行谈话精神鼓舞下和珠海重奖科技人员的冲击下,全国有二三万名各类专业人才跃跃欲试,联系赴粤工作,其中已有数千人入籍广东。不仅国内,连在国外的留学生、华侨也有近千人表达了到广东就职的意向。

记者在珠江三角洲采访,接触了上百位"落地生根"的外来科技人员。他们共同的感受是,当地为外来人才提供了良好的工作条件、生活条件和施展才华的机会,能放手让他们搞研制、开发,将科技迅速转化为生产力。贡献大了,收入也成倍增加。博士生马军到一家乡镇企业工作,三个月就研制开发出全国领先的节能空调,并因此获得了上万元的重奖。广东所创造的较好的发挥个人才智的大环境,使越来越多的外省各类中青年"才子"们动心。今年武汉大学 1800 名应届毕业生中,约有六分之一被广东录用了。

据有关部门保守的预计,未来五年内,广东尚需从国内外引进 10 万名左右各类专业人才。

广东省社会学界人士指出,这些"才子"的入粤,不仅会推动当地经济发展,还将在政治、文化、社会、人口素质、伦理、风俗、婚姻、价值观念等诸多方面对当地产生积极影响。(1992 年 7 月 19 日)

寸金买得寸光阴

曾以"时间就是金钱、效益就是生命"之说闻名全国的广东省,人们的时间观念越来越强。为了争得时间,人们不惜一掷千金、万金。

俗话说"一寸光阴一寸金,寸金难买寸光阴",而如今的生活内容和现代交通、通信工具却可使更多的人"寸金买得寸光阴"。

记者在珠江三角洲采访到过的几十个乡镇,都开办有特快专递业务,电传图文资料,随时可拨叫国际、国内长途直拨电话。一天 24 小时可随时登上公共汽车上路。在城镇街头,已经很难看到人们长时间等车的场面,倒是到处可见车追客的现象。为了争夺客源,经常出现国营、集体、个体的各种汽车沿街召唤行人的情形。

珠江三角洲电话的普及率在近年间迅速提高。在顺德这个县级市,眼下不到 10 人就拥有一部电话,全市拥有上千台"大哥大"(无线移动电话)、BB

机,而到"八五"期末,可达到平均每个家庭拥有一部电话。在乡镇街头,茶馆、酒家,随时都能见到手持"大哥大"出入的"新潮一族"。越来越多的企业家投资上万元购置、使用"大哥大"。一些企业家告诉记者,这种几千元、上万元的投资是有形的、眼前的,而带给企业的则是长远的、难以计量的巨额财富。拿金钱买时间是最划算的投资。他们出入坐飞机,图的主要不是舒适而是宝贵的时间。

为了买的时间,不少企业公司投入了大笔的资金购置设备、技术。广东鹰牌风扇厂专门投资建设的机器人生产线,将为工厂争回大量的时间,从而创造出更好的效益。

几年前,一些司机为少花几块钱不愿跑收费高速公路,绕道要多走几个小时。如今,司机们情愿多掏这几元钱,因为捞回的几个小时可能就意味着能多挣几十元、上百元呢。现在广(州)佛(山)高速公路是全国车流量最大、效益最高的高速公路。

为了给人们赢得更多的时间,广东省各级政府加快了交通、通讯事业的发展。今年广东全境将实现市市"大哥大"、县县 BB 机,年内将新增电话用户40 万个左右,总量达到 200 万台,"大哥大"将由 3.8 万台增至 6 万台左右,BB 机由 43 万部增至 60 万部左右。"八五"期间,全省拟建或正建的高速公路有 7 条,总投资 88 亿元。随着这一大批新项目的竣工、使用,可为人们争来更多的分分秒秒。

"考场"里的"优等生"

人们比称市场为考场,企业就是一个个考生,而答卷就是产品。顺德市众多的乡镇、国营企业顺应市场导向,以其优质的产品、良好的效益成了考场里的"优等生"。越来越多的"考生"赢得了金榜题名的荣耀。这个县级市仅去年在全国"会考"中,共创出国家级优质产品 4 个、部优产品 54 个;在全省"会考"中共创省优产品 57 个。全市自八十年代以来共"考"出国优、部优、省优产品 336 个,在全国县(市)中名列前茅。

全市有 21 家企业"中举"成为国家级企业,国家一级企业珠江冰箱厂在全国乡镇企业排名中名列榜首；全市有 30 家企业成为部级先进企业，87 家成为省级先进企业。在农业部评选出的全国十大乡镇企业中，顺德就占了一半。

一大批企业在市场和社会的次次"选拔""竞赛"中成绩优异。全市去年仅销售值超过 1 亿元的企业就有 18 家，有 115 家企业成为税利"百万富翁"，84 家企业年创汇超过 100 万美元。电风扇、冰箱、燃气热水器、电子消毒碗柜等轻工产品在全国销量第一。

顺德全市经济在这一大批"优等生"的带动下，整体实力大大增强，去年工业销售收入超过百亿元，财政收入 4.8 亿元，成为全国最大的财神县（市）。（1992 年 7 月 22 日）

广东米市活跃，大米广告异彩纷呈

各种各样的大米广告，最近成了广东省"广告战"中的一支新军，金羊、金禾、金福、凤城、白燕、广宝等大米的"牌子"，在电视、广播、报纸、刊物、街头巷尾甚至公路沿线频繁出现，令人眼花缭乱。不光国产的大米，连泰国和澳大利亚也引人注目地在广东做起了大米广告：有的在电视台、电台的黄金时间不惜重金"露脸"，有的则买下报纸半个版甚至整版的篇幅来宣扬"名声"。一些招贴广告也出现在粮店内的显眼处。

广东省近几年逐步调整了粮食购销政策，今年 4 月又全面放开了粮食经营。全省出现了多种渠道、多种经济成分、多种购销方式经营粮食的新格局，粮食市场的竞争日趋激烈。现在，城乡的大小粮店里散装、小包装的大米一般都有十几种"牌子"，价钱则从一公斤不足一元到一公斤八九元不等以适应不同消费者的需要。顾客在店里比价格、比质量甚至比包装，挑挑拣拣，看中了再买。一批国营粮食部门适应这种市场变化，远购近采，经过深度加工，推出了各种"名牌"大米。一批国营粮食加工企业引进了国内外先进的免洗米生产技术，生产出二三十种不同规格的食用大米系列产品，通过各种广告宣传手段，将新产品推向市场。据广东经济界人士分析，随着全国逐步放开粮食市场，粮食生产者将不得不关注市场的"行情"，生产各种优质大米来适应市场。今年广东省调减的低质低效粮作物面积就达 100 万亩,水稻正在跻身经济作物的行列。(1992 年 7 月 29 日)

管大不管小,管粗不管细
广东顺德市简政放权成绩斐然

被誉为广东"四小虎"之一的顺德市,书记、市长们管大不管小、管粗不管细,结果"官"当得既洒脱又有成绩,令同行们羡慕不已。

顺德市长陈用志对记者讲:"其实,我们的担子也并不轻松,只是忙的内容与改革前不同了。过去政府管了很多该别人管的事,而今我们只管那些该管又能管好的事。"他说,"我们主要抓三件事:一抓全市宏观经济决策;二为企业创造良好的外部环境;三是以所有者身份抓市属企业的重要人事任免、重大项目是否上马等大的决策。"

记者在顺德市了解到的情况是,不仅市委书记、市长们不插手企业内部的人事、用工、分配和产、供、销,市属党政部门也不再为这类事情对企业指手画脚。他们介绍,改革前管理全市工农业生产的有农委、经委、农林局、水产畜牧局、糖蔗办、农副产品出口办、农机局、工业局、二轻局等十几个部门四五百名干部,这么多的局委办,这么多的干部,自然对企业就管得宽了。改革后的今天,全市只剩下农委、经委两个部门不到 100 人,其他局办的几百名干部都变官为民办实业去了,从根本上消除了人多管得宽、企业事事不好办的现象。

农民和企业有了自主权之后,改革开放的积极性、工作的主动性和创造性得到了充分发挥,生产力得到了大提高。以前政府事事都管的顺德,农业仅能维持温饱,工业没几家像样的企业,更没有名牌产品,工农业年总产值不到 13 亿元;现在政府管大不管小、管粗不管细之后,全市去年工农业总产值达到 119.5 亿元,一个顺德相当于改革前的 9 个顺德。全国 10 大乡镇企业中,顺德就占了 5 个,全市产值超亿元企业 20 多个。"容声"冰箱、"华宝"空调、"康宝"消毒柜、"神州"和"万家乐"燃气器具等大批名牌产品享誉全国。"电扇大王"区鉴泉、"电饭锅大王"陈兆驹、"燃气器具大王"张鸿强、"电缆大王"卢永坤……大批顺德企业家名扬海内外。

在顺德,提起过去政府管得宽、管得细,现在已成为笑话。过去农业种什么、种多少、什么时候种,工厂的品种、规格、型号都有具体规定。各级干部越管越忙,结果把农民和企业领导的积极性都管没了。顺德市政府负责人对此评论说:"根本的东西是改革后我们真正相信群众、尊重群众了。实践使我们明白了一个很简单的道理:群众是真正的英雄。干具体事,政府并不比老百姓高明,市长论种田本领不如农民,论企业经营不如厂长、经理。既然这样,政府还有什么必要大包大揽、插手企业日常生产经营呢?"

今天的顺德,无论是国营企业还是乡镇企业,都有劳动人事管理权,招聘或解雇职工、任免中层干部,都由企业自主;都有企业内部机构设置权,任何部门不得强制企业设置对口机构;都有内部分配权,收入与效益挂钩,工资、奖金的分配与发放形式,全由企业做主;都有产品定价权,除个别国家控价商品外,产品价格由企业自定。

市委、市政府及所属部门从原来大量的日常事务中摆脱出来,集中精力抓好调查研究,制定全市的发展规划并组织实施,抓道路、桥梁、通讯、电力、港口、码头等基础设施建设,解决那些企业迫切需要解决而又无力解决的问题。不仅不干预企业内部事务,只要有利于生产发展、符合中央精神的,政府就大力鼓励企业去办,有困难的就热情帮助解决。

他们把这叫作"为企业打工",并已成为顺德党政干部的口头禅。(1992年8月6日)

"容声"是这样走向市场的

今年年初,我国改革开放的总设计师邓小平时隔8年再次到广东视察时,曾专程到顺德作了短暂停留。他既没有去县(现已改称市)委,也未去县政府,而是直奔珠江冰箱厂,了解这家企业的发展情况,并殷切希望企业在今后搞得更好。

珠江冰箱厂生产的容声牌冰箱先后夺得了国家优质产品银奖、金奖。去年生产并销售冰箱48万台,成为全国冰箱厂产销量最大的厂家,企业先后晋升为国家二级、一级企业,去年产值7亿元,今年将突破10亿元。

冰箱厂的前身是一个机修厂,敲敲打打搞机械修造。八十年代初,农村实行联产承包制后,试着搞机耕船,可农民反应冷淡,销路不畅。后来又跟广州合伙装配汽车,效益也不行。又搞钢木家具,企业还是半死不活。当时电饭锅行情看好,就由镇里做主,合并到镇电饭锅厂,"弟弟"跟着"哥哥"找饭吃。后来电饭锅厂觉得有必要发展新产品,认为随着人民生活水平的提高,家用电器肯定会有一个大发展,厂里决定上电冰箱项目。"哥哥"把这个项目让给了"弟弟",把"弟弟"从厂里分了出去。

当时国家有关部门考虑到国内冰箱厂家太多,就限制新的厂家上马。珠江冰箱厂这种名不见经传的乡镇企业,自然是在限制之列。

没有"准生证",怎么办?厂领导潘宁等人认准了这个产品,决计干到底。没有准生证就当"黑孩子"养,关键是把住产品质量,搞"优育"。

最早出去学制造技术的,在人家大厂里不敢说要自己搞冰箱生产,只说回去搞冰箱维修。四处借贷,招兵买马,年产 2 万台冰箱的第一期工程 1984 年正式投产。在当时年产几十万台生产能力的同行企业中,珠江冰箱厂的确是一个并不引人注目的小不点儿。1986 年第二期工程投产后,年生产能力为 32 万台。

国家定点生产冰箱的厂家名单中,迟迟不见珠江冰箱厂的名字。

"国家不承认,我就先让市场、让社会来承认!"珠江冰箱厂上上下下憋足了劲,他们非要跟那些国家的"亲生儿子"比试比试不可。官方不"亲",就做市场的宠儿。

是骡子是马,拉出去遛遛,市场上见!

市场竞争,关键要有质量这张"王牌通行证",一是产品质量,一是销售服务质量。珠江冰箱厂在这两方面扭住不放:产品合格率不是百分之九十九而是百分之百,售后跟踪服务为用户建立档案,储入电脑。新年来临的时候,用户还会收到厂里的贺卡。香港著名演员汪明荃在为容声冰箱做的广告是:"容声容声,质量的保证。"靠着高质量,容声在市场上打开了局面,站稳了脚跟。产品供不应求,提货的卡车在厂里排队等候。

市场认同了,消费者信得过,在激烈的冰箱市场竞争中,"容声"脱颖而出。

国家有关部门终于点头认账,珠江冰箱厂成了最后一个国家定点厂家。全国电冰箱质量评比,"容声"名列前茅。

广东省一位经济学家就容声冰箱的发展历程指出：说到底，市场就是战场，竞争就是战争。你身份再高，名分再大，再"亲生、正宗"，到头来都要凭实力取胜。一个产品如此，一个企业如此，一个国家也是如此。

在珠江三角洲乡村，不少"出身卑微、家世贫寒"的企业凭着自身的不断拼搏，"杀出了一条血路来"，在市场上争取了一席之地。这种企业越来越多，成批涌现。"容声"的生产厂家珠江冰箱厂只是其中一例。

拽着"计划"进市场，这就是珠江三角洲的农民正从事的一项宏伟工程。一些经济界人士认为，计划是否可行，是否符合实情，还是到市场上检验检验吧。市场是"计划"最好的试金石。（1992 年 10 月 27 日）

万家灯火万家弦
——侨乡均安农村业余文体生活见闻

"歌声嘹亮同钟鼓，乐韵和谐比瑟琴。"门前这副对联和屋内传出的粤曲声吸引了我们，推门进去，只见主人正和几个"发烧友"在怡情自唱。虽然有客人来访，正在兴头上的主人给我们打过招呼后又继续沉醉到乐曲之中。

这是顺德市均安填沙头管理区农民黄邦兴的家。黄邦兴的小女儿向我们介绍说："这些人都是本村的。爸妈都喜欢粤曲，家里的客厅又比较宽敞，村里的人在晚饭后没事就经常聚到这里来唱几句，热闹一下。如今我们兄妹三人都会唱，一家五口唱腔和伴奏都会。"

据了解，沙头村农民大部分都喜欢粤曲粤剧，像黄邦兴家里这种自由组合的粤曲"私伙局"村里就有好几个。逢年过节，村里还组织他们到邻近的村镇去交流演唱。

沙头村有一千八百多人，是珠江三角洲中部的一个著名侨乡，素有"千顷鱼塘千顷蔗，万家灯火万家弦"之美誉。当今粤剧界有名的罗家宝、罗家英、罗家权、罗均超等都出自这里。目前全镇正式登记的乐社就有十一个，没有登记的"私伙局"更是不计其数。一九九一年均安镇成立了戏剧曲艺协会，拥有会员二百三十人，镇里经常举办粤曲唱腔比赛、名曲唱腔欣赏会等大型活动，还不时地请名师指导，或出外交流演出。

然而，近几年令这个小镇闻名全国的却是镇里的龙舟队和女子篮球队。

均安是水乡，舟艇小船在过去几百年中一直是当地农民的主要交通运输工具，在劳动生活中也形成了赛龙舟的习俗。今年香港的国际龙舟赛上，顺德市的男女队双获亚军，其中就有八名均安的选手。

均安镇还有一支训练有素、声名显赫的农民女子篮球队，从一九八四年起，连续多次夺得全国农民运动会的女篮冠军，被称为"南国金凤凰"。去年均安女篮应邀出访新加坡，与新加坡国家女篮进行五场友谊赛，大获全胜。

均安镇的文体活动丰富多彩，镇上还设立了专门的体育运动会，每年拨出二三十万元体育经费修建灯光球场、文化站等文体娱乐场所，还相继成立了曲艺、篮球、龙舟、象棋等七个协会，节假日组织各种活动。全镇十八个村也大部分建立了文化室，通过政府投资、华侨捐款、农民分担等多渠道筹集资金，购买音响设备、乐器、体育活动器材，订购各类书籍、报刊，为农民文体活动提供场所。（1992 年 11 月 10 日）

容奇画派—— 一支年轻的画坛新军

在珠江三角洲顺德市容奇镇，正活跃着一支年轻的画坛新军——容奇画派。这个画派虽然只有一些业余画家，但已有三十多件画作在国际展览中获大奖或被国外美术馆收藏。著名岭南派国画大师关山月誉之为"大有希望、值得称赞的画坛新军"。

根植于生活

容奇镇有十多个业余群众文艺团体，容奇画会就是其中之一。该会有三十多名会员，平均年龄二十六岁左右，由企业职工、个体户、中学生和机关干部组成，创作活动全部是在业余时间进行。

画会以国画为主，内容大多反映当地水乡的现实生活。

画会会长叶其青介绍说，以前很少有人用国画来表现珠江三角洲的水乡景致，而更多的是描绘名山大川，风景名胜。画会的这班年轻人生于斯长于斯，对家乡的山山水水、一草一木非常熟悉，师法造化，有着较好的生活基础。创作技法上，他们在发扬岭南画派艺术特色的基础上，吸收了版画、水彩画、敦煌作品甚至连环画的创作技巧，使作品逐步形成了新的风格。

据介绍,画会始创于七十年代初。开始,他们在每周六晚上集中看草图进行交流,每个月有一个晚上安排读画,大家品评。为了提高创作水平,不少会员每天晚上都赶到镇文化站三楼那简陋的画室里搞创作,有时画到凌晨三四点,更有甚者,把自己关起来,一关就是七八个小时。周日,画会成员则到野外写生。

叶其青说,我们搞创作,不可能走学院派的路子。我们的经验是先从速写入手,然后写生,积累多了,慢慢地搞些创作,逐步提高。他说,这个群体还有一个特点,就是集思广益,互相交流。我们较之专业画家还有一大优势,我们熟悉周围生活,了解它的内在含义。

关山月著文赞誉

在镇文化站三楼画室,欣赏着《龙的家乡》《卧波图》《春闹古墟》《渔光曲》等一幅幅佳作,感到一股浓郁的乡土气息扑面而来,作品中充溢着盎然生机。

国画大师关山月专门著文《大有希望的画坛新军》,文中对容奇画会会员的作品这样评价:"我认为他们有的新作比有些专业作者的作品更美、更有感染力、更感亲切,正是由于他们根植于本土,乡土味较浓,很有生活味。"文章说,"他们之所以值得称赞,还因为在创作中坚持了从生活出发的现实主义原则……他们的山水没有陈陈相因、似曾相识的毛病,而且在一定程度上做到了民族风格、地方特色和时代精神的统一。"

地方政府支持

容奇画派的形成、崛起与当地政府的极大支持分不开。现在画会每年的活动经费上万元,每年镇里还拨出六七千元经费让会员们到外地体验生活,从事创作。

一九八三年,广东省美术家协会在广州为容奇画会举办了题为《彩笔乡情》的画展。此后,他们的作品几乎每年都在省内外展出。在香港举办的集体和个人画展吸引了不少观众,一九九〇年在台湾举办的"大陆容奇画派联展"又给台湾观众留下了深刻印象。

今年,容奇画会还将举办一次"容奇镇水乡风情画研讨会",从理论上全

面、系统地总结容奇画派的艺术风格、道路和发展前景。（1992 年 11 月 10 日）

高投入高产出高效益　岭南崛起大批"农业工厂"

地处粤东的海隆生产有限公司，今年在 240 亩土地上可望创出每亩近 10 万元的利润。这仅是养殖鳗鱼一项的收益，不包括加工增值部分。去年，这家公司烤鳗产品出口创汇达 1208 万美元，而今年的行市更比去年看好。当公司总经理杨桦一脸笑意介绍这些情况时，那份因成功兴办农业工厂的喜悦之情自然地流露出来。

像海隆公司这样靠种养业获利颇丰的"农业工厂"在广东已有上千家。大批"农业工厂"的迅速崛起，显示了优质高产高效农业的无穷魅力。

"农业工厂"是一种资金、科技密集型的农业经营方式，既要运用工厂化经营管理的手段，又有农业生产独有的风险性，投入高，产出高，效益也高。其建设周期和投资回收时间短，可获取比一般工业企业生产高得多的利润，利润率占产值的百分之二十以上。企业所需劳力比传统农业和工业生产大大减少，人均劳动生产率高。

顺德市特种水产养殖场利用鱼塘养鳗，1991 年养殖面积 210 亩，获利 180 万；去年扩大到 350 亩，获纯利 300 万元以上。

顺德市乡村近几年陆续办起了上百家"产品"不同的种植养殖"工厂"，每家企业年收入少则几十万元，多则上百万元甚至上千万元，效益比工业企业更为可观。在这里，"农业工厂"已成为许多村级集体经济的重要支柱。

在珠江三角洲和潮汕平原一带，几百亩、上千亩的水产开发，十几万只乃至上百万只的"三鸟"及特种水产、畜禽养殖等高效农业项目已大量涌现，使昔日产出很低的农业用地的"含金量"提高了上百倍甚至上千倍。

"农业工厂"诱人的效益，不仅吸引了国家、集体和个体的投资，就连不少外商的眼光也被吸引过来。目前广东的三资企业中，属于农业的不下 30 家，而且投资额都比较大，有的企业投资额高达上千万美元。到目前为止，这些企业运营良好，部分外商还连年追加投资。（1993 年 5 月 14 日）

耕家的电话——顺德北滘采风

梁尧基是一位年过半百的老农，他务农的时间，几乎与我们共和国同龄。当大批庄稼汉跳出农门去务工经商的时候，他却依然盯在"务农"上。

作为广东省顺德市北滘镇的"大耕家"，梁尧基经营着100多亩鱼塘，还办了鸡场、砖厂和茶庄。这位年收入上百万元的农民，只雇请10来个帮手，但一年到头的活计却有条不紊。问其奥秘，这位晚来显才干的老汉晃晃手中的"大哥大"说，"就靠这个电话搞掂！"自信又潇洒。

"搞掂"是珠江三角洲的地方话，是"办妥"的意思。梁尧基家里还安了两部电话，每月光是电话费就要花四五百元，他可以随时寻求农业服务。

在北滘，从事种养业的农民通过电话可以调动以下任何一家服务部门：

种苗基地提供优质种苗，既可送货上门，也可协约定期供应；

饲料厂可根据农户养殖的品种，提供所需的各类饲料；

畜禽公司提供技术服务；

镇农办为养殖业每年筹集周转资金1000多万元，提供低息或部分贴息贷款以及奖励引进先进技术、设备等；

保险公司提供养殖保险；

农副产品加工基地、外贸和畜禽公司以多种形式、渠道收购农产品，全镇还有5个商品自然集散地。镇里为平衡市场和计划生产，还开设了畜禽货栈。

这样一来，当地农民碰到的任何一个生产技术难题或经营中需要的服务，只要给相关的部门或单位打个电话就可得到解决或帮助。"买难卖难"的埋怨声在北滘很少听到。需要买什么，一个电话打出去，马上就会有服务单位送货上门；需要卖农产品，打个电话，马上有人开车来过秤收购。

这个镇兴办的畜禽水产加工基地真是"日理万鸡"，去年全镇上市鸡达800万只，全凭着信息四通八达的销售渠道。

镇政府的有关负责人说，现在全镇程控电话装机容量已达6000门，已安装电话3400多门；开通"大哥大"140多门，BP机近800门，传真机60部，通信手段和规模居全国镇级前列。

完善的服务加上便捷的通讯手段,使当地农业如虎添翼。去年全镇创造的农业产值高达 3.68 亿元。(1993 年 5 月 19 日)

两亩地耕出个万元户
——顺德北滘采风

在广东顺德市北滘镇各个村庄,都可以见到一方方鱼塘,转动着的增氧机,飞溅的水花,塘里飞出哗哗的响声。塘基上面的网栏里,是成群的鸡、鸭、鹅,或振翅入水,或剔毛晾羽。

农业机械的广泛使用,良种及防疫等生物技术的普及,企业化管理的渗透,带给北滘的是农业劳动生产率迅速提高。1991 年平均每个农业劳动力创产值 12822 元,每亩耕地产值 3026 元;到去年,每个农业劳动力创产值 2 万元以上,每亩耕地创产值 5000 多元。

今日北滘镇耕地的"含金量"真高。按镇里规划,靠高产出、高效益,在三五年时间内,每亩耕地面积的"含金量"将提高到 1 万元。

当地人对此满有信心。镇农业开发公司开办的万安鸡场养鸡兼养鱼,亩产值超过 3.5 万元。而在原先,这 600 亩地种水稻、甘蔗,平均亩产值只有 650元。从劳动用工算,过去耕作这 600 亩农田年需用工 6 万个左右,如今只需50 人,每年共投入约 2 万个左右的工作日。

在北滘镇,靠在耕地上经营,一年收入几万元、十几万元的农户大有人在。全镇仅养殖专业户就有 1500 多户,至于兼业农户就更多了。(1993 年 5月 20 日)

"第一吨谷县"外传

提起广东省澄海县,很多人并不陌生:1955 年时就成为全国第一个水稻亩产千斤县,到了 1989 年,水稻年平均亩产达 1075 公斤,摘了全国双季稻亩产量的"金牌",成为全国第一个双季稻年亩产超吨谷的县。此后双季稻亩产年年超一吨,实现了"吨谷县"四连冠。

但是,对拥有 70 多万农村人口、而人均耕地不足三分的澄海来说,亩产

143

吨粮,也只得温饱。"有饭吃,没钱花"的现实,逼着澄海人在实现"吨粮"的同时,走上了一条以农业为依托,以工贸为主体的外向型经济的发展之路。

记者在时隔 6 年再度到这个县采访时听说,去年全县农村人均纯收入已达 1339 元。这自然吸引了我们追寻澄海由"高产穷县"步入"高产富县"的踪迹。

副县长余卓英告诉我们,保持高产的农业,近几年随着市场的导向转入了优质、高效的轨道。全县先后办起了蔬菜、水果、水产、禽畜商品生产基地。去年全县以柑橘、荔枝、香蕉、林檎为主的水果播种面积达 3.5 万亩,总产量 4 万吨;海淡水养殖面积 3.5 万亩,收水产品 2.3 万吨;家禽饲养量 1000 万只;蔬菜播种面积 18 万多亩,总产 48 万吨。全年农副产品及加工制品创汇达到 4200 万美元,四分之三的农业产品变成了商品。

改变农业高产穷县的另一着棋是加快工业的发展。澄海县是著名的侨乡,澄海籍的海外华侨、港澳同胞的人数基本相当于全县的人口总数,再加上交通方便,又有一定的加工技术基础,具有发展外向型乡镇企业的优势。于是以兴办"三来一补"企业为突破口,澄海县借助侨力,发动群众集资合股,多层次、多形式、多种经济成分地发展乡镇企业。1992 年全县工业总产值 16.5 亿元。"吨谷县"如今又有了电子器件、五金机械、塑料化工、纺织服装和农副产品加工的工厂群。

流通兴,百业盛。善种田的澄海农民也加入了搞商品流通的行列。全县先后兴建市场 4 个,占地 32 万平方米。近几年,先后动工兴建了十多个大型综合或专业批发市场。

1992 年全县仅集市贸易成交额就达 4.7 亿元。在内贸发展的同时,全县外贸出口持续增长,去年全县外贸出口收购总值 2.9 亿元,直接出口创汇达 6379 万美元。

县委办公室主任李泽惠指着澄海县交通图向我们介绍,这里是投资 1.5 亿元的"正大工贸城",那里是投资 11.8 亿元的欧陆经济技术开发区,横跨 9 个镇,总长 30 公里的金鸿公路已进入前期工程准备阶段,与此相关将形成澄海的东部"经济走廊",利用海边、江边、山边地正在规划和建设一批高级别墅区、度假区、旅游区。(1993 年 5 月 9 日)

峡山观"潮"

离广东潮阳市 25 公里的峡山镇,一年有 1000 多万人次进出,有 2 万多外地人在此常住做买卖。全镇有 5000 多个供销人员常年在外,跑遍全国各地。

在这个万商云集的镇子里,客商来自全国各个省份。除交通银行外,国家各专业银行都在镇上开设了分支机构,全镇一年仅通过银行汇进汇出的钱款高达 6 亿元,如加上现金交易,则超过 10 亿元。

镇上开办了 23 家联运站,可将货物运往全国任何一个通铁路、公路、飞机、轮船的地方。这里可代订飞往全国的各航班的飞机票、陆海空联运、客货直达。

律师事务所已在镇上挂牌营业,金融咨询服务中心也正式开张。香港和国际股市的行情、汇率的涨落不出镇子即可随时获知。

全镇 2.5 万户人家,拥有 1 万部程控电话。去年仅电话费支出平均一个月 200 万元。

峡山镇人每天驾着 6000 多辆摩托车进出务工经商、探亲访友。潮阳全市百分之七十的"大哥大"是由峡山人使用的。汕头所属各县、市、区的产品所打的条形码约一半左右来自峡山。

……

当记者时隔六年再度探访峡山时,对以上的巨变感到十分惊奇。

峡山小商品市场共有 8 条街,1000 多个铺面,一家家挂满了男女老少、春夏秋冬里里外外各式服装。店主们身旁放着程控电话或"大哥大",随时煮水冲泡着功夫茶,有滋有味地品尝着。他们的主要业务是通过批发完成的。不时有人骑着摩托车从并不宽阔的商业街上出去进货。了解内情的人说,这个市场年交易额估计在 10 亿元左右。

镇里的几条主要街道两旁,一栋接一栋的是三层、四层的商住小楼,下层是商店,上层是住户。听说在全镇区范围内,大大小小的店面超过万家。

全镇各种商品专业市场也有 8 个。镇内有 1100 多家企业依托专业市场搞生产,峡山周围几个县市的一万多家企业也大受其益。

六年前记者在峡山镇采访时，正遇县委常委、武装部长带人驻点整顿当地市场，那是因为新闻媒介披露峡山出现了复制、贩卖、播放黄色录像问题。在这之前，镇里还逐年强化打击走私贩私工作。

当时的县、镇干部曾明确表示：一方面要加强市场整顿、市场管理，该取缔的一定要取缔；另一方面，该发展的一定要发展，这使市场交易慢慢地走上正轨。

扬当地优势，打自己的名牌，给峡山带来了巨变：除了商店由那时的 500 家发展到上万家外，工业则由 628 家小打小闹的"手工作坊"，发展到 1100 多家初具规模的企业，年产值由 8884 万元增至 3.6 亿元。目前，镇里的企业能生产 72 个门类、1700 多个花色品种的产品。

那时，峡山镇镇区只有 0.8 平方公里；六年间，全镇共投入市政建设资金 5 亿多元，如今镇区已扩展到 6 平方公里。

镇党委书记郭予积、办公室主任胡钦乐边带我们看峡山全貌，边介绍说：

——为创造良好的市场环境和投资环境，镇上加快建设，仅新建的商住楼就有 5000 多栋。刚奠基开工的金诚大酒店高 22 层，起点就是三星级，是村民集资兴建的。

——去年下半年以来镇里招商引资，谈成了 40 多个"三资"项目，其中百分之八十年底可投产。这些企业投产后，可新增产值 4 亿元以上。

——镇里决定，在三五年内建成一座工业城，两家超级商场，整修扩建五个古迹景点，配套修建峡山人民公园。目前已有一批外商闻讯前来洽谈投资、合作事宜，部分项目已着手实施。

——镇文化宫为文化事业投资近 1000 万元，先后组织开展了一系列健康的文体活动。

峡山镇被评为省市社会治安综合治理先进单位。

郭书记十分自信地告诉记者：过去我们单纯搞贸易，那是输血型的；现在大规模兴办实业，形成了造血型的商贸。峡山将因此而更具有吸引力和魅力。

工业化、城市化、现代化和经济市场化的大潮，已经涌动在这个人均不到三分地的粤东农村乡镇，并带来了如梦如幻的迷人景观。（1993 年 5 月 22 日）

顺德耕地"含金量":农业亩产超万元

记者在非农产业高度发达的广东省顺德市采访获悉,这个县级市含 30 万亩水面在内的 55 万亩耕地,亩产值突破 1 万元大关,农业生产在全国率先走出了一条高产、优质、高效之路。

历史上以蔗基鱼塘、蕉基鱼塘、桑基鱼塘闻名遐迩的顺德乡村,如今出现大片的禽基、花基、畜基、果基鱼塘,全市今年优质高值蔬菜、花卉、水果面积已发展到近 10 万亩。不仅塘基上面种养品种产值大幅度提高,而且鱼塘内的水产品种已经基本上不再是原来的鳙、草、鲢、鲤"四大家鱼",更多的是投入大、产出高的鳗鱼、桂花鲈、彭泽鲫、甲鱼、淡水龙虾、大闸蟹等名优品种。

拥有 100 万人口的顺德市位于珠江三角洲中部,面积只有 800 平方公里,传统上就是一个著名的种植经济作物为主的地区。八十年代以来,顺德市紧紧抓住改革开放的良好机遇,加快发展县域经济,以乡镇企业为主体的二、三产业迅速发展。到 1994 年,全市工农业总产值按 1990 年不变价计算为 280 亿元,国内生产总值 104 亿元,财政收入 14 亿多元,名列全国县级之首,被誉为"第一财神县"。

迅速崛起为全国经济大县、财政富县的顺德市,在发展二、三产业的同时,坚持以市场为导向,以科技进步为先导,以增加投入为保证,加快发展高产、优质、高效农业,初步形成了以优质水产养殖业为龙头,带动其他各业良性发展的"三高"农业。目前,全市"三高"农业基本上形成了优质水产、畜禽、花卉、蔬菜、水果五大商品生产基地,"三高"农业种养面积占农业总耕地面积的百分之四十五。

顺德市市长冯润胜欣喜地告诉记者,今年全市"三高"农业总收入预计为 57 亿元,约占农业总收入的百分之八十五,纯收入达 25 亿元。全市农业产值预计可达 66.5 亿元,亩产值 1.2 万元。(1995 年 8 月 27 日)

147

增幅最大 效益最好
农业成为顺德最"热"的产业

今年以来顺德市投入农业的总资金高达 30 亿元,农业对农民和其他投资者的吸引力和凝聚力大大增强。在顺德的三大产业中,农业已成为增幅最大、效益最好的产业。

改革开放以来,顺德市工业发展迅猛,在国民经济中占绝对优势,农业发展相对缓慢,但同时也蕴藏着巨大的潜力。为此,中共顺德市委、市政府及时调整了经济发展的方针,优先发展第一产业,大力调整第二产业,积极提高第三产业,把发展农业特别是"三高"农业摆上重要的战略地位,作为一个新的经济增长点来抓。

顺德市各级切实加强了对农业的领导,从领导精力、工作部署、人员安排、资金投放等方面都把农业放在重要的位置上。全市形成了一个上下协调、左右配合的有利于农业生产发展的领导体系。与此同时,全市还加快了基础设施如交通、能源、水利等的建设,仅去冬今春用于水利建设的资金就有 2 亿元,提高了农业的保障能力,为农业的发展营造了一个良好的发展环境。

顺德市充分发挥地理、技术、传统优势,按照市场需求,加快农业内部结构的调整,突出发展以优质水产养殖为重点的"三高"农业,逐步形成了一个城郊型、效益型的富有当地特色的农业发展新格局。1992 年以来,全市农业发展速度,除去年增长 28%外,增幅均超过 43%,预计今年增长 58%,超过了非农产业的发展速度。今年全市农业纯收入预计达 30 亿元。

由于农业获利快、效益高,刺激了全市农民发展农业生产尤其是"三高"农业的积极性,种养业大户成批涌现,仅养鳗专业户就有 6000 多户。全市形成了农民投资、银行贷款、政府投入、外商注资等多种形式的农业投资体系。今年以来仅外商投入当地农业的资金就有 1.93 亿元。(1995 年 8 月 28 日)

"天涯海角"黄瓜贱于草
冬季南菜生产急需调整结构

每年都有大批反季节蔬菜运往北国的海南岛,今年有些品种菜贱伤农:

眼下一公斤卖不到一角的黄瓜连喂牲口的草钱都不值。记者在被称为"天涯海角"的三亚乡村,不时可以看到路边有丢弃的新鲜黄瓜,当地农民无心弯腰捡起来。

黄瓜身价大跌,由前几年的每公斤2元以上降至一角以下,许多农民血本无归。在三亚市崖城镇的几个蔬菜收购点,记者问黄瓜几角钱一斤,几位农民一听问话,兴奋地围上来。当得知记者的身份后,他们感叹道:"要是几角钱就好了!""今年黄瓜丰收,肥料、农药、农膜又涨价,成本高,又卖不上价钱,一斤两三分钱卖给收菜的,人家还不愿意要。"

经与当地农民和干部分析,今年黄瓜销路不好,其中一个很重要的原因是,随着北方大棚蔬菜的兴起,反季节生产的黄瓜大量就近应市,以其新鲜度高、适口性好受到消费者青睐。海南生产的黄瓜运到北方后,经过上千公里的颠簸和损耗,品质大大下降,而且价格方面的竞争也没有什么优势。因没有较高的利润可图,蔬菜商贩失去长途运销的兴趣,转而经营价值高、耐储运的品种,如冬瓜、辣椒、茄子、西瓜、丝瓜等。

记者在三亚市的田间地头和瓜菜收购点同时了解到,西瓜时价每公斤4.5元,茄子3元,圆椒5元。种一亩茄子产值可达1万元,而种一亩青皮冬瓜,亩产高达4至5吨,眼下每公斤收购价格两元钱左右,效益相当可观。而今年种植面积最大的黄瓜一亩要亏本上千元。当地种菜的农民也感到,市场是千变万化的,按照前些年的行情生产不灵了。

三亚市一位负责农业和农村经济工作的副市长说,如何根据变化了的市场形势安排生产品种和规模,对于地方政府和初涉市场经济的农民来说,都是一个全新的课题。我们要引导农民调整产品结构,增加北方土地难以栽培的品种,满足各地对高档蔬菜消费的需求,既增加市场有效供给,又可增加农民的收益。(1996年1月26日)

"把珍贵的淡水留给驻岛官兵"

水利部慰问团抵达永兴岛之后,大家才真正感觉到淡水的珍贵。

西沙群岛中,除永兴岛建有雨水收集沟槽,收集少量雨水外,其他岛上都没有水利工程设施。虽有几眼大口井可采岛水,但水质差、盐度大,又咸又涩,根本不能作为生活用水。西沙群岛上基本没有淡水自给能力,主要靠从海南装船送水,仅供军民饮用。

驻岛官兵们用水很困难。用他们共同的话说:最珍贵的是淡水,最爱惜的还是淡水。慰问团此行很重要的一项任务就是现场察看和审定供水方案,缓解岛上淡水供给难题。水利部长钮茂生任团长,水利部的有关司局领导同行,就是要以现场办公的形式为西沙卫士们解决实际困难,为西沙建设和发展办些实事。

在西沙水警区政委作完情况汇报后,钮茂生当即就一些能帮助解决的难题明确表态支持。他对慰问团成员说:"全体团员在西沙期间谁都不要洗澡,把珍贵的淡水资源留给驻岛官兵。这也是以实际行动学习西沙群岛指战员特别能吃苦、特别能战斗、特别能忍耐的好作风。"

在西沙期间,慰问团成员积极响应部长的"节水令",只作简单洗漱,尽可能节省淡水使用。特别是水利部乌兰牧骑艺术团的演员们一场接一场慰问演出,满身是汗,虽然难受,也都自觉不洗澡。

钮茂生对西沙官兵说:"人民解放军是现代最可爱的人。这一点我们水利系统感受尤深。每年的水旱灾害发生后,都是部队冲在前面,承担急难险重任务,为保护人民的生命财产安全做出重要贡献。目前全国还有6000万人吃水困难,要在本世纪末基本加以解决。近两年,军队的吃水难题也成为水利部重点考虑的课题,我们将优先帮助解决缺水地区指战员们的饮水难,为部队建设尽上一份力量。"(1997年1月19日)

乌兰牧骑在西沙

浩瀚的南海上, 西沙群岛像一颗颗闪亮的明珠镶嵌在神圣的蓝色国土上。海军786号艇由永兴岛驶往40多海里外的琛航岛,水利部慰问团正前往这个岛慰问。随团的水利部乌兰牧骑艺术团的演员们抓紧这航行的间隙为艇上官兵演出。

风激浪摇,艇体剧烈晃动,站立困难。来自大草原的演员们第一次登艇出海,不少人晕船难忍,却并未放弃演出。苏都演唱《说句心里话》时,为了站稳,她让两个同伴抓住手、扶着背。一曲歌唱完,还是几次从艇的一边摇晃到另一边。今年刚 20 岁的沙仁图娜拉来自内蒙古伊克昭盟,她表演的舞蹈《草原小溪》动作难度大,需要平稳的演出场地,起伏倾斜三四十度的狭小甲板根本不具备演出条件。她几次试图站稳都没有成功,只好双膝跪在甲板上为水兵们表演她纯熟的舞技。当演员们表演集体舞《火红的青春》时,艇上的人都担心他们能否坚持下来。没想到他们热情奔放的舞姿把这个节目发挥得相当完美,博得观众们的热烈掌声。

朝鲁唱完一支蒙古语歌曲后,几位慰问团成员也竞相献艺:海军后勤部中校李决龙的《绿岛小夜曲》、水利部建设司司长刘松深的粤语《万水千山总是情》以及专业和业余歌手们的合唱《西沙,我可爱的家乡》等一支接着一支……

涛声阵阵,舞姿翩翩,歌声嘹亮。共和国的海疆卫士们坐在甲板上专注地欣赏着北国艺术家们的精彩表演。

登上琛航岛,乌兰牧骑艺术团的演员们又立即投入为守岛部队的演出。

记者算了一下,在西沙群岛的慰问演出,不足 24 小时他们就演出了 7 场。这支被誉为草原轻骑兵的文艺队伍,在西沙群岛同样展示了轻骑兵的风采。在兵营、在礼堂、在舰艇、在荒岛,都留下了动人的歌声和优美的舞姿。

慰问团抵达当晚,演员们的一场大型演出更是异彩纷呈。演出开始前,守岛部队见缝插针,新兵连和通信连比赛拉歌:新兵连一曲《团结就是力量》气势夺人,通信连《咱当兵的人》情真意切,你来我往,拉歌把礼堂气氛烘托得相当活跃。舞台上,歌唱演员那顺的《美丽的草原我的家》《雕花的马鞍》两首歌唱出了大草原的迷人风情;而热情奔放的《牧人浪漫曲》《骑韵》《牧马人的情》等舞蹈又展示给战士们内蒙古高原五彩的生活情景;独舞《草原小溪》则以扎实的功底、优美的舞姿,征服了观众。先后唱了四支歌曲的一级演员朝鲁以圆润、厚重的歌声表演了草原歌曲,又在战士的掌声邀请下,演唱了深受军营战士喜爱的《小白杨》。

已经年过半百的团长牧兰也不顾疲劳登台表演。她告诉记者:艺术团的演员们被海疆卫士常年坚守偏远海岛的献身精神所感染,每个人都想把自己最高质量的演艺献给守岛战士们。比起这些默默献身西沙保卫和建设事业的指战员们,苦些、累些都算不上什么。(1997 年 1 月 20 日)

西沙拾零

年年扩大的"将军林"

在西沙群岛的永兴岛上,有一片特殊的树林,岛上人管这片逐年扩大的树林叫"将军林"。将军林是到达西沙视察和指导工作的军队首长和党政领导栽种的。

在西沙海军招待所的院子内外,栽植着一棵棵椰子树。这些树大的已经挂果,小的刚刚栽下不久。

在一块书有"西沙将军林"的小木牌子上写着这样的附言:西沙将军林起于1982年元月,至1995年元月已有近百位将军来西沙栽种椰树。它像一颗绿色的明珠镶嵌在西沙宝岛上。

记者找到了最初由将军们栽种的几棵椰子树。那是15年前的1982年1月,由当时的中国人民解放军总参谋长杨得志、副总参谋长杨勇等将军栽下的,已经果实累累了。将军林几乎年年扩展,招待所的院子栽不下了,就伸展到院子外面。

从挂在椰子树上的小标牌可以看出,在将军林栽树的将领们,既有军委的主要领导,也有总参谋部、总政治部、总后勤部的首长,既有海军的将领们,也有陆军、空军的高级领导,既有国防部的领导,也有中央警卫局的领导,还有国防大学的首长。将军林中以海军系统的将军栽植的比例最高。

除了军队将领,还有登岛的党政领导栽下的椰子树。党中央、国务院的领导栽下的椰子树也已经开始挂果了。一些中央部委和省市领导也在将军林栽下树木留作纪念。全国政协委员、著名画家关山月1992年4月登岛后手栽椰子树留念。除了领导人,还有几位记者如中国新闻社的陶杜兰、解放军报社的车夫等也栽种了有自己名字标记的椰树。将军林里还有一棵普通青年栽下的椰子树,栽种者就是1993年6月黑龙江省进行"边疆万里行"路过的孟令功。

越来越大、长势喜人的将军林已经成为西沙群岛的一处重点风景,将来还会成为一处活着的重点文物景观。

西沙群岛有多大、有多高

西沙既然称为群岛,其面积一定相当可观吧? 但实际海岛的陆地面积与很多人的这种猜测相去甚远:西沙群岛的总面积只有大约 10 平方公里,而最高海拔只有 13.8 米。

西沙群岛位于南海的中北部,由宣德群岛、永乐群岛和东岛、石岛等 34 个岛屿、沙洲、环礁、浅滩组成,这些岛屿的总面积加起来也只有区区 10 公里。其中以永兴岛陆地面积最大,也不过只有大约 2 平方公里。

西沙群岛以永兴岛为基点,北距海南岛榆林港 182 海里,南距南沙永暑礁 444 海里。尽管西沙群岛的海岛面积不大,但海域面积却很广阔:北起北礁,南至先驱礁,东自西渡滩,西至中建岛,东西长度约为 104 海里,南北宽约为 86 海里,总面积达 31700 平方公里,几乎与海南岛的面积相等。

西沙群岛的海拔高度平均不到 10 米,最高处是石岛,也只有 13.8 米。

西沙群岛由于地处低纬度地带,气候特点表现为"四多一高",高温、高湿、高日照、高盐度,多热带风暴和台风。西沙群岛常年季风明显,风向也比较稳定,每年 5 月至 10 月为西南季风,11 月至次年 4 月为东北季风。每年的 6 至 10 月为台风多雨季节,其他时间为旱季,降水稀少。年平均降雨量为 1347 毫米,年平均气温 26.7 摄氏度。

西沙群岛四季常绿,最冷的季节也无需穿棉衣。1 月份白天的温度也在 20 摄氏度以上,初次上岛的人在中午太阳下晒上两小时,不脱一层皮也会改变皮肤颜色。虽然冬季雨水不多,但岛上生活最舒适的日子还是在冬天。

西沙的"王府井"

在西沙群岛的中心岛屿永兴岛上,有一条被驻岛军民称为"西沙王府井"的街道。记者来到西沙,也兴冲冲地前去游览一番。

这条街大约只有四分之一公里长,也可以说是西沙的商业中心:有一家西沙南沙中沙群岛商业供销公司,下属综合门市部、日杂门市部、百货门市部、副食门市部。在这里,商业供销公司大概可以称作"王府井百货大楼"了。还有一家邮局,一家医院,一家银行的办事处,一家粮站。

我们看到的粮站是"铁将军"把门。旁边张贴的一张通知说"我所决定从本月 6 日至 20 日进行大米、面粉仓库杀虫。故此期间暂停供应"。

邮电局还没到开门的时候——这里一天开门营业的时间很短,不过邮局职工就住在附近,有事情可以随叫随到。一位同行的军官到院子里找来管事的,开了门临时为我们提供邮政服务。要想跟外界电话联系只能到这里来,虽然卫星电话听起来还有回音,但毕竟可以直拨各地,不失为一条相当便捷的联系渠道。岛内外可以书信来往,但邮递很难保证及时,要隔上十天半月甚至一个月以上才能把信函捎到海南岛,从那里才算上了"高速邮路"——当然是与从西沙到抵达三亚相比。进出西沙群岛的书报信件都是要等运输船或补给船到来的时候。所以在西沙群岛,战士们最盼望的事情之一是捎信的船只早些到来。别忘了,西沙群岛可是经常遇到台风的袭扰。

许多到西沙群岛的人都要到邮局寄信,尽管时效很慢,但大家都以从西沙邮局——我们国家最南端的邮局寄信作为到过西沙的纪念。记者在邮局发现,好些交寄的信件、明信片都是为了给收信的人留作纪念或分享到达西沙的乐趣的。邮局里最抢手的是贺年片和明信片,我们想买几张寄走,得到的回答是:"早就卖光了!"

在西沙的"王府井大街"上游览,费时不多,走一个来回也不过 10 来分钟时间。但这份感受却是北京王府井没有的。也正是因此,到西沙群岛的人绝大部分都会到这条街上逛逛,这要比到北京的旅游者专程前往王府井的比例高多了。

偏远海岛也有"打工仔"

在遥远的西沙群岛上,除了驻守的海军官兵和地方政府的工作人员外,还有为数可观的"打工仔"。他们对西沙群岛的建设和发展也是功不可没。

西沙群岛除了平时有一些渔民在此经过或短暂停留外,专门从事生产和建设的固定人员几乎没有,但却有一批时间长短不固定的打工仔在岛上。

这些打工仔是在岛上进行各项基础设施建设的建筑工,有的来自海南岛,有的来自广东。在一个民工集中居住的房屋墙上,还涂写着"湛江队"的字样,标明建筑队来自广东省湛江市。

这些民工承担的工程主要有军队和地方政府的办公和生活用房以及一些相关的基础设施,比如防浪堤的建造和加固,码头的建造和维修等。

在西沙群岛上,早晚时分不时可以看到三三两两的民工身影。他们一般是在承接建设项目后从海南或广东等地乘船来到西沙群岛,抓紧时间完成工程施工任务后离去。

每当部队礼堂有慰问演出或放映电影,经常有数以百计的打工仔前往观赏。一般情况下,晚上最好的娱乐活动就是收看通过卫星传送的电视节目。在西沙的"王府井",打工仔们也是经常光顾的购物者。记者在永兴岛上逗留期间,始终没有发现有饭馆营业,打工仔们的一日三餐也就只能自己解决了。

水兵展示"海底世界"

在永兴岛上,有一家不大的海洋博物馆,馆里展示了驻守西沙的海军官兵们精心采撷的来自"海底世界"的宝贝。

这家由中共中央政治局常委、中央军委副主席刘华清上将题写馆名的"西沙海洋博物馆",里面展示的大都是西沙群岛海军官兵训练之余从大海采回的实物。既有各种各样的海洋动物标本,也有采集的海底植物,各种珊瑚、鱼、虾、贝类,生活在西沙的海鸟标本,都是水兵们亲手采集制作加工的。还有栩栩如生的大海龟,好像随时都会爬回大海。有的扇贝贝壳之大足以藏进一个成年人。

除了西沙群岛的海洋动植物标本,馆里还展示了南沙群岛的历史文物和现状,表明这里自古以来就是我国领土神圣不可分割的一部分。

馆内同时还展出海军政治部举办的"南沙风采展览",向人们展示了迷人的自然风光和战士们军事生活的场景,正像文字介绍材料所说,是"画与诗的组合,海韵与风情的叠印。历史和现实、正义和尊严交相辉映;理想与情操、追求与苦乐异彩纷呈"。

许多来到西沙群岛或在此经停前往南沙的人都来到这个祖国最南端的博物馆,既可以增加对西沙、南沙群岛和南海风情的了解,又可以增加历史知识和地理知识的认知,增强爱国主义感情。虽说这个博物馆条件简陋,但却办得很有特色,并且对参观者是免费的。海南省、邮电部和广州市先后为这家军中博物馆的创建和发展捐资支持。

下了飞机捡贝壳

从西沙机场一下飞机，就听到阵阵的涛声，一眼就可以看到翻腾的浪花。下了飞机捡贝壳是到过西沙的人诸多的乐趣之一。

西沙机场就建在海边，跑道的一部分还是在水上修建的，下了飞机到海边只有几十米远。走出机场就可以捡到海滩上的贝壳了。

西沙群岛有各种各样的贝壳供人们挑挑拣拣。甚至一些施工的填充沙土中就混藏着一些贝壳。所以，房前屋后经常有贝壳露面。市场有些色彩鲜艳的贝壳被海浪冲上滩头，任人捡拾。到西沙群岛的很多人，在公干或商务完成之余，就会信步前往海滩边走边挑拣贝壳，拣获的贝壳既可以留作纪念，也可以带回馈赠亲友。

西沙群岛中，中心岛屿永兴岛和附近岛屿贝壳资源相对较少，因为祖国各地来的客人带走了很多。倒是比较远的岛屿的海滩上人来得少些，还有不少贝壳可以供人们精心捡拾。

在西沙群岛的海滩，靠水的地方有不少移动的贝壳，这是小小的寄生蟹在"讨生活"，一旦有人走近，寄生蟹立即缩回贝壳内，以免招惹是非，难得安生。不过小螃蟹如果是寄生在漂亮的贝壳内而被人注目，恐怕就难免被搜获带走，无法生还了。

离开西沙时，许多人会带走亲手捡来的贝壳。记者还发现有的乘客在登机之前的十多分钟还在旁边的海滩拣个不停。大概是对海滩流连忘返，对捡贝壳意犹未尽吧。（1997 年 1 月）

白山黑水之间

春耕时节"垄中对"

黑龙江宾县满家店村东的稻田里,三辆拖拉机正在来来回回忙着翻地,被翻起的黑土在阳光照射下透出层层油亮。记者走上前去,跟站在地头的姓李和姓严的农民聊了起来。

"这一亩水稻能打多少斤? 收入怎么样?"记者问。

"一亩也就一千二百来斤,能加工出 900 斤大米。除去各项成本,一亩纯收入也有 1000 多元钱了。"

"村里人愿意种田吗?"

"咋不愿意,现在种粮合算了,农民都抢着种地,前几年出去做买卖的五六户人家也回来了,又包起了地种上了稻。现在我们农民发愁的是地太少,我们村一人平均才一亩多地,要是能多包点儿就好了。"

记者问他们现在的化肥价格,他们说:"大庆产的尿素,80 斤一袋,105元;外国进的二铵,100 斤装,134 元。"

"肥价这么高,吃得消吃不消?"记者接着又问道。他们说:"价格确实不低,不过,像现在这样的大米行情,种地还是有赚头的。何况,咱们用肥也不全是用工厂里生产出来的,还有地里的、家里的、牲畜栏里的农家肥。"

记者放眼望去,只见漫山遍野尽是忙着整田的农民,较近处,一群农民正用铁锹把去年的玉米根茬刨出来准备翻地,还有些农民已经开始点种用地膜覆盖的玉米了。田边公路上,不时可见往地里运送土家肥的拖拉机和马车。

记者走到田垄另一处,见一位中年农民正用力把一车鸡粪往地里铲,便又同他攀谈起来:"这鸡粪是自家的?"

"不是,买的,15元钱一小四轮儿。我们这儿养鸡大户不少,他们愁着鸡粪没地方堆,就卖给我们,有时候只有10元钱一车,有时候还不要钱。对我们来说,鸡粪可是宝贝,用它肥田比化肥还强,施过一次鸡粪,三年不施肥劲儿还在,特别管用。"他开心地回答道。(1995年4月23日)

清晨,忙碌的农资门市部

4月18日天刚蒙蒙亮,黑龙江省宾县南城西大街7号的农资门市部已开门营业了。承包这家门市部的是位姓张的女同志,记者进门时,她正忙着跟前来购买化肥、农药的农民们打招呼。正巧,昨天刚从大庆进了20吨尿素,记者问这尿素的售价,这位女老板直言相告:"还没来得及定价呢,这批尿素是昨天刚从哈尔滨火车站接的货,到站的时候,化肥袋子摸起来还是热乎的呢,八成是从车间直接拉出来的。"

她告诉记者,这40公斤一袋的尿素,拉到门市部的成本就是103元,算下来,一吨是2575元,估计定价一袋得卖105元。"现在都卖这个价,定高了,农民也不买。如今,农民买肥也都快收尾了,今年种地用的肥,农民买的比哪年都早,头年11月份就开始到门市部来拉货了。粮食一提价,种田的都有劲了,买化肥也舍得花钱。今年尿素货紧,农民来问的多数是'有没有货?''是不是假的?'价格涨到这么高,也都认了。"她说,"化肥涨到这个价,也差不多了,不能再涨了,"接着她指了指码放在旁边的一袋袋美国产的二铵,面有难色地说道:"原先这二铵一吨卖2700元,现在开始降到2680元,还没多少人买。这种化肥好像到处都压货,听说全县压了1000多吨。"

早上6点半,她边照看店面,边忙乎起早饭来了,手里削着土豆,口里吆喝着在里屋睡觉的孩子:"快起床,自己穿衣服!"她跟记者说,这个店面是她承包县农资公司的,去年上交了一万多元的利润,今年估计得3万多,"我这儿压力也不小,可化肥也不能卖太高的价,咱也得替农民想想,不能光只顾自个赚钱。"

过一会儿,记者见来问肥价、买化肥农药的农民多起来了,怕这么聊下去会耽误她的生意,便转身出了门。临出门,她在后边大声招呼:"要进货,吃

完早饭你过来好了！"——她把记者当成是购肥的商贩了。(1995 年 4 月 23 日)

黑龙江农村涌起学科技热：
农民受培训"着魔" 主办人只好"清场"

黑龙江省鸡西市农民今年对实用农业技术培训班格外"着魔"，培训班的主办单位，不得不像电影院清场一样，每讲完一场要把听课农民"清出课堂"。

原因很简单：后面还有更多的农民等着听下一场课，而每场听完了课的农民，总有不少人感到不过瘾，还想接着再听一遍。

黑龙江农村目前正涌动起一股前所未有的学科技热潮。这个省的依安县今年春天请了东北农业大学、黑龙江农科院的专家们讲了 17 场培训课，结果是场场爆满，还有些农民抱怨"没赶上""听少了"。宾县宾安镇一位姓牛的镇长说："以前农民参加这类培训拉着来还要求给他们记'义务工'，现在广播一通知，马上便从四面八方涌来了。"

这些培训班讲授的都是些与农民致富有直接关系的内容，比如大棚种菜、科学养鱼、畜禽饲养、高产组合栽培模式等。

黑龙江省农业厅提供的情况表明：全省 470 万从事种植、养殖的农村劳动力，已有 450 万人接受了培训。

接受了培训的农民马上把学到的技术、知识应用到生产实践上。双城县农民今年春节过后，在 60 公里的县内京哈公路沿线建起了 20 万平方米的塑料大棚，种植反季节蔬菜。眼下，他们已将温室大棚黄瓜供应哈尔滨市场，这比往年大棚黄瓜应市至少提前半个月。五常县杜家镇今年春天共建起了 80 多万平方米的大棚，当地农户的房前屋后都被白花花的塑料大棚"包围"了。(1995 年 4 月 25 日)

"大棚"农民的"时空观"

市场经济潮涌东北三省，黑土地上的农民经济头脑越来越灵。记者在黑龙江农村采访时，从一座座种植反季节蔬菜的塑料大棚里，发现这样一个现象："大棚"农民，有了他们新的时空观。

黑龙江处于高纬度地带，一年四季积温低，大棚种菜，已成了农民致富的新时尚。宾县宾安镇河间府屯，总共63户人家，除了两家搞屠宰、一家修理农机具外，家家都种大棚菜。屯里农民林秀山告诉记者，原来露天种植蔬菜，生长季节短，产量也低，一亩地一年忙到头也只能挣个千儿八百。如今大棚种植，土地得到了充分利用，每一平方米的地，效益从原来的2元钱增加到27元，"就靠这个发财了！"

新立乡青年农民张彦军显得更"精"。他站在暖洋洋的大棚里对记者说："就说去年黄瓜的价格吧，农历五月初四是每斤五毛五，初六，一下子就跌到三毛五。都说时间是金钱，面对着这市场，咱们农民，种菜也得讲个时效了。"

为了追求这个"时效"，张彦军这几年一直同东北农业大学园艺系的陈友教授保持着联系。去年，陈教授给他出了一个种大棚蔬菜的"金点子"——用双层塑料薄膜，就能使大棚温度提高三到四度，缩短作物生长期。大棚菜能早出，就能卖好价钱。去年，张彦军就靠了这"秘方"，种菜效益在本乡同行中"一枝独秀"，承包四亩地，挣了三万多元。

张彦军开心地对记者说："有了这个办法，再过20天，我棚里的黄瓜就可上市了，而其他大棚，要比我迟半个月——这半个月，可都是钱哪！"（1995年4月25日）

"远征"去种田 致富在他乡

鞭炮声响过，满载着农具和生活用品的小四轮拖拉机开始"突突突"地响了起来，带着公主岭市两家正村农民的致富希望，驶向600多里外洮儿河流域的白城地区去搞开发农业。

据了解，这个村今年春节过后先后有两批70多户农民组成"远征军"，到外地拓垦。临行前，这些农民把耕地转给了亲友和乡邻，有的卖掉了房屋，有的卖掉了庭院的树木，大多把孩子寄养在亲友处，在老家就读。公主岭市委农工部的干部在介绍这个村的时候，总结了三个"十分之一"：远征拓荒的农户，占全村总户数的十分之一；转让出来的土地，占当地总耕地的十分之一；全村农民因此而增加的收入，占全村总收入的十分之一。据这个省农业综合开发办李秀才介绍,在全省的农业综合开发中,由于经营大户较多,一批家庭农场应运而生。据不完全统计,仅在白城市农业开发项目区,经营 9 公顷水田以上的大户就有 30 个。

在白城市的新水田开发区,地多人少经营不过来的,动员外地农民跨区域开发水田,带资承包,目前,全市已有跨区域承包经营水田的农户 800 多户。

不光是农民"远征"进行农业垦殖,一些企业职工和工商大户也纷纷下乡开发农业资源。辽源市已有一些矿区职工到伊通县承包开垦耕地发展种养业。(1995 年 5 月 1 日)

做客农家

黑龙江省宾县马家岗屯,在当地方圆百里内是个出了名的"养鸡专业屯",屯里八成以上的农户靠养鸡致富,家家养鸡上千只,户户收入超万元。而这个屯里的养鸡"引路人",却是一个年方 25 岁的"小字辈",名叫王清国。

4 月 17 日,记者前往马家岗。屯里静悄悄,街道两边都是养鸡场。敲开王清国家的门,出来迎接的却是一位老汉,王清国的父亲王文兴。相邀进屋,记者问:"王清国在不在?"王老汉说:"不巧,今天拉了一车鸡蛋上大庆了,今早上还用'大哥大'给家里打了电话,说明儿一早回家。"

说到电话,王老汉自个儿就接上了话茬:"没少花钱,可实在管用,有了电话,啥事都方便,订鸡雏、买疫苗,给大伙儿联系卖鸡蛋,几千里外的事情就这么一拨拉就办成了。"

记者问:"屯里谁家最早养鸡?"王老汉答道:"我们家是头一家。"

1988 年,王文兴老汉的儿子王清国初中毕业后,筹了几百元钱,从哈尔滨一家养鸡场买了 1200 只鸡雏,在屯里第一个成了"养鸡专业户"。当年收入一万来元。此事在屯里一传开,村里人纷纷养鸡,逐渐尝到了养鸡的甜头。1993 年,王清国看到屯里养鸡已成"气候",便把哈尔滨市防疫站的杨站长请来,给一百多个农民讲"科学养鸡",农民们更是心里有了谱儿。当年,这个屯 112 户农户有 70 多户成了养鸡户。

养鸡户多起来后,屯里成立了个养鸡协会,推选王清国为会长,虽没报酬,但王清国帮大家联系鸡雏,代购饲料,提供门路,寻找买主。去年,村里碰上了当地百年不遇的大洪水,鸡蛋积压运不出。王清国几天几夜守着电话八方联系,最后终于在牡丹江市找到一家买主,减少了乡亲的损失。

如今,全屯养鸡已达到 10 万只,鸡蛋销往哈尔滨、大庆、鸡西、牡丹江等 20 多个市县。不光屯里人养鸡,有不少城里的离退休工人、干部也被吸引到这里"落户",办起养鸡场。(1995 年 5 月 2 日)

富友村的"临时市场"

富友村是辽宁省昌图县十八家子乡的一个偏僻小村。4 月 26 日,记者踏访昌图农村路过富友,见村里的蔬菜大棚地头一群人正忙乎着做黄瓜生意。四屯八村农民纷纷手提车载,把一筐筐新摘下的黄瓜送到这个"临时市场",收购者忙碌地招呼着过秤、付钱、打包,当天晚上,这车黄瓜将运往黑龙江省佳木斯市,第二天就可送上佳木斯人的餐桌。

这个临时市场的中心人物叫吴东旭,四十出头年纪,人显得精明、干练。他原籍也是十八家子乡,十几年前才迁往黑龙江省集贤县谋生。这两年,他奔波于东三省各地的农副产品市场,在对辽宁省的几大蔬菜集散地做了考察之后,毅然来到十八家子乡这个新生的大棚菜产地做买卖。

眼下,黄瓜的收购价格每公斤是一元八,运往佳木斯后,可获取 4 角钱左右的利润。他说:"这一车八千公斤黄瓜,多少还能挣几个。"

村里的小学教师王兴芝一边把两筐黄瓜从自行车上卸下来过秤,一边对记者说:"我们家扣的蔬菜大棚,今年正月初八才栽苗,迟了点儿。现在一天能摘一百多斤,两天摘一回,就是三百多斤了。"

蹲在路旁的一位老汉和陪同记者的乡党委书记岳国仲聊开了:"那年,你在学校里讲话的时候,我们都害怕扣大棚,怕侍候不了,净落个赔本。这会儿看,我那个六十米长的棚也太小了,来年,该整一个百多米长的。"

吴东旭以一个走南闯北的农民的口吻对记者说:"要想叫老百姓干,就得让他们尝到甜头。这边儿的乡村干部这几年支持农民发展棚菜,下了不少功夫,老百姓现在真正尝到甜头了。"转过脸来,他又对这个乡的干部们说,"这边儿的蔬菜大棚规模还是不够,一些大车轻易不敢来,怕来了两三天还收不满,生意不好做。你的菜越多,来的人就越多,货流的也就越快,价格还可以卖得更高一些。"

乡党委书记岳国仲接过话茬说:"对,有规模才有效益,我们乡越来越多的农民认准了种棚菜这条发财致富的实在门路,积极性很高,发动了四五年,全乡的高效优质农业路子总算有了眉目。眼下,全乡的保护地蔬菜面积六千五百亩,年内可突破1万亩。"

富友村这个小小的临时市场,不仅使农民卖了瓜、得到了可观的收入,还让他们感受到了偏僻小村与千里之外大市场的息息关联。通过这个"窗口",农民们及时接收到了农产品的市场价格信息,明白了该如何调整种植结构,安排农事生产。(1995年5月3日)

农民看行情　致富找诀窍

眼下,正是东北三省黑土地上仔猪、毛猪和猪肉价格较低的时期,一些认准了市场行情的农民,先行一步,纷纷购买仔猪补栏。

一些眼光远大的养猪大户,则使出了"新招",自己养母猪,自繁自育。仔猪行情好的时候,他们就育仔出售;行情下跌,便自己留养,等育成肥猪出售时,正好赶上好行市。

4月23日,吉林公主岭市大岭镇逢集,来自四乡八村的农民大约有七八千人陆陆续续汇集到镇上,或买或卖。可是留心观察,还有相当多的农民,既不买也不卖,只是睁大了眼睛来回转悠。问他们来干啥,得到的回答是:问问价格,看看行情,看看回去该种点什么、养些什么。

这两年,许多人寻求改变食物口味,使得野菜在市场上格外走俏。例如,"婆婆丁"(蒲公英)一公斤卖到四五十元。当地有的农民看准了这个行情,在温室大棚培育种植起这种野菜来,提前几个月上市,很受消费者欢迎,一些宾馆、饭店还派人上门收购。

小小蒲公英,透出大学问。当地的农民们,越来越多地认识到了价格规律和经济运行规律中许多可以利用的东西。根据种养业的周期性特点,他们不再"买贵不买贱,贱卖贵不卖"了。大岭镇一些饲养大户采取小批量、多批次的饲养方法,拉开禽、畜产品的上市时间,减少了生产的市场风险。这个镇还有一些农民发现城里人喜欢小米、红绿豆等小杂粮,就从乡下收购上来,再运到长春,走街串巷去卖,很受市民欢迎,他们也从中获取可观的收入。

大岭镇党委书记王景惠告诉记者,今天的农民发展什么,怎么发展,发展多少,越来越看重从市场上得来的信息,他们不再盲目轻信那些没有科学依据的传闻,而是根据市场的价格走向、消费者的需求变化等来确定自己的生产计划。(1995年5月7日)

闲汉变成了大忙人

辽宁省昌图县十八家子乡富友村村民范宝林,今年32岁,前几年在村里是一个游手好闲的人。可是去年冬天以来,他却像换了个人似的。原因很简单,他家也扣了一个塑料大棚种植蔬菜。

往年到农闲的时候,他就手痒痒,非得去打麻将、赌钱不可。输了钱心里窝火,就喝酒,喝了酒闹心,回来就跟媳妇干仗,两口子也没少打、也没少骂。"自从扣了大棚,闲工夫都给整没了,"范宝林蹲在蔬菜大棚里,很有些得意地跟我们聊开了。

"我这棚黄瓜是腊月十八栽下的苗,正月二十黄瓜就上市了。那会儿一斤卖两块五,现在的价格是一斤9毛。我光卖黄瓜收入就4400元,加上300元钱的小菜,投资已经收回了。我估算了一下,这一季我还能净赚2000元钱。

"我这儿根本不用出远门去卖,大车一辆辆地就开到村头来收。我昨天又卖了200多元钱。这些天黄瓜都结得摘不过来了。"

范的妻子姓宋,就在我们听她丈夫说话的当口,摘了一大把顶花带刺的黄瓜,拿清水洗了非要我们尝尝鲜不可。

"我这个棚子一天就见100多块钱的收入。我父亲原先是开火车的,现在退休了,一个月才拿370元钱。就是咱们县长一月才开支多少工资?"

"现在两口子还干架吗?"我们问。

"现在天天来钱,大人、小孩都忙起来了,乐还乐不过来呢,哪还有心思想干架的事,"站在一旁的范宝林的妻子抢着说。

"嘿,他现在积极性可高了。刚开始结黄瓜,他就天天晚上睡在大棚里,"妻子的话刚说完,范宝林就接上了:"我咋能不积极,黄瓜一斤就两块五,要是谁趁黑给我糟蹋了,那损失可就大了。"

164

"去年冬天,我的一个亲叔叔不听我的劝,说什么也不扣大棚,现在他落在我后边了,后悔不迭了,"范宝林继续着他的话题。

"我现在对蔬菜就研究上了。大棚种蔬菜,这玩意儿太好了。"

"过了今年认识的人就更多了,"他指指棚外一大片开阔地说:"这地都得扣满大棚。

"我估摸着有这个大棚,再加上拦牛给人代耕挣些钱,还有7亩庄稼,今年能收入万把块。

"开始我也不相信扣个塑料大棚就能在寒冬腊月里种出鲜菜来,再加上我们村里最先搞的两户因为技术不行失败了,我就更不敢干了。倒是乡村干部比咱农民更有耐心,像哄小孩一样,手把手地教,千方百计扶持,可真是操透了心哪。不然我到现在也不敢上大棚。"

临别,乡党委书记岳国仲嘱咐说:"宝林,好好干哪!"

"放心吧,现在见到钱了,更要好好干了!"

钻出大棚,同行的县委宣传部副部长孙长韧总结了这样一段话:搞开发性农业,一定要求稳,务求初战必胜,因为农民输不起,他们的那点本钱可都是血汗钱哪。(1995年5月9日)

现代"母机"孵小鸡

25岁的刘占文打开他的孵化室进行例行检查,屋子里的全自动孵化机内,1.92万个鸡蛋排放得整整齐齐,正在酝酿新的生命。此时是4月中旬,这只现代"母机"保持着38摄氏度的恒温,21天后,毛茸茸的小鸡们将从它的壳里"叽叽叽"叫着走出来。

刘占文也属鸡,在他的记忆中,孵小鸡对于母鸡来说是一件大事,一天下一个鸡蛋,十几天后母鸡开始抱窝,顾不上吃喝,用两只翅膀护着鸡蛋,时不时又用爪子翻动着,用体温把小鸡给孵化出来。然后,咕咕咕地引着一群"孩子"刨土、觅食,直到把小鸡带大。

近几年来,随着养鸡业的发展,饲养肉鸡、蛋鸡上千只、几万只的农户大量涌现,刘占文所在的公主岭市大岭镇全镇一年养鸡200多万只,在765个养鸡农户中,少的养几百只,多的能养几千只、上万只。这么大的养鸡规模,再靠老母鸡来孵化育雏是远远不能满足鸡雏需求量了。专业户们到外地购雏，又很不方便，往往影响了正常的生产。刘占文看准了机器孵鸡是一桩大生意，今年春天，他下决心从长春市畜牧机械厂买来了一套全自动孵化机，利用这个机器一年可孵鸡雏17万只。为此他还养上了1400多只种鸡，建起了孵化房，架设了变压器，自备了发电机，先后总共投资20多万元。如今，刘占文开始采取电脑监控运作的手段，用机器来孵化小鸡。

记者在大岭镇采访时，刘占文的第一批近两万只鸡雏尚未走出"母体"，但却已被订购一空。今年，各地饲养户向他预订的鸡雏已有8万多只，"一只鸡雏眼下能挣一元钱，"刘占文算了算利润说，"照这样的势头下去，我一年之内就可挣回全部投资。"（1995年5月9日）

乡村里的"新把式"

辽宁省昌图县十八家子乡富友村高中毕业生周红雨专门到沈阳农业大学参加过蔬菜种植培训后，回乡成了当地有名的农民"新把式"，东村西屯种菜农户都认了他这个"技术总管"。周红雨种出的芹菜，又高又壮又嫩，比乡亲们种的质量明显高出一截，上市时候他不想卖高价，要和村民们卖一个价，可村民们就是不答应，非要让他一斤多卖一毛钱不可，话说得也实在："如果你跟我们卖一个价，那谁还愿来买我们的？"

十八家子乡党委书记岳国仲谈了他们乡的做法，他们对全乡农民按知识层次进行了分"等级"培训，四乡的高中毕业生是农民中的"高知识人材"，乡里选送一部分人去高等院校深造培训，这些人回来就要派上"大用场"，成为种养业的技术员或骨干，带领乡亲们发展生产，有的还当上村里的领导。

全乡有3000多名初中毕业生，这是乡里21世纪农民队伍的主体，乡党委、乡政府对他们进行系统培训，让他们掌握一技之长，为日后投身生产所用。

第三个层次是现在的农民主体，乡里请来大专院校和科研单位的一些专家教授来传授技术，去冬今春就有6500人次接受培训，科技副县长也先后在这个乡培训了1300人次。

现在，这个乡已经跟沈阳农大签订了共同创办昌图农业专科学校的协议,学制两年,学校就设在乡里,设专科班和中专班,对初中毕业生、高中毕业生进行培训,学校今年就可以招生。"这些学生毕业后,将挑起乡里农业生产的大梁,成为跨世纪的农民'新把式'。"（1995 年 5 月 11 日）

东北春耕生产进展顺利
农业升温热在田间地头

东北千里黑土地上春耕生产从南往北正在紧张进行着。记者日前在黑龙江、吉林、辽宁三省沿途采访,看到今年是农民积极性最高、农业投入最多的一年。农业升温已经不再是"口号农业"和"口头农业",田头地间到处可以感受到那股种地已成为最有吸引力的行业之一的"热风"。

黑龙江省宾县居仁镇原先外出务工经商的五户农民先后回到村里,重操旧业,将转包给亲友的土地要回来自己耕种。当地农民跟记者算了一笔账:"去年,一亩水稻净收入 1000 多元,种地,还是有赚头的。"宾县宾安镇河间府屯土地身价倍增,别的村承包机动地是以亩为单位,这个屯以分为单位来竞价承包,每分地的承包费高达 70 到 80 元,农业发展高效优质农业,每平方米可净创纯收入 20 元以上。

吉林省公主岭市两家子村今年仅手扶拖拉机就增加了 70 多台,村里的地不够种,几十户农民就开上拖拉机到省内的洮南县承包土地,前去开发耕种。

辽宁最大的商品粮基地县昌图县从去年秋天就开始了备耕,封冻前翻地、耙压、起垄的耕地达百分之九十,为今年的春播做好了准备。眼下,除水稻等待时令栽插外,其他粮食作物已播种完毕。农工部部长张坤告诉记者:"今年农民种地积极性很高,都抢着承包机动田,还有一些农民上访要求多种地。农民往地里投入的积极性也比往年高,省吃俭用都往农业生产上使劲。"据了解,辽宁省今年全省落实的粮食播种面积达 4550 万亩,比去年增加 20 万亩。

东北黑土地上的农业升温也导致农机购买量大幅度增加,各农机公司产品供不应求,农民购机势头旺盛。长春拖拉机厂门口近一个时期每天都有排成"长龙"的购机农民,有些农民排了两昼夜仍买不到货,手里又攥着几千甚至上万元的现金,为安全起见,这个厂不得不请来警察维持秩序。

黑龙江省农业厅的干部告诉记者,今年全省农村普遍出现"农机热",不论大机、小机都很抢手,农机部门的生意从来没有像今年这样火爆过。

记者在采访沿途看到,东三省黑土地上的农民们的大小车辆载满了化肥和农家肥往地里送。今年各地的肥料准备比往年提前了一个月以上,化肥、农膜等农资的投入比往年都有较大幅度的增加。(1995 年 5 月 11 日)

小镇上的"夜半三叫"

几年前,松辽平原上的大岭镇的夜晚还是很宁静的,然而,最近两年却变得热闹起来了。用当地农民的说法是:"每到夜半有三叫"——午夜 12 点,是猪叫;1 点,是车叫;两点,则是工商管理人员的喇叭叫。

仔细一打听,引发"三叫"的原因是当地新出现了一个鲜肉批发市场。大岭镇是吉林省公主岭市的一个粮食主产乡镇,由于前几年粮食卖难出现积压,当地农民就选择靠多养猪来转化粮食、提高农业的整体效益。逐渐的,农民的养猪队伍壮大起来,仅年饲养 300 头以上的专业户就有 119 户。到去年,全镇生猪饲养量已发展到了 4.6 万头,大岭镇也由此成了吉林省城长春的一个重要猪肉供应基地。

养猪业的兴起带动了屠宰业的发展。目前,全镇共有屠户 200 多家,尤其镇周围五个"卫星屯",几乎家家都操起了杀猪刀,镇里平均每天要屠宰 200 多头生猪,供应长春市民。

为了保证每天让城乡居民吃到新鲜猪肉,并能赶上城里的早市,"半夜杀猪"成了大岭镇屠户的工作习惯。大岭镇周围五个屯的屠宰户往往一到晚上 12 点左右,就起来磨刀、烧水、杀猪,届时,四周村庄响起此起彼伏的猪的嚎叫声。大约一个小时后, 镇上四周又响起了各种机动车辆发动上路的声音,刚刚宰好洗毕的生猪需"赶夜路"送往长春各集贸市场。过不多久,机动车辆的马达声中又夹杂响起了当地工商管理人员的喇叭喊话声,那是工商管理人员在忙着通知屠户们进行猪肉检疫、交纳管理费……正是靠着这么紧赶慢赶,天亮时,长春市民们买到的鲜猪肉,往往还冒着热乎气儿。据了解,现在长春市居民日均鲜肉消费量的五分之一是由大岭镇农民提供的。

(1995 年 5 月 13 日)

农民眼中"看"教授

记者在东北三省采访,时常可以听农民谈起高等院校的一些知名教授。不仅仅是认识,有些农民还与教授们有很深的交情。

陈友是东北农业大学园艺系的教授,他的农民朋友遍布黑龙江省。有些农民还像走亲戚一样地专程跑到他的家里或办公室,向他讨教农业实用技术。宾县的张彦军就是陈教授的众多农友之一。

张彦军搞塑料大棚蔬菜种植已经有 9 年的历史了,用他自己的话说:"这是我的专业。"可是当初他也为种植技术而苦恼过一段时间。

他最初是跟村里一位姓高的乡亲学的,可是人家对他保守技术秘密,他在这个行业很难入门。他从别人那里听说了陈友教授的名字,就抱着试试看的心理,向设在哈尔滨的东北农大写信,向陈教授求教。

接到信不久,陈教授就来到了百里之外的乡下,向小张传授技术。

"陈教授一指点,那可大不一样。我心里豁然开朗。陈教授还领我去过外地搞大棚蔬菜比较好的地方现场参观、学习。我平时也经常通信跟他联系。他每年都到我们乡来讲课。前些天,他又写信来要我过去研究繁殖黄瓜种子的事。"

像张彦军一样,有许许多多的农民经过陈友教授的指点,成了当地的园艺行业的技术骨干,率先富裕起来,并很快带动周围的农民走上脱贫致富的道路。

记者在这个县的另外一个乡镇叫河间府屯的地方采访,遇到 42 岁的林秀山,也是陈友教授的"弟子"。现在这些弟子们已经不再是跟陈教授单线联络了,他们通过陈教授这个中心,互相之间熟悉起来,变成了很诚挚的"菜友"。平日遇到一些技术难题,基本上不用再去寻找陈教授,而是就近找一位"菜友"琢磨琢磨就可得到解决。

其实真要找陈教授还真不容易,因为他一年到头经常被四县八乡的人请去讲课,"指点"更多的农民掌握科技、勤劳致富,很难碰得到。记者本来还想去东北农大采访他,也因此而打消了念头。(1995 年 5 月 14 日)

老乡选听"专业课"

辽宁省昌图县十八家子乡党委、政府从沈阳农业大学聘请了 8 位专家、教授,让他们到乡里来给党员们上农业技术培训课。这次讲的是怎样在塑料大棚内种植黄瓜、西红柿等蔬菜。

出乎乡干部意料的是,各村党员之外,还有大批农民赶来选听这些"专业课"。乡里在乡中学设立了中心会场,在几个村子设立分会场。

这些园艺系、植物保护系、农学系的教授们深入浅出的讲解迷住了听课的农民。可是讲着讲着,乡干部们发现有些"新情况":分会场的人越来越少,他们纷纷赶往中心会场。连忙查问,原来是中心会场可以看到"板书",而在分会场只能听却不能看,"不过瘾"。

蜂拥而至的听课农民给维持会场秩序的人增添了不小的难度。没有座位,他们就站着,一站就是几个小时。屋里盛不下,就站在门口,伸长了脖子听讲。还有些人趴在窗户前,全神贯注地记下"先生"们讲的每一个字。

说起农民听课的情形,这个乡的党委书记岳国仲感触很深:农民对于科技的渴望真是令人感动。

记者在东北乡下采访,颇感新鲜的是农民时兴听"专业课"。

吉林省农业厅农业处处长张继良告诉记者,前些年对农民进行技术培训,都是一股脑地"大水漫灌",农民不感兴趣的内容也得陪着听。现在是农民点题目,科技人员来讲课,很有针对性。种玉米的就专门听玉米栽培讲座,种水稻的就专听水稻课,搞大棚蔬菜的就专门上有关的培训班。如今的农民也时兴起听专业课了。

在黑龙江省,好多乡镇每年都举办这样的专业培训班,那些专家、教授、研究员深入到乡村开设临时课堂,向农民传授在黑土地上致富的技艺。农民听这些专业课的兴趣远远超过看电影或听戏。(1995 年 5 月 21 日)

乡下见闻:一场春雨值多少钱?

"春雨贵于油",这句话黑龙江省肇东市的农民体会更加真切。最近 20

天里的两场降雨,大大缓和了这里半年多的持续旱情。

记者在肇东乡下采访,正赶上下雨天。头几日还在用牛车、马车、拖拉机载着大大小小的铁桶拉水种地的农民,三三两两地在淅淅沥沥的春雨中抓紧播种玉米。当地干部的心情正好与天气相反:"这场雨下得不错。这不是下雨,这是下钱哪!"

闻听此言,记者赶忙追问这雨水和钱的关系。原来,在半个月前春种刚开始时,一场春雨悄然而至。这对去年秋冬以来雨水稀少的肇东来说实在太及时了。这次降雨过程全市平均雨量 17 毫米。市农办和气象站对"老天爷"的这份厚礼进行了一次认真的估价。结果表明,直接带来的经济效益是 1500万元。这还只是计算了因这 17 毫米降雨减少用于抗旱的电力、物力、财力节约的利益。如果要算上各种间接的经济效益,那雨价还要成番论倍。

肇东市是全国重要的商品粮产区,"八五"期间平均每年的粮豆产量超过 10 亿公斤。但当地又极易遭受旱灾的侵害,特别是春旱更成为制约农业发展的一大因素。当地农民引进了"坐水种"的技术:在春播期间,先挖坑、浇水,再点种、覆土。因此每年四五月间,排队拉水的大小车辆成为肇东乡间的一大景观。最近五六年,尽管年年春旱,但年年春播采用坐水种技术,基本能够拿全苗,这为夺取农业丰收打下了基础。今年的春雨下得及时,对当地农业节本增效也极为有利。(1996 年 5 月 7 日)

东北踏访"华西村"

黑龙江省肇东市五站镇境内有个江苏华西人帮助建设的"华西村",记者近日慕名来到这里采访。眼下,这里已经进入水稻插秧期。村西的大片塑料薄膜覆盖的旱育秧田里,翠绿的稻苗正被移栽到村南新开垦的大片水田里。

全村只有 54 户,总人口 220 人,要在月底前栽插完 1200 亩水稻,人手显然不够。附近的一些打农仔、打农妹也纷纷前来助战。

江苏省江阴市华西村是全国著名的村庄,面积只有共和国的千万分之一,经过 30 多年的艰苦创业,已基本实现了农村现代化。去年全村共完成工业总产值 20 亿元,利税 2 亿多元。这个在改革开放后迅速走向共同富裕的典型,每年都吸引数以十万计的国内外各界人士前往参观、游览。

从去年起,华西村为了实施自己的"东西合作"工程,先后在西北的宁夏和东北的黑龙江着手帮助建设两个华西村。在宁夏的"华西村"建设采取移民的方式,从"苦甲天下"的宁夏固原地区,将部分贫困人口迁移到新村安家落户,进行以二、三产业为主的经济开发,进而脱贫致富。在黑龙江肇东境内的"华西村",则采取了改、扩建的方式,为扶持这个新村,江阴华西村还租赁经营了肇东市电缆厂,为其安置富余劳力、培训技术工人和积聚发展资金。

东北的"华西村"是肇东市的第 327 个村庄,也是全市最新的村庄。它是在原五站镇高卜村南小山屯划出形成的。

除了上千亩的水稻,村里还开发了 700 亩水面,兼作养鱼和开辟水上公园旅游项目。在村后已经平整出 6 万平方米的工业厂区,明年开始启动工业项目。据介绍,在这个工业小区,将建设三个与肇东市电缆厂配套的企业,分别生产 PVC 塑料、电解铜和无氧铝。

江阴华西村派出专人协助肇东华西村的建设。他们还派出了 10 名管理人员加强电缆厂的领导和管理。

肇东华西村派出到江阴华西学习 3 个月的第一批 8 名青年已经"学成归来",全部到电缆厂上班。第二批将有 20 人再去"留学"发展二、三产业的实际本领。这也是为这个华西新村培养和储备跨世纪的人才。

这个村党支部书记兼村民委员会主任高连武告诉记者:预计今年新华西村的人均纯收入可达 4000 元。他表示,我们新华西村的建设主要还是靠学习和发扬江阴华西村的艰苦创业的精神,强化农业这个基础,加快工业和第三产业的发展,要靠自己挣钱来搞建设。我们依靠但不依赖江阴华西村来发展,不能靠他们拿钱来垒大户,造典型。我们要借鉴江阴华西的发展模式和创业精神来发展自己、壮大自己。去冬今春,全村借鉴江阴华西的经验制订了自己的《村规民约》,还办了普法班,重点扫法盲、科盲、文盲,尽快提高村民的整体素质。

别看肇东华西村小,人员可是来自九省 18 县,都是为了谋生而先后闯关东汇聚到偏僻的松花江边扎根落户的。记者在村里看到,一些农户用柳树条子扎制的篱笆墙逢春发出新枝,形成一道道绿色"屏障"。房屋基本上还是茅草房,村庄道路也不平整,村庄的面貌还没有很大的改变,但高连武充满信心地说:再过两三年,你们再来,就不再是这模样了,可能就认不出来了。

（1996 年 5 月 13 日）

漫山遍野不再是大豆高粱
——东北农村见闻

东北原野上,刚刚栽插完水稻的农民,又忙着玉米等作物的田间管理。据一些地方统计部门对农民的种植意向调查,今年东北的玉米、水稻面积仍将有稳步增加,大豆面积仍呈下降趋势,高粱的播种面积已归于杂粮一类。

传唱了半个多世纪的《松花江上》这首歌中,展示给人们的是在"森林、煤矿"之外的东北,有"漫山遍野的大豆、高粱"。几十年前,数以百万计为谋生而闯关东的山东、河北的农民,靠种高粱、大豆而解决了饥饿,因而这两种庄稼成了农民最心爱的农作物。然而今天的东北,是一眼望不到边的玉米和碧波万顷的稻浪和麦海。

由于产量低,经济效益也不高,传统作物高粱已被农民"打倒",酿造高粱酒的生意也不再那么兴隆了,倒是玉米酿造的优质白酒成为东北白酒产品的主流。大豆的经济效益也远远低于玉米,因此东北三省的大豆播种面积已比玉米少约 3000 万亩。

东北大片的涝洼地区粮食产量低而不稳,农民们以稻治涝,结果获得高产稳产,增产增收。在三江平原,新开发的农田大多种的是水稻。

吉林省农民今年的种植意向表明:粮食种植业结构继续得到调整。省统计局农调队人士介绍说,根据对农民今年的种植意向所做的调查,粮食生产特别是商品粮生产是吉林农业的一大优势。近两年粮价大幅度提高后,农民的种粮热情很高。今年玉米面积增加 2.3%,大豆比去年减少 8.9%,杂豆比去年减少 19.8%。油料种植面积比去年减少 32.9%,甜菜减少 50.8%。蔬菜安排种植面积增加 4.3%,果用瓜面积猛增 45.8%。

随着市场经济的推进,经济效益成为农民种植农作物的最好导向。按照目前的生产水平,在东北地区,一亩大豆产量 100-150 公斤,毛收入 250-375 元,一亩玉米 500-700 公斤,亩收入是 500-700 元,一亩水稻 500-700 公斤,收入是 800-1120 元。农民种哪样作物最合算,收入最多,根本不用别人来指教,市场行情就是"先生"。（1996 年 6 月 5 日）

173

篱笆墙内的新天地

——东北农村见闻

篱笆墙是东北农村的一大特色。农家小院子用树枝或柴草围着庭院扎上一圈就算是院墙了。

篱笆墙内,种上两三畦小菜,养上十来只鸡,一来自家消费或请客送礼,二来嘛,换点油盐钱。除了种地养家糊口,极少有人想到在庭院的一两分地上会弄出什么名堂,一般也就是堆放点柴草等杂物。这是八十年代以前东北农村篱笆墙内的典型景致。

这 10 多年间,篱笆墙内的宅院里,静悄悄地在起变化:

院子里扣上了塑料大棚,种上了反季节蔬菜。千百年来东北城乡在漫长的冬春季节,吃菜就是白菜、萝卜、土豆老三样。近几年一到寒冷时节,从老乡家里的一个个塑料大棚内,黄瓜、西红柿、辣椒、茄子、芹菜等各种新鲜的蔬菜源源不断送上城乡居民的菜篮子、饭桌子。篱笆墙内养上了几百只、上千只的鸡,几十头甚至上百头的肉牛,不再是自养自用,都是作为商品出售的。

东北地多,农家院子都比较大,原先显得空荡荡的,现在就显得窄巴了,很多人家除了留出一条走道,其他地方全安排了项目,种植、养殖、加工都有。当然家家的玉米篓子都是少不了要占一块地方。还有的人家在院里、院外搞起了农副产品购销,当起了买卖人。

记者在黑龙江省肇东市昌五镇采访时看到,这个商品经济比较发达的镇子里,家家户户的庭院里都有来钱的活计。我们走进宛福库家。他一家扣了 4 个大棚,自家院内两个大棚种的是辣椒,院子外边的农田里扣的两个大棚栽种的是黄瓜。老宛说,全家 4 个大棚,4 个劳力从腊月里就开始忙,一天从早到晚闲不下来,有干不完的活。不过话说回来,要想挣钱就得拼命干。另外承包的一垧半地种的是大葱、土豆等蔬菜。问起收入,他不愿细说,只是含糊地应了一句:一年有个几万元吧。

记者在吉林省德惠市升阳镇采访,见识了农家庭院经济的效益。常山 9 社 52 户就有 48 户在院里、院外扣了 56 个大棚。去年这个小村屯仅大棚蔬菜一项收入就达 50 多万元，人均 1700 元。常山 6 社今年扣大棚和日光温室 50 个。仅谷文山家就扣了两个塑料大棚，建了 3 个日光温室。春去夏来，他家稳攥着的收入就有 3 万元。王景利家原先是出名的贫困户，这几年在院子里种上了大棚蔬菜，经济上彻底翻了身，茅草房换成了砖瓦房，还清了 3000 多元的债务。

记者在这个镇的草庙子村彭景凤家看到，院里的鸡舍里，1000 多只蛋鸡正在忙着吃食，新下的鸡蛋从鸡笼滚到蛋槽里。用随行的镇干部的话说："这里的鸡蛋比土豆还多。"

记者还注意到在常山村沿街的土墙上写着这样的标语："喇叭一响，黄金万两。"村干部解释说，外来购销的车辆进村一按喇叭，老乡们就会把自家庭院产的蔬菜、鸡蛋抬出来，把养的肉鸡和肉猪装上车，换回来的是钞票。

应该说，是市场经济使篱笆墙内的小天地变成了"聚宝盆"。（1996 年 6 月 6 日）

黑土地上新变革　原野开出富民路
——来自吉林代表团的信息

来自商品粮基地吉林省的九届全国人大代表，在讨论政府工作报告时说起黑土地上令人振奋的变化：在过去的 5 年里，吉林省农村已彻底告别了以单一种植业为主的经济格局，逐步走上了种植业、养殖业和农产品加工业等多业并举的效益农业之路。

"粮仓"添"肉库"

吉林省过去守着粮仓调肉吃，而如今，畜牧业的新发展让省畜牧局长杨绍明代表十分自豪。他激动地说："昔日全国的大'粮仓'，如今又建成了新'肉库'，这是黑土地对全国人民的新贡献。"他说，现在，全省肉鸡已出口到 7 个国家和地区；生猪年调出 400 多万头，而且"拱"进了北京等大城市，公主岭市新建一条年屠宰 120 万头猪的生产线，并成为上海市菜篮子工程的生猪生产加工基地；另外，肉牛、鹅等均形成了一定的规模。

过去，秋收后的秸秆都是当柴烧，如今却用来喂牛；以前，农民养牛都是用来拉车、犁地,现在则是换大钱;从前,养鸡都是图下蛋,如今却是为了长肉。杨绍明代表说,现在有很多农民的养殖业已初步形成规模化、专业化,一家养上千头猪、上万只鸡已不足为奇。

杨绍明说,吉林省在去年粮食减产百分之二十二的情况下,农民收入并没有太大波动,畜牧功不可没。畜牧业产值在全省农业总产值的比重已提高到近百分之四十。

东北人"闯东北"

历史上,山东、河北等地的农民为生计所迫,拖儿带女"闯东北",落户扎根在黑土地上。如今,他们的后代又有不少人继续"闯东北"——前往黑龙江省三江平原进行农业开发。

随着各项建设的开展和人口的增加,越来越多的吉林省农民感到耕种的土地规模太小,觉得很难施展自己的一技之长。他们就把眼光盯上了人多地少的三江平原。于是数以万计的吉林省农民开上拖拉机,带上良种和农具,千里迢迢前往黑龙江省开发广袤的宜农荒地。

到了秋天,收获结束了,卖完农产品,这些"闯东北"的吉林农民就揣上大把的钞票返回老家。第二年又有更多的乡亲加入"闯东北"的行列。

黑土地发生新变革

过去,吉林人一直在思考:怎样改变"农业大省、工业小省、财政穷省"的不利局面。如今,吉林省委书记张德江代表自信地说:"我们基本找到了破解这道难题的办法,那就是走农业产业化经营之路。"

如果把家庭联产承包责任的全面推行视为农村经济发展的一次飞跃,那么,农业产业化则是吉林农村经济发展的又一次历史性的飞跃。如今,以农产品生产、加工、销售一条龙为组织形式,公司加农户的龙型经济模式得到广泛推广,涌现了一批德大公司为代表的龙头企业,形成了一批专业户、屯、村和一批具有地方特色的农业生产基地,农业产业化蓬勃发展。全省出现各类农业产业化龙头企业 177 个,年产值 200 多亿元。其中,吉林德大公司去年销售收入超过 24 亿元,利税达 1.2 亿元。

农业产业化最关键的是增加农民的收入，使农民在农产品的销售和加工环节获得收益。现在全省已有 70 多万农民走上了产业化经营之路，非农产值在农村社会总产值的比重由 5 年前的百分之四十七提高到百分之五十五，扣除物价因素，农民人均纯收入过去 5 年里年均增长百分之七点七。（1998 年 3 月 7 日）

长白山将逐步恢复"原始风貌"

曾是我国重要林产地的长白山区，有望逐步恢复其原始风貌。全国人大代表、吉林省白山市长王纯说："通过实施可持续发展战略，可使长白山大森林一点点地恢复原始状态，再现昔日'物种基因宝库'的风采。"

白山市地处长白山区腹地，王纯代表说，作为地方官，既要利用长白山资源发展经济，造福一方百姓，更要保护好长白山，为子孙造福。当开发和保护发生矛盾时，开发要让位于保护。

长白山区是我国最重要的森林生态系统之一，对吉林省乃至东北地区的生态平衡起着重要作用。它又是松花江、鸭绿江、图们江的发源地，对于涵养三江水源、保护水质、改善区域气候都起着非常重要的作用，是我国北方重要粮食基地——松辽平原的天然屏障。但本世纪初，俄、日等国入侵后，对原始森林大肆掠夺和破坏，长白山脚下原始森林几乎被砍伐殆尽。新中国成立后，长期过度开采，原始森林生态平衡再遭破坏，野生动物数量锐减，也给生活在这里的人们带来了严重的恶果。

60 年代初，长白山自然保护区成立，19 万公顷原始森林有了"保护伞"，并列入联合国"人与生物圈"计划。这对长白山的生态保护起到了重要作用，也使山区人民逐渐更新观念。王纯代表说，白山市这几年着力建设以森林为主的生态经济示范区，去年被列为国家级综合发展试验区。目前，这里正在探索长白山农林复合系统模式，通过大力培育生物资源，在保护的前提下，推动农业、林业、牧业和工业的协调发展。他们还在已经破坏的林区，进行模拟原始森林的科研和试验，通过人工培育模拟的原始森林，努力恢复长白山原始森林。力争 50 年后，还子孙一个结构和功能与原始大森林相同的长白山"原始风貌"。（1998 年 3 月 14 日）

郝富霞代表笑谈三个"家"

在黑土地上土生土长的郝富霞代表语出惊人，她说："党的政策好，农村变化大，就拿我自己来说吧，现在有三个'家'。"

郝富霞是吉林省梅河口市中和镇东夏村地道的农民，可却是一副城里人的打扮，说话快言快语。不看代表名册，谁也不相信她会是农民。

从 1986 年起，她和家人办起了家庭农场，承包地由少到多，最多时承包 800 多亩耕地，11 年累计向国家出售商品粮 180 多万公斤，成为全省闻名的种粮女状元。她所说的第一个"家"就建在承包地旁，挨着这个"家"，她建起了一个粮食加工厂。每到秋天，她都把水稻加工成大米再卖。近些年，土地的规模经营和粮食加工带来了丰厚的回报，累计纯收入达 80 万元。

郝富霞是个不安于现状的人，过去曾一直向往到城里去。赚了钱，大部分投到了兴修水利和买农机上，剩余的钱，她就和丈夫商量后到梅河口市里买了一套三室一厅的楼房，这是她的第二个"家"。农闲时一家人就住在城里，她家又开了一个农用车及配件商店。后来，她与人合伙在邻近的东丰县办了砖厂，有时一去就得住好多天，在砖厂边又安了一个"家"，这就成了她的第三个"家"。如今的郝富霞每年要在三个"家"之间不停地奔波。

郝富霞代表说："过去我们只懂辛辛苦苦种地，如今要精打细算赚钱。"

记者从山东、辽宁、新疆其他几个代表团了解到，随着农村商品经济的发展，许多地方的农民像郝富霞一样，从单一的农业生产，转向多元化经营，农民的生活方式随之也发生了静悄悄的变革，部分农民的生产住房和生活住房逐渐分开了。在蔬菜大棚旁，在养鱼池边，在棉田里，农民又有了新的"家"。也有不少农民进城务工经商，在城里购买了商品房。（1998 年 3 月 6 日）

黄 淮 海 原 野

把打开致富大门的金钥匙交给农民
阜平县开办农村经济理论培训班

河北省阜平县适应山区发展商品生产的新形势,办起了农村经济理论培训班。一九八四年培训的一千三百多名学员学成回乡后,成为发展商品生产的骨干。

阜平县地处太行山区,商品生产起步较晚。近两年农民发展商品生产的热情很高,特别是回乡的初高中毕业生,接受新事物快,大胆搞商品生产。但其中也有不少人由于缺乏经济理论方面的知识,不懂得靠经济规律指导商品生产,在经营过程中遭受了一些经济损失。为了尽快提高他们从事商品生产的能力,从去年四月开始,县党校和有关部门合作开办了农村经济理论培训班。培训班的学员大多是经过挑选的具有初高中文化程度的农村知识青年,学习结束后,都回原地。

培训班主要学习经济理论知识、农村财会知识、农村经济政策以及农、林、牧、副、渔各业生产方面的知识。学习采取理论联系实际的方法,首先重点学习经济理论知识和农村经济政策;接着下乡搞社会调查,广泛接触农村专业户,了解情况,学习经验,开阔眼界;最后带着在社会调查中发现的问题再集中学习,加深对所学知识的理解。由于学习内容对路,学员学习的劲头很足,他们刻苦钻研,初步掌握了必要的经济理论知识。

这些学员学习结束回乡后,受到当地欢迎,有的当上了乡长、副乡长,有的当上了农工商联合社主任,还有不少人被聘为农业经营管理员。(1985 年 1 月 11 日)

石家庄地区夏粮持续稳定高产
全国北方"三夏"现场会加以肯定

中断了 15 年之久的全国"三夏"现场会,在加强农业基础地位的呼声中,6 月 5 日至 9 日又在全国小麦高产区石家庄地区召开。来自全国 14 个重点产粮省、自治区、直辖市的代表,察看了石家庄地区丰收在望的高产小麦,并对这一地区夏粮持续稳产高产加以肯定。

石家庄地区是我国北方粮棉集中产区,小麦占全年粮食产量的近一半。近几年在连续遭受多种自然灾害、生产资料涨价、种粮效益下降的情况下,全地区稳定小麦面积,主攻单产、增加总产,使小麦单产和总产以每年百分之五点七和百分之六的速度递增。1985 年以后,全地区每年向国家交售小麦 30 万到 35 万吨,约占全省小麦收购量的四分之一,人均达 70 公斤。地区行署专员傅亮介绍说,这是全地区重视和发挥夏粮生产的优势,为农民提供各种服务,进一步改善生产条件,增加物质和科技投入取得的成果。

这个地区根据农业大包干后生产的需要和农民的要求,普遍建立和完善了服务性的合作经济组织,从机耕、灌溉、植保、种子、购销、生产资料等方面提供优质、低偿服务。全地区各县普遍建立了县、乡、村、户"三级一户"农业服务组织,实现了技术推广、物资经营、信息传递、科技培训综合服务。目前全地区已建起了 9 个农技推广中心、300 多个综合技术服务站、4500 多个各类服务组织。

针对近年水资源短缺、农田水利设施老化失修、损坏严重的情况,石家庄地区发动群众开展大规模的农田水利基本建设,仅去年一年就投资 4580 万元,其中农民集资 2900 多万元,增加和改善灌溉面积 68 万亩。现在全地区平均 80 亩耕地就有一眼机井,基本实现了机电双配套,小麦灌溉面积达到百分之九十五。全地区还调动集体和个体两个积极性,使农业机械化水平达到每百亩耕地 52.6 马力,接近全国最高水平的上海市。地区财政还通过拨款、贷款进行补贴扶持化肥生产,满足了小麦生产用肥。在抓化肥生产的同时,各县近两年又重点解决了化肥经营中的一些问题,基本做到了有货源、买得起、能投入,较好地维护了农民的利益。

石家庄地区还逐步健全了地、县、乡三级良种繁育体系,建立了两个良种繁育基地县,仅地县直接安排的育种面积就达 33 万亩,基本满足了农民的需要。在抓种子工作的同时,全地区还把各项增产技术筛选择优、组装配套,推广了高产模式栽培技术,去年全区推广示范小麦高产模式化栽培面积达到 229 万亩,占小麦面积的一半以上,平均每亩增产 27.2 公斤,不仅促进了全地区小麦生产,同时也为高产再高产提供了经验。(1988 年 6 月 7 日)

齐鲁大战棉铃虫

令棉农又恨又怕的棉铃虫,以空前的规模暴发了。在我国第一产棉大省山东,今年是历史上棉铃虫发生最早、面积最大、最严重的一年。不少地方去年棉铃虫发生量是过去十几年的总和,棉花因此减产四五成,而今年又是去年的三四倍。治住棉铃虫,成为夺取棉花丰收、保护棉农利益的一个关键。一场与棉铃虫的斗争,在齐鲁大地铺开。

棉田里大摆"杨柳阵"。在禹城县房寺镇,镇党委书记杨同军指着插在棉田里的一排排杨柳枝说:"今年,我们超前一步,从二代棉铃虫蛾子治起。一只蛾一般产卵 2000 粒,多的达到 3000 粒,治蛾子可以收到杀一灭千的效果。杨柳枝条的气味对飞蛾有着特殊的吸引力,晚上往棉田里一插,清晨往袋子里一抖就是许多。我们悬赏捉拿棉铃虫,发动群众在棉田里大摆杨柳阵。开始规定每个蛾子 2 分钱,可一'收购',蛾子太多,数不过来,又改用秤称,1 公斤蛾子有 6000 多个,每公斤定价 120 元。全镇 1 万多人上阵,现已基本控制住二代棉铃虫。"

镇农技站的同志给我们提供了几日的"收购"数量:19 日至 25 日共收了 1168 公斤,支出 14.02 万元。

在农技站前,我们看到有两个土堆,收购的蛾子全被埋在这里。据说,禹城已捕蛾 1.5 万公斤左右。

"今年,可以说是千方百计、全力以赴对付棉铃虫。"禹城县副县长刘宗生谈起防治棉铃虫:县广播电台每天播放三次治虫专题节目;县乡两级印发了 6 万多份"明白纸";建立起县、乡、片、村四级虫情测报网,测报人员达到 1170 多人;有关部门积极组织优质货源,尽量杜绝假药,全县实行了统一用药品种、统一供药,统一防治时间、统一防治办法,在此基础上,农民各自防治责任田;有机防队的乡村,推行了"承包防治";另外,他们还采取了中耕松土晒卵、修棉抹卵等办法。

目前,山东棉田已普遍用药三次,加上诱捕等办法,棉铃虫已基本得到控制,对棉花顶尖危害很小。(1993 年 7 月 2 日)

十万农户三万养鸡奔富路
平原成为全国最大蛋鸡县

山东省平原县在去年全县蛋鸡养殖 650 万只的基础上,今年上半年实现了快速翻番,全县饲养蛋鸡数量已达 1300 多万只,一跃成为全国最大的蛋鸡饲养县。

位于鲁西北的平原县,是全国重要的商品粮棉大县之一。但长期以来农村经济结构单一,农民生活提高缓慢,高产穷县的难题一直困扰着当地干部群众。如何找准突破口,实现经济的快速发展,改变经济欠发达县的贫困面貌,成为全县各级干部一直关注的主要课题。在选择主导产业的过程中,全县 18 个乡镇有 9 处选择了养蛋鸡这一适合当地发展水平的项目,以便发挥粮食和劳动力等资源优势。

县委、县政府抓住这一良好的势头,扶持有一定基础的乡村作为实行规模饲养的基地。目前全县已建成饲养蛋鸡 100 万只以上的基地 9 个。为使这一带动千家万户的行业健康、稳定发展,县里加强了各种服务体系的建设:全县通过外引、内扩、联合三种方式,建立孵化企业,组建雏鸡供应龙头企业群体,至今已向农民提供雏鸡 1000 多万只;以县饲料公司、县畜牧站为主体,以 200 多处小型饲料厂为补充的松散型的饲料企业集团,经过新建和扩建,年加工能力已达 20 多万吨。目前,平原县拥有全省最大的禽蛋批发市场、2000 多人的个体"倒蛋部队",使当地鸡蛋进入全国 20 多个大中城市。

平原县委书记兰忠良深有感触地告诉记者:"作为一个农业占经济大头的县份,要加快实现农民的小康,关键是要形成自己的富民支柱产业,引导农民发展市场经济。全县 10 万农户中已有 3 万多把养鸡作为重要的致富门路。如今蛋鸡饲养只是我们县的重点项目之一,在保持原先粮棉生产优势的同时,养鸽、种菜、养牛和水果种植等项目也迅速培育为全县农村新的经济支柱。"(1994 年 9 月 30 日)

依托10万农户闯荡国际市场
"如意之路"越走越远越宽

带动和依托10多万农户发展蔬菜生产、年创汇上千万美元的连云港市如意公司，以其快速发展、壮大的实效引起了在京产业和学术界专家的重视、称赞。

连云港如意集团近年来针对农村经济的新形势，以国际市场为导向，引进国外先进农业技术和国际金融资本，组织农民进行大规模、商品化蔬菜生产，通过加工出口，发展创汇农业，取得了企业盈利、农民增收、国家创汇的多重效益。这家原先亏损、入不敷出的企业在外方总经理自行引退的情况下，由中方委派侍守江出任董事长兼总经理，企业迅速扭亏为盈，1993年以来加工出口蔬菜5万多吨，创汇5000多万美元，实现利税超过5000万元，预计今年出口创汇就可超过2000万美元。目前如意公司的国际客户已由最初的5家发展到200多家，形成一个遍布亚、欧、美洲的20多个国家和地区的销售网络。

据了解，如意公司已成为全国同行业中出口数量最大、品种最多、效益最好的企业之一。现在，如意公司在南到广西北到内蒙古的全国16个省区发展原料基地20多万亩，带动10多万农户发展蔬菜生产。这些农户绝大部分已经走上了致富之路。在一些形成规模基地的乡镇，种植创汇蔬菜已成为当地农民增收的主要来源。江苏省赣榆县欢墩镇种植芦笋1万多亩，平均亩纯收入2000多元，全镇出现了上百个芦笋大户，吸引了外出务工经商的农民纷纷倒流，回乡务农。丰县去年种植牛蒡1万多亩，大面积一季收入就达1万元左右。如意公司用自己贸工农一体化的实践，走出了以开放促发展，有区域特色的贸工农一体化、产加销一条龙的"如意之路"，形成了国际市场牵动、人才支撑、质量取胜、规模经营的"如意经验"。江苏省委在苏北农村大力推广"如意之路"，已取得了显著的经济和社会效益。

为帮助农民种植蔬菜，如意公司重点做了以下五个方面的工作：搞好引种试验和生产示范，用典型引路；搞好技术指导，做好产前、产中、产后服务；坚持利益导向，保证农民利益；充分利用现有的农业技术推广体系，推动出口基地的发展；建立保障机制，保护农民的生产积极性。

首都有关方面的专家们在日前举行的"如意之路"与中国农业国际化研讨会上指出:在我国经济加速国际化的过程中,农业也必然要走上国际化的道路。农业的国际化对于克服我国农业资源短缺、农业投资不足和农业科技相对落后,推动农业现代化进程,都将产生积极的影响。目前,中国的农业竞争力还难以适应国际化的要求。如何从世界经济发展的大格局来考虑中国农业发展,把握中国农业的发展方向,抓住机遇、迎接挑战,是一个亟待探讨和实践的重大课题。江苏如意公司的探索给人们提供了有益的借鉴。(1996年10月23日)

布谷声中点种忙

初夏的鲁南原野,此起彼伏的布谷鸟鸣回荡在万顷麦海。

在滕州市级索镇千佛阁村的麦田里,王次田夫妇正忙着套种玉米。

王次田向记者介绍说,小麦再过一个星期就可以开镰收割了。前几天省里专家测产,这片 20 亩的攻关方亩产 606 公斤。

王次田说:"那些亩产二三百公斤的地块早就割完了,我用的是鲁麦 22 良种,肥水大,长得带劲,成熟得稍微晚些。我现在套种的玉米也是良种,掖单 22,单产可达 650 公斤。这样一年下来,亩产过吨粮轻轻松松。"

按照镇里统一的技术要求,王次田隔三行麦子点一垄玉米,然后再隔两行点种一垄。他告诉记者说,这叫隔二隔三点种法,分出大小行,便于玉米长起来后通风透光。

王次田与哥哥的责任田挨在了一块。他嫂子孔庆菊胸前挂着一个小书包,里面装的是玉米良种。她用分垄器分开麦垄,按技术规范的一米点五穴往前点种。轻巧的点种器挖开一个穴,一穴点进三五粒籽,将点种器往上一提,土正好把玉米种盖住。

镇党委书记杨开臣在一旁介绍说:"这样套种可抢回一段生长期。麦子一割倒,玉米就长出来了。好种子还要有好的耕作方法配套才行。"

王次田两口子在麦田里点种完了,又在地头上和沟沿的零星空闲地上点播上几粒玉米。用他的话说:"多种一颗收一颗。"

麦田里,三三两两的农民正忙着分垄、开穴、点种。地头有一个个鼓鼓的小编织袋,里面装的是今年推广的掖单系列的高产品种。村民们很自豪地告诉记者:"育种专家李登海是我们镇的技术顾问。"

欢快的布谷声里,村民们在丰收在握的麦田又播下希望的种子。(1996年6月8日)

田间巧遇宣传车

我们正在位于滕州市级索镇时庄的"山东30工程01课题小麦良种良法配套示范基地"采访,遇上了镇里的宣传车,这次既不是宣传政策,也不是宣讲法规条文,而是专门宣传眼下正进行的玉米套种的有关知识和技术要求。

这辆客货两用车上,安装着两只高音喇叭,里面不断播放着镇农业技术推广站的技术建议。

据宣传车介绍:今年全镇的玉米单位面积产量要达到650公斤,就要推广良种良法。要以掖单11、掖单22为主推品种,基本淘汰易倒伏的原有品种掖单2号。南片17个村3万亩小麦要全部套种良种玉米,淘汰掖单2号,力争夺得全年高产。

宣传车还就玉米套种涉及的肥料施用、药物灭虫、肥药配比、密植程度等各种技术要求和注意事项一一作了详尽"说明"。

宣传车不仅仅宣讲种植技术,还进行配套服务,车上随带的有掖单11、掖单22等玉米良种供村民兑换、购买。

镇里的一位农技站工作人员表示:过去发给农民的科技"明白纸"也对农民很有帮助,可还有不少人不识字或看不明白,这样用喇叭讲得清楚些,老乡就能听懂、照着做了。据介绍,这辆标明"级索镇人民政府玉米套种宣传车"的专用车,在套种开始前就走街串巷,到田间地头宣讲了,要一直工作到套种结束。(1996年6月9日)

飘荡在麦秆上的小标牌

走进山东省滕州市级索村的一块麦田,记者看到麦秆上挂着些白色标牌,一阵南风过后,白色的标牌随着金色麦浪起伏飘荡,煞是引人注目。

记者请教级索镇副镇长孔德贵。他介绍说,这些白色标牌是选种的记号,这片麦田叫穗行圃。

原来镇上为了保证小麦种子的纯度、保证小麦良种不退化,并且可以逐年提纯复壮,镇里专门建立了穗行圃。具体的做法就是,把选好的一穗小麦良种,在去年秋种时单独种一行,今年再从中选出一行表现优良的作为种子,秋种时再单独种成一片。明年从这一小片里收获种子,然后再种上一大片,最终收获到优质种子,向大田推广。这样一来,就保证了小麦种子的提纯复壮,不至于退化。去年秋种时,级索镇聘请山东农业大学的专家为顾问,动用 20 多名技术员,用了 20 多天的时间才种好 60 亩穗行圃,其一穗种子的播种费用就达 0.30 元。

小麦丰收前,镇上的科技人员在山农大专家的指导下,从穗行圃中选出 6000 多行小麦,作为良种,并在麦秆上挂上次序排列清楚的白色标牌。几天后,这些被选中的麦种逐颗收好后,经过处理,单独存放。秋种时,把这一粒粒种子播进大田,就变成了明年小麦丰收的希望。(1996 年 6 月 10 日)

城里人下乡拾麦穗

枣庄市渴口乡渴口村的麦田里,三台联合收割机正在穿梭般地忙碌着,收割机过后,记者看到有四五个中年妇女在拣拾麦穗。

问起乡里的干部,他们说这是城里下乡拾麦穗的。

记者向一位正在拾麦穗的姓熊的老太太打问这方面的情况,她说拾麦穗的都是从市区来,前些年农转非进城的。年纪大了没安排固定工作,下乡拾些麦子总比闲着强。这些拾麦穗的一人提一只筐或篮子,带着两三个编织袋。一般一天能拣十多斤麦子,多的可拣 20 多斤。一个麦收季节下来,也可收获二三百斤麦子。

熊老太太说:"年纪轻的就骑车下乡,我是坐公共汽车来的。"她一身的打扮显得有备而来:戴着一顶草帽,套着两只套袖,小筐和袋子齐全。

熊老太太没工夫多聊,匆忙去追赶从城里来的伙伴了。

乡里的干部估计,光是到这个乡拾麦穗的城市市民不下两百人。现在村民一般都不复收了,城里居民下乡拾麦穗是件好事,既减少了浪费,也能让

他们吃上新麦子。(1996 年 6 月 11 日)

夏收新概念

记者驱车沿 104 国道南下,一进入山东省滕州市界河镇境内,看到公路两旁的田野里,有的农民在抢收小麦,有的农民正在刨土豆、摘芸豆、运西瓜等,道路上运麦、送菜的汽车、拖拉机、老牛车川流不息,显得十分拥挤。

一见到镇党委书记于凤春,记者便问:"眼下正是夏收高潮,你镇上咋不集中劳力抢收麦子,怎么还有那么多农民卖菜呢?"于书记笑着说:"现在夏收的概念变了,夏收不只是收麦子,而且还要收其他经济作物。"

滕州市副市长张冠中解释道,过去,我们种植结构单调,收了麦子种玉米,收了玉米种麦子,夏收自然就等同于麦收。近几年,我们引导农民发展高产优质高效农业,对种植业结构进行了调整,粮经作物种植比例调整为 6:4。在种麦子的同时,农民还种植菜、果等效益好的作物。夏收时,一边收麦子,一边收瓜菜,这叫一手抓粮,一手抓钱。于凤春介绍说,界河镇今年种植土豆 2.4 万亩,正月十五下种,现在收获,亩产土豆 3000 多斤,收入 1400 多元。全镇仅此一项就收入 7000 多万元。

记者随东郭镇党委书记何振明来到菜田里,看到农民正在摘芸豆、豆角和冬瓜,全镇 7.1 万亩耕地,春棚菜就种了 3.8 万亩。

两天后,记者又来到长清县归德镇,镇党委书记刘延文高兴地告诉我们,今年全镇小麦单产超过 400 公斤,平均亩增 20 多公斤。这几天,农民可忙了,又收麦子,又收大蒜,全镇种的 2.8 万亩大蒜大丰收,一斤鲜蒜可卖五毛多钱,一亩收入就是 1500 元。

记者在山东省看夏收几日,已真切感受到,今年的夏收色彩更丰富了,我们脑子里形成多年的夏收概念该变一变了。(1996 年 6 月 12 日)

收割机败走麦田

站在山东滕州市淤庄村的麦田里,村党支部书记韩敬田自豪地告诉记者:前几天省里的专家来估产,亩产可达 617.2 公斤,村民委员会主任连忙插

187

话说:"麦子高产好是好,就是收割机割不了。"

记者向韩敬田追问缘由,他给我们说起了"来龙去脉":"眼下生产的收割机已经不适应高产地块。一般来说,收割亩产三四百公斤的麦子还能行,可是一到了五百公斤以上的麦田就不灵了。"

韩敬田介绍说,去年他们麦收前购进了一台上海-2型联合收割机。村里人想这下可算从累人的割麦中解放了,可谁知收割机一作业才发现,高兴得太早了。在他们亩产过600公斤的麦田里,面对又密又高的麦子,收割机往前走不了几步就停下了,一是割不动,二是脱不净,一使劲就"憋死"了。好歹收了的地块,脱净率太低,一亩地至少扔掉三四十公斤。

这个书记说:"后来厂里的工程师来了,设计专家拿着机械图纸也来了,鼓捣了半天,收割机在麦田里还是走不动。后来他们只好道歉:'我们的收割机实在割不了。'看来,他们设计时就没想到遇上我们这样的千斤麦田。去年在我们的邻村西孔村也是这样,好几种牌子的联合收割机都试过,也都割不了,只好败下阵去,绕道走了。"

韩敬田无奈地说:"今年眼瞅着就该收割了,可我们买不到合适的收割机。去年买的那台不中用,只好转卖掉了。唉!看来还得发动全村人自己动手用镰刀割了。我们请人家打工的来割麦,一亩地给40元钱都不干,嫌我们村的麦子秸秆粗壮、长得又密,割一亩比人家两亩还累。"

这位村支书请记者给各收割机厂捎个话:设计时不能光考虑中低产田,还要考虑高产田。希望明年能有合适的收割机开到淤庄来。

旁边的村委主任接话说:"也难怪人家收割机厂,前两年亩产三四百公斤就是高产田了,连咱们也没想到科学技术跟上来,小麦就一下子过了千斤。农机生产部门也得有发展眼光才行。"(1996年6月9日)

农妇的懊悔

与乡亲们轻松地收割麦子相比,枣庄市市中区孟庄乡冯庄村的王玉梅则要辛苦多了。在冯庄的麦田里,一台上海牌收割机正挨家作业。村民只需准备好袋子装麦子就行了,累人的割麦活计全由农机代劳了。

王玉梅却不得不挥镰劳作。"村里的收割机免费给各家收割。俺家的麦子没长好,机子割不成了。"

她家的麦子出现了大片倒伏。收割机曾试割过几垄,没法收净,只好改用手工收割了。

"咱这种子跟人家用的是一样的,可是没种好。"

记者追问缘由,她说:"我们家孩子和孩他爹都在企业上班,买肥、打药咱都有钱。可是这种地的事有良种还得有良法,俺家的地就是秋种时施化肥太多了,小麦疯长,后期不抗倒伏,这不,都趴下了。唉,当初真该听人家乡农技站的指导。"

说到这里,王玉梅总结道:"科技这东西,不服不行。等今年秋天再种麦子,一定得听人家技术员的话,良种配良法。"(1996 年 6 月 10 日)

麦收不再备咸鱼

麦收时节,记者来到山东省枣庄市。在这里土生土长几十年的市农委副主任陈玉华告诉我们,由于农业机械程度大幅度提高,枣庄市一些延续了多年过麦收的老习惯今年不见了。

前些年,麦收前,几乎家家户户都提前买回 1 公斤咸鱼,腌上一坛子鸡蛋,等麦子一开镰,就靠这些送干粮下肚了。割麦、打麦十几天,哪家也得吃掉几公斤咸鱼。

在孟庄乡冯庄村的麦田里,记者笑着问中年妇女王泽荣:"大嫂,今年你买了几斤咸鱼过麦口?"她笑着说:"买什么咸鱼。过去人工割麦,起早贪黑,没工夫做饭食,只得吃咸鱼。今年村里买了台联合收割机,免费给村民割麦。咱家 2.6 亩麦,半个多小时就收完了,我只是往家里运回 26 袋小麦,也用不着出前几年那些力,流那么多汗,回家有空做吃的,用不着啃干粮吃咸鱼了。"

枣庄市委副秘书长常永坤告诉我们,市里有小麦联合收割机 612 台,加上小型收割机,麦收一个星期就完事,农民不再为忙"三夏"犯愁受累。过麦口吃咸鱼也就变成历史了。(1996 年 6 月 10 日)

189

农民巧用三根棍

滕州市级索镇今年因气候影响，麦收推迟一周左右。眼下农民正忙着在麦田里套种秋玉米。

当地的麦子长得好密植度又高，看上去齐刷刷的，分不出垄和行。如果用手拨开麦行点种，劳动强度大，工效慢，对小麦后期生长也有损害。农民普遍用一种被称作分垄器的工具，往麦行间一推，麦垄自然分开，人可以轻松地边用点种器播下玉米边往前走，身后的麦子又自然地合拢在一起，操作简便，省时省力。

这种深受农民欢迎的分垄器说起来简单得很：就是用三根棍子绑制而成的。记者仔细观察了一下，分垄器是将两长一短三根木棍捆绑成三角形状，看上去很像英文字母"A"，前头尖部用布片缠绕，防止分垄时戳伤了麦子，看起来制作很容易。

问起当地的干部和农民，谁也说不清这是谁的发明创造，自然也就没有什么专利技术了。农民觉着好用，纷纷照着葫芦画瓢，家家户户都有了这种时髦的农具。

镇里的干部向记者介绍说："别看这分垄器简单，可也算农民的一大创造发明。几乎不用什么成本，可经济效益很高。"

这三根棍的发明已经不推自广。记者在鲁南的几个市、县采访，不时可见操作这种"新式武器"的农民在麦田忙碌。（1996 年 6 月 12 日）

老把式失去了"用武之地"

53 岁的张卷友是一位庄稼活的老把式，像麦收中的轧场、磨镰、割麦、捆扎、装车、运送、卸车、摊场、打场、翻麦、扬场等十多种活计，样样都拿得起来。实行联产承包之后的十多年间，这些农活更操练到熟能生巧的地步。

这位朴实、憨厚的农民蹲在麦田边上看着联合收割机来来回回地忙碌，低声对记者说，这些手艺都用不上了，还是这铁家伙厉害。

他说:"我家 5 亩地,收割费要 175 块钱。钱是多花了些,可比过去要少吃多少苦、少受多少罪啊! 这几年我连麦场都不用轧了。用不着嘛! "

张老汉点上烟说,现在也就有一两种活,背负式的收割机上去接麦子,自走式的收割机就是把麦粒装运到家里的活了。

张卷友所在的武安市午汲镇南马庄,今年 1300 亩麦子共有 8 台联合收割机,农民还嫌不够,争先恐后地排号,都想先收完自己的小麦。张老汉也不敢松懈,已经把袋子和扎口用的绳子准备好了。他还拍拍口袋:"咱也不能少了人家的作业费。"(1996 年 6 月 14 日)

少数人更忙　多数人得闲

过去一说麦收,肯定跟"大忙"联系在一起。确实,农村学生放假、企业停产、商店关门、县乡干部支援抢收,男女劳力齐上阵,几十年不就是这么过来的吗?

"现在可大不一样了。忙的时间短了,忙的人少了,"河北省农机局的专家刘银栓这样说:"联合收割的机手成了最忙的人啦。"

有一句长期在乡村流传的俗语说:"男人怕割麦子受累,女人怕生孩子遭罪。"农民就讲,不掉几斤肉,过不完三夏。可如今的情况是:村干部地头站,机手拼命干,吸袋烟的工夫收一片;乘着凉,喝啤酒,跟着粮袋往家走,潇潇洒洒过麦收。这些过去心目中的向往,眼下都变成了现实。

长期从事农机管理工作、连年参与小麦收获异地作业组织、协调工作的刘银栓说,利益的驱动在机手身上有着很好的体现。一个联合收割机组多为 4 人,他们除了后半夜和早晨小麦较潮不宜作业外,一天有 15 个小时左右开机作业。像今年的行情,作业一个小时可收费 300 至 400 元。如果是比较熟练的机手,一天下来每台联合收割机正常毛收入在 4000 至 6000 元之间,这是相当可观的。时间就是金钱这句话,机手们理解是最真切的。

联合收割机手们的辛劳和忙碌,使大批农村劳力从麦收的繁重体力劳动中解脱出来了。现在许多乡村中小学已经不用放两周麦收假了,乡镇企业和各项工副业生产麦收不停产。大厂回族自治县实现小麦联合收割化后,全县去年 3000 多家乡镇企业夏收期间不停产, 仅此就增加产值 3000 多万元、利润 300 多万元。据河北全省推算,三夏时节工副业不停产,多创产值 5 亿元以上,纯收入至少达 5000 万元。(1996 年 6 月 14 日)

麦收的农资供应换了"主角"

权、耙、扫帚,扬场木锨、镰刀、草帽甚至磨刀石等,是供销社麦收期间延续几十年的主要供应品种,可这几年生意不行了。

记者在河北一些乡镇逛了些供销社的农资门市部,上面所述的农具已经难以见到了。

问售货员,得到的回答异口同声:好几年不卖这些东西了。农机配套服务的部门和经营企业现在已堂而皇之成为夏收期间农资供应的"主角"。

武安市今年新购置了 22 台联合收割机、50 台割晒机,脱粒机 500 台、玉米铁茬播种机 60 台,农具配件 1.2 万件。市农机公司实行农机具供应到位,技术培训到位。

在支农服务方面,物资供应单位延长营业时间,夜晚有人值班,夏收期间用户购买配件随到随供。公司抽出三辆夏收服务车、六名技术人员,组成三个支农服务队,带件下乡下村,服务到田间地头。此外,利用收获时间差,统一调度收割机具,提高利用率。

武安还是一个农机化基础较差、起步较晚的县市。省农机局的专家们指出,在其他农机化比较发达特别是收割机械拥有量较大的县市,与农机相关的行业毫无疑问地成为夏收农资供应的主角,特别是收割机具维修及配件供应、油料供应等服务项目更受欢迎。河北省今年直接从事这种配套服务的农机生产、经营单位等行业的人员就数以万计。此外,夏收期间各种饮料的供求量也大大增加了。

无疑,农机行业在夏收中的地位提高,为农机化事业的大发展提供了新的机遇。(1996 年 6 月 14 日)

记者来信:淮北路卡何其多

听说安徽省淮北路卡多,农民行车难,记者于 4 月上中旬,在这里进行了一次追踪采访。记者从西面的界首县到东部的宿县,访问了农民运输队、农民运销户,并以"货主""乘客"的身份搭乘农民卡车,察访了几十个路卡,发现不少设路卡的单位和个人,以各种名目和手段敲诈农民的钱。4 月 15日,记者搭乘一辆个体运输户的卡车,从宿县北关到城东二铺,仅 10 公里就遇到 4 处路卡,其中有一处流动哨。蒙城县城周围就有 8 道路卡,车辆从任何方向穿越县境至少要过 4 道路卡。据记者了解,淮北公路的众多检查站中,省里批准设立的仅占很少一部分。除省政府规定公安部门可以设立检查站外,交通、税务、工商、卫生、防疫、城建、环保、林业等十来个部门,甚至待业青年和农民都上路设卡拦车收钱。记者在宿县朱仙庄镇东就遇到一个"农民路卡"。淮北市朔里镇个体运输户黄昌明说:"这些路卡的设置者,旗一挥就要你停车,口一开就向你要钱。"

路卡所收的税、费名目繁多。除省政府 2 月 26 日发的文件规定可以征收的 3 种外,还有城市污染费、文明建城费、停车占路费、报停费、进城费等20 来种。罚款的名目更是不计其数。4 月 5 日夜 10 时多,记者乘车行至利辛城关,看到无为县百胜乡一位姓郭的农民因卡车后挡板上的车号被风刮下来的雨布挡住,一位交通警察就硬是向他罚款 50 元。临泉县陈西村车队一位农民司机开车进县城,在地上滴了一点油,就被"文明指挥部"的几个临时工罚款 65 元。车队副队长陈政对记者说:"我们交公粮、纳国税心甘情愿,但被这些乱罚款的人敲诈勒索,实在咽不下这口气,可咱是农民,除了生气又有啥法子!"(1988 年 5 月 10 日)

安徽开除"吃喝支书"党籍

"噼噼啪啪",一挂鞭炮在安徽省蒙城县委机关大门口炸得脆响,招来了中午下班的几百名职工围观。卡车上放鞭炮的 20 多个农民成了大家注目的中心。围观者纷纷询问:"为啥事放鞭炮?"一位领头的大声说:"俺们来感谢县委为俺村除了一害,开除了'吃喝支书'戴中学的党籍,撤了他的职。"这是不久前在蒙城出现的一个热闹场面。

"吃喝支书"戴中学,原为蒙城县范集乡戴源村党支书兼村主任。1981 年以来,他利用各种机会在自家开的饭店里大吃大喝,开会吃,检查工作吃,来

193

人陪着吃,村干部无事闲坐吃,最多一天能吃上五六顿。他们抽的烟、喝的酒也多从他家开的商店里买,这些吃喝费用全由他家里人开白条子去村会计处报销。仅1981年到1986年间,这个村有账可查的吃喝费就有3.3万元,最高的一年达14000多元。有一个月,村干部在他家饭店吃喝24天,开支3100多元,平均一天吃掉110多元。村里有的群众气愤地说:干部肚子填肥了,书记家的生意做活了,俺们的血汗钱给吃喝光了。

这个"吃喝书记"的行为激起了村民的公愤,他们纷纷联名写信揭发。县纪委排除干扰,认真查处了戴中学的问题。

处理决定一传到村里,村民抑制不住欣喜之情,买了一块匾额,上书"执法公正,群众称颂"几个字,派代表坐卡车带上鞭炮去县委机关表示谢意。

县委大院里的一位干部对记者说:"农民放的这一挂鞭炮,威力胜过了县纪委的通报,它在我们心头化成了长鸣的警钟。"(1988年4月21日)

阜阳地区私人企业从"两集一建"的引导中受惠

过去怕"引导",现在盼"引导",安徽省阜阳地区上万家有雇工的私人企业对"允许存在、加强管理、兴利抑弊、逐步引导"方针的态度,今年以来有了180度转变。

过去,私人企业主怕"引导"是怕"政策收"。1980年以来,尽管地委制订了300多条扶持户办、联户办的政策,就是要大家放开干,但一些私人企业主反映理解不了。阜阳地区成为中央农研室抓的全国乡镇企业制度建设试验区后,试验并推广了"两集一建",即引导私人企业走卜集团经营、集中在一个地方办厂、建设内部制度的新路。一年来,大批私人企业从中受惠。最近,记者走访这个地区,所接触的私人企业主都说:这样引导,咱盼还来不及呢!

阜阳地区是个传统农区,过去集体企业寥寥无几。1980年以来,家庭工厂、联户工厂崛起。目前,全区近20万个企业中,户办、联户办企业约占百分之九十七,其中雇工7人以上的私人企业有17000个。去年,阜阳地区私营企业的总产值占乡镇企业总产值的百分之七十五。

但私人企业在发展中,日益显现出三点"先天不足",阜阳试验区有针对性地作了引导,克服不足,取得初步效果。

194

针对同行业、同产品的私人企业在各个环节上的"过度竞争",造成共同受损的"不足",引导成立企业集团。亳州市古井镇周围,近几年先后办起 180 多家私人酿酒企业。这些企业在申请商标、购买原料、引进技术、添置设备等方面,互相拆台,降低了经济效益。去年试验区引导其中的 110 多家私人酒厂与国营古井贡酒厂联合组建古井企业集团,各厂经济上独立核算,在制作技术、产品质量、购销渠道上实行"三统一"。古井集团成立半年来,各自愿加入的小厂经济效益均明显提高。经验传开后,到今年 5 月中旬,全地区私人企业集团已发展到 10 多个。

针对私人企业分散建厂,带来占地太多、基础设施重复建设、污染严重等不足,引导私人企业集中一地办厂。试验区以简化手续、统一建设路、电、水、通讯等基础设施和优惠的经济政策,吸引了 300 多家私人企业到 5 个经济开发小区办厂。

针对私人企业没有内部制度、管理混乱的不足,引导它们走上制度管理轨道。阜阳地区的私人企业,大多是以血缘(亲友合伙)、地缘(邻里合作)关系办起来的,靠亲友交情、哥们义气来协调解决经济利益矛盾。但随着企业规模的扩大,利润的增加,在分红、招工、权力分配等问题上往往出现难以调解的矛盾,导致企业危机。鉴于我国目前没有现成的私人企业制度,阜阳试验区在上海法学所帮助下,借鉴国内外企业制度中的合理、适用部分,经过试点企业的反复讨论,制订出一套私人企业示范章程,已被私人企业广泛采用。农民酿酒师贺玉珍,曾与朋友办过两个小酒厂,先后垮于"内讧"。这次按合伙制企业章程,与朋友丁化德又办了个汉曹酒厂,一切按制度协调、解决矛盾,企业渐趋兴旺。

目前,试验区还在引导成立私人企业行业协会、行业金融服务社、行业技术研究所等组织,进一步提高私人企业的"素质层次"。(1988 年 5 月 24 日)

阜阳地区清理"市卡""路卡"顺畅流通渠道

"路卡"多,行车难;"市卡"多,交易难。为消除农民怨叹的这两难,全国农村改革试验区之一的安徽省阜阳地区从 1987 年 7 月以来,对全区 800 多个交易、专业市场和 200 多个"路卡",进行了全面整顿,清除"乱设卡、乱收费、乱罚款"现象,使商品经济更趋活跃。

据试验区办公室调查,市场、公路清理前,公路上有 13 个部门设卡拦车,收取 21 种费用,罚款几十种。中央农研室和省农经委的两位干部去年曾乘坐农民运货卡车微服私访,几十公里就被"路卡"拦了 11 次,目击了许多乱收费、乱罚款行为。在市场上收费、罚款的有 12 家,收费 23 种,各种罚款 18 种,其中多数是不该收的,如公安部门收看家费、摩托车赞助费;不少县重复收的,如亳州市城建部门和居委会都收卫生费。界首县城曾发生这样的事:进城卖柿饼的两个农民被林业部门卡住,收取了育林基金,理由是柿饼是柿子做的,而柿子是树上长的。农民对这些乱设卡、乱收费、乱罚款的现象深恶痛绝,编了顺口溜讽刺说:"大盖帽,满街跑,你一块,他八毛,叫俺怎能受得了。"

这些乱收、乱罚的款大都进了本单位的小金库甚至落入了私人腰包。亳州市环卫大队去年上半年共收取垃圾清运费 1.1 万多元,在支出的 4500 多元中,真正用于卫生的只有几百元,其余的都被用于补助和外出"考察"了。有个县的工商局 1986 年征收 47 万元管理费,其中 17 万元用于盖办公楼和职工宿舍,13 万元用于买小汽车,3 万元给职工看病。

从去年下半年开始,试验区办公室组织 3500 名干部全面清理"市卡""路卡"。他们倾听农民、乡政府和有关部门的意见,参照国家规定的有关法规,制订了市场、公路的管理规定。规定由工商部门和公安部门分别作为市场和公路的主管部门,明确他们的管理权限、收取税费项目和依据标准;规定税费支出用于市场建设的比例不能低于百分之八十;确定创建市场监察署,由纪检、审计、财政、检察院等部门人员组成,检察市场管理部门的侵权、越权行为。公路上限制了"路卡"的设点数量,明确了检查职责,对个体户实行定额税费法,并严格制止多头插手收费和扩大收费范围。

前不久,记者在这个地区 6 个县、市的交通要道上察访,没有发现多家插手设卡收费的现象,原先的路卡约四分之三已被撤除了,有的正在撤除之中,按省有关部门规定的地点设立的"路卡",只有着装整齐的公安交通警察在执行公务;在各县、市的专业市场,记者看到只有工商管理人员按《市场管理规定》收取有关税费。管理规范化后,商品流通更趋顺畅了。在亳州市中药材专业市场,记者了解到,1200 个摊铺,上市药材 400 多种,平均每日上市 500 万公斤,参加交易的 2 万多人,日成交额 10 多万元,均比公路、市场清理前增加百分之五十以上。(1988 年 6 月 5 日)

"老少边穷"地区见闻

陕西商洛地区改变人才引进办法
千余名知识分子进山大显身手

陕西省商洛地区改变引进科技人才要求"落户""扎根"的旧观念,由长期定居改为短期引进,近两年吸引了一千多名科技人员进山承担各种技术开发项目,为解决贫困山区科技人才缺乏下了一盘活棋。

商洛地区地处秦巴山区,资源丰富,遍地是宝。开发这一片经济贫困的山区急需大批科技人才。一九八〇年以来,这个地区虽然制定了引进人才的优惠政策,但真正到山区落户的知识分子寥寥无几,有的人进山后又另觅他处。

一九八四年以来,商洛地区改革了引进人才办法,不要求外地科技人才进山扎根落户,只要求短期帮助开展技术工作,形式包括进山开展一段时间的技术咨询服务;带课题进山,由引进单位提供实验基地并承担风险,实验成功后效益分成;由科研单位或厂矿派人进山承包某一个技术开发项目,按双方协定完成为止;短期应聘,担任技术顾问或兼职借调等。

过去靠优惠政策进山落户的知识分子,由于受到种种条件的限制,开展科研工作困难多,见成果周期长。短期引进的科技人才,因不受具体年限的限制,没有思想负担,积极工作,出成果快。一九八四年,山阳县聘请西北植物研究所六名科技人员进山开展用野生黄姜片提取皂素的研究,当年出成果,第二年建厂。今年这个厂年产值可达二百八十万元,税利三十七万元。今年全县种植黄姜一万二千亩,每亩可收入二百七十元。

这种人才引进虽然是短期的,但通过项目承包和科技人员的工作,使一些贫困县和科研单位、高等院校建立了比较经常的联系,找到了技术靠山,技术开发项目也由一两个带出许多个。截至目前,商洛地区已与陕西省科学院、省农科院等二十多个科研单位和西北农业大学、西北林学院等十五所高等院校以及省内外三十多个厂矿建立了技术协作关系,短期引进的一千一百多名科技人员,共承担科技开发项目二百六十二项,其中一百三十项已取得了显著经济效益,新增产值一千二百万元。

短期引进人才的措施,因不会引起当地知识分子和外来知识分子互相攀比,各县可以努力解决现有知识分子的生活和工作条件,也有利于发挥这部分科技人员的积极性。(1986 年 10 月 5 日)

长期缺粮的延安地区已能出口粮食了

多年来一直缺吃少穿的陕西省延安地区近几年积极发展农业,现在生产的粮食除满足自给外,一年还有八千多吨粮食供外贸出口。

从 1981 年开始,延安地区全面推行农业生产责任制,农业生产得到较快发展,逐渐改变了吃返销粮、救济粮的局面。1984 年,这个地区人均占有粮食 468 公斤,超过了全国平均水平。1985 年出口粮食八千吨。今年仍将有大宗粮食出口。(1986 年 11 月 3 日)

通讯:今日延安更好看

新秋时节,记者在延安市采访时发现,这座闻名中外的陕北古城,近年来又发生了可喜的变化。

在现代中国历史上,延安被称为革命圣地。当时的一排排窑洞,曾经是革命领袖们运筹帷幄,指导革命走向胜利的地方。如今,人们漫步延安街头,已很少见到这种窑洞式建筑了;在城区里,映入眼帘的是一幢幢新落成的楼房。

十年前,在延安市住楼房还是令人称羡的事儿,那时城内大多是简陋的房窑建筑,仅有的三十来栋楼房也是又低又矮。近十年间,这里陆续新建楼房 200 多栋,居民们在阳台上栽植了各种各样的花草,来点缀古城延安新的生活。

当然,延安现在也还有为数不多的窑洞,可那是供外地游人住个新鲜。游人们住在窑洞里,能追忆起战争年代那些艰苦的岁月。

过了暑期旅游旺季,延安市里并不冷清。近两年,上百家服装摊点,风味小吃,流动商贩的出现,给延安街头增添了新的朝气。

在宝塔山和凤凰山之间的几条街道上,当地青年男女们挑选着流行的服装,羊肉泡馍小吃摊前顾客满座,头扎白羊肚毛巾的农民出售着自己生产的蔬菜;流动商摊则沿街叫卖大红枣、苹果、葡萄,店家、摊主的收录机里播放着一段段流行歌曲。

在延安街头,人们感受着浓厚的时代气息。在中心街一家商店门前,记者看到码放着刚刚运来的 70 台双鸥牌洗衣机,有几十位顾客在忙着调试选购。据介绍,彩电、收录机、电冰箱、洗衣机等高档家用电器,在这高原小城里已经开始"飞入寻常百姓家"了。

宝塔矗立在延安的嘉岭山(又称宝塔山)上。这座曾被作为革命圣地象征的建筑物,现在又展示着新的风采。

入夜,安装在宝塔上的 3600 盏防水红黄白彩灯每三分钟变幻一次,五彩缤纷的灯光把夜晚的宝塔映衬得更加壮丽,成为延安之夜的一大景致。即使在暗夜,人们仍然清晰可见宝塔的雄姿。

这座曾令几代人向往的宝塔,1984 年前后得到了全面整修,内外一新。宝塔周围老一辈革命家的旧居及重要的文物史迹也都得到了妥善保护和整修。目前,延安市有关部门正在整修清凉山、凤凰山、万花山,并继续恢复一些史迹文物,以迎接海内外游人参观游览。(1986 年 10 月 31 日)

沙丘地上建楼房 古城榆林面貌大改观

沙地上盖楼房在塞上古城——榆林成为现实。近两三年间,一座座楼房在过去的沙丘上拔地而起,许多工厂、商店、学校、机关等单位相继迁入。昔日一派荒凉景象的沙丘地,如今变成了热闹的新城区。

"西沙"是榆林人对老城西面上万亩风沙地的称谓。十年以前,这里是一个连着一个的沙丘,最大的沙丘高达二十六米。一九七六年,榆林地区治沙研究所的工作人员搭起帐篷,进住"西沙",参照附近群众建窑房用水坠沙打地基的办法,开始建筑楼房。一九八○年,"西沙"第一座楼房建筑成功并交付使用。治沙研究所建成的这座楼房起到了示范作用,接着就有一批单位陆续进入"西沙"区搞建设。如今,这里已经建起四十多座楼房和一大批平房,还有几十座楼房正在施工。此外,一座占地一百公顷的新机场正在"西沙"区修建,预计明年下半年即可竣工。

记者漫步在"西沙"区的长城路、文化路、外贸路上,一边走一边看,看过之后总的印象是:这个新的城区的格局已经基本形成。唯有治沙研究所附近还特意保留着一座沙丘,昭示着这里曾经是遭受过冷落的风沙地。榆林县城建局一位姓宋的同志说:"原先这里的沙丘地白给都没人要,现在钱少了还征不到呢,一亩起码得花四千元。"

据介绍,眼下在"西沙"新城区居住的人数已近两万人。过去不足两平方公里面积的榆林城,在近十年间逐年向城外的沙荒地扩张,如今已经扩大约八平方公里。(1986 年 12 月 15 日)

记者来信:办好山区广播治愚治穷

记者在秦巴山区采访时,很多基层干部反映,由于长年听不到广播,看不上电影,这一地区有近千万人还处在几乎与世隔绝的状态,成为山区经济发展的一大障碍。他们呼吁有关部门应尽快建设山区有线广播,形成宣传网络,治愚治穷同步进行。

秦巴山区的有线广播基本上是一九七一年发展起来的。当时安装的有线广播喇叭约占总农户的百分之六十,大部分乡都建起了放大站。近几年,山区广播电视事业虽有较大发展,但主要投资都用在发展县城和近郊区的电视上了,没有继续完善和发展有线广播,很多山区至今没有安装有线广播喇叭。由于自然灾害和人为的破坏,原来的有线广播部分杆倒线断,利用率只有百分之六十五左右。商洛地区四十五万五千七百多农户中,有三十六万户安装了广播,现在喇叭能响的却只有二十八万多户。就是这些能响的喇叭也由于区乡放大站经常停播,山区群众很少能听到声音。商县共有五十三个区乡放大站,去年七月后停播的就有二十九个,其中有十个放大站已停播了两年多。

听不到广播,看不到书报,交通不便,消息闭塞,使山区很多群众不了解党的方针政策,很少知道山外正在发生的翻天覆地的变化,"不知有汉,无论魏晋"的桃花源中人还有。镇巴县清水乡有些八九十岁老人问进山干部:"光绪皇帝还在不在?""现在哪位太爷坐守县衙?"

至于生活方式更停留在古旧的状态,火塘吊罐,取暖做饭,使肺结核、红眼病蔓延。现代文明被远远地隔绝于丛山之外。

秦巴山区很多基层干部批评说,这几年没有重视山区的宣传工作,只抓物质扶贫,不抓精神扶贫;地县领导只重视发展电视,轻视有线广播,眼睛只在县城里打转转。一些群众则要求赶快把广播线拉起来,让他们能从喇叭里经常听到党的声音,了解天下大事,从闭目塞听的状态中解放出来,找到脱贫致富的门路,至少能听到天气预报。

他们建议:(一)应把普及山区有线广播作为精神文明建设和扶贫工作的一件大事来抓,先把杆倒线断的那一部分整修起来,使现有喇叭发挥作用,然后再把广播线路拉到千家万户。(二)多方筹集资金,至少应从广播电视经费中拨出部分专款用于开办山区有线广播。(三)有关部门尽快给山区调拨一部分广播器材,当前最短缺的是直径 8 毫米的铁丝。(四)像培训技术干部那样培训区乡宣传干部和放大站的播音员,使他们不但能转播中央台和省台的节目,还能根据当地群众需要编播一些致富典型、科技知识、经济信息等。(1986 年 11 月 26 日)

我国陇海—兰新经济区四十多个市地州发展横向联合

从连云港到伊犁,横跨我国东、中、西部三个经济地区的陇海—兰新经济带 12 月 18 日在西安正式宣告成立, 这是同长江经济区平行的我国又一个横向联合经济区。

这个以陇海—兰新铁路为纽带、以沿线大中城市为依托的经济带,东西长达四千二百多公里,包括苏北、鲁南、淮北、河南、陕西、晋东南、甘肃、宁夏、青海、新疆等地,面积三百六十多万平方公里,人口二亿二千多万。这一地带资源丰富,能源充足,石油、煤炭、水力资源和多种金属非金属矿产都在全国居于重要地位。这一地带中还有粮、棉、林、牧业基地,有西安、洛阳、开封等千年古都和文化名城,又有一批大中城市和各具特色的经济文化中心,科技教育较好,交通四通八达,除横贯东西的陇海—兰新铁路外,还有八条南北走向的铁路与之交汇。同时这一地带各地、州、市、县经济发展又有相近的特点,相互之间有很大的互补性。

建立起横向经济技术联合带之后,将有助于这些地区聚集力量,统一规划,综合开发,促进沿线各省、市、地发展外向型经济,将这一地带东西两个"窗口"与内陆腹地的资源、技术、市场优势结合起来,把东部地区的发展与中西部地区的开发结合起来。

在 18 日于西安召开的陇海—兰新经济研究促进会成立大会上,有关专家认为,这一经济带的开发,不仅可以促进国内经济的发展,还有助于开辟一条通往欧洲的现代"丝绸之路"。(1986 年 12 月 19 日)

杨陵农科城为我国农业发展做出重大贡献
科技成果带来直接经济效益上百亿元

五十年代以来逐渐建设起来的我国农业科研和教学的重要基地——陕西省杨陵农科城,在三十多年的科研实践中,出成果,出人才,为我国农业生产的发展作出了重大贡献,科研成果带来的直接经济效益上百亿元,为国家和地方培育的农业科技人才超过五万人。

杨陵农科城位于陕西省关中平原西部,是新中国成立后在我国西北部发展起来的一个多学科的农业科研教育中心。现有国家和省属科研教学单位十个,共设有研究室 75 个;科研教学混合室 108 个;拥有各类科研教学人员 3860 人,其中中高级科研教学人员 1440 人。三十多年来先后创建的各科研教学单位已取得 3188 项科研成果，其中 46 项获得国家奖，38 项获得部、院奖，240 项获陕西省政府及有关厅局奖。这些科研成果对农业增产和农业科学的发展起了很大促进作用。

农科城各科研教学单位先后培育和推广了一大批农、林、牧良种，对陕西省小麦品种进行了四次更新换代，使小麦单产由建国初的一百公斤左右提高到三百公斤以上。初步估算，仅在省内外推广小麦良种一项，至少增产小麦 400 亿公斤，带来直接经济效益 100 亿元以上。六十年代以来培育的良种玉米自交系和杂交种各二十个，使陕西省玉米基本实现了良种化，单产由一百公斤左右提高到二百公斤以上；培育的西农莎能奶山羊，其体型和产奶量居国际先进水平，已向全国二十八个省市推广种羊。

围绕黄土高原的综合治理，取得了一批重要科研成果。其中飞播造林种草技术，为加速黄土高原绿化，建立人工植被提供了科学依据，已在黄土高原和吉林、宁夏、内蒙古等地推广。在基础理论和生物技术研究方面也取得了一批重要科研成果，如利用染色体工程进行异源染色体代换、草莓经过组织培养获得无毒苗、奶牛胚胎移植黄牛体内等均获成功，其中组织培养和染色体工程在国内居领先地位，在国际上也受到重视。

在农业教育方面，建国以来，杨陵农科城已为国家培养大中专毕业生3.4 万人，为各地培训农业领导干部和各类专业技术人才 2 万多人。在学术交流方面，仅据 1982 年以后的不完全统计，共接待外国专家、学者一百多批、五百多人次，安排全国性学术会议 170 多次。（1987 年 2 月 4 日）

陕西部分高等院校和科研单位拿出科技力量
帮助秦巴山区排忧解难

陕西南部秦巴山区各地县，长期以来苦于缺乏科技人才，生产建设中遇到许多难题没法解决。现在通过难题招标，引来了各路人才，省内高等院校和科研单位的技术力量纷纷前来排忧解难，使贫困山区人才奇缺的状况开始改变。

陕南秦巴山区有着丰富的生物资源和矿产资源，但长期未得到合理开发利用。当地兴办的一些企业也由于缺乏人才和技术落后,产品质量差,在市场上缺乏竞争力。近两年,秦巴山区各地县在脱贫致富工作中更感到科技人才是振兴山区经济的关键。有了技术靠山,开发山区资源、振兴经济就有了希望。他们认准了省内各高等院校和科研单位的科技力量,希望科教单位提供咨询,帮助解决技术难题,由山区提供试验基地。这些要求得到了省内不少科教单位的积极响应。从此,科研和生产在秦巴山区走向了联合。

过去,贫困山区和高等院校互不往来,高教系统和科研单位科研成果束之高阁,山区渴求科学技术却找不到门路。去年年底,汉中地区同省高教局联合举行了高校科研成果和汉中地区难题招标信息发布会,高校和科研单位将一些适用技术"亮相",将科研成果优惠转让给山区。结果招标的难题绝大部分有了明确的答案或探索意向,高等院校和科研单位还发布了 500 多条科研成果和技术信息。一些高等院校还和山区贫困县的有关厂家结成了固定的合作关系,共同开发山区的地上地下资源,兴办了一批建设周期短、见效快的项目。

陕西省的部分高等院校和科研单位还对陕南秦巴山区的一些贫困县实行技术承包或设立综合开发研究基地,为贫困山区粮食生产和名特优商品发展输送技术。西北农业大学去年下半年同丹凤县签订合同,建立扶贫基地,"七五"期间联合开发 13 个项目,如粮油高产栽培技术推广,葡萄、葡萄酒高产优质技术开发,果树开发资源与利用,大理石及其他硬质石材的开发与利用等,现在各个项目正在落实实施。(1987 年 3 月 4 日)

秦巴山区在开放改革中开始出现新的生机

改革给横跨川、陕、鄂、豫、甘五省贫困落后的秦巴山区带来了生机和希望,这里已不再是"被人遗忘的角落"。山里人乘放开搞活的春风,利用丰富的山区资源发展商品生产,昔日的贫困面貌正在发生喜人的变化。

据有关部门介绍,这里每年有近百万人解脱贫困,农村人均纯收入已由 1980 年的不足 50 元增加到去年的 200 元。

总面积 27 万多平方公里、人口 4000 多万的秦巴山区是我国最大的连片贫困地区之一。在总共107个山区县中,贫困县就占了近一半。这里气候条件好,地上地下资源丰富,大部分有较高开采价值。但这些丰富的资源长期未得到有效的开发利用,甚至扬短抑长,形成了单一的经济结构,群众生活困难,国家不得不每年拨出数千万元的钱物救济。

近几年,川、陕、鄂、豫、甘五省对秦巴山区的扶贫工作由过去的单一"救济",转变到综合开发利用山区资源,集中资金和力量重点扶持贫困乡、特困户。经过各级干部、群众的努力,秦巴山区经济已初步呈现出勃勃生机和活力。

山区资源优势正在逐步变成商品优势和经济优势。农副林特产品的加工、矿产采炼、野生资源利用等产值已占到山区全部工农业总值的三分之二以上,并成为农民收入的主要来源。各地还生产出了一批优质名牌产品,由陕西省洋县生产的甜型、浓甜型猕猴桃酒和珍稀黑米酒多次获得轻工业部和全国旅游产品优质奖,并参加了在北京举办的亚太地区博览会和在联邦德国举办的博览会。

从去年开始实施的国家和省、地各级"科技星火计划"项目促进了山区资源的开发和商品经济的发展,直接经济效益近亿元,培训农民达100多万人,其中半数以上的人掌握了一项到几项致富技艺。更为可喜的是,科技人才倒流的局面已基本上得到了扭转,大批山外专家、学者、科技人员进山献计献策,施展才干。据粗略统计,去年至今,短期或定期进山的科技人员超过1万人次,一百多家科研单位和大专院校还同秦巴山区的各地、县签订了科技开发协议。西北农业大学师生300多人进山扶贫,协助丹凤县进行葡萄系列开发,已建立近万亩葡萄丰产基地。在师生们指导下,当地酿制的4种葡萄酒质量明显提高。

山区经济正由封闭状态走向开放。秦巴山区各地县同沿海和经济发达地区的横向经济联系与合作得到了迅速发展。汉中地区一年有20多亿度的剩余电力,吸引了能源紧张的沿海地区的一批高耗能工业项目,一批原料、化工、建材等新厂家,近两年先后在秦巴山区建成投产。北京、上海、广州、郑州、西安、兰州等大中城市,仅去年同汉中结成的经济技术联合体就有50多个。

与此同时,秦巴山区内部的各种横向联合也有了良好的开端。川陕鄂豫毗邻地区 4 省 7 地市经济技术合作协调委员会成立一年来,已经组织有关地、市在金融、物资、技术、联合办厂等方面达成了上百个合作项目。陕、甘、川三省 12 方(9 个地市 3 个铁路局)在区域性经济技术协作方面也取得很大进展。省与省之间的几十条"断头路"已经或正在修通,从前的"陌生人"变成了今天的"同路人"。秦巴山区所在的五省农业区划部门正在进行县级和整个秦巴山区农村经济开发规划和近期投资项目的论证,为进一步开发这一地区提供科学依据。

商品经济的发展,使农民逐步改变了"轻商贱利"、视务工经商为"不务正业"、做生意"不光彩""丢人"的陈腐观念,他们不再像过去那样"死守一业""死守一地"了,从事第二、第三产业的越来越多。商洛地区平均每 5 个农村劳力中就有 1 人外出做生意、搞劳务,去年全区外出的 21 万多人共收入9700 万元。去年秦巴山区乡镇企业总收入约计 50 亿元,从事第二、第三产业的人数据不完全统计就达 100 万人。山区的部分农副产品流通半径也由过去的四五公里扩展到全国 10 多个省区。(1987 年 7 月 10 日)

千里青藏线　一路川菜香

平均海拔高度 4000 多米的青藏公路,从西宁到拉萨 1900 多公里,凡有食宿处必有风味浓郁的四川饭菜供应。南来北往的旅客大多要在沿途这二三百家川味小吃店落座进餐。

来自四川的生意人把他们省的地名搬到了青藏线上那些有人烟的地方,一个个展示出来:重庆火锅、成都小吃、南充饭馆、达县川味……这些饭馆门口大都写着"正宗川味"四字。更有许多小吃店不起正式名字,只是自号"川味小吃"。在藏北第一县安多的公路两侧,是清一色"川味",50 多米长的路段就开设了 20 多家食宿店。

沿途小饭馆内一般陈设简朴,面积不大,只放三四张桌子。旅客从车上下来,店主笑脸相迎,送过一句四川话:"要啥子饭菜?"高原上干燥,旅客先喝上主人准备的开水,热气腾腾的饭菜就端上来了。

在一家食宿店的门口漆着这样一副对联："笑盈欢聚四方客，佳肴美酒睡梦香。"店主乐呵呵地跟顾客打趣："吃饱了不想家哟！"

出差的、旅游的、做买卖的、跑运输的，一年有多少万人在青藏线上领略川味，谁也说不确切。（1989 年 8 月 10 日）

藏北那曲赛马会成了高原"时装节"

一年一度的赛马会最近在藏北的那曲举行。这次赛马会不仅是牧民的节日、骑手的盛会，还成了别开生面的藏北高原的"时装节"。

比富、比美成了参加赛马会的牧民们共同的心理。虽然没有模特儿，没人组织登台表演，但牧民的服装却令人目不暇接。在内地，花几千元购置、缝制一件衣服的人可能不多，可是在这儿却比比皆是。赛马场的观众，身穿羊羔皮为里、各色绸缎作面、水獭皮镶边氆氇的占到了三分之一以上。我们采访的一位名叫扎西顿珠的中年人，他的缎子氆氇上水獭皮镶边宽达一尺二，用了 6 张水獭皮，价值 7000 多元。

青年男女身上的装饰，炫人眼目。衣服上的金银珠宝玉石饰物一般都有几件、上十件，几乎每位男女都佩戴饰有宝石的长短腰刀。男的打着英雄结，女的发辫上都佩金缀银。两手戴三四只嵌以玉石的金银戒指的也大有人在。

色彩纷呈的氆氇，五颜六色的邦单（妇女穿的花裙子），叮当作响的佩饰，在悄悄比赛着漂亮与价值，率直的高原人以鲜艳明快的色彩装扮自己。一些藏族小伙子则穿上西装牛仔衣，把民族服装系束腰间，或穿猎装、羽绒服、滑雪衫，在人群里晃来晃去，有的则兴高采烈地去和焕然一新的姑娘们跳起民族舞"锅庄"。身着中高档藏装，两三结伴款款而行的藏族姑娘们俨然成了"时装节"上的模特了。（1989 年 8 月 23 日）

花牛村的新移民

甘肃省天水市北道区二十里铺花牛村，有两个外乡来的亲兄弟：朱志龙、朱志虎。兄弟俩开着一辆面包车到处联系业务。看着他们进进出出,村民们好不眼馋。

朱家两兄弟老家远在上千公里外的江苏省江阴市,离远近闻名的华西村只有几里路。他们是花牛村的新移民。

哥哥朱志龙在部队服役时就驻扎在天水一带。复员后他回老家务工经商时,并未忘怀西北黄土地,还是常来常往。不光是当地的山水、人情,更重要的是他看准这里有自己发展的空间和机会,就在这里开始了新的创业生活。

从1988年开始,他在这个曾以培育出花牛苹果闻名全国的小村庄办起了企业。先是办了家印刷厂,后又改营水泥预制件,并在此基础上办起前进拉丝厂和前进卷闸门厂。红红火火的事业促成了他和花牛村姑娘高月梅的千里姻缘。弟弟也从老家来到这里,协助哥哥兴办企业,还娶了月梅的妹妹小梅。

朱志龙兄弟对西北地区的市场充满信心,拉丝厂的生意十分兴隆,今年产值可望接近1000万元,这在当地可是个不小的企业了。

在发达地区的市场竞争中,朱家兄弟跟那些资金雄厚、基础较强、经验丰富的企业家们相比,根本不是对手,难以求得一席之地。而在广阔的西部欠发达地区,朱志龙、朱志虎则是被人们尊崇的经营人才。他们也是民间开发西部的"先行者",是在按照市场经济的引导静悄悄地向西开拓。

两位亲兄弟的到来,并不仅仅给40多位农民提供了新的就业机会,给当地增加了税费收入,更重要的是带来了沿海新观念、新经营方式以及新的生活内容。

在花牛村里,除朱家兄弟外,还有福建莆田人在这里办起的金属冶炼厂,河南焦作人在这里办的玻璃钢厂。

在市场经济的大潮中,成千上万的企业家和创业者正在看好中西部丰富的资源和巨大的市场,因而在人们为西部地区人才"孔雀东南飞""一江春水向东流"而叹息不已的时候,却有更多的敢闯敢为的人星夜兼程奔向西部原野。

花牛村虽小,却也同样吹奏着西部开发的时代号角。(1994年8月14日)

中国革命老区脱贫步伐加快

　　井冈山农村电话全部实现程控化,山乡农民可以直拨国内外;位于大别山区的信阳地区经济发展速度居于河南之首,257万人全部脱贫;陕南、陕北老区大半贫困户跃过温饱线;广西百色地区人均纯收入年增88元……这些来自革命老区令人振奋的消息表明,老区人民正在抓住发展市场经济的机遇,加快脱贫致富的步伐。

　　革命老区县在八十年代初期大多数属于贫困地区,农民人均年收入不足100元。改革开放以来,在党中央、国务院的关怀和扶持下,老区人民开始向贫困宣战,向贫困告别。

　　当年的中央苏区赣南老区是国家重点扶贫地区,改革前有上百万人口处于极度贫困之中。而1988年以来,赣南工农业和财政收入等各项主要经济指标的增长幅度均高于全省平均水平。全区温饱问题已基本解决,农民人均年纯收入已由八十年代初的111元增至810.47元,今年上半年又比上年同期增长百分之四十三点八。

　　沂蒙山区,有着辉煌的革命历史。但是在八十年代初期,这里大面积的贫困景象令人感慨万端:有近200万人年均纯收入在200元以下,有百分之五十七的村庄不通汽车,半数村庄不通电,有100万人连日常饮水都很困难。1985年,国务院把沂蒙山区列为全国重点连片贫困地区之一加以扶持。

　　现在的沂蒙山区再也不是贫困的代名词了。原有的贫困村已有百分之九十脱了贫,不通车的4434个行政村都通了汽车,所有的贫困村全部通了电。更为可喜的是,沂蒙山区在许多方面走到了山东省各地市的前列。去年山东省重点考核的14项综合指标,临沂地区有10项名列全省前茅,全区外贸出口收购额达25.5亿元,超过一些经济发达地市,位居山东省第四位。而在全国数以百计的革命老区县、市中,临沂市第一个跻身全国百强县行列。

　　大别山、太行山、秦巴山、井冈山、陕北、闽北、闽西等革命老根据地都有一批贫困县在近年间先后甩掉了贫困帽子,向小康迈进。全国已经涌现出了一批年财政收入过亿元的老区县、市。

各老区人民普遍认识到,老区人所具有的无私奉献、艰苦创业、诚实善良、坚韧不拔、先人后己等优良传统在发展市场经济的今天,依然是一笔宝贵的财富,也是老区人民参与市场竞争的独特优势,再加上吸收了市场意识、风险意识、开放意识、竞争意识等新的观念,从而形成了更加坚强的"合金"。

解放思想才能改变落后面貌,这是老区干部群众的深刻体会。赣南最偏远的安远县,县乡领导联系实际,对照沿海找差距,带头在群众面前"揭短亮丑",制定了放大胆子走出去、放宽政策引进来的新的发展战略,现已办起三资企业近 30 家,引进资金 3000 多万美元;全县 27 万农村人口有 10 万多人进入流通领域或外出打工;外地人也纷纷到安远经商办企业,县城流动人口超过常住人口,被人们称为"小广东"。同处赣南的瑞金县已有 800 多名农民先后在福建、广东等沿海地区兴办了建筑、服装加工、饮食服务等企业,打工仔当上了厂长、经理。

全国市场经济的发展唤醒老区沉睡的群山,各种丰富的资源正在变为经济优势。陕北黄土地上,水果、土豆、养羊、烤烟等已经成为当地的主导产业和群众重要的收入来源。地下丰富的煤炭、石油、天然气等资源也正在开发,并为当地带来了滚滚财源。全国革命老区中规模最大的脱贫致富工程——广西右江河谷经济开发带,从 1992 年 10 月建立以来,农林产品加工基地和铝业基地已经初具规模。这里芒果面积已经超过 10 万亩,成为我国最大的芒果生产基地。

党中央、国务院和各级人民政府始终关注着革命老区,采取各种措施扶持革命老区发展经济,改变贫困落后的面貌。1985 年在全国确定了 18 个连片贫困地区加以重点扶持,今年又正式实施了"八七扶贫攻坚计划",动员各种力量力争早日消灭绝对贫困。

艰苦奋斗,苦干代替苦熬,这是革命老区加快脱贫致富最关键的一条。劈山开路、整修梯田、兴修水利、架电办厂,老区人民在相对落后、十分艰苦的条件下,付出了比其他地区多几倍甚至几十倍的心血和汗水,全力改善投资条件,开发当地资源,山东省平邑九间棚、河南省林州市等一批典型,发奋图强,经过近十几年的不懈努力,使原先的贫困面貌发生了巨大的改变。当年为了中国人民的解放事业，刘邓大军千里跃进大别山，如今为了早日致富，大别山人民克服重重困难，千里跃进大市场。各种农副产品纷纷出山，数以十万计的农村劳动力走出山门，走南闯北，务工经商，率先脱贫致富。

乡镇企业的发展成为贫困地区经济最大的生长点和最大的扶贫富民工程。宝塔山下的革命圣地延安市乡镇企业以年递增百分之二十二点七的速度发展。今年以来全市乡镇企业完成产值已占全市农村经济总收入的百分之五十以上，成为支撑全市农村经济发展的"半壁江山"。乡镇企业已成为老区人民真正的"摇钱树"。

京九铁路等一大批国家和地方重点工程的建设，为相关老区的经济和社会发展创造了新的机遇，带动了当地资源的开发和各种优势的发挥和利用。赣南老区充分利用靠近沿海地区和修建京九铁路的良好机遇，实行"以放对放、以活对活、沿边接轨、接替跟进"的方略，扩大开放，借力起飞。赣南地区利用外资项目和合同外资额的增长速度，均位居全省前列。（1994 年 9 月 25 日）

大西北的回响

东西部日渐拉大的差距，引起全国的关注。李鹏总理在八届全国人大四次会议上作报告提出，"九五"期间国家将采取五个方面的政策措施，支持中西部地区的发展。西北五省区的人大代表对此反响强烈，深受鼓舞。他们看到了大西北的发展机遇，看到了喜人的发展前景：在中央加大扶持力度、东部地区企业纷纷西进的情况下，大西北正迎来新的开放、开发热潮。

新疆维吾尔自治区党委书记王乐泉代表说，我们的目标是在本世纪末与全国同步实现小康，下世纪头十年达到比较宽裕的小康水平，我们对此充满信心。国家在新疆建设棉花、粮食生产基地，修建南疆铁路，这将使全区特别是南疆地区的发展进入一个新的时期。中央支持建设的一批重点项目，将为新疆的发展创造条件。

但王乐泉强调，发展经济不可能沿袭内地和沿海其他省区的路子走，应该从新疆的实际出发。新疆优势在于发展大农业、石油工业、纺织工业、矿产开采加工业、旅游业等,要围绕这几大支柱产业,发挥资源优势,带动整个经济和社会的发展。王乐泉表示,新疆要敞开大门,欢迎各地前来开发建设,共图发展大业。

青海省省长田成平代表说,在区域经济协调发展方面,当前应该重点考虑各个地区如何充分发挥各自的优势。青海省的基本发展思路是"改革开放,治穷致富,开发资源,振兴青海",其基础是资源优势。青海境内水电、盐、石油、天然气、黄金、有色金属、畜牧和野生动植物等资源得天独厚,这正是青海最大的优势。而青海最大的制约因素是封闭。我们所要做的工作,就是借国家重视缩小东西部差距的东风,抓住机遇,联合国内外有识之士共同开发青海的地下宝藏,变资源优势为经济优势。田成平相信,通过努力,在下个世纪初就将迎来青海走向富裕的大发展时期。

陕西省省长程安东代表介绍说,作为西部的重要省份,陕西在经济发展方面具有一定的有利条件和相对优势。旅游方面,有十三朝古都西安以及黄帝陵、秦兵马俑、法门寺、延安、华山等;陕西是全国的资源大省之一,储量居全国前三位的矿产就有 27 种;全省综合科技能力仅次于北京、上海居第三位;全省加工业门类齐全,产值占全省工业产值的八成以上,国防工业和电子工业、纺织工业等在全国都有一定的地位。他提出,在今后 15 年内,陕西要进一步加大改革开放力度,把"教育奠基、科技兴陕"作为战略重点,加强基础设施建设,发展基础产业,培育支柱产业,争取在 5 到 15 年的时间内使陕西经济登上一个大台阶。

甘肃省委书记阎海旺代表指出,加快西部发展,既要有责任感和紧迫感,也要看到这是个长期渐进的过程;既要争取国家在经济政策、产业政策和生产力布局等方面的支持,更要从实际出发,发挥自身优势。关键是要努力把本省的事情办好。就甘肃而言,近期主要是做好改变条件,夯实基础,启动活力,增强实力的工作。要坚持不懈地改善农业生产条件,强化农业基础地位,增强全省经济发展后劲;二要加速资源开发,努力把资源优势转化为产业优势、经济优势;三要继续搞好基础设施建设,尽快改变交通、邮电、通信等基础设施条件,扩大对外开放。阎海旺表示,只要抓住机遇,用好中央的有关政策,扎实有效地开展工作,甘肃经济一定会更快发展。

宁夏回族自治区政府主席白立忱代表认为,必须立足于自身优势,搞好东西部结合。他说,宁夏境内有 8 个国家级贫困县,有百万多贫困人口。在今后 6 年内,宁夏将通过国家立项的"扬黄扶贫灌溉工程"的实施,引水开发 200 万亩荒地,使 100 万人走上脱贫致富之路。白立忱认为,农业是宁夏经济的一大优势。全区水浇地人均 1 亩以上,人均年占有粮食 400 公斤,超过全国平均水平。在目前全国宜农荒地资源不多的情况下,全区可开垦的荒地还有 1000 多万亩,发展农业的潜力很大。

白立忱说,宁夏的对外开放不光指对海外开放,还要搞好东西部结合,即加强省与省间的横向经济联合,抓住沿海发达地区资源加工型和劳动密集型产业向西转移以及中央政策支持中西部发展这个机遇,搞好一批支柱产业,引进技术,培养人才。在工业方面,宁夏"九五"期间将改造和建立 10 个产值超 10 亿元的支柱产业, 建立 40 个产值在 1 亿元以上的重点企业,并建成一个设施先进的机场。

大西北正在醒来,大西北正待崛起。(1996 年 3 月 10 日)

热地代表说,今日西藏政通人和,百业俱兴

今日的西藏,政通人和,百业俱兴,人民安居乐业,形势喜人。这是西藏自治区人大常委会主任热地在 11 日上午九届全国人大一次会议举行的记者招待会上向中外记者透露的。

热地介绍说,1997 年,西藏人民在党中央、国务院的正确领导下,团结一致,奋发进取,各项事业全面推进。尽管部分地区遭受特大雪灾,但全区国民经济总体上继续保持了良好的发展势头,全区国内生产总值达到 73.5 亿元,按可比价格计算,比 1996 年增长百分之十,连续 4 年实现了两位数的增长速度;粮食生产获得第 10 个丰收年,总产量达 82 万吨,创历史最高纪录;全区发电量突破 6 亿千瓦时,比上年增长百分之十五;公路里程达 2.3 万公里;邮电业务总量达 1.08 亿元;全年共接待海内外游客 8.5 万人,营业收入达 2.65 亿元,分别比上年增长了百分之十三点三和百分之十三点七。人民群众的生活水平有了新的提高, 城镇居民人均生活费收入和农牧民人均纯收入分别

比上年增长百分之二和百分之六点七。城乡居民年底储蓄存款余额由 1991 年的 5.1 亿元,增加到 1997 年的 30 多亿元。社会各项事业全面进步,全区共有各级各类学校 4300 多所,在校学生达 31 万人,适龄儿童入学率达到百分之七十八点二,比上年提高 4.7 个百分点。社会主义精神文明建设和民主法制建设得到了加强, 党和国家的宗教信仰自由政策进一步得到全面正确的贯彻落实。各兄弟省市还无偿援助西藏各种项目 600 多个,协议金额 8 亿多元。这对西藏经济快速发展,促进西藏与内地的交流,增进民族团结,发挥了重大作用。过去的五年是西藏历史上稳定和发展形势最好的时期之一。

热地还介绍说,去年 9 月以来,西藏部分地区遭受的历史上罕见的特大雪灾,受到党中央、国务院和社会各界的广泛关注。在中央的直接关怀和人民解放军等各方面的大力支援下, 经过包括灾区人民在内的全区广大干部群众的共同努力,灾害损失已降低到最低限度,没有发现冻饿死一个人。目前,灾区群众情绪稳定,生活有保障,社会秩序良好。(1998 年 3 月 12 日)

雪域高原的"新活力"——访全国人大代表梁殿臣

已经在西藏日喀则工作了 32 年的全国人大代表、西藏自治区日喀则地区行署专员梁殿臣说起当地的一些喜人变化,不禁眉飞色舞。

这位代表和记者谈起了日喀则地区的两个新的活力源泉:一个是对口支援,一个是民营经济。

他说,日喀则地区共有 18 个县市,其中有 8 个由上海、江苏的援藏干部担任党委或政府一把手,有职有权,放手工作,给当地带来了很大变化,特别是在他们的带动、示范下,当地干部转变观念,增强了开拓意识和市场经济观念。这批援藏干部为日喀则引进了资金,落实了许多经济项目,加强了与内地的经济联系与合作。3 年来共引进 334 个项目、1.6 亿元资金。

而随着西藏对内地加大开放力度,日喀则地区已经有 7000 多内地的工商户活跃在当地的市场上,去年全区 4000 多万元的税收中,就有 1150 万元是他们上缴的。他们的经营,不仅为地方增加了各种收入,而且带动当地人改变了观念,不仅没有抢走当地人的饭碗,还创造了许多新的就业机会,一些藏族同胞受到他们的启发,开起了饭馆、商店和卡拉 OK,生意也不错。现在市场上应有尽有,商品琳琅满目。

梁殿臣代表自豪地告诉记者:"现在是日喀则局势最稳定、发展最快、改革开放形势最好的时期。"

目前,尽管西藏尚未完全实现粮食自给,但日喀则的人均占有粮食却已经超过全国近一倍,去年全区粮食产量 3.2 亿公斤,人均 700 多公斤。梁殿臣代表介绍说,日喀则的农业开发潜力很大,当地培育的西瓜和草莓都很甜,许多种农作物都适合在这里生长,已经有内地的企业家到日喀则进行大面积土地资源的开发,先进的耕作技术和农业机械、良种也都带到了这里。

不过他也很坦率地承认当地不少干部群众思想还不够解放,今后在解放思想、更新观念方面还要做出很大努力。(1998 年 3 月 19 日)

"绿色宝库"墨脱热盼早日修好"小康路"

被誉为"绿色宝库"的西藏自治区墨脱县,丰富的资源亟待开发,而最大的制约因素在交通。全国人大代表坚争说,只要公路通了,就会一通百通。

坚争代表介绍说,墨脱对外的通道一年只能通行不到半年的时间,公路只修到离县城 80 公里处,也不是经常通行,因地质不稳定,道路经常毁坏。平时进出的东西主要靠人背马驮。但墨脱自然资源相当丰富,这里位于亚热带,物产丰富,香蕉、橘子很多,可以种水稻、玉米、小麦、青稞以及各种蔬菜,雨水、热量都很充足,适应多种作物生长。这里到处都是茂密的森林,有很多种野生动物。

墨脱是我国不足万人的少数民族——珞巴族的主要聚居地。作为珞巴族的第一代大学生,坚争在那里工作了 20 多年。他说,党和国家对墨脱的发展很关心,组织科研单位和建设单位修建通往墨脱的公路,但由于自然条件极为恶劣,这项工作进展缓慢。大量的农产品、林产品运不出来,变不成商品,需要的生产和生活物资也难以得到保障。

说起交通不便,这位珞巴族代表说了这样一件事情:有一年到地区开完会后回县里时,正遇上大雪封山堵住了道路。要等开山得半年时间,这位急于赶回开展工作的倔强汉子,竟然沿着雅鲁藏布江步行整整 14 天时间才到达县城。他说,在墨脱工作的干部都练就了一双"铁脚板"。

坚争说,"公路通,百业兴",这句话用在墨脱最为合适,只要公路修到县城,各种资源得到开发,当地经济和社会面貌很快就会发生变化。这位代表希望有关部门能够科学选址,统筹规划,早日为墨脱人民开通走向富裕文明的"小康路",改变这种抱着"金山银山"过穷日子的局面。(1997 年 3 月 10 日)

走过天山南北

中国农村风情画："大喇叭"派上了新用场

"全体村民请注意,今天的蔬菜批发价格公布如下……"

今年二月以来,新疆沙湾县安集海镇王家渠村的"大喇叭"每天播出村里的蔬菜批发价格,不但吸引了全体村民,而且也吸引了前来购菜的客商们。

提起王家渠村的"大喇叭",那可有年头了。六七十年代,"大喇叭"既是村民们了解时事政治的重要途径,也是当时文化娱乐的阵地。每天傍晚,"大喇叭"下都围坐着大群村民。九十年代,村民家家有了收音机、电视机,有的还有了高级组合音响,"大喇叭"也就"退役"了。

近几年,王家渠村利用紧靠乌伊(乌鲁木齐至伊宁)公路的交通优势,大力发展蔬菜生产,成了远近闻名的蔬菜专业村。村里花了 2 万元在公路边和村口做了四块大广告牌,向过路的人们宣传王家渠村的各种蔬菜。他们还派人去几十公里之外的城市电视台,做蔬菜广告。王家渠村的名气大起来了,春夏菜季,每天有二三十辆汽车从周围城市开到村里来买菜。

可问题也跟着来了:菜多车少时,菜农们压价竞争,客户们也就乘机压价;菜少车多时,菜农们竞相提价,客户们讨价还价,免不了面红耳赤。为了既保护菜农的利益,又不让客户吃亏,今年二月,村里决定发布蔬菜价格信息。村党支部书记靳寿年想到了村头水塔上的那五只高音"大喇叭"。他派人把"大喇叭"重新固定维修好,并添置了扩音、播音设备,同时派人住进克拉玛依、石河子、奎屯等城市搜集蔬菜价格信息。几天之后,作为全村"信息发布中心"的水塔播音室就开播了。(1996 年 5 月 21 日)

吐鲁番的瓜果会更甜

地厚天高

王言彬三农问题采访作品选

来自甜美葡萄产区的全国人大代表、吐鲁番地委书记王桐告诉记者,吐鲁番的瓜果生产、加工和销售已经成为一大产业,成千上万的农户靠种植瓜果发家致富。本世纪末、下世纪初,吐鲁番的瓜果产业将会形成更大气候。

有"火州"之称的吐鲁番盆地昼夜温差大,瓜果甜度高。吐鲁番的葡萄鄯善的瓜,是中外驰名的产品。现在全地区已有 20 多万亩葡萄园,近期将扩展到 30 万亩,到下个世纪要发展到 40 万亩,平均每个农民一亩葡萄。

前些年,一些人见钱眼开,把不成熟的葡萄和甜瓜采摘、销售,严重损害了当地传统品牌的声誉。而今当地瓜农协会严格把关,在采摘前监测甜瓜的糖分,工商部门还要对运销出境的产品进行质量检查,保证了吐鲁番的瓜果以高质量进入市场。去年全区甜瓜种植面积达 3.5 万亩,仅鄯善就有近 3 万亩,获得空前的丰收,也是销售最快的一年。在短短的一个月里,仅当地瓜农的存款就超过 6000 万元。年收入几十万、百万元的农户成批出现。

如今,在吐鲁番地区,瓜果产业已经是专业生产、规模经营。双膜覆盖等新技术得到大面积推广应用,比传统的收获时间提前了一个月,可以抢先占领市场。

资源与商品的转换给吐鲁番人带来了经济的发展和观念的更新。眼下,全地区已经初步形成 5 个支柱产业:一个是依托葡萄酒和葡萄干的开发壮大的食品工业;二是利用当地的原料发展无机盐化学工业;三是围绕石油资源发展石油和石化工业;四是当地矿产资源的开发,如煤矿、钾硝石、钠硝石、铜、黄金等资源的开发已经形成气候,仅鄯善一年的黄金产量就超过一吨;五是利用当地丰富的石材资源发展建材业。王桐自豪地告诉记者:吐鲁番的资源优势正在变成经济优势。"八五"以来,全地区财政以每年百分之二十的速度递增。

这位长期在大西北生活、工作的人民代表深有感触地说:"西部地区正处在经济起飞的早期阶段,必须立足当地的资源,发挥自己的优势。就象瓜果业的发展一样,资源的开发和利用将给我们带来更大的甜头。"(1998 年 3 月 18 日)

刘传振代表的"邀请"名片

接过全国人大代表刘传振递来的名片,不经意翻开背面,看到了一份印制的"邀请书"。

"邀请书"是这样的:新疆是个好地方,阿勒泰是好地方的好地方。七十二条沟,沟沟有黄金,风吹草低见牛羊,人间胜景——哈纳斯湖,三国四口岸——唯一与俄罗斯接壤……欢迎您到阿勒泰来!

几年前就在阿勒泰与记者熟识的这位地委书记,充满感情地说起阿勒泰地区美丽的自然风光、丰富的地下矿藏、良好的对外开放和资源开发前景。名片上的那几句话,只是简略地勾勒了当地的优势所在。

这片面积 11 万 7 千平方公里的地区,位于大西北的最北部,拥有人口56 万人,由 13 个民族构成。四季草场近 1 亿亩,矿藏 84 种,特别是有色金属矿藏种类多、品位高、蕴藏量大,现在已经开始开发的都是表层开发,算是"小打小闹",而大量的地下宝藏和地上资源有待有识之士和有实力的企业前来投资。哈纳斯湖怪曾经引起了世人的巨大关注,其实这里还有大量等待人们去探询的文化和自然"奥秘"。高山滑雪、风土民俗、风光旅游等都是使人流连忘返的内容。

这里已经拉开了大规模开发的序幕,与俄罗斯的边境口岸也在积极筹建之中。大量的发财机会在向有实力的人们招手。这位把最好的青春年华献给了新疆的地委书记告诉记者,阿勒泰人民衷心欢迎海外客商来投资、发财,欢迎内地客商一起"走西口",进军国际市场。(1998 年 3 月 19 日)

"生命禁区"又见野生动物

清晨,天空中一群排成人字状的大雁,由北向南飞经"生命禁区"罗布泊的上空。在罗布泊西北部楼兰文物保护站的人员欢呼着目送它们渐行渐远,由于是首次在这里见到大雁,直到雁阵化为天边的小黑点,才有人突然意识到该数一数它们有多少。

这成为保护站寂寞的文物守护者一天里谈论的重要话题，继而他们又开始为大雁的命运担忧起来。在罗布泊中部，由于开采钾盐的需要，出现了一个巨大的人工盐湖。"大雁要是奔着那汪水去，可就惨了，掉进那咸水里，非死不可，但愿那儿有人把它们捞起来洗干净才好。"保护站的焦迎新说。

与保护站人员一样，记者在夜间驱车穿越罗布泊地区，见到三批共 5 只野生黄羊时，也兴奋不已。

曾经烟波浩渺的罗布泊在彻底干涸后人烟断绝、植被凋敝，地表以坚硬的盐壳为主，寸草不生，气候极度干旱，号称"生命禁区"。

"其实这里并非完全没有野生动物，但它们怎么到这里来的，我们也不清楚。"新疆若羌县文体局局长、正在保护站考察工作的孟捍高说，"我们发现了一只狼，就一只，经常出现在保护站周围，于是我要求任何人晚上不能单独外出。"

"这只狼和我们带进来的狗还相处了一阵，狗是拴住的，狼把狗食盆里的东西吃了，当时狗狂叫，我们出来看才发现是只狼。"焦迎新说。

"今年 6 月，我们还在保护区内观察到数量众多的蝗虫。"焦说，"那些蝗虫个头有人的半个食指那么长，连枯死的红柳枝叶都不放过。"

保护站所处的地方在罗布泊的西北角，周围稀疏地分布着枯死的红柳、芦苇。这里还能分辨出若干干涸的河道，但河道内几乎没有活着的植物。

"在一些浮土较虚的地方，我们还看见过很多黄羊脚印。"孟捍高说，"还有体格硕大的老鼠，老鼠不怕人，还跟你龇牙。"

"在保护站东南处的罗布泊湖心地区，我们刚发现一头死去的野骆驼。"孟捍高说，"估计它是从南边的阿尔金山一带闯进罗布泊的，可能是又累又渴死掉的。"

历史上，罗布泊北至库鲁塔格山脉，南至阿尔金山脉都是野骆驼生活的天堂，由于罗布泊生态环境的恶化，这里已经很难看到野骆驼的踪迹。

近几年来，由于罗布泊内人类活动的增加，诸如钾盐开发、探险旅游等活动，局部的改变或影响了生态环境，生态环境专家开始注意罗布泊地区野生动物出现的状况。（2003 年 11 月 6 日）

燕子飞进塔克拉玛干沙漠腹地

灵巧的小燕子在外人眼里实在是太平常不过了，可是近日它在塔克拉玛干大沙漠腹地的塔中的出现却给人带来了惊喜：这只燕子的到来说明，不仅仅石油工人在这里扎根，连带来春天气息的小燕子也千里迢迢在大漠腹地找到了新的生存环境。

记者在塔中采访，在塔中中三点和塔中四作业区联合站中间的沙漠公路上，两天内几次看见小燕子飞来飞去。

在塔里木从事绿化管护工作多年的陈勇平告诉记者：随着塔中绿化面积的扩大，生态小环境的改善，天上飞的、地上跑的鸟兽也逐年多了起来。

在塔中专门负责绿化工作的史家振兴奋地介绍说：塔中的气候明显变得湿润了，昆虫多起来，觅食容易了，野鸭子飞到了这里，水塘里也有鱼可钓，还有可供鸟兽饮用的净化水。好多鸟飞来塔中，有些是做客路过，有些则留下生活。不过还来不及调查了解究竟有多少鸟兽生活在塔中。

飞到塔中的燕子不时地沿沙漠公路 30 多公里的绿化带捕食昆虫。塔中人相信，随着沙漠腹地绿色的铺展，将会有更多的小鸟和野生动物来到这里。（2003 年 4 月 29 日）

两代牧驼人的生活变迁

84 岁的牧驼人吐尔地·哈日木将一大群骆驼赶过 314 国道，声嘶力竭地吆喝着。他抄的是近道，要穿越大大小小、起伏不平的沙包。33 岁的儿子艾沙江·吐尔地则选了一条比较平坦的路，因为他是骑着摩托车放牧骆驼的。

这父子两人的形象是现在为数不多的两代牧驼人生活的缩影。

老汉是柯坪县阿恰勒乡一村的村民，虽然已经 84 岁了，身板还很硬朗，这可能是得益于常年的奔波锻炼。他穿着很朴素，胡须花白，说起话来声音洪亮。他告诉记者，他和儿子放牧的成年骆驼共有 48 峰，分成两群。此外，他们还有 11 峰幼驼。

儿子骑着摩托车,带着遮阳帽,悠闲得很。远远地看着他赶着驼群从南疆铁路横跨公路 314 国道的桥下快速通过。驼群过处扬起一阵尘土。

艾沙江放牧的驼群行进速度快,省下更多的时间觅食。一到有沙生植物的地方,骆驼就忙着低头吃草,几只想脱离群体的骆驼,被艾沙江给堵了回来。

记者问现在养驼用来干什么,老人很神气地告诉记者:为了发家致富!现在养骆驼成了一条不错的致富路子,成年骆驼一峰在两三千元不等,小骆驼也能卖上 1000 多元的价钱。一般每年 10 月份出售。白骆驼的价格比起其他骆驼行情更好一些。他们家有 6 峰白骆驼。

眼下正是骆驼褪毛的季节,老汉说,骆驼毛价格也很可观,一公斤白骆驼毛能卖 10 元,褐色骆驼毛一公斤 12 元钱。

南疆遍布沙漠,素有"沙漠之舟"美称的骆驼主要是用于骑乘、驮运,几十年前只使用不出卖。如今火车、汽车甚至飞机来来回回,交通很便利,骆驼的功用已经迅速消退了。改革开放以来,迅速兴起的旅游、观光行业对骆驼很青睐,现在养商品驼的牧民感到出路很宽。

儿子艾沙江很想得开,卖上一峰骆驼就能换回一辆摩托车,可省下不少时间和力气。有点什么急事,也耽误不了。不像父亲那样每天步行,跑得浑身是土,累得不行。现在骑着摩托车放骆驼,轻轻松松。

尽管跑得很辛苦,老汉还是乐此不疲。他说已经习惯了这样的生活,也不想跟儿子他们那样赶时髦。

新疆的春天来得晚些,那些生长在荒漠上的植物刚刚抽出新芽,挨过了寒冬的骆驼津津有味地吃着沙包上梭梭等植物的嫩叶。小骆驼跑来跑去跟着它们的母亲学着自己觅食。

父子俩很热情,一再邀请我们到他们家里去做客。因为要赶路,我们只好作罢,留待来日。(2003 年 4 月 28 日)

塔克拉玛干大沙漠腹地有了第一代林业职工

伴随塔克拉玛干沙漠腹地石油资源的开发,绿化工作也取得突破性进展,300 多公顷绿树在塔中"扎根"的同时,第一代塔中林业工人掀开了大漠深处林业工作的第一页。

塔里木油建绿化分公司塔中绿化管护队队长陈勇平介绍说，管护队2000年组建，全队目前共有53名职工。这位1991年就跟着中国科学院的科研人员在塔克拉玛干北部从事绿化工作的年轻人，1994年进入沙漠腹地，进行绿化先导试验，是塔中绿化的"老资格"了。他对这里的绿化工作可谓了如指掌。1997年他把妻子胡芳从四川达县老家接来，一起投身沙漠造林绿化事业。

在塔中沙漠植物园，还有8名工人从事种树和管护工作。目前在整个塔中地区，长年从事绿化工作的职工超过60人。

在刚刚结束的今春造林季节，塔中共栽植了39万株树木。刚到塔中两个多月、来自陕西渭南市的王军利告诉记者：他们两人一组植树，每天天一亮就在沙丘上一行行地沿滴灌线路栽树，平均一个人一天栽下1000多株沙拐枣、红柳、梭梭等树木。跟他一组的是来自新疆且末县第二建筑公司的一位职工。今年植树任务繁重，共有19名来自且末二建公司的工人临时加入塔中绿化队伍。

记者在塔中绿化现场看到，无论是滴灌维修工、水井管理工还是园艺工，都在很认真地履行着自己的岗位责任。天黑以后，还有部分工人打着手电在检查滴灌线路运行情况。

陈勇平用带着浓郁四川口音的普通话介绍说，随着塔克拉玛干沙漠公路沿线绿化面积的扩展，造林和管护队伍还会进一步扩大。（2003年4月27日）

"疆岳"驴：岳普湖农民的"巡洋舰"

在南疆农村，经济实力再差的农家也要喂养一两头驴子，供骑乘、驮运、耕种，可以说毛驴与南疆农民的生活息息相关。在数以十万计的驴子中，名牌毛驴要数喀什地区岳普湖县的"疆岳"驴。

尽管如今当地乡村出行有了自行车、摩托车甚至出租车等代步工具，但农民对驴子发挥的作用仍然非常看重。"疆岳"驴更被农民兄弟"高看一眼"。

岳普湖县的"疆岳"驴是1958年引进陕西关中驴与当地驴杂交繁殖出来的新型杂交种驴群，特别适应岳普湖一带的自然环境。这种驴子的特点是体型高大,近似骡子;免疫力强,极少生病;耐粗饲,饲养成本低;生长快,经济效益高。

当地人总结了四句话赞扬"疆岳"驴的特点:吃粗饲、出马力、产"龙"肉、听人话。农民骄傲地称呼这种驴子是他们自己的"巡洋舰"。

据岳普湖县副县长韩金明介绍,"疆岳"驴外观还有"三白"的特点:白眼框、白鼻子、白肚皮。在毛驴市场上,"疆岳"驴格外走俏,一般纯种"疆岳"驴每头价格在 2000 元—8000 元之间,可换回一辆摩托车,优质种公驴价格更高达 1.5 万—2.5 万元以上。当地一位农民饲养的一头种公驴号称"驴王",无论出价多少,主人都无意出售。这位维吾尔农民一年仅靠这头驴子配种的收入就高达 2 万元。

在各种牲畜中,毛驴的繁育周期是比较长的,一般在 13 个月,所以即使在全疆最大的岳普湖县种畜场"疆岳"驴繁育基地,一年也仅仅向社会提供不到 500 头纯种"疆岳"驴。眼下,岳普湖县已经将加快"疆岳"驴的繁殖、培育作为发展农区特色畜牧业的重点之一。(2003 年 4 月 25 日)

县委书记和他联系的贫困户

16 日的沙尘过后,记者随策勒县委书记冉齐刚实地了解位于塔克拉玛干沙漠南缘的这个县的防沙治沙、退耕还林还草的进展情况。

返程途中,冉齐刚在一个村庄停车下来,招呼了一声随行的同志,便径直走进一户农家。

家里的主人叫齐娜汗,3 年前丈夫因病去世,留下 4 个尚未成人的孩子。这个失去了顶梁柱的家庭一下子陷入窘困之中。

齐娜汗的亲友正帮她架设葡萄架。见到县委书记来到家里,齐娜汗和她的母亲热情地用维吾尔语跟他打招呼。

冉齐刚先到兔圈前询问兔子饲养的情况。齐娜汗说由于多得养不下来,已经卖掉了一部分,用来支付孩子们上学的费用。20 多只有一个月龄的灰色和白色兔子看见外人靠近,争先恐后钻进它们在地下掏的窝点。只有两只小一些的白兔低头忙着进食。

种兔是去年作为扶贫项目送给齐娜汗的。去年县委办公室包扶策勒乡四村,办公室加上县委主要领导联系帮扶这个村的 15 个贫困户。

冉齐刚介绍说,去年第一次到齐娜汗家的时候,羊圈里只有 3 只瘦弱的羊,家里死气沉沉,全家对未来生活几乎丧失了信心。

县委办公室的干部们从自己的工资里挤出一部分,扶贫部门也拨出部分补助资金,购买了部分羊、鸡、兔子让他们饲养,并手把手教给他们先进实用的饲养技术,让贫困家庭尽快收到效益,逐步脱贫致富。

去年冉齐刚带领 30 多名村民去购买种羊。齐娜汗家购买了 9 只带着羊羔的母羊,每只羊都在耳朵上打上了标志。冉齐刚转头用维吾尔语问现在发展到多少只了,齐娜汗满脸含笑地回答:"我也数不清了。"说着便当场数起来,来回数了三四遍才搞清:30 只。齐娜汗又补充说,已经出售了 3 只,今年古尔邦节,全家宰了一只过节。还有几只母羊也快产羔了。到今年下半年,就能大量卖出繁育的羊只了。

趁着齐娜汗给羊群添加饲料的空当,冉齐刚跟齐娜汗的母亲聊起致富生产项目的事,说得老人连连点头,一脸的欢喜。

转过羊圈,冉齐刚又去看了她家饲养的小鸡。去年扶贫的 30 只鸡雏已经长大出售了,今年又买了 38 只饲养,过上一个月也可以卖钱了。冉齐刚说,卖出的鸡一公斤 15 元,初步见到成效了。

在齐娜汗家房子后边的果园里,冉齐刚与县林业局长商量着近期派技术员给果树嫁接一些优质新品种,两三年就可以有更高的收入。

村子里正在建蔬菜大棚,每个 8 分地。冉齐刚说动齐娜汗家承包一个,测算下来一年两季菜收入可达 1 万元。

冉齐刚对我们说:这户农家现在有了活力,我们当干部的心里自然高兴。脱贫后我们再帮扶一把,让贫困户稳定致富。过两年,再帮齐娜汗建立一个新的家庭,我就放心了。

齐娜汗和母亲想留冉齐刚在家里吃顿农家饭。冉齐刚边往外走边告诉她们:再过 3 年,等你们真正脱贫致富了,我一定尝尝你们家的饭菜。(2003年 4 月 21 日)

塔克拉玛干"生命禁区"新"长"出 300 多公顷绿洲

在塔克拉玛干大沙漠腹地的塔中,一片片新绿让人眼前一亮。在不到 3 年的时间里,塔中已经"长"出 300 多公顷的人造绿洲。

据中国石油塔里木油田分公司塔中作业区党总支书记何晓庆介绍:塔中位于距塔克拉玛干沙漠北部边缘 300 多公里的沙漠腹地,自然条件极为恶劣。早在 1994 年,原中国石油天然气总公司就决定,塔中油田绿化与油田开发同步进行。从 1995 年起,经过技术攻关和现场实验,选育出了适合沙漠环境生长、防风阻沙的红柳、梭梭、沙拐枣等树种以及羊茅、早熟禾等草坪绿化品种。通过实施选种育苗、平地沟灌造林、沙垄滴灌造林 3 个阶段的绿化建设,目前已经在塔中油田种植了 320 多公顷的绿色植被。这些绿色植被不仅有效控制了风沙危害,而且大大改善了油田的自然环境。

胜利监理公司负责塔中绿化项目工程监理的张炳林介绍说,今年春天 129 公顷的造林任务已经全部完成,共栽种各种耐旱树木 39 万多株。几年的实践证明,塔克拉玛干沙漠并非是"生命禁区",只要选择的植物品种适宜,采用的技术适当,完全可以用当地的咸水来建立沙漠公路生物防沙体系,使塔里木沙漠公路变成"绿色走廊"。

塔里木油田分公司油建管理项目部绿化组岑斌华告诉记者,全长 31 公里的塔克拉玛干沙漠公路防护林生态工程一期工程,用咸水在流沙上共营造防护林带 191.3 公顷,种植各类苗木近 200 万株,苗木平均成活率达到 85%以上。去年以来,塔中绿化面积每年还在继续扩大,绿化建设每年还在优化,沙漠腹地的绿洲还将逐步扩展。

记者在塔中现场看到,沙拐枣、梭梭和红柳长势喜人,部分沙拐枣已经长到 3 米多高。茫茫沙海的这道绿色风景线,取代了景观单调的机械防沙体系,引得石油工人和过路旅客纷纷拍照留念。(2003 年 4 月 21 日)

大漠腹地花开四月天

在被称为"死亡之海"的塔克拉玛干沙漠腹地,一个近两三年间"生长"

出的新绿洲——塔中，给亘古沉寂的大漠带来了勃勃生机。时值早春时节，各种各样的鲜花给这里增添了许多动人景致。

中国科学院和石油部门从 1995 年起，在塔克拉玛干中部进行沙漠绿化先导试验，用塔中的地下苦咸水浇灌各种各样的沙生植物。经过多年的努力，已经选育出多种适应在沙漠干旱环境下生存的植物。

塔中的绿化不仅给荒凉的大漠带来了绿色，也使这里绽放出色彩纷呈的花朵。在中三点的苗圃，花期持续一个多月的沙冬青满枝金黄，清香四溢，朵朵娇小的花朵在连绵沙丘的背景下展示着生命的奇妙和珍贵；红柳花开得正艳，粉红的纤小花瓣缀满枝头，在细长的绿叶衬托下更加动人。花香蜂自来，不知从哪里飞来的蜂正忙着在花枝上吸吮花粉；还有菜畦里的芦笋，抽出的枝条上也满是欲放的花苞。在联合作业区联合站现代化的厂房外，一棵榆叶梅正在盛开，粉红、深红的花瓣透露给人们春天的信息。

沙漠植物园里，中国科学院新疆生态与地理研究所的专家们接种的一棵梭梭大芸已经钻出地面，工作人员李步军说：过不了几天，这棵大芸就要开花了。高级工程师刘志俊饶有兴趣地向记者介绍着植物园内野生花卉区今年刚刚引种的部分植物：黄花矶松、旋复花、锦鸡儿、细枝黄芪、观赏地肤、沙打旺、红花岩黄芪……这些花开起来都很漂亮。这位毕生与沙漠打交道的研究人员说起这些植物来如数家珍，介绍这些植物的花更是满脸兴奋。

而在塔中的温室大棚里，各种菜花四时开放，长年不断。黄花下面带着刺儿的青嫩黄瓜挂在枝蔓，开着的淡黄西红柿花下面已有早生的青青小果。一位陕西渭南来此打工的小伙子正在大棚内给瓜菜授粉。

塔中绿化项目组负责人史家振邀请记者 5 月底再来，他说："那时这里简直就是个大花园，不要说别的，光是沙拐枣鲜红的、青的、黄的球果，满树披挂就让人感到美不胜收。我们引种的十多种红柳从 4 月份开花一直可以到11 月，有的一年可以开好几茬花。"

从和田地区墨玉县来塔中开饭馆的斯拉吉·艾力，屋子里有十多盆精心栽培的君子兰等花卉。他说如果五六月份再来，可能会怀疑是不是走错了地方，因为那时候满院的花就开了。（2003 年 4 月 19 日）

百岁罗布老人聊生态

在塔克拉玛干沙漠边缘采访时，记者先后和两位百岁罗布老人阿不拉和热合曼交谈，他们的生活曾随着塔里木河下游流域一个世纪亦喜亦忧的生态变迁而变化，而这也正是他们最感兴趣的话题。

罗布人是对历史上生活在罗布泊周围的当地居民的称呼。在罗布泊有水时，他们主要以捕食鱼类为生。19世纪后期，罗布泊一带的生态环境发生了巨大的变化。罗布泊干涸后，他们开始沿塔里木河溯流而上，一边打鱼，同时开始生产生活方式的调整。1972年，塔里木河下游也完全断流，胡杨大面积枯死，河湖干涸。无鱼可捕的罗布人不得不放弃了渔猎生活，从事农牧生产。作为历史见证的罗布老人，对这种生态的巨大变化记忆犹新。

阿不拉生活在若羌县218国道边铁干里克乡的英苏村，塔里木河就在村边。他生活的英苏村是一个曾有400多人口的村庄，眼下许多家庭都到上百公里外的地方放牧去了，留在村里的只有一小部分。110岁的阿不拉一直不愿离开这里，他说他对这方水土有着很深的感情。阿不拉说，30多年前，塔里木河也没有水了。当年用于捕鱼的卡盆(独木舟)已经很久没有用了，扔在院子里任由风沙吹打。说起年轻时的生活场景，阿不拉满脸笑意，沉浸在那些快乐的时光。他是个乐观的人，他相信总有一天，塔里木河会有流水。

从2000年开始，政府组织有关部门向塔里木河下游紧急输水，阿不拉和其他英苏的村民们终于盼到通水的这一天。记者采访时，阿不拉刚刚得过一场重感冒，还没有完全康复，说话时不时地咳嗽。不过他还是拄着拐杖，步履蹒跚地来到河边。目前正是向塔里木河的第五次紧急输水，从3月3日开始，已经一个多月了。老人在河边用拐杖轻轻拨拉着流下来的枯枝落叶，满足地看着河水平缓地向下游流去。他说他知道最下游干涸见底快30年的台特马湖已经有水了。

塔里木河应急输水已经给断流近30年的塔里木河下游320多公里河道两边的生态带来了生机与活力。不仅濒临死亡的老胡杨重新披上了绿色，在阿不拉的脚边还有新生的小胡杨树破土而出，那嫩嫩的叶片让为水所困的英苏人心生爱怜。阿不拉老人指指点点来水后两岸的变化，情不自禁地说：

有了水就什么都有了。他年纪大了,平时没有多少事,喜欢到河边看上游流下来的救命水。他也喜欢让路过的客人给他以塔里木河为背景拍照。

生活在若羌县米兰镇的热合曼老人今年已经 104 岁了,身体很硬朗,种菜、给羊打草一类的活他都能干。他告诉我们,小时候他随着家人从老阿不旦搬迁到这里的。2000 年他曾回到老阿不旦,原来居住的房子都快被沙子掩埋了,那里已经没法生存了。

当年搬家的时候带出的东西剩下的已经不多了,他很麻利地找出两只小铜铃铛给我们看,说是当年戴在骆驼脖子上的,走起路来叮叮当当,很好听。说着说着,老人把两个小铃铛摇晃起来,叮当作响,引得大家一阵笑声。

热合曼老人说,大前年回到小时候生活过的老阿不旦,他清楚地回忆起上个世纪初年在那里生活的情景。因为水少了,气候变了,他们不得不搬走。现在生活的米兰绿洲,人们造了好多防风林挡风沙,还种了很多大枣树。生活在这里很安定,政府每月发给四五百元的生活补助。

这两位老人都对现在政府采取措施改善生态表示满意,他们都盼望有朝一日风沙漫天的天气不再出现。(2003 年 4 月 18 日)

大漠边缘的"绿色"乡村

在茫茫的塔克拉玛干大沙漠东南部有一个叫瓦石峡的绿洲,这里没有杀虫的农药出售,农产品也不用担心虫类为害。

记者在这里采访时,乡干部介绍说:原来这里农业生产也同样遇到病虫害的问题,例如棉铃虫就让当地农民感到头疼。为了对付虫害,农民不得不大量购买杀虫农药施用。但是自然界的生物链也因此受到破坏,粮棉瓜果等农产品仍免不了虫害,并且产品品质大受影响。

在瓦石峡乡领导的倡导下,从 1996 年开始大大减少了农药的使用量,让鸟雀等害虫的天敌发挥作用。结果病虫害大大减少,农产品品质有了明显提高。两年后,生活在这片绿洲的人们达成了共识:不用农药杀虫,农业不仅同样可以丰产,而且由于品质提高,农民还可以因丰产而丰收。从那以后,杀虫农药在瓦石峡绿洲失去了市场。

记者半信半疑,到乡里的大小商场、农业生产资料商店询问有没有杀虫农药出售,售货员都是摇头说没有货,也不知道有哪一家店里出售。一些来这里三四年的年轻店员干脆表示没有见过乡里有杀虫农药卖。

由四川来这里投资农业开发的刘三海、刘西瑜兄弟的庄园里,记者询问有关施用农药的情况。刘西瑜介绍说,他们不撒施农药灭虫。尽管有老鼠、野兔、沙狐甚至野猪出现在瓜园里偷瓜吃,但并没有采取毒杀措施。这位西南农学院毕业的新型农民表示,大自然的内在规律和生物链要很好维持。对于生活在我们周围的各种小鸟也都尽量不惊扰,比如我们没有栽种经济效益比较高的杨树来作防护林,而是栽下生态效益比较好的胡杨树。

说话间旁边一个水池旁有一只羽毛鲜亮的啄木鸟、一群叽叽喳喳的麻雀和两只不知名的长尾巴鸟飞来饮水。人与鸟兽和睦相处在瓦石峡绿洲几乎随处可见。

没有农药污染的良好生态环境,使这里出产的农产品很受周边地区消费者的欢迎,甜瓜、桃子、杏子、大枣甜美可口,圆葱头、恰巴菇等也味道鲜美,在附近的市场上价格都是同类产品最高的。最近几年走俏沿海市场的"三海"牌甜瓜更是成为当地因之骄傲的品牌。(2003年4月16日)

在塔克拉玛干大漠感受沙尘暴

四五级大风裹挟着沙尘漫天飞扬,整个塔克拉玛干沙漠陷入混沌之中。记者16日下午驱车穿行在塔克拉玛干南缘的千里风沙线上,直接感受到风沙肆虐的景象。

下午1时,出民丰县沿315国道线西行10分钟左右,上午开始出现的扬沙天气变成沙尘暴,能见度迅速降至不足百米。公路两边的沙生植物和大小沙丘若隐若现。过往车辆打开了应急灯,慢速前进,有的车辆干脆停在路边等待风沙停歇或减弱。

风沙越来越大,能见度最差的地方已经不足10米。在民丰快进入于田县境内的公路边,三个维吾尔族老乡为了躲避风沙,只好互相依靠着卧倒在路旁。进沙漠捡拾枯死的红柳干柴的老乡赶上毛驴车急匆匆踏上归程。

沿途经过缺少植被的沙漠地带,只见似雾、如烟又像粉的细沙随风快速从公路上掠过南下。粗大的沙砾打在车身上发出刷刷的声响。记者停车拍照时，迎风一侧的车门很难打开。在车外停留两三分钟，全身落满沙尘，一张口细沙旋即灌入。一阵紧似一阵的风沙打得人睁不开眼睛，站立不稳。

而进入沙漠中的绿洲后，明显感到风力变小，只有天空中飞扬着从大漠深处吹来的沙尘，地面上却看不见被卷起的沙土。在绿洲生活的人们似乎已经习惯了这样的天气，生活节奏并不比平时紧张，依旧不紧不慢地做事或行路。在于田县先拜巴扎街上，几个年轻人还围在一个冷饮点前，有滋有味地吃着冰棍儿。

记者与塔克拉玛干沙漠腹地的塔中气象站联系，工作人员介绍说，在偏东风作用下，16 日下午开始当地也出现了沙尘天气。和田地区气象台台长艾尼瓦尔介绍说，和田地区的沙尘暴是从今天上午陆续开始的。塔克拉玛干沙漠南缘分别受到偏东风和偏西风的影响，尽管风力只有四到五级，但扬沙量较大。预计明天起风力将明显减弱，但扬沙天气将维持两三天。

据气象部门预报，这次沙尘暴过后，气温将下降 8~12 摄氏度。塔中最低气温将降至零摄氏度。

位于南疆的塔克拉玛干大沙漠面积 33.7 万平方公里，每当大风刮起，很容易出现扬沙或沙尘暴天气。特别是沙漠南缘的和田地区更是深受风沙危害，一年的浮尘天气超过 200 天。有句顺口溜说："和田人民苦，一天半斤土。白天吃不够，晚上再来补。"

尽管风沙弥漫，但记者沿途仍看到不少人在路边忙着栽植或管护、浇灌树木。民丰县委组织部部长张立新、副县长艾斯卡尔等人不顾大风沙深入到基层乡村，现场指导农民栽种防风固沙的红柳。正如民丰县委常委、宣传部部长艾热提说的那样："生活在沙漠边缘的人们对植树造林情有独钟。只有营造起更多的防风固沙林带，才能减少风沙危害，更好地改善生产和生活条件。"（2003 年 4 月 16 日）

塔里木河尾闾台特马湖水面扩展到 100 平方公里

新疆第五次向塔里木河下游应急输送生态水和车尔臣河春洪夺路入湖，使得塔里木河的尾闾台特马湖水域迅速扩展。截至 4 月 11 日，最新估测湖水面积已经达到 100 平方公里。干涸近 30 年的台特马湖又出现了波光粼鄰、水鸟翔集的景象。

记者 11 日驱车在国道 218 线行驶时看到，在 1067 公里至 1075 公里里程碑之间的公路两旁已经出现了大面积的水域。车尔臣河下泻的春洪于 3 月 28 日晚冲断了新修的 218 国道，并与塔里木河输水形成的大约 30 平方公里的湖面相接，从而使得台特马湖湖水面积迅速扩大。

交通部门在被洪水冲断的国道缺口紧急搭设了钢桥供过往车辆通行。记者在钢桥上向四面望去，湖水汪洋一片，并将一些地势较高的荒丘分割成孤岛。记者发现迅速扩展的水域里，数以百计的各种水鸟飞临这里，觅食、嬉戏。远处湖天一色，水雾迷蒙。

据塔里木河流域水资源管理部门介绍，1972 年塔里木河下游断流，随后塔里木河的尾间台特马湖也迅速干涸。自此上溯至 320 公里处的塔里木河下游河道也干涸见底，两岸的胡杨等树木形成的绿色走廊迅速衰落，大片胡杨干渴而死。记者走在原是台特马湖湖盆的荒野之中，满目是风化的螺壳、焦干的芦苇根、枯死的耐旱植物红柳以及风力吹送而来的大小沙丘。

从 2000 年新疆连续进行了四次向塔里木河下游应急输水后，在台特马湖湖盆形成了 28 平方公里的水面。今年 3 月的第五次应急输水又将博斯腾湖的湖水源源不断注入湖中。3 月 28 日夺路入湖的车尔臣河的洪水使入湖水量迅速增大。

若羌县水利部门认为，台特马湖水域的扩大对于若羌境内生态环境的改善非常有利。预计今后两三年内，台特马湖周围将会有大面积的野生植物萌生，周边地区的气候也将变得湿润。

不过交通部门却不敢大意，日前正在组织力量加固被湖水包围、浸泡的公路路段。记者在现场看到，一辆辆满载土石方的卡车正在穿梭于"受灾"路段。公路设计部门正在加紧修订新的救治施工方案。（2003 年 4 月 14 日）

我国最大的内陆淡水湖由咸变淡

我国最大的内陆淡水湖博斯腾湖，一度令人忧虑的变咸问题近年来得到了很大缓解。当地的水利专家们介绍说：博斯腾湖的水质近年来有了明显好转。

位于新疆巴音郭楞蒙古自治州境内的博斯腾湖,水域面积 1400 多平方公里,容积可达 80 亿立方米。目前湖面海拔高度为 1048.87 米。

据巴州水利局局长张冰、总工程师卢秋兰介绍,1988 年博斯腾湖湖水的含盐量达到每升 1.87 克,成了微咸湖。当时一些人惊呼博斯腾湖作为国内最大的内陆淡水湖将很快消失,变成一个咸水湖。

从 1996 年开始,博斯腾湖进入了丰水期,每年汇进的水量明显增加,去年更是达到创纪录的 57.22 亿立方米, 比年均 33.4 亿立方米多出近 24 亿立方米。国家实施的塔里木河综合治理项目,连续五次从博斯腾湖调用生态水向塔里木河下游干涸河段应急输水, 加大了博斯腾湖的吞吐量和湖水的更新速度。今年 6 月第五次应急输水完成后,调蓄的湖水总量将超过 20 亿立方米。此外,在盐碱化较为严重的焉耆盆地实施的世界银行贷款水利项目,年开采 2 亿立方米地下水,使地下水位降低,减轻了土壤盐碱化程度,也有利于减少向博斯腾湖的排盐量,提高博斯腾湖的水质。

根据巴州水利部门最新的测试, 博斯腾湖湖水的含盐量已经降至每升 1.1 克,可以作为正常的生产和生活用水使用。

塔河下游继续输水扩大受益生态区

我国最长内陆河塔里木河下游地区生态目前仍靠紧急输水维系, 水利部门今年上半年组织实施的第五次输水工程, 将向下游输送 3 亿多立方米水量,并使下游生态受益范围扩大。

作为塔里木河流域近期综合治理的重要组成部分, 第五次塔里木河下游应急输水工作从今年 3 月 3 日开始实施,将于 6 月中旬结束。本次输水计划从塔里木河上的大西海子水库下泄 3.3 亿立方水量,其中来自塔里木河自身的水量约占五分之一,其余水量均由博斯腾湖调入。

去年 12 月,水利部门专家实地考察了塔里木河下游地区,设计出沿着齐文阔尔河和老塔里木河两条河道放水的新输水路线。之后,水利部门组织人力物力对老塔里木河进行清沙疏浚,完成土方工程 200 万方。新的输水路线不仅继续沿着齐文阔尔河放水, 同时增加一条总长 145 公里的老塔里木河泄水河道,将使下游绿色走廊的受水面积大大增加。

据塔里木河流域管理局官员吾买尔江·吾布力介绍,截至目前,本次输水下泄水量已达 1 亿立方,经老塔里木河河道下泄的水头前进 40 公里以上,而齐文阔尔河因河道前次输水形成冻土层,减少了渗漏和蒸发损失,水头已进入台特马湖。

记者在塔里木河下游看到,下泄的河水平稳地流过输水河道,滋润着两岸的植被。英苏村河道附近的胡杨发出嫩绿的新芽,沿途一些大红柳包上的枝条已然开花泛红,显出勃勃生机。在台特马湖进水口,河水从 3 个涵口喷涌而出,汇入一片宽阔的水面。靠近台特马湖水域的地区,空气由燥热变为清新,水边已经发出芦苇和红柳幼苗,鹭鸶、野鸭等多种水鸟在这里栖息活动。

塔里木河下游应急输水在过去 3 年内先后实施 4 次,沿着齐文阔尔河向塔里木河下游输水 10 多亿立方生态用水,使下游河道两岸地下水位普遍回升,濒枯胡杨焕发新的生机,并在台特马湖形成 28.7 平方公里的水面。

即使如此,塔里木河下游应急输水仍然面临着艰巨的任务。塔里木河流域管理局官员吾买尔江·吾布力说,塔里木河下游绿色走廊面积达 4200 平方公里,只有八分之一在前四次输水中受益。(2003 年 4 月 11 日)

候鸟变留鸟,上千只天鹅“定居”巴音布鲁克草原

眼下正是天鹅从遥远的越冬地返回新疆巴音布鲁克草原天鹅湖的季节。每年都有 1 万多只天鹅在这里的天鹅湖度过半年左右的时光。但越来越多的天鹅不愿意再万里迢迢“出国”越冬,由候鸟变成留鸟,常年“定居”在巴音布鲁克草原。

巴音郭楞蒙古自治州林业局阿不都热合曼科长告诉记者,最近几年间,留在天鹅湖过冬的天鹅一年比一年多。这主要有几个方面的原因,一是在当地保护自然环境已成共识,各族干部群众自觉保护在这里栖息的各类水鸟。二是这里拥有各种丰富的食物资源,尽管冬季天鹅湖温度降至摄氏零下二三十度,但在一些没有结冰的水面和温泉涌流的地方,还有可供天鹅觅食的鱼虾、水草资源。三是部分天鹅已经适应了巴音布鲁克草原的气候,能够抵御冬季的严寒。

巴音布鲁克天鹅湖是国家级自然保护区，位于开都河上游的天山尤尔都斯山间盆地中，周围海拔 2400—2600 米，地势比较平坦，这里有面积达 2 万多平方公里的我国第二大草原——巴音布鲁克草原。巴音布鲁克是蒙古语，意为"丰富的山泉"。蜿蜒穿行的开都河在这里形成了长约 30 公里、宽 10 公里、总面积 1300 多平方公里湖沼密布的水域，成为适合天鹅繁殖、栖息的"宝地"，被人们称为"天鹅湖"。每年三四月间，上万只大天鹅、小天鹅和疣鼻天鹅从遥远的印度甚至南非等越冬地飞来此地筑巢、生蛋、孵雏，繁衍生息，到 10—11 月间进行长距离迁徙。

天鹅是巴音郭楞蒙古自治州的"州鸟"，在巴音布鲁克草原生活的蒙古族牧民更把天鹅视为神鸟、吉祥鸟。随着国家级自然保护区的建立，人们保护天鹅生存环境的意识不断增强，形成了人与天鹅相亲相伴的和谐局面。记者就曾见到天鹅像家鹅一样在居家院落生活不愿回归野外的场景。

不仅在天鹅湖有天鹅留下定居，在巴州境内的孔雀河下游包头湖农场一带的湿地也有多只天鹅不愿离去。这跟巴州境内天鹅生存环境的改善有着直接的关系。（2003 年 4 月 9 日）

科学种田结出"民族团结果"

新疆叶城县巴仁乡 6 村的维吾尔族农民，去年争相聘请汉族同志指导他们科学种田，走科技脱贫之路。通过科学种田这个桥梁，谱写出一曲民族团结的赞歌。

巴仁乡 6 村和汉族园艺场是邻居，汉族农民和维吾尔族农民同耕一片田，同饮一渠水，同走一条路，按理说经济收入应该相当，可实际差别却很大。6 村多年来种植单一粮食、棉花，人均年收入只有 890 元，而汉族园艺场种植红薯、辣椒、山药等经济作物，年人均收入达 2500 元。收入上的明显差距，让 6 村的村民感到，应该聘请汉族同志指导村里调整种植结构。

巴仁乡党委书记刘雪峰介绍说，去年年底，在乡里开展村级"三个代表"重要思想学习教育活动时，一些维吾尔族农民提建：请汉族园艺场党支部书记徐奇峰到 6 村工作。后来村民们又多次联名向乡党委请求。经过乡党委研究，决定让徐奇峰担任 6 村的党支部副书记，负责村里的农业技术指导工作。

今年初,在维吾尔族群众热切的目光中,徐奇峰正式走马上任,并带领园艺场的10多名技术能手帮助6村种植红薯、辣椒、花生等,累计达200多亩。在徐奇峰等人精心帮助和指导下,6村经济收入明显增加。如1亩红薯产2吨多,收入1500多元,比原先种植小麦、玉米、棉花增加1000多元。秋后一算账,维吾尔族农民感到了科学技术带来的好处。

尝到甜头的维吾尔族农民纷纷表示来年要多种价值高、效益好的作物,更好地向汉族兄弟学习。

眼下,巴仁乡将这种结对帮扶作为调整产业结构、增加农民收入的手段。各村掀起了使用先进种植技术、依靠科技调整结构的热潮。(2002年11月9日)

"生命禁区"里的人

编者按:罗布泊曾是新疆境内最大的湖泊,它的南北两缘是汉、唐时期"丝绸之路"的重要通道,其西岸是丝路名城楼兰。1972年,罗布泊完全干涸,成为罗布泊洼地。由于自然条件极端恶劣,罗布泊地区已成为"生命禁区",20世纪80年代初期,中国著名科学家彭加木在这一地区进行科学考察时失踪。1996年6月,我国著名探险家余纯顺又在罗布泊遇难。

干涸的罗布泊湖盆蕴藏着丰富的钾盐资源,已探明工业储量2.99亿吨,等于两个察尔汗盐矿储量。目前,有300多名专家、技术人员和工人,顶风冒寒,不畏艰苦,在这里从事较为珍贵的钾盐资源开发。不久前,新华社记者一行深入腹地,采写了一组真实记录这批生活在"生命禁区"里的人们的生活、工作和想法的稿件。

罗布泊今夜星光灿烂

我们从哈密赶赴罗布泊腹地的钾肥开发基地,天渐渐黑下来,却不知道目的地还有多远。尽管向导告诉我们很快就到了,我们还是半信半疑。

司机眼尖,招呼我们:快看,那里有灯光! 远远的天际,我们隐隐约约发现了亮光。顺着灯光的方向,我们飞一样直奔而去。

罗布泊冬天的夜晚格外宁静。我们安顿下来,到帐篷外面欣赏迷人的夜色。

天淡银河垂地,星星又近又亮,偶尔有流星从天空滑过。看着满天眨眼的星星,吸进令人心旷神怡的空气,感受四面的静谧,让人产生远离尘世的感觉。

其实,不仅是自然界美丽星光打动人。北京时间 22 时我们吃过晚饭后,基地负责人带领我们乘车来到 10 公里外的钾肥工地开发现场,眼前的景象令我们吃惊不小。

在方圆 70 公里左右的范围内,100 多台施工的挖掘机、推土机、翻斗车等各种机械发出的灯光游移不定,与闪烁的群星交相辉映。在 40 多公里长的盐池渠道边施工的机械,发出的灯光构成了一条条长龙。

我们赶到取卤地施工现场,一台台巨型挖掘机正在紧张地工作,将取卤面扩展得更大些。轰鸣作响的水泵正在把卤水抽进输卤渠送向 12 公里外的一号氯化钠池。

站在输卤渠大堤上,放眼望去,星星点点的灯光映在渠中,与天上星星的倒影一起随波跃动。这个钾肥工程的项目经理尹新斌操着浓郁湖北口音的普通话告诉我们:过不了几年,这里将会崛起中国钾肥工业的一颗新星。

回到罗中基地时,已经接近夜里 12 时,尚未休息的基地工作人员很自豪地说:"我们这里有最亮的星星!"

回望工地,天上的星星与施工机械的灯光汇连在一起,相映成趣,又像吊在装载机的吊钩上上下跳动,仿佛一跷脚就能摘下。星光灿烂的罗布泊夜晚,令人沉迷,静思遐想。

想着 20 公里以外的工地上,还有上百工人正加班加点,灯火通明,忙着挖土开方,兴建中国最大的钾盐基地呢,心里便踏实下来。黉夜天低,低得压抑,低得吓人,走出帐篷,似乎一伸手便可摘到星辰。

罗布泊钾盐科技开发有限责任公司罗中基地后勤工作人员范庆超告诉记者:"罗布泊上空的星星太亮了,有一次在戈壁中迷路,想找星星辨别方向,都分不出哪一颗是北斗星。

死亡之海的夫妻兵

人称"死亡之海""生命禁区"的罗布泊在沉寂多年以后,迎来了第一批建设者队伍,其中有一对夫妻兵尤其引人注目。

化验员王玲是在罗中基地工作的唯一女性,今年11月,她将孩子留在姐姐家,追随丈夫范庆超来到这里。身为罗中基地行政人员的范庆超身兼数职,从柴米油盐到衣食住行,还包括迎来送往和生火帮厨等琐事。记者在罗布泊采访期间,就没有看见范庆超闲过,顶着寒风忙碌了一天的员工回到帐篷,有热烘烘的炉火在等着;晚上,所有员工都睡下以后,范庆超还忙着整理检查器具,一刻也不得闲。他还是基地的发电员,被称为"能源部长"。

范庆超夫妻俩都是细高个,眉清目秀,相貌很俊俏,办起事来、干起活来也十分利索。尤其是王玲见人便笑,黑黑的眼睛闪闪发亮,难怪基地的同事都称她为"楼兰美女"。作为罗中基地唯一的一对小夫妻,范庆超夫妇享受"特殊照顾"。罗布泊钾盐科技开发股份公司的领导专门为他们营造了一座"温馨小屋",位于最北边的绿色帐篷成了他们的临时小家。

由于罗中基地成立时间短,化验设备还没有安装到位,王玲就成了丈夫的得力助手。也许是罗布泊女性太少的缘故,记者眼里常有王玲身着红毛衣的亮丽身影。虽然进罗布泊不到2个月,王玲已经觉得外面的世界很陌生,很遥远。她最想的就是孩子,晚上睡觉前常拿着孩子的相片端详。

范庆超夫妻俩来自新疆最富裕的地区之一昌吉回族自治州,谈到为什么会来到这片不毛之地,王玲告诉记者:"这里是比较苦,但是人情味很浓,工作起来很舒心。"范庆超认为在这里大有可为,有事业,有前途。记者采访发现,来罗布泊的许多年轻人都持有这种想法。

"天府之国"来的大师傅

能进到罗布泊的人多数身上都有点新闻素材,罗中基地的"眼镜"厨师来自"天府之国"四川,他到新疆之前还不会煮稀饭,现在成了掌管几十人的火头军。"眼镜"是大家给他起的绰号。

"眼镜"厨师叫晏宏斌,1990年毕业于四川一所大学,后来辞去教师职务到一家大型国有建材企业当秘书。他还是不甘平庸,自己创办了一家销售分公司,辉煌时也曾有数十万元赢利。可惜当时经济环境较差,他创办的公司欠下许多"三角"债务,最后被迫关门倒闭,"眼镜"也开始舍妻弃子,浪迹天涯,寻找工作。

"眼镜"来到新疆正一筹莫展时，一位老乡告诉他，川菜遍布全国，学会做饭，有一门手艺，就不会失业。就这样，他在新疆哈密一家酒店工作了近一年，成为一名"大学生师傅"。听说罗布泊钾盐基地要招聘的消息，不甘寂寞的他不顾老乡、朋友的反对，来到罗布泊成为火头军。他拿的是日薪，一天30元工钱。

罗布泊正处在开发的初期，各项事务十分繁乱，加上这里条件艰苦，进出不容易，从外面运进来的蔬菜品种少，不新鲜。"眼镜"磨豆浆、煮稀饭、腌泡菜，想着法变口味，一周的食谱尽量不重样。由于从业时间短，难免有"砸锅"的时候。我们采访时，正碰上他第一次炸油条，由于没有掌握技巧，油条炸出来硬邦邦，中间还夹生，大伙你一言我一语地开玩笑，却没有一个人埋怨他。

车辆进出罗布泊十分不容易，从哈密出来400公里左右的路程，丰田越野车需要走10个半小时，普通运货车则很难说时间。有时到凌晨5点钟，车辆才到达罗中基地，不论什么时间，只要是有人来到基地，"眼镜"总要为他们生火做一顿热饭，最高一天，做饭次数达到20次。

花甲之年的第二次创业

已过60岁的夏同昶刚从青海盐湖集团副总经理的岗位上退下来，就来到不毛之地罗布泊，开始了他的二次创业。

天色还没亮，作为罗布泊钾盐开发基地副总指挥的夏同昶，就来到施工现场，检查工程进度和质量，布置施工方案。工地上不时传来他粗糙嘶哑的喊声。他告诉记者："工地上机器多，噪音大，来了还没有一个星期，嗓子就喊哑了，一直没有好。"据了解，中国钾盐资源十分稀缺，目前最大的钾盐基地在青海察尔汗，许多施工单位没有盐田建设经验，需要经验丰富者手把手地教，一字一句地讲。作为青海盐湖建设的功臣，献身中国盐湖事业大半生，并因此获得国家特殊津贴的夏同昶，如今又成为罗布泊钾盐开发的先行者。

夜色降临，在机器轰鸣、灯火辉煌的工地上，夏同昶指着远处模糊的盐田兴奋地对记者说："我的脑海里浮现着5年后罗布泊的模样，哪里是盐海，哪里是厂房，哪里是机器，都胸有成竹。"

夏同昶个子不高，常年的风吹日晒在他的脸上留下了很重的痕迹。他是基地总指挥刘传福在青海盐湖工作时的师傅,工地上都尊称他为"老爷子",他工作努力像个小伙子。每天早出晚归,披星戴月,却从不叫苦喊累。夏同昶说,是罗布泊荒原给了他第二次青春。

这是一个不服老的硬汉子。患了感冒还坚持天天上工地,老伴不放心,从青海打电话来问他身体,听到声音不对劲,问他怎么了,他轻描淡写地说:"一天没顾上喝水,渴得吧。"放下卫星电话,转过脸来悄悄对我们说:"不能跟她说实话,要不她更放心不下了。"

在罗布泊钾盐开发基地,像夏同昶这样年过花甲的老专家、老工程师还有许多。长沙华新监理公司的老专家左司光今年 69 岁。从事测绘专业几十年,走遍了长江南北,却从没有踏过郑州以西的土地。这次来罗布泊参加建设,家里两个女儿不让来。左司光不顾劝阻,还是来到了这片一望无际的荒原上,一待就是两个多月。左司光告诉记者:"罗布泊真好,来了一次感冒也没得。在这里空气好,人好,每天走十几公里路也不累。我还可以在罗布泊再干 5 年。"

中国科学院青海盐湖研究所的高级工程师符廷进从去年 4 月份就进到了罗布泊,从事钾盐工业化生产的研究。不管严寒酷暑,65 岁高龄的他每天坚持详细地记录盐田卤水变化。他说:"这里条件艰苦,孩子不让来,我自己做主来了。中国是缺钾国家,我希望能为我国的钾盐资源开发多尽一份力。"

现代"楼兰美女"

目前奋战在罗布泊地区的 300 多名建设者中有 3 位女性。在罗布泊,她们都显得十分漂亮,被称为现代"楼兰美女"。

据考古成果表明,古代"楼兰美女"生活的年代距今有 3800 年左右,从形象上看,她们下颔尖圆,有着大大的眼睛,长长的睫毛和高高的鼻梁,十分美丽标致,属于欧洲人种。随着楼兰古城的湮灭以及罗布泊地区生态变化,这里许多年以来就没有人居住了。"楼兰美女"成了幻影。

随着钾盐资源的研究和开发,罗布泊又恢复了往日的生机和活力。新的"楼兰美女"出现在这片亘古荒原上。罗北基地的化验员雷玉梅是几个人当中唯一的大学毕业生,也是唯一没有丈夫陪伴在身边的女性。她细高挑个儿,黑黑的短发,一身亮丽的红色羽绒服,十分干练精神。她从去年 4 月份就来到罗布泊从事钾盐的开发和研究工作。她告诉记者，工作之余常去不远处的雅丹分布区去玩，看着一座座貌似古堡的雅丹土丘，仿佛看见美丽的楼兰姑娘伴着驼铃款款走来。

范秀香一双大眼睛和高鼻梁让我们误以为她是维吾尔族姑娘，她是追随丈夫一起来到罗布泊的。作为罗北基地的炊事员，范秀香做得一手好饭菜，可以一个星期不重样。作为罗中基地唯一的女性，王玲的本职工作是化验员，由于罗中基地的化验室正在筹建之中，她就成了基地的帮厨师傅，每天忙个不停。王玲还有一个特点，跟人说话时总是充满笑意，黑亮的大眼睛弯弯地眯成了一条缝。

罗布泊一年四季都是风，阳光辐射更是强烈，这些"楼兰美女"们最犯愁的就是如何保养皮肤。来到罗布泊腹地不到两个月王玲已被晒得微黑，她很怀念在新疆昌吉市家里的日子。她说："在家里敷一点儿童护肤霜就行，皮肤又白又细，可在这里怎么保养都不管用。不知道生活在这里的古代楼兰女人是怎么保养的。"

尽管恶劣的罗布泊自然环境侵蚀着这些女性的美貌，男人们也尽量对她们多些呵护，但她们也是事事争先，兢兢业业做好自己的本职工作，还主动做些分外的事情。

正是这些美丽的身影和她们的笑容，给这片荒原带来更多的生机与活力。她们是罗布泊建设者们心中和眼里的"生命之花"，娇艳、美丽、动人。

美丽的爱情故事

在罗中基地有三部卫星电话，信号不是很好，能往外拨通一次电话很不容易，但它们却成了罗布泊地区建设者们的爱情热线。

长沙华新监理公司职员居住的帐篷里有一部电话，记者在这个帐篷里采访，不时有电话打过来。公司负责人颜辉笑着告诉记者："这部电话一到晚上就成了热线，十之八九是和女朋友在交流，我们每天都被这些爱情故事感动着。"

正说着，两位小伙子掀开帐篷门帘进来了，穿得十分整洁、新潮，头发也刚梳洗过。监理公司的职员马上开起了玩笑："穿这么亮，相亲呢，可惜女朋友看不见。"其中来打电话的一位叫张明科的技术员来自陕西宝鸡市，记者曾在工地现场采访过他。当时他穿着一身工作服,满身尘土。他不好意思地告诉记者:"今天算好女朋友要在单位加夜班,不放心,打个电话问一问。"

张明科居住的帐篷距基地有 25 公里远,那里没有电,也没有通信工具,他只要一有空,就和同事拿上储值卡来基地给女朋友打电话。时间一长,和监理公司的职员都熟悉了。大家常拿他的痴情开些善意的玩笑,还时常帮着他接转女朋友的电话。

由于信号不好,张明科两人抱着电话机折腾了近一个小时,也没有拨通电话,两人显得无可奈何。当记者采访张明科时,他红着脸憋了半天说:"也没打通几次电话。"颜辉告诉记者:"这些电话有规律可循,打一个电话一定是给女朋友的,第二个电话才打给父母。在罗布泊,爱情最伟大。"

张明科两人离开基地已快深夜 12 点钟了,他们还要赶 25 公里的路程才能回到宿营地,我们祝愿他们有一个甜蜜的爱情梦。

去年视为畏途　而今坦然进出

"世上本没有路,走的人多了就成了路。"罗布泊也是如此。罗布泊钾盐公司有一位叫朱鸿涛的司机,去年往返罗布泊达 80 多趟,平均 4 天就进一趟罗布泊。他告诉记者,现在闭着眼也能"看见"沿途的山山石石,再黑暗的夜晚也能找到进出罗布泊的路。

去年,罗布泊钾盐科技开发股份有限公司进入罗布泊从事资源研究和开发时,这里还被人们视为"禁区"谈之色变。而今,罗布泊正在成为开发热土,300 多名工作人员奋战在这里。

去年一年,从哈密到罗布泊腹地原本没有路,但是进出罗布泊的车辆已经压出了一条较为平坦的路。罗布泊钾盐公司工作人员张麒告诉记者,从哈密到罗布泊腹地路程在 410 公里左右,去年公司考察队员第一次进罗布泊花了整整 3 天时间,如今,熟悉地形的司机只用 10 个小时就能到达。

也许是罗布泊太荒凉,与人们想象中的冰山绝地相似,罗布泊钾盐公司的工作人员都把到罗布泊腹地称为"上山",罗北基地化验员雷玉梅告诉记者,第一次"上山"时,心里觉得很紧张,很可怕。有些亲友和好心人也劝阻,认为去罗布泊工作是"找死"。现在进进出出的人多了,还有这么多人在罗布泊工作,"上山"变得十分平常,就是外人说起也不觉得危险了。

没见面的"铁人"刘传福

在罗布泊采访期间,听到最多的名字就是没曾照面的"铁人"刘传福。

虽是罗布泊钾肥基地指挥部总指挥长,刘传福在员工的心目中却如同一个朋友,一个不知道累的"铁人"。罗布泊钾盐科技开发股份有限公司营销策划部部长张麟告诉记者,刘传福个儿不高,黑瘦黑瘦的,嗓音嘶哑,干起活来不要命。从去年8月份,他就带着勘探队伍来到罗布泊,收拾场地,埋锅灶,套被褥,把几张办公桌对起来当床使。最初罗布泊基地条件十分差,刘传福就和职工一起做饭,打上一碗饭地上一蹲就吃上了。

张麟说,刘传福外观形象像个民工,干的事情很多也是民工活。在他眼里到处都是活,有着忙不完的事情。建设工地上到处都有他的身影。

谁能想到,刘传福曾是青海盐湖集团最年轻的处长,后来又是一个拥有数百万资产的企业家。这次记者之所以没有见到他,是因为他专程回重庆处置企业的资产。为此,刘传福的爱人曾两度来到罗布泊劝阻他。去年8月份,刘传福向曾是同事的妻子许诺,今年一定要看到从罗布泊打出的卤水,妻子说,你这是吹牛吧。12月份,妻子又一次来到罗布泊,果真看见清亮的卤水缓缓流进盐池,妻子也成了基地的一名编外人员,洗衣做饭忙个不停。两人决定将重庆的企业卖掉,共同来罗布泊开创事业。

记者没有见到刘传福,对他的采访都来自他的同事。曾是刘传福的顶头上司和老师的夏同昶,说起他来又喜欢又心疼:"长江后浪推前浪,一代更比一代强。他一天到晚忙,好像有使不完的劲。"长沙华新监理公司罗布泊项目总监颜辉说,在工地上刘传福去得最早,收工最晚,忙前忙后,放线定点,一刻也停不下来,像个铁人一样。一位推土机司机也对我们翘起大拇指:"他常到我们帐篷里看一看,摸摸褥子冷不冷,嘱咐我们煤要架旺,一句暖话十分甜。"

工地的人都知道,刘传福有一个最大心愿就是踏遍罗布泊每一寸土地,搞清钾盐资源详细情况,把罗布泊的钾盐开发出来,造福社会;他还希望找到前辈彭加木烈士的遗体。彭加木曾在勘探日记中提到钾盐,这让无数钾盐专业工作者感动、鼓舞。

荒凉罗布泊将出现新的城镇

记者在罗布泊腹地采访时了解到,这里将兴起一个新的城镇——"罗布泊镇",正在从事罗布泊资源开发的建设者们有可能成为第一批居民。

据了解,新疆巴音郭楞蒙古自治州政府已经向新疆维吾尔自治区上报了关于设立"罗布泊镇"的报告,隶属中国面积第一大县——若羌县。若羌县政府正在编制罗布泊镇的行政规划和区域界限。

据了解,罗布泊地区因境内的罗布泊而得名,它处在塔里木盆地东部,在若羌县境内。罗布泊地区气候异常干旱,地形复杂,戈壁盐漠望不到边,在罗布泊边缘地带广泛分布着形态各异的"雅丹"地貌。

据史料记载,罗布泊"广袤三百里",丝绸之路从岸边通过,一度商旅仕宦不绝于途,使者僧徒相望于道,并形成客商云集的楼兰城。随着时代变迁,环境变化,罗布泊逐渐萎缩、干涸了,丝绸之路凋零败落,黄沙满途。罗布泊地区也成为神秘、荒凉的"生命禁区"。

近 10 年来,随着罗布泊资源的发现和开发,这里又恢复了生机和活力。记者在罗布泊钾盐基地施工现场看到,机器轰鸣,灯火辉煌,上百台大型推土机、挖掘机和装载车正夜以继日地挖沟开渠,修坝建堤。罗布泊钾盐基地的副总指挥夏同昶告诉我们,不久的将来,这里将兴起一座现代化的工业城镇,他的脑海里已经有了厂房、工地和城镇的模样。

记者在罗布泊采访时获悉,"罗布泊镇"尚未建成,罗布泊钾盐基地的施工单位已经以"罗布泊"的名义交纳税收。新疆罗布泊钾盐科技开发股份有限公司总经理李浩骄傲地说:今年我们可以给国家上缴至少 100 万元的税收。

(2002 年 1 月 18 日)

中国第一大镇罗布泊建镇选出首批行政人员

在神秘而古老的罗布泊腹地,一座面积 30 多平方米的帐篷内举行了一次普通而又特殊的会议,11 名罗布泊镇的人大代表围坐在一起,举行罗布泊有史以来的第一届人民代表大会第一次会议,选举镇政府的第一届组成人员。

雄壮的国歌声回荡在干涸已久的罗布泊深处。会议严格按照既定的程序进行,开幕辞之后宣读各方面的贺信、贺电,宣布了选举规则,代表们在对各位候选人进行审核后,郑重地写好了选票并依次投入票箱。

7月19日的这次选举为等额选举,郭高潮、刘传福、杨勇、艾曼外力4名候选人全部当选。罗布泊镇第一届镇政府正式组成。

当选之后,镇政府组成人员在镇长郭高潮带领下向悬挂在帐篷里的国徽正式宣誓就职。

罗布泊镇是继楼兰古国后1500多年来在罗布泊无人区诞生的第一个政府机构,也是西部大开发在这片茫茫荒漠区中催生出的崭新城镇。新疆维吾尔自治区为保障这里的钾盐开发,于今年4月批准成立了此镇。镇辖区达5万多平方公里,相当于宁夏回族自治区的总面积,堪称"中国第一大镇"。

郭高潮将罗布泊镇近期的建设规模定位为:居住人口5000人,基础设施完善、基本功能完备,集化工、矿业和旅游业为一体的现代化工业小城镇。他说:"我们将把楼兰文化作为城镇建设的灵魂。"

据介绍,罗布泊镇各项基础设施建设陆续启动:从罗布泊镇到若羌县近80公里道路即将开通,镇上正在规划建设客运站,开通发往若羌县城的班车,食物、蔬菜、日用品等物资供给困难初步解决;从哈密通往镇上的公路正在加紧勘探,预计今年内开通,届时想去罗布泊探访的游客可以很便捷地抵达;石油和电信部门也积极介入,下月即开工建设加油站;中国移动通信公司也在积极筹划建设卫星接收站;在红柳井一带找水工作大面积铺开;镇政府准备在明春开始绿化工作。

新闻背景:罗布泊镇以及罗布泊的钾盐资源

罗布泊地处塔克拉玛干大沙漠的东北部,亚欧大陆的中心,塔里木河下游,《大清一统舆图》将这个曾经作为塔里木河的终点湖称为罗布泊。罗布泊海拔780米,面积约3000平方公里,因地处塔里木盆地东部的古"丝绸之路"要冲而著称于世。

古罗布泊诞生于第三纪末、第四纪初,距今已有200万年,面积在2万平方公里以上,在新构造运动影响下,湖盆地自南向北倾斜抬升,分割成几块洼地。现在罗布泊是位于北面最低、最大的一个洼地,曾经是塔里木盆地的积水中心,古代发源于天山、昆仑山和阿尔金山流域的河水,源源注入罗布洼地形成湖泊。1921 年,塔里木河改道东流,经注罗布泊,至上世纪 50 年代,湖的面积又达 2000 多平方公里。20 世纪 60 年代因塔里木河下游断流,罗布泊渐渐干涸,1972 年底,彻底干涸。

罗布泊镇行政区域位于若羌县东北部的罗布泊地区,西北与新疆尉犁县毗邻,北与新疆鄯善、哈密接壤。镇政府地处北纬约 40 度、东经约 90 度,辖区总面积约 5 万平方公里。

经地质专家对沉积环境和新构造运动的研究表明:罗布泊东北部在第四纪初期已成为盐湖环境,并经过了多期次构造抬升,形成一系列成盐成钾盆地。

通过对罗布泊地区航空物探及卫星遥感探测和地面实际操作勘探,初步探明罗布泊地区钾盐资源储量达到 2.99 亿吨。据地质专家测算,罗布泊钾盐资源的潜在价值超过 5000 亿元,完全具备成为我国最大钾盐生产基地的资源潜力。

中国地质学会秘书长、罗布泊钾盐科研项目负责人王弭力研究员认为,罗布泊地区可望建设继青海察尔汗钾盐矿之后我国第二个钾盐化工基地,并成为我国最大的硫酸钾生产基地。(2002 年 7 月 25 日)

凯歌进新疆　春风度天山
——新疆在歌声中前进

新华社编者按:辽阔美丽的新疆千百年来就有"歌舞之乡"的称誉。天山南北,只要有人烟的地方就会有悠扬动听的歌曲、情韵独具的舞姿。在中国共产党领导下的半个多世纪历程中,新疆歌舞展现出更加迷人的魅力。无论是应时新作,还是旧曲新唱,这一首首歌曲记录着历史进程中的翻天覆地巨变,折射出新疆前进的足迹。记者们选取半个世纪传唱全国或意蕴独特的歌曲,引领读者感受党的领导给新疆带来的丰功伟绩,展示新疆各族人民热情奔放、意气风发在凯歌声中阔步前进的英姿。

"白雪罩祁连,乌云盖山巅,草原秋风狂,凯歌进新疆"。

1949 年 9 月,中国人民解放军第一军团的十万大军,就是唱着这首短短 20 字、由王震作词、王洛宾谱曲的战歌,翻祁连,穿戈壁,剿土匪,浩浩荡荡大举进疆,使新民主主义革命胜利的号角响彻绿洲草原,使中国共产党的光辉照耀天山南北,使新疆各族人民过上平等团结、当家做主的新生活。

戈壁荒漠起绿洲,边疆处处换新颜,天山南北不断传唱着一首首激昂奋进的建设者之歌。

解放前,新疆只有 10 多家设备简陋的小工厂,没有生产过一根铁钉,一寸机织布。全疆经济凋敝,民不聊生,社会落后。进疆部队从甘肃酒泉到新疆喀什,整整走了 3 个月。

中国人民解放军和平解放新疆以后,动员指战员节衣缩食,利用军费建起了一座座水泥厂、纺织厂和发电厂。1952 年,新疆炼出第一炉钢,结束不能生产钢铁的历史;1958 年,荒漠戈壁上建起第一座石油城——克拉玛依;1962 年,新疆历史上第一条铁路兰新铁路通车,使新疆和内地"距离"缩短了四分之三。新疆各族人民在过去的半个世纪里特别是在改革开放后到底创造了多少个第一,就连统计、历史学家也难以计数。20 世纪六七十年代,上海、浙江、山东等地的数十万知识青年,不远万里,来到新疆生产建设兵团,和当地群众一起,将风起沙涌的荒漠戈壁,变成果香稻黄的新绿洲,将亘古荒原变成繁华都市。源源不断的工农业产品运往内地,供应各地市场,支援全国的建设。

从 20 世纪 80 年代末开始,两万多名石油勘探队伍大举挺进"死亡之海",利用先进设备和高新技术,累计探明和控制石油天然气地质储量 8.6 亿吨。世界上最长的"沙漠公路"和被称为"扶贫路"的南疆铁路也在这一时期破土动工。万古沉寂的"死亡之海"成了"希望之海"。

20 世纪 90 年代初,随着国家向中西部地区倾斜政策的实施,新疆由紧锁边关转而沿边对外开放。目前,新疆已有对外开放县市 58 个,对外开放口岸 23 个, 新疆外贸进出口总额从 1979 年的 2436 万美元, 增加到去年底的22.6 亿美元,增长近 10 倍。能源和棉花的"一黑一白"经济发展战略大见成效,全国最大的西部地区能源战略接替基地和商品棉基地在新疆崛起。

世纪之交,党的第三代领导集体高瞻远瞩,发出了西部大开发的总动员令。这为新疆的经济发展和社会进步提供了历史性机遇。将于今年秋天破土动工的"西气东输"工程,作为我国西部大开发的标志性工程,对造福新疆和沿线地区人民,促进我国能源结构和产业结构的调整,改善人民生活质量,有效治理大气污染,具有重大意义。投资上百亿元的塔里木河综合治理工程的上马,将大大改变南疆的生态环境。一批对新疆发展影响深远的基础设施建设项目正在陆续兴建。

"雪莲在天山上开放,骏马插上了翅膀",民族平等、民族进步和各民族的共同繁荣犹如一支和谐的交响乐,动人心弦。

1955年10月1日,新疆维吾尔自治区成立,在区内哈萨克、回、蒙古、柯尔克孜、锡伯、塔吉克等民族聚居的地区,也先后成立了5个自治州和6个自治县。

第一次登上政治历史舞台的各民族劳动人民,真正享受到了当家做主和管理本民族事务的权利。在各级党组织的领导下,他们斗"巴依"(维吾尔语"地主"),参加民主选举,成为土地和牲畜的主人。他们兴修水利,开荒造田,改良土壤,过上幸福富裕的生活。

20世纪80年代以来,党的民族区域自治政策得到很好的执行,进一步保障了新疆少数民族群众当家做主的权利。各族群众都有使用本民族语言的权利,目前新疆有用维、汉、哈萨克、蒙古、柯尔克孜和锡伯文出版发行的报纸80多种。新疆各族人民群众的宗教信仰自由也得到了保护。

解放初期,新疆仅有3000多名少数民族干部,460名专业技术人员。经过几十年发展,新疆少数民族干部达30万人,占全区干部总数的一半,他们已经成为自治区各行各业的领导干部和骨干力量。

新疆的成就离不开党和国家支持,离不开全国人民的支援。就是在国民经济最困难时期,国家依然不忘拿出大量的资金和物资支持新疆建设,国家为新疆调入大量机器设备和生产、生活资料。据统计,国家对新疆地区的投资占新疆全部投资的60%以上。

为了共和国的石油事业,年仅22岁的杨虎城将军女儿杨拯陆牺牲在巴里坤戈壁;为了打通天山公路,128位英雄的筑路官兵献出了宝贵的生命;为了寻找国家急缺的钾盐资源,著名科学家彭加木牺牲在罗布泊荒漠……50多年来,千千万万汉族干部、青年将生命和青春都献给了新疆这片广袤的土地。如今,他们的后代也自豪地称自己是"土生土长的新疆人"。

"同呼吸,共命运,心连心",这是党与新疆各族人民关系的写照,也是新疆半个多世纪以来一路凯歌的主旋律。

翻身解放的新疆人民心向着党。于田县库尔班·吐鲁木老人,解放前曾给地主当了 23 年的奴隶。解放后,于田县进行土地改革,斗倒了地主,他家分得了 14 亩耕地和一所房子,合作化以后又成为社里的积肥模范。社会地位的提高和生活改善,使老人萌生了要骑毛驴进京拜见毛主席的愿望。每年他都要挑选哈密瓜、杏干作为礼物藏起来,年年更新。1958 年 6 月 28 日,75 岁的老人当上了和田专区劳动模范,终于坐火车到北京,见到了日夜想念的领袖毛主席。

生活走向富裕的新疆各族人民不仅建设新疆,还支援全国的革命和建设事业。乌鲁木齐市 104 岁高龄的"志愿军妈妈"吾古尼沙汗老人,带病步行 40 公里拾了一斗五升麦子,连同纺纱赚的 4.5 元钱,全部捐献给中国人民志愿军抗美援朝。从此以后,新疆各地不断地掀起加班加点生产,支援祖国建设的高潮。一车车粮棉,一罐罐石油,源源不断地运往内地,运往国家建设的第一线。

20 世纪 80 年代,邓小平同志提出的汉族离不开少数民族、少数民族离不开汉族的"两个离不开"思想,像吉祥的燕子,飞入天山南北寻常百姓家,温暖着各族人民的心。各民族患难与共、生死相依、互助互爱的动人事迹不断涌现。

1996 年,轮台县东四乡在塔里木石油勘探开发指挥部的帮助下,解决了盼望多年的用电问题。近万名群众欣喜之下,给江泽民总书记写了一封感谢信,表示要以实际行动听党的话,跟党走,要像爱护眼珠一样爱护民族团结,维护祖国统一和安定团结的大好局面。

从 1983 年开始,新疆已连续开展了 18 个民族团结教育月活动,涌现出数十个民族团结、军民团结"双模"县和一大批先进集体、个人。

"雄鸡一唱天下白,万方乐奏有于阗"。翻阅半个多世纪新疆发展史,新疆各族人民一路前进一路高歌,这些歌是政治稳定、经济发展、社会进步、民族团结的赞歌。在五星红旗的辉映下,在共产党人的领导下,在建设有中国特色的社会主义道路上,新疆各族人民奏响了一曲又一曲凯歌,在共和国六分之一的土地上创造了一个又一个人间奇迹。(2001 年 6 月 20 日)

通讯：千家万户"热合买提" 万语千言"亚克西"
——来自新疆巴楚地震灾区的报告

2月24日10时03分，新疆伽师、巴楚大地在短促而沉闷的地声之后猛然震颤起来，重灾区乡村顷刻间成为一片废墟，突如其来的6.8级地震给当地生命财产造成了重大损失。抗震救灾工作随即紧张地展开。地震过后半个月里，面对地震灾难曾经六神无主的灾民们，充分感受到了党中央、国务院的关怀，感受到祖国大家庭的温暖，感受到人民子弟兵火速救援的忘我之情，感受到四面八方对灾区的关爱，感受到伟大祖国的强大力量。记者在灾区采访，一次次听到灾民发自肺腑的对党和政府的感激，对全国人民心系灾区的感谢，对军民团结、民族团结的感怀："共产党亚克西（好）！解放军亚克西！""热合买提（谢谢），热合买提！"

党和政府关爱备至恩深似海

巴楚县琼库尔恰克乡第22村艾买尔·祖农以自身的经历诉说对党和政府的感激："我在乌鲁木齐时从电视里得知家乡发生了强烈地震。当时我都快急疯了，赶紧坐上夜班长途车往家里赶。一边走一边想，家里的亲人生死不明，这场灾难肯定把家里的一起都毁坏完了。回到家里一看，房子成了废墟，可家里的财产已经在救灾人员的帮助下抢救出来了，帐篷也搭起来了，食品和用水都是政府派人给送来的，连茶叶也给我们免费提供。"

这位年过花甲的老人深有感慨地说："我没想到灾民的生活安排得这样好。真是太感谢党和政府了。"

琼库尔恰克乡吾斯塘博依村阿娜尔古丽大妈地震之后没有挨饿、没有受冻，我们采访时她正在村里领取救灾物品，说起灾后的一幕幕情景，她不停地用衣角擦拭滴落在脸上的眼泪："地震发生时，我正在羊圈里喂羊，突然感到一阵摇晃，我就跑到院子，却被几块砖头砸伤了腿。地震发生后不久，当救援的直升机在天上盘旋时，我和邻居们都奔跑着向空中挥手，我难过的心情一下子就好多了。党和政府派来飞机来看灾情，我感到有救了。"如今，她住在宽敞的救灾帐篷里，衣食无忧，感受着党和政府送来的温暖。

子弟兵倾力救援情同手足

经过 10 多天的紧张救援,地震灾区群众基本生活已经得到稳定保障。3月 8 日天还没亮,重灾区琼库尔恰克乡的农民听说解放军指战员和武警官兵完成救灾任务要撤离灾区,从四面八方汇集到乡政府所在地的街道上,一行行热泪在人们的脸上流淌,他们拿出赈灾的馕和矿泉水送给战士们,一遍遍地喊着"解放军万岁,解放军万岁!"向缓缓驶离的军车不断招手致意。

乡亲们不会忘记,灾难刚刚降临,没等人们回过神来,人民子弟兵就神速来到了身边,紧急投入抢险救灾,从废墟下寻找幸存者,精心救治伤员,抢挖埋在废墟下的财物。

乡亲们不会忘记,战士们连夜搭建帐篷,帮助安顿灾后的生活,送米、送面,送来饮用水。风雪之夜,战士们又帮着安装火炉,燃柴加煤,驱寒送暖。

乡亲们不会忘记,指战员们在大灾发生之后,在紧张抢险救灾的同时,还自觉地把自己微薄的津贴和自用的干粮、饮水捐助给遭灾的群众。

天真活泼的孩子们不会忘记,在解放军叔叔的帮助下,大灾之后第二天开始,一所所中小学校就在废墟边临时搭建的帐篷教室里恢复教学,琅琅的读书声在灾区回荡。

还有灾后火速赶来救援的公安干警、新疆生产建设兵团的民兵们,他们为灾民所做的一件件好事、实事。

刚刚当上新郎的热合曼·沙力不会忘记,地震当天本来是他结婚的大喜日子,没想到地震在瞬间把好端端的一个家变成了废墟,家人伤亡惨重,是亲人解放军千方百计张罗着为他补办了热热闹闹的婚礼,这是大灾之后的第一场婚礼。正在灾区检查工作的新疆军区司令员邱衍汉将军专门赶来祝福他们新婚夫妇。热合曼·沙力特别感动地说:"没有亲人解放军的救援,就没有今天的婚礼,我们两位新人感谢共产党,感谢解放军!"他当众表示将来生男取名"解放",生女就取名"解放-古丽"。

所有的感谢化作重建家园的行动

在党和政府的坚强领导下,灾区群众的精神没有垮塌;有全国人民的无私援助,劫后余生的人们没失去对生活的信心。

经过连续几天的奋战,灾情得到了迅速缓解。民政、卫生、教育、农业、畜牧、地震、城建、电力、交通、通讯等各个部门密切配合,积极为灾区排忧解难,灾后一周内就基本解决了灾区群众吃饭、住宿、饮水、学生复课、用电等五个方面困难和问题。

灾民们冒着余震从残垣断壁下扒出种子、化肥和农膜,修理好被破坏的农机具,准备着春耕、播种。

商户们整理好震坏的门面,搭建起临时的经营场地,有的甚至露天开张,从灾后的第二天就陆续恢复营业。

在巴楚县色力布亚镇 15 村第一村民小组,阿西木正在给小麦追肥,他告诉记者:我们在救灾人员的帮助下已经把废墟清理完了。农时不等人,春天来了,我们不能光救灾,还得赶紧搞好春耕生产。

阿西木盘算着今年不光要种好粮食,还要多发展瓜果等经济作物,增产又增收。他脸带喜色地说,估计今年会有个好年景。

春天已经悄悄地来到了叶尔羌河两岸,春季农业生产的高潮马上就要在巴楚、伽师地震灾区掀起来了。(2003 年 3 月 13 日)

特写:夜访灾民帐房

3 月 4 日夜里 11 时许,记者在巴楚地震重灾区的琼库尔恰克乡村采访,路上巧遇阿不都热依木。

他骑着一辆摩托车,拖带着一辆装着小轮子的可移动售货车。他说原来在色力布亚镇做点小买卖,地震后回到本乡来经营。晚上路上人少车稀,他就趁着天黑把售货车搬运回家。

记者提出到他们家看看受灾的情况,他一口答应,慢慢地驾驶着他的长长的"搬运车"在前边带路。

我们从公路上拐下去,两边是灌木丛,大约 100 米就到了位于五村的阿不都热依木的家。他的小女儿从摩托车上下来,蹦蹦跳跳地跑进一处帐房。

借着采访车的灯光,眼前的景象让我们感到吃惊:阿不都热依木的家已经在 2 月 24 日的地震中成了一片瓦砾。

走进他们临时搭建的帐房,里面空荡荡的。一位老人见我们进来,吃力地想从床上下来,但明显行动有些不便。记者赶紧趋前示意他不要下床。

老人名字叫沙力·肉孜,今年 65 岁。问起他们家在地震中的受灾情况,沙力老人神情很悲伤："一个儿媳妇和一个孙子、一个孙女都没了。孙子5岁,孙女才3岁。老伴和女儿也在地震中受了伤,现在还住在色力布亚镇的医院里治疗。"

记者一再安慰老人,然后问他灾后生活还有什么困难。老人脸上悲戚的神情有了转变,显得有些激动："党和政府对我们的救助实在很周到,地区、县里、乡里的领导都来看望、慰问,还送来了各种救灾物品,吃的、住的、穿的都有了。"他指着头顶的帐篷对记者说,篷顶帆布就是政府救助的,价值3400元钱。在讲述这些灾后救助的情况时,没等翻译,我们就听明白了老人的心声,因为话语间反复出现"热合买提"(意为"感谢")。说到动情处,老人几次擦眼泪。他最盼望的就是早日重建家园,住上宽敞明亮的新房。

问起备春耕的情况,老人说,种子、化肥、农机具都有了着落。家里没有的,乡政府和村集体都给解决了。今年他们家要种6亩棉花,种籽还是外地在灾后捐赠的良种。再过20天,他们家的6亩承包地就该播种了。

看到记者对老人的局促坐姿有些疑惑,沙力的小儿子热合曼江介绍说："地震时他的腰被塌落的房顶砸伤了。本来想把他送到医院的,可是家里实在没有人照顾。我是推土机手,乡里安排我去将地震中遗留的危房推掉,以免余震中倒塌伤人,也给重建清障。这是大事,不能耽误。这样父亲就留在家中养伤。"

交谈中,记者得知,2月24日那天,本来是热合曼江结婚的大喜日子,家里欢天喜地准备迎接新人,没想到灾难瞬间降临,好端端的一个家转眼变成废墟。记者赶紧问新娘子家在哪里,有没有受灾。热合曼江脸上有了一丝笑容："她家的房子后墙塌掉了,幸运的是房顶没有塌落,他们家没有人伤亡。眼前都忙着救灾,婚礼只好推迟举行了。"

不过,热合曼江考虑得很周到,他和家里人商量,把他的未婚妻接过来帮着照顾父亲和住院的母亲、妹妹,料理家务,未婚妻也很高兴这样安排,这样可以让热合曼江安心为乡里的救灾工作服务。

时间已近半夜,我们和沙力老人一家告别,祝愿老人早日康复,也祝愿热合曼江过上幸福美满的生活。

走出帐房外,连日雨雪后放晴的夜空中繁星点点。虽然春寒料峭,但气象部门预报说,天气很快就会转暖,春耕春种大忙季节就要来了。

灾区的夜晚静悄悄,很多人家已进入了梦乡。偶有一两声牛羊的叫声,

传得很远很远。回望沙力的家,热合曼江还在跟记者挥手告别。(2003 年 3 月 5 日)

地震灾区的单人帐篷

新疆巴楚县地震重灾区雨雪霏霏, 失去家园的痛苦还没从受灾居民的心中隐去,阿娜尔古丽大妈却已住进一间单独的帐篷,感受着党和政府的救助和温暖。

3 日清早,记者来到巴楚地震重灾区琼库尔恰克乡吾斯塘博依村。地震过后的村委会,只剩下一片废墟。在用塑料棚搭建的临时村委会前,受灾居民正在领取生活物资。61 岁的维吾尔族大妈阿娜尔古丽,在干部的帮助下领取了一袋面粉和十几个馕,返回自己的帐篷。

吾斯塘博依村村委会主任达吾提·沙吾提说,阿娜尔古丽有两个儿子,都已成家,另立门户,平时家中仅剩她一个人。这次地震将她的两间房屋毁掉了。

负责协调这个村救灾工作的巴楚县农业局负责人艾海提告诉记者,阿娜尔古丽年龄较大,虽然目前全村的救灾物资不足,还有 40 顶帐篷和 40 个炉子正在运输当中,但是考虑到她的实际情况,村里还是一开始就给大妈单独安排一顶帐篷。

记者来到阿娜尔古丽家,看见她的两间房屋已经倒塌,一辆平板车只剩下一辐车轴,羊圈也已成为废墟。一顶崭新的救灾专用帐篷,上面写着“比利时政府捐赠”字样,搭建在她家废墟前面的平地上。帐篷里面摆放着一叠被褥,角落堆放着她从废墟中扒出来的生活用具,炉火熊熊燃烧,整个帐篷暖洋洋的。阿娜尔古丽告诉记者,地震发生后的第三天,她就可以自己做饭了,住在帐篷里晚上也不冷。

阿娜尔古丽抚着自己的左腿说:“地震发生时,我正在羊圈里喂羊,突然感到一阵摇晃,我就跑到院子,却被几块砖头砸伤了腿。地震发生后不久,解放军的紧急救援部队就赶到灾区。”她说,“当救援的直升机在天上盘旋时,我和邻居们都向空中挥手,我难过的心情一下子就好多了,感到我们有救了,所以就忘记了腿上的伤痛。”

所幸的是,阿娜尔古丽家的 6 只羊在这次地震中没受损伤。2 日晚上,它们还制造了灾后的一大"新闻"：顺利产出两只小羊羔。阿娜尔古丽满心欢喜，将两只小羊羔起名为"抢救"和"温暖"。她用毛衣和棉袄将它们紧紧裹起来，放在温暖的帐篷里。

记者看到，除了生活必需品外，阿娜尔古丽的帐篷架上还挂着一把铁锁，长长的锁链上还吊着3把钥匙。她说："救灾工作人员已经告诉我们，要帮助我们重建家园，而且入冬前就能搬进新房，所以我要留着这把锁，在搬新房子的时候用上它。"（2003年3月3日）

新疆核定草原载畜量

针对草原严重退化的现状和牲畜数量继续上升的趋势，新疆已作出初步规划，合理核定现有草原的载畜量，缓解日益加剧的草畜矛盾，使草原生态功能得到恢复。

新疆是中国五大牧区之一，近二十年来，在"靠天养畜"的传统畜牧业生产模式没有得到根本改变的情况下，新疆加快畜牧业的发展，农、牧区牲畜数量迅速增加到目前的4525万头（只）。由于畜牧业的发展和草原的生态保护不能协调发展，一方面新疆天然草地逐步退化、面积大幅度减少，另一方面牲畜头数却在迅速增加，使得天然草地不可避免地出现"超载过牧"现象。

新疆畜牧厅草原处处长赵新春说，将大幅度减少自然放牧的畜群数量、确立合理利用草原的理想载畜量；给部分牛羊"定岗"，进行圈养舍饲，种植饲草、饲料，发展农区畜牧业。

一些草原生态专家指出，近几年来新疆草场畜牧业的发展在很大程度上说，是以生态恶化为代价的，年年增长的牲畜群体与草场退化、载畜能力下降的矛盾越来越突出。在伊犁、塔城等地的天然草场，原先风吹草低见牛羊的景象从上个世纪八十年代初开始就已难得一见；在天山南北一些牧区，成群的牛羊在野外觅食条件越来越差。瘦弱的羊群吃光草叶后饥饿难耐只好啃吃草根。

新疆多年来一直推行牧民定居工程，到2000年底，全区牧民定居人口已占牧民总人口的一半。但受财力所限，定居牧民大多数虽建有住房，却缺乏足够数量的饲料地，难以从事人工草料生产，牧区靠天养畜、常年放牧的传统经营方式和生产条件难以得到根本改变,牧民生活依旧贫困。不少牧民由于没有完全摆脱传统观念的影响,每到冬春还是赶着牲畜去放牧,"居而不定"现象在牧区较为普遍。

由于草畜矛盾突出,在许多草场,牲畜吃了草叶啃草根,使大片天然草场资源遭到严重破坏。据新疆畜牧厅介绍,新疆草原的85%有不同程度的退化,其中严重退化的达37.5%,成为水土流失加剧、沙尘暴频发的重要原因。

上个世纪八十年代,新疆的草地载畜能力为每年3202.77万头(只),而目前载畜能力仅为2600万只。按此数据计算,目前新疆草场牲畜超载率高达68.9%,局部地区甚至超过100%。据统计,因"超载过牧"导致的天然草场退化和沙化,使新疆天然草场产草率平均下降了近50%,不仅如此,草地退化还导致草地生态系统和食物链结构发生变化,使鼠害和蝗灾发生面积和强度逐年上升。

近几年来,由"超载过牧"引起的草场退化不仅给新疆畜牧业可持续发展带来巨大困难,事实上也已成为引起当地生态环境恶化最重要的原因。超载过牧加上水资源的不合理利用,新疆山区和荒漠草地的生态状况不断恶化,特别是春秋牧场和荒漠草场大面积"三化"(退化、沙化、盐碱化)问题极为突出,致使草地生产力和环境维护能力严重衰退。

因山区天然草场的大面积退化,新疆山区草原的水源涵养作用明显减弱,洪水灾害和水资源的年、季不平衡性加剧;而荒漠草场退化引起的后果更为严重,一些荒漠草场严重退化后,地表大面积裸露,稍有点风就沙尘飞扬,直接导致了土地沙漠化面积不断扩大,造成绿洲与荒漠之间的过渡防护带缩小或消失,使绿洲频繁受到沙漠的侵袭。

在新疆生态环境最为恶劣的塔里木河中下游地区,草地"三化"面积在1998年就已达422万公顷,占可利用草地面积的51.8%,其中退化草地就达331万公顷。

草原生态专家警告说,近年来新疆生态环境持续恶化,土地沙化、沙尘暴迭起,在很大程度上与草原不合理开发利用密切相关,如果不尽快控制和扭转草地退化的严重局面,随之而来的沙尘暴不仅对新疆当地的环境造成破坏,极有可能引发生态灾难,而且会随风"东进"波及整个西北以及包括北京、天津在内的华北地区。(2002年7月1日)

十年回眸：选一条真正的路
——我的新闻调研体验

做了十年的记者,感到受益最大的还是深入实际调查研究这一条,我认为这也是一个新闻从业人员应该具备的基本功。

我的第一次专题调研

20世纪80年代前期,以家庭工业和专业市场为主要特色的温州乡镇企业的崛起,成为与苏南集体经济和珠江三角洲以"三来一补"经济为特色的乡镇企业之外的又一种模式,但与苏南、岭南模式不同的是,人们对于温州农村户办、联户办的家庭工业的认识却大相径庭,毁誉之声纷纷扬扬,莫衷一是,有不少人对温州的发展道路提出了指责和非难。有些人认为,温州家庭工业是不符合社会主义发展方向的,外地不能学习,更不能推广。究竟如何认识和评价温州农民的探索?1985年夏天,作为新华社国内部组织的调研小分队一员,我专程赶往温州进行专题调查采访。

我们不是戴着任何理论成见和政治的有色眼镜去找例证,进而肯定或否定温州的做法,而是一头扎到当地充满活力的经济生活之中,尽可能多地听取基层干部、家庭工业大户、雇主和雇工们的情况介绍,了解他们对于政策的认识和忧虑——实地考察了家庭工业发达的乡村所发生的巨大经济变化、村民生活水平的提高和村容镇貌的改观。解剖了十大专业市场对当地经济发展所起到的巨大推动作用,观察了人们围绕专业市场所进行的各种经济活动。所见所闻,使我们逐渐形成了对于温州模式的看法。

调研结束后,我们在内部和公开报道中既充分肯定了温州农村经济发展的成功经验、有益的启示,也客观反映了当地经济和社会中存在的一些消极现象,避免了简单贴标签式的做法,让读者比较全面地了解温州农村经济和社会发展的状况。现在回过头来再看当年的采访、报道,正是因为较好地做到了客观而不偏颇,对于温州模式的评判直到今天还是立得住的。

这是我当记者之后进行的第一次比较深入的专题调查研究,通过这次调查采访,我感到,作为一名记者,在任何情况下,对那些有争议的社会现象、经济问题的正确判断,都离不开深入、细致的调查研究,决不能人云亦云,匆忙定论,否则就难免会给读者和社会带来"误导"。

跟农民一起打算盘

早春的洞庭湖区正是乍暖还寒的时节,在冲天湖乡桃树嘴村种粮大户钟儒华家,还没吃完晚饭电就停了,在忽闪忽闪的煤油灯下,我们仔细地倾听着三位"谷大王"的谈话,昔日的荣耀,今日的冷落,增产不增收的苦恼,对社会治安状况和不正之风的不满,对于政策和市场的期望等等,都从他们朴实无华的浓郁乡音中透露出来。钟儒华还找来一个算盘一笔笔地跟我们算种地的支出和收益,使我们更为真切地感受到农民的艰辛。

半夜里,刮起了西北风,南下的冷空气带来袭人的寒意。当晚我们就借宿在"谷大王"家,呼啸的冷风拍打得猪舍的棚顶噼啪作响,又从木板钉成的墙壁缝隙钻进屋里。灯熄了,我们还在继续着从下午开始的这次采访。

这只是我多次留宿农家采访的一次,像这样在生活最底层的调查研究,使我对于农村经济和社会的现状及走势有了更多、更深的把握,更容易了解农民的喜怒哀乐、所思、所愿、所盼,并作出及时而较为准确的反映。这次对"谷大王"的夜访,很快形成了四篇近万字的内部和公开报道稿件。这组反映粮食主产区农民现状的典型调查报道产生了良好的社会效果,无论是稿件内容还是表现形式都受到了好评,推动了问题的解决。

秦巴山区偏僻的山沟,黄土高原上的窑洞、沂蒙山区的简陋草棚,我都在采访时住过。夜晚听猪打鼾、牛反刍、鹅惊叫、狗狂吠、鸡打鸣,也在当记者的经历中有过不少次的体验。走村串户在乡村基层采访,为像我这样一个年轻记者尽可能多地获取有关农村新闻的第一手材料提供了便利,耳闻目睹乡村的那些活生生的新闻,感受这个时代的脉搏是如何跳动的,这既是一名农村记者的一门必修课,也是一种独特的享受。

过去 10 年间,我采访过的县已占全国总县份的近三分之一,直接接触的农民数以千计,除去做编辑的时间外,我把采访时间大部分都投到了农村基层,到有关部委采访只占了不到五分之一,最多的一年下基层有近 10 个月。而下去所跑最多的是老少边穷地区。我先后采访过太行山区、沂蒙山区、秦巴山区、青藏高原、云贵高原、吕梁山区、陕北老区、武陵山区、粤北山区等十多个连片贫困地区、少数民族地区。

1986 年在陕西新华分社进行业务交流的时候,我在不到一年的时间内,先陕南、后陕北、再关中,对所有的地市都进行了采访,全省一多半的县都去过,最偏远的几个县是最先采访的。陕南有个县的县长对我说:你是我们县接待过的从北京来的第二个记者。当年在进行秦巴山区扶贫开发专题调查时,我还采访了邻近三省的 20 多个县。

以土防身查访采金案

1989 年 7 月,我在去拉萨采访的途中因青藏公路被雨水冲断而滞留在了青海省格尔木市,就在我焦急地打探通车消息的时候,一群群满脸黑灰,蓬头垢面、破衣烂衫的农民引起了我的注意。他们就在城边或者街头巷尾的空地上搭起帐篷,或者干脆露宿,就地埋锅造饭,有的农民烧火做饭还使用着平时很少见到的羊皮鼓风袋。一位中年农民躺在野地上,仰望天空,用凄凉的声调唱着哀婉的歌谣。

他们究竟是什么人,他们怎么了?通过新结识的海西州一位干部得知,他们是省内和甘肃等地采金的农民,刚刚从金场或半路上撤下来。记者的好奇心和职业的敏感驱使我走近他们,即刻投入对金农遭遇的探访之中。

听着金农的诉说,归结从各个方面获得的有关信息,我感到这是一起由于管理混乱等原因而造成的灾难,并且可能隐含着重大的经济犯罪行为。为彻底弄清这件大案的前因后果,揭露各种不法分子欺上瞒下所进行的经济犯罪,在夜以继日的明察暗访中,一次次或步行或租借自行车赶到一个个金农聚集点,到当地有关部门跟踪追访,对任何一个小的细节也不放过,一追到底。在这个高原深处的小城里,一个人单枪匹马,四面“出击”:寻找知情人,找车赶往海拔近 5000 米的金农受阻、遭灾、遇险的泥泞路段实地勘察。

在人地生疏的当地,要在短短的几天之内调查这样一件有许多人牵涉其间、可能影响众多人前途命运的案件细节,自然有重重困难。既要千方百计从不愿接受采访的当事人、知情者那儿详细了解、核实情况,另一方面还要保护自己免遭不测。有位与案件牵连较深的人私下告诉我,他已几次被人暗算未遂,犯罪分子还扬言要"收拾"调查此事的记者,很可能会用制造"车祸"的方式。听到这些,我并没有退缩,但毕竟是手无寸铁,只好处处、时时小心。骑车、步行不走马路,住处经常变换。有一回黑夜步行去市郊采访金农,中间要经过一片废弃的砖窑,为预防意外,我手里攥了满满两把土随时准备撒向袭击者。采访结束回到住处时,手里的土已被汗水湿透了。

经过多次迂回接触和私下访谈,采访终于取得了突破。

就在我赶写调查报告的那天晚上,几个不明身份的人潜至我临时住处的窗外意欲滋事,幸亏当地一位年轻干部的守护才使我安然无事。

第二天上午,为安全起见,我不得不匆忙搭上开往西藏的长途汽车,连夜翻越唐古拉山赶到拉萨,将调查报告急传北京。由国家有关部门组成的中央专案组很快组成并赶赴青藏高原,这是当年国家监察部反腐倡廉出击的四大要案之一。

十多天后,当我在西藏山南地区采访时,一位了解内情的青海海东地区商人遇到我。他说,就在我离开格尔木的当天下午,来自西宁的一帮打手就乘火车赶到了。但他们扑了个空。

敢于为民鼓与呼,这难免会受到来自方方面面的阻挠和压力,有时甚至会有生命危险。作为一名党的新闻工作者,在任何情况下都要始终不忘党和人民的利益,不忘记自己的责任。

我曾经被当作假记者

深入基层调查研究就必须扎扎实实,耐得住清苦和寂寞,如果只是听听汇报、要点文字材料就"打道回府"编新闻,那就很难写出有深度的稿件来。这些年,我在下乡调研时尽可能地摆脱地方干部的应酬,直接下到村里和农户,挖掘那些"原汁原味"的新闻素材和线索。这当然就多了些苦辣酸甜,有时还会被误解。

1985 年初秋,我在江苏镇江乡下调研采访时遇上了大雨,被淋成了"落汤鸡",连凉鞋也在淤泥中拔坏了。好不容易在夜里坐上一辆过路的公共汽车赶到市里找了个地方住下。第二天临时联系到市里的几个主管部门采访,就在结束采访要离开市政府大院时,我被很不礼貌地拦住了,保卫人员把我带到楼上的一间办公室，严肃的查问就此开始。人家不相信我是新华社记者，看了我的记者证件他们还是怀疑我，盘问中，自然少不了从哪里来、到哪里去、到这里采访什么，接触了一些什么人、从采访单位都得到过什么文字材料等内容，当然还要问及领导人是谁，单位在什么地方，单位电话号码是多少等。这边有人盘问，那边就有人根据我的"交代"情况去进行核实。两个多小时后，这场讯问才算结束，那位出去核实的人挂了个长途电话到北京总社问了个仔细，这才确定了我的记者身份。后来他们说出的怀疑我的理由其实也很简单：省城来的记者都要在来之前打来电话，由我们派车接站、安排食宿、联系采访对象，从北京来的记者会不跟我们市里打招呼？看你衣服半湿，鞋子破烂，没半点派头，哪里像个中央新闻单位的记者？听了这话，我又好气又好笑，原来下边的干部对记者也是注重这些形式。

靠什么本钱去"采买"新闻

10年前，我在大学毕业分配的志愿表上工工整整地填写了新华社、中央电视台、中国青年报、西藏日报、大众日报五个单位。如愿以偿来到新华园报到后，在我一再要求下又来到国内部农村新闻编辑室工作至今。刚上班那会儿，自己就有个简单的想法：趁年轻时精力、体力比较好，尽可能多地往乡下跑，多到基层去。回顾我这10年的新闻实践，我自认为在基层的奔忙没有辱没自己的记者称号。那七十多个采访笔记本是我有形的财富，而通过调研采访所获得的教益、受到的磨炼以及认识、分析、解决问题能力的提高更是一笔无形的资产。

在今后较长一段时期内，农村报道的任务是相当繁重的，在逐步建立和完善社会主义市场经济体制的条件下，农村、农业、农民面临哪些亟待解决的难题，农村发展的特殊矛盾是什么，农村经济和社会发展如何才能实现良性循环？这为我们提出了非常繁重的调查研究任务，这就要求我们要进一步转变作风，脚踏实地地了解、分析、研究各地农村的新问题和特殊性，力争找出中国特色的解决办法。

记者的本钱是什么？是较强的新闻敏感和扎扎实实、深入基层、深入实际调查研究的功力。新闻调研不同于一般的工作性调查研究，它的突出特点就是新闻性，因此记者所进行的专题调查研究就要抓住人们普遍关注的社会热点和难点问题,作出实事求是的新闻报道。

自八十年代初反映波澜壮阔的农村第一步改革所形成的农村报道的第一个黄金十年之后,随着社会主义市场经济的全面推进,我国农村社会的变革进入了更为深刻的历史变化时期,我们正在迎来农村报道的第二个黄金时代,这对于从事农村报道的记者和编辑来说,既是一次难得的机遇,又给我们提出了新的挑战。如果我们不能从宏观着眼,从微观入手,深入实际调查研究,反映正在到来的急剧变动的中国乡村社会,展示亿万农民在市场经济的海洋中搏击风浪的历史性画卷,那就很难完成历史赋予我们的新使命。

(原载《中国记者》1996年第6期)

后 记

整理完在新华社工作期间的有关"三农报道"的公开稿件,有一肚子的话想说,但又不知从何处说起。最后的那篇刊载于 1996 年《中国记者》的业务文章,基本上代表了我对三农报道的粗浅认识和感受。这里有必要特别表达我对新华社的感激、对新华社领导和同事的感谢、对新闻生涯的感怀。

编选这本集子,实在不是说这些文字有多大的分量,只是想要给自己见闻的中国农村改革发展进程留一点印记,让有兴趣的读者可以回味一些定格的细节,也给自己 26 年的新华社新闻采编工作留下一份纪念。

感恩在新华社期间,能够工作生活在一个严格规范又宽松和谐的氛围中。除了学习采编稿件,更重要的是学会了如何做人、做事,这是终生受用的宝贵财富,新华社给我的锻炼、成长搭设了巨大的有形和无形的舞台,为我多姿多彩的人生提供了广阔的天地。

选集中许多篇目是由其他同仁提携、合作完成的,涉及的新华社合作者,在此一并致谢、致敬(排名不分前后):李尚志、黄正根、张述忱、于绍良、张宿堂、严文斌、王海征、张百新、曹绍平、姬斌、焦然、王满、蒲立业、马集琦、孙杰、姜文瑞、王浩、于磊焰、胡宏伟、王毅、张锦胜、林晨、朱海黎、傅兴宇、周长庆、任卫东、周亮、汪金福、吴红晓、王雷鸣、刘星泽、沈祖润、齐绍南、钞文、鹿永建、林红梅、刘健、王洪峰、王阿敏、李凤双、李建民、周吉仲、刘向东、江时强、施勇峰、谢邦民、赵连庆、赵华、董学清、徐军峰、翟景耀、任贤良、江佐中、张开机、张朝祥、王进业、张先国、苏杰、王传真、张鸿墀、高峰、陈晓虎、刘心惠、武彩霞、陈国安、郭立、王少杰、沙达提·乌拉孜别克、赵春晖、王大霖等,兄弟新闻单位的合作者有吴恒权、刘振英、何加正、夏珺、周泓洋、江夏、陈健、蒋亚平、郭迈强等,此外还有楼望皓、李显刚、庞遵升、梅成建、李敬堂等人。也借这个机会感谢更多合作写稿、共事的其他采编人员和给予我各方面便利的人们以及我的采访对象们。

离开新华社变身公务员快八年了，虽然遗憾不能继续坚守采编一线报道我们所处的这个伟大的新时代、写出更多复兴之路上鲜活的人物和故事、为我们国家和民族放情地鼓与呼，但我几乎每天都关注着新华社的发展和记者们的新作。我将永远以曾为新华人而自豪和骄傲，也在这里向新华社和新华人送上最美好的祝福。

特别感谢国学名师刘毓庆先生题写书名，为本书增色。衷心感谢我和我爱人共同的朋友落馥香及其同事们为此书的出版所付出的辛劳。感谢我的家人、亲友、老师、同学、领导、同事们给我各方面的关心、关注、支持。我会努力做得更好！

王言彬

2018 年 5 月 13 日于京城佟麟阁路 62 号